Gabriels Gefährtin ist ein fiktives Werk. Namen, Charaktere, Orte und Geschehnisse wurden erfunden. Jegliche Ähnlichkeit mit wirklichen Orten, Ereignissen, oder Personen, lebend oder verstorben, sind zufällig.

Deutsche Erstausgabe
Die Amerikanische Originalausgabe erschien 2010 unter dem Titel *Gabriel's Mate*.

Cover design: Leah Kaye Suttle
Autorenfoto: ©Marti Corn Photography

MEHR VON TINA FOLSOM

Samsons Sterbliche Geliebte (Scanguards Vampire – Buch 1)
Amaurys Hitzköpfige Rebellin (Scanguards Vampire – Buch 2)
Gabriels Gefährtin (Scanguards Vampire – Buch 3)
Yvettes Verzauberung (Scanguards Vampire – Buch 4)
Zanes Erlösung (Scanguards Vampire – Buch 5)
Quinns Unendliche Liebe (Scanguards Vampire – Buch 6)
Olivers Versuchung (Scanguards Vampire – Buch 7)
Thomas' Entscheidung (Scanguards Vampire – Buch 8)
Ewiger Biss (Scanguards Vampire – Buch 8 1/2)
Cains Geheimnis (Scanguards Vampire – Buch 9)
Luthers Rückkehr (Scanguards Vampire – Buch 10)
Brennender Wunsch (Eine Scanguards Hochzeit)
Blakes Versprechen (Scanguards Vampire – Buch 11)
Schicksalhafter Bund (Scanguards Vampire – Buch 11 1/2)
Johns Sehnsucht (Scanguards Vampire – Buch 12)
Ryders Rhapsodie (Scanguards Vampire – Buch 13)
Damians Eroberung (Scanguards Vampire – Buch 14)
Graysons Herausforderung (Scanguards Vampire – Buch 15)
Geliebter Unsichtbarer (Hüter der Nacht – Buch 1)
Entfesselter Bodyguard (Hüter der Nacht – Buch 2)
Vertrauter Hexer (Hüter der Nacht – Buch 3)
Verbotener Beschützer (Hüter der Nacht – Buch 4)
Verlockender Unsterblicher (Hüter der Nacht – Buch 5)
Übersinnlicher Retter (Hüter der Nacht – Buch 6)
Unwiderstehlicher Dämon (Hüter der Nacht – Buch 7)

Ace – Auf der Flucht (Codename Stargate – Band 1)
Fox – Unter Feinden (Codename Stargate – Band 2)
Yankee – Untergetaucht (Codename Stargate – Band 3)
Tiger – Auf der Lauer (Codename Stargate – Band 4)

Ein Grieche für alle Fälle (Jenseits des Olymps – Buch 1)
Ein Grieche zum Heiraten (Jenseits des Olymps – Buch 2)
Ein Grieche im 7. Himmel (Jenseits des Olymps – Buch 3
Ein Grieche für immer (Jenseits des Olymps - Buch 4)

Der Clan der Vampire (Venedig 1 – 5)
Begleiterin für eine Nacht (Der Club der Ewigen Junggesellen – Buch 1)
Begleiterin für tausend Nächte (Der Club der Ewigen Junggesellen – Buch 2)
Begleiterin für alle Zeit (Der Club der Ewigen Junggesellen – Buch 3)
Eine unvergessliche Nacht (Der Club der Ewigen Junggesellen – Buch 4)
Eine langsame Verführung (Der Club der Ewigen Junggesellen – Buch 5)
Eine hemmungslose Berührung (Der Club der Ewigen Junggesellen – Buch 6)

GABRIELS GEFÄHRTIN

SCANGUARDS VAMPIRE – BAND 3

TINA FOLSOM

AN ALL MEINE WUNDERVOLLEN LESER*INNEN

Danke dafür, dass ihr meine Arbeit unterstützt und mir somit erlaubt, euch mit den fiktiven Welten, die ich erschaffe, zu unterhalten.

Dies ist wahrlich der beste Beruf in der ganzen Welt!

Tina Folsom

PROLOG

Philadelphia, 1863

Nur mit einer Hose bekleidet, blickte Gabriel die Frau an, die mit einem jungfräulichen Nachthemd bekleidet vor ihm stand. Die Spitze am Kragen und den Ärmeln unterstrich ihre Unschuld. Heute Nachmittag hatte der Pfarrer sie vor Gott zu Mann und Frau erklärt. Jetzt war es an der Zeit, Jane wirklich zu seiner Frau zu machen.

Dies war seine Hochzeitsnacht, eine Nacht, auf die er mit dem Eifer eines jungen Bocks gewartet hatte, der begierig war, seinen eigenen Nachwuchs zu zeugen. Bis auf ein paar Küsse war er noch nicht mit Jane intim gewesen. Ihre strikte religiöse Erziehung hatte verlangt, bis nach der Hochzeit zu warten, bevor er sie berührte. Er hatte gewartet, nicht nur weil er sie von ganzem Herzen liebte, sondern auch weil er seine eigenen Hemmungen hatte, mit ihr zu schlafen.

Jane ging zaghaften Schrittes auf ihn zu. Gabriel kam ihr auf halber Strecke entgegen. Seine Arme schlangen sich um ihren Rücken und er zog sie an sich. Der Stoff unter seinen Fingerspitzen war so dünn, es fühlte sich an, als berührte er ihre nackte Haut. Als er seine Lippen auf ihre legte, sog er den Duft ihres Parfüms ein. Eine Mischung aus Rosen und Jasmin, dieselben Blumen, die sie als ihren Brautstrauß getragen hatte. Darunter verbarg sich ihr eigener Geruch. Der berauschende Duft von Jane, ein Duft, der ihn vom ersten Augenblick an entflammt hatte. Seit diesem Moment war er für sie hart und bereit.

„Meine Frau“, flüsterte Gabriel. Die Worte fühlten sich richtig an, als sie über seine Lippen kamen und sich mit ihrem süßen Atem vermischten. Auf ein sanftes Stöhnen hin küsste er sie mit all der Leidenschaft, die er zurückgehalten hatte, während er darauf wartete, sie zu seiner Frau zu machen. Ihr Körper schmiegte sich begieriger gegen seinen, als er erhofft hatte. Sie gab sich seiner Berührung hin, ihre Augen von derselben Liebe geprägt, die er, schon lange bevor er um ihre Hand angehalten hatte, in ihr hatte leuchten sehen.

Ohne den Kuss zu unterbrechen, knotete er die kleinen Schleifen an der Vorderseite ihres Nachtgewandes auf. Dann schob er das Kleidungsstück von ihren Schultern und ließ es auf den Boden fallen. Mit einem sanften Rauschen landete es zu ihren Füßen. Sie würde nie wieder ein Nachthemd benötigen: Er würde sie ab jetzt jede Nacht wärmen. Der Schauer, der nun durch ihren Körper zog, wurde nicht von Kälte verursacht. Nein. Sie war beinahe so erregt wie er.

Gabriel gab ihre Lippen frei und betrachtete sie. Kleine runde Brüste mit dunklen, hart aufgestellten Brustwarzen, ihre Hüften weiblich, ihre Haut zart, sich seinen Berührungen hingebend. Er hob sie hoch und trug sie zum Bett, in dem sie ihre gegenseitige Begierde bis zu ihrem Lebensende miteinander stillen würden.

Seine Hose war bereits so eng, dass er kaum noch atmen konnte, doch jetzt wuchs sein Schwanz noch mehr, gierig darauf, sie in Besitz zu nehmen.

Er legte sie aufs Bett und beobachtete, wie sie mit zittrigen Händen die Knöpfe seiner Hose öffnete. Sein Herz pochte in seiner Kehle. Schweiß bildete sich auf seiner Stirn. Seine Bedenken verschlimmerten sich. Als er sich enthüllte, wich ihr Blick von seinem Gesicht seinen Körper entlang nach unten. Dann veränderte sich ihr Ausdruck schlagartig. Es war das, wovor er am meisten Angst gehabt hatte.

„Oh Gott, nein!“, stieß sie hervor. Ihr Blick verweilte wie gelähmt auf seinen Lenden. Entsetzen verzerrte ihr Gesicht. *„Fass mich nicht an!“*, schrie sie und sprang vom Bett herunter.

„Jane, bitte. Lass es mich erklären“, flehte er sie an und rannte hinter ihr her, als sie aus dem Zimmer floh. Er hätte sie darauf vorbereiten sollen, aber dafür war es jetzt zu spät. Er hatte gehofft, sie würde ihn akzeptieren, wenn er zärtlich und geduldig mit ihr umging.

In der Küche holte er sie ein.

„Du Monster, komm mir nicht nahe!“

Gabriel ergriff ihren Arm und hinderte sie daran wegzurennen. „Bitte, Jane. Liebling. Hör mich an.“ Wenn sie ihm nur eine Chance geben würde, könnte er ihr beweisen, dass er kein Monster war. Dass in ihm der Mann steckte, der sie liebte.

Mit ruhelosen Augen schleuderte Jane verzweifelte Blicke im Raum umher, bevor sie sich aus seinem Griff befreite und wegdrehte.

„Fass mich nie wieder an!“

„Jane!“ Er musste sie dazu bringen, sich zu beruhigen und ihm zuzuhören. Ihre gemeinsame Zukunft stand auf dem Spiel.

Als sie sich wieder zu ihm wandte, war alles, was er sah, ihr verstörter Blick. Zu spät bemerkte er das glänzende Messer in ihrer Hand – zu spät, um sich wegzudrehen und zu vermeiden, dass die scharfe Klinge sein Gesicht aufschlitzte. Aber was mehr schmerzte als die Klinge, die sich einen Weg durch sein Fleisch bahnte, war zu sehen, wie seine Frau vor Entsetzen vor ihm zurückwich.

„Jetzt werden Frauen vor dir zurückschrecken – so, wie es sein sollte – du Monster. Gabriel, du bist ein Geschöpf des Teufels!"

Die Narbe, die sich auf seinem einst attraktiven Gesicht bildete, reichte von seinem Kinn bis zu seinem Ohr. Und sie würde sich zu einer steten Erinnerung an das entfalten, was er war: ein Monster, bestenfalls eine Missgeburt – nicht wert, von einer Frau geliebt zu werden.

1

San Francisco, heute

Das Klappern ihrer Stöckelschuhe hallte an den Gebäuden wider. Maya konnte den Bürgersteig im Nebel, der wie zäher Dunst in der dunklen Nachtluft hing und jedes Geräusch noch verstärkte, kaum erkennen.

Ein Rascheln kam wie aus dem Nichts und ließ sie ihre bereits hastigen Schritte noch mehr beschleunigen. Ein Schauer durchlief ihren Körper, es fühlte sich an, als berührte eine eisige Hand ihre Haut. Sie hasste die Dunkelheit. Und es waren Nächte wie diese, an denen sie ihren Bereitschaftsdienst verfluchte. Finsternis hatte ihr schon immer Angst gemacht, und in letzter Zeit mehr denn je.

Sie öffnete ihre Handtasche, als sie sich dem dreistöckigen Mietshaus näherte, in dem sie seit zwei Jahren lebte. Mit zittrigen Händen fischte sie ihren Wohnungsschlüssel hervor. Sobald sie das kalte Metall in ihrer feuchten Hand spürte, fühlte sie sich sicherer. In ein paar Minuten würde sie im Bett liegen und könnte noch ein paar Stunden schlafen, bevor ihre nächste Schicht begann. Aber noch wichtiger, gleich würde sie in Sicherheit sein, in ihren eigenen vier Wänden.

Als sie sich der Treppe zuwandte, die zu der schweren Haustüre führte, registrierte sie den ungewohnt dunklen Eingang. Sie blickte nach oben. Die Glühbirne oberhalb der Tür musste durchgebrannt sein. Noch vor ein paar Stunden hatte sie hell geleuchtet. Sie setzte es im Geiste auf ihre Liste von Angelegenheiten, die sie ihrem Vermieter mitteilen musste.

Maya tastete nach dem Handlauf und ergriff ihn, die Stufen zählend, als sie nach oben eilte.

Doch sie erreichte die Tür nicht.

„Maya."

Ihr Atem stockte, als sie sich blitzschnell umdrehte. Umhüllt von den dunklen Nebelschwaden konnte sie sein Gesicht nicht erkennen. Das musste sie auch nicht – sie erkannte ihn an seiner Stimme. Sie wusste, wer er war. Schock lähmte sie. Ihr Herz hämmerte wie wild, als die Angst ihren Magen verkrampfen ließ.

„Nein!", schrie sie und stürzte in Richtung Tür in der Hoffnung, sie könnte alle Naturgewalten überlisten und entkommen.

Er war zurückgekehrt, genau, wie er es angedroht hatte.

Seine Hand vergrub sich in ihrer Schulter und zog sie zurück, Auge in Auge mit ihm. Aber anstatt in seine Augen zu blicken, nahm sie nur eine Sache wahr: seine glänzend weißen, spitzen Zähne.

„Du wirst mir gehören."

Seine Drohung war das Letzte, was sie hörte, bevor seine scharfen Fänge die Haut an ihrem Hals durchdrangen. So wie das Blut aus ihr floss, verschwanden auch die Erinnerungen an die letzten Wochen.

~ ~ ~

„Und Sie haben es schon mit einer Operation versucht?", erkundigte sich Dr. Drake, ohne den Blick von seinem Notizblock zu heben.

Gabriel befreite sich von einem tiefen Seufzer und streifte einen imaginären Fussel von seiner Jeans.

„Hat nichts gebracht."

„Ich verstehe." Drake räusperte sich. „Mr. Giles, hatten sie dieses ..." Er zuckte und machte eine bedeutungslose Handbewegung. „Ähm ... schon immer? Auch, als sie noch ein Mensch waren?"

Gabriel kniff seine Augen für einen Moment zusammen. Nach seiner Pubertät gab es keinen Moment in seiner Erinnerung, in dem er dieses Problem nicht gehabt hätte. Alles war in Ordnung, als er noch ein kleiner Junge war, aber in dem Moment, in dem seine Hormone anfingen aufzublühen, hatte sich sein Leben geändert. Selbst als Mensch war er ein Außenseiter gewesen.

Er spürte ein Pochen an der Narbe in seinem Gesicht, das ihn an den Augenblick erinnerte, in dem er sie sich zugezogen hatte, und zerrte sich von den Erinnerungen weg. Die körperlichen Schmerzen hatte er schon lange vergessen, aber der seelische Schmerz war lebendig wie immer.

„Ich hatte es bereits, lange bevor ich zum Vampir wurde. Damals dachte noch keiner an eine Operation. Verdammt, die kleinste Infektion hätte mich vermutlich umgebracht."

Hätte er gewusst, wie sein weiteres Leben verlaufen würde, hätte er selbst zum Messer gegriffen. Hinterher war man immer schlauer. „Wie auch immer. Sie wissen vermutlich besser als ich, dass mein Körper sich im Schlaf regeneriert und alles heilt, was er als Verletzung wahrnimmt. Also nein, eine Operation hat nichts gebracht."

„Ich nehme an, dies hat Probleme in ihrem Sex-Leben verursacht?"

Gabriel presste sich tiefer in den Sessel. Er hatte die Sarg-Couch instinktiv ignoriert, als er den Behandlungsraum betreten hatte. Sein

Freund Amaury hatte ihn bereits vor dem Einrichtungsstil des Arztes gewarnt. Obwohl der Sarg durch die Entfernung einer Seitenwand in eine Chaiselounge verwandelt worden war, bereitete ihm allein der Gedanke daran ein Grauen. Jeder Vampir mit einem Funken Selbstachtung würde sich dort nur über seine Leiche hinsetzen.

„Welches Sex-Leben?“, murmelte er vor sich hin. Aber natürlich schnappte der Doktor diese Aussage mit seinem ausgezeichneten Vampir-Gehör auf.

Drakes geschockter Gesichtsausdruck bestätigte dies. „Sie meinen …?“

Gabriel wusste genau, was er fragen wollte. „Abgesehen von einer gelegentlichen Prostituierten, der ich eine unverschämte Menge Geld bezahlen muss, habe ich kein Sex-Leben.“

Er senkte seinen Blick zu Boden, da er das Mitleid im Blick des Doktors nicht sehen wollte. Er war hier, um Hilfe zu bekommen, nicht Mitleid. Er musste diesem Mann klarmachen, wie wichtig ihm die Sache war.

„Ich habe noch keine Frau getroffen, die nicht von meinem nackten Körper zurückgeschreckt wäre. Sie beschimpfen mich als Monster, an guten Tagen als Missgeburt – und das sind noch die freundlichsten Reaktionen.“ Er machte eine Pause; die Erinnerung an all die Beschimpfungen ließ ihn erschaudern. „Doc, es lag noch nie eine Frau freiwillig in meinen Armen.“

Ja, er hatte schon Frauen gefickt – Nutten – aber er hatte noch nie mit einer Frau Liebe gemacht. Hatte noch nie die Liebe und Zärtlichkeit einer Frau gespürt oder die Intimität, in ihren Armen aufzuwachen.

„Was denken Sie, wie soll ich Ihnen helfen? Wie Sie schon sagten, eine Operation hilft nicht. Und ich bin nur ein Psychiater. Ich arbeite mit der Psyche meiner Patienten, nicht mit deren Körper.“

Drakes Stimme war durchtränkt von Ablehnung. „Warum nutzen sie nicht ihre Gabe der Gedankenkontrolle an menschlichen Frauen? Die würden es nicht mal wissen.“

Das hätte er erwarten sollen. „Ich bin kein kompletter Vollidiot, Doktor. Ich werde Frauen nicht so ausnutzen“. Er hielt inne, bevor er weitersprach. „Sie haben meinen Freunden geholfen.“

„Aber die Probleme von Mr. Woodford und Mr. LeSang waren anderen Ursprungs, nicht …“ – er suchte nach den richtigen Worten – „... körperlich wie Ihres.“

Gabriels Brust zog sich zusammen. Ja, körperlich. Und ein Vampir konnte seine körperliche Verfassung nicht verändern. Die war wie in Stein gemeißelt. Das war auch der Grund, warum sein Gesicht mit einer Narbe durchzogen war, die vom Kinn bis zum Ohr reichte. Diese Narbe stammte noch aus seinem Leben als Mensch. Hätte er sich diese Verletzung als Vampir zugezogen, sähe sein Gesicht wie unberührt aus. Zwei Dinge, die gegen ihn sprachen – schon die grässliche Narbe verschreckte die meisten Frauen, und wenn er dann noch seine Hose runter ließ ... Es schauderte ihn und er blickte zurück zum Arzt, der geduldig in seinem Sessel sitzend wartete.

„Meine Freunde haben beide behauptet, Sie wenden unorthodoxe Methoden an", köderte ihn Gabriel.

Dr. Drake zuckte unverbindlich mit den Schultern. „Der eine mag es unorthodox nennen, für den anderen scheint es selbstverständlich."

Das war eine Nichtantwort, wenn es überhaupt eine war. Mit unterschwelligen Hinweisen würde Gabriel nicht an die Informationen gelangen, die er suchte. Er räusperte sich und rutschte zur Kante seines Sessels.

„Amaury hat erwähnt, sie hätten gewisse Beziehungen." Er betonte das Wort *Beziehungen* so, dass dem Arzt nicht entgehen konnte, worauf Gabriel anspielte.

Die fast unsichtbare Aufrichtung des Arztes wäre den Meisten entgangen, aber nicht Gabriel. Drake hatte ganz genau verstanden, worauf er hinaus wollte.

Die Lippen des Arztes verkrampften sich. „Vielleicht kann ich Sie zu einem befreundeten Arzt überweisen, der Ihnen eher helfen könnte als ich. Natürlich keiner hier in San Francisco. Ich bin der einzige medizinisch ausgebildete Vampir hier", räumte er ein.

Gabriel war von dieser Offenbarung nicht überrascht: Da Vampire nicht anfällig für Krankheiten waren, wurden nur sehr wenige Ärzte. Wenn man bedachte, dass in San Francisco kaum tausend Vampire lebten, konnten sie sich glücklich schätzen, überhaupt einen Mediziner innerhalb des Stadtgebietes zu haben.

„Wir sind uns also einig, dass ich nicht die richtige Wahl für Sie bin", fuhr der Arzt fort.

Gabriel wusste, er musste jetzt handeln, wenn er nicht wollte, dass der Doktor ihn ganz abspeiste. Als Drake sich der Kartei auf seinem Schreibtisch zuwandte, erhob Gabriel sich von seinem Sessel.

„Ich glaube nicht, dass das nötig ist –"

„Nun, wenn das so ist, hat es mich gefreut, Sie kennenzulernen." Der Arzt streckte ihm seine Hand entgegen, ein erleichterter Ausdruck im Gesicht.

Mit einem leichten Kopfschütteln verweigerte Gabriel seine Geste. „Ich bezweifle, dass sich der Name der Person, die mir helfen kann, in Ihrer Kartei befindet. Liege ich damit richtig?“ Er ließ jegliche Angriffslustigkeit aus seiner Stimme verschwinden, da er keine Absicht hatte, den Mann zu verärgern. Stattdessen lächelte er halbherzig.

Das Funkeln in Drakes blauen Augen bestätigte, dass dieser genau wusste, wovon Gabriel sprach. Es war an der Zeit, die schweren Geschütze aufzufahren. „Ich bin ein sehr wohlhabender Mann. Ich kann Ihnen bezahlen, was immer Sie verlangen“, bot Gabriel an. Während seiner fast einhundertundfünfzig Jahre als Vampir hatte er ein großes Vermögen angesammelt.

Die sich hebenden Augenbrauen des Arztes bestätigten sein Interesse, doch Drakes Bewegungen waren zögernd. Aber Sekunden später deutete er auf den Sessel. Beide setzten sich wieder.

„Weshalb glauben Sie, ich sei an Ihrem Angebot interessiert?“

„Wenn Sie es nicht wären, würden wir nicht hier sitzen.“

Drake nickte. „Ihr Freund Amaury spricht in den höchsten Tönen von Ihnen. Ich nehme an, es geht ihm jetzt gut.“

Wenn Drake plaudern wollte, würde Gabriel darauf eingehen. Aber nicht für lange.

„Ja. Der Fluch ist aufgehoben. Ich habe gehört, eine Ihrer Bekannten war behilflich herauszufinden, wie der Fluch gebrochen werden konnte.“

„Möglicherweise. Aber verstehen, wie etwas behoben werden kann, und etwas beheben sind zwei verschiedene Dinge. Und so wie ich es sehe, haben Amaury und Nina den Fluch ganz alleine bewältigt. Es war keine Hilfe von außen nötig.“

„Im Gegensatz zu mir?“

Dr. Drake zuckte mit den Achseln, eine Geste, die Gabriel mittlerweile satt hatte. „Ich weiß es nicht. Möglicherweise gibt es eine plausible Erklärung für Ihr Leiden.“

Gabriel schüttelte den Kopf. „Lassen Sie uns auf den Punkt kommen, Doc. Es ist kein Leiden. Welche Erklärung soll ich einer Frau liefern, die mich nackt sieht?“

„Mr. Giles –“

„Nennen Sie mich Gabriel. Die Mr.-Giles-Stufe haben wir längst passiert.“

„Gabriel, ich verstehe Ihr Dilemma.“

Gabriel spürte Hitze in seiner Brust hochkochen, als der Ärger in ihm heranwuchs. Etwas, das für ihn normal war, wann immer er sich mit seiner misslichen Lage auseinandersetzte.

„Wirklich? Wissen Sie wirklich, was es bedeutet, die Angst und das Grauen in den Augen einer Frau zu sehen, mit der ich schlafen will?“ Gabriel schluckte schwer.

Er hatte noch nie wirklich mit einer Frau geschlafen, hatte noch nie wirklich geliebt. Sex mit Prostituierten zählte nicht. Da war keine Liebe im Spiel. Sicher, er könnte Gedankenkontrolle benutzen, wie der Arzt es vorgeschlagen hatte, um eine ahnungslose Frau in sein Bett zu locken und mit ihr zu machen, was immer er wollte. Doch er hatte sich geschworen, nie so tief zu sinken. Und er hatte sein Versprechen sich selbst gegenüber nie gebrochen.

„Sie erwähnten was von Bezahlung“, hörte er Drake sagen.

Endlich gab es Licht am Ende des Tunnels. „Nennen Sie mir einen Betrag, und er wird sich innerhalb der nächsten paar Stunden auf ihrem Konto befinden.“

„Ich mache mir nichts aus Geld“, wies Drake ihn kopfschüttelnd ab. „Ich habe gehört, sie hätten eine Gabe?“

Gabriel setzte sich in seinem Sessel auf. Wie viel wusste der Doktor über ihn? Er was sich sicher, Amaury hätte nie sein Geheimnis verraten. „Ich bin mir nicht sicher, was Sie meinen –“

„Gabriel, halten Sie mich nicht zum Narren. Genau, wie Sie Ihre Ermittlungen über mich durchgeführt haben, habe auch ich ihren Hintergrund überprüft. Ich habe in Erfahrung gebracht, dass sie in der Lage sind, Erinnerungen wahrzunehmen. Wären Sie so freundlich, mich über Ihre Gabe aufzuklären?“

Nicht im Geringsten. Aber es schien, als blieb ihm keine Wahl. „Ich kann in den Geist von Leuten sehen und in ihre Erinnerungen eintauchen. Ich kann sehen, was sie gesehen haben.“

„Heißt das, Sie können in meine Erinnerungen blicken und die Person sehen, nach der Sie suchen?“, fragte Drake.

„Ich sehe nur Ereignisse und Bilder. Wenn ich also keine Erinnerungen finden kann, wo ich Ihre Bekannte zum Beispiel in ihrem Haus sehen kann, wäre ich nicht fähig, sie zu finden. Ich lese keine Gedanken, nur Erinnerungen.“

„Ich verstehe.“ Der Doktor hielt inne. „Ich teile Ihnen mit, wo sich die Person befindet, nach der Sie suchen – im Tausch gegen die einmalige Verwendung Ihrer Gabe.“

„Sie wollen, dass ich in Ihre Erinnerungen tauche, um etwas herauszufinden, das Sie vergessen haben?“ Sicher, er konnte das tun.

Drake kicherte. „Natürlich nicht. Ich habe ein lückenloses Gedächtnis. Ich möchte, dass Sie die Erinnerungen einer anderen Person für mich durchsuchen.“

Seine Hoffnung schwand. Seine Gabe war nur für Notfälle gedacht. Oder wenn ein Leben davon abhing. Er würde seine Gabe nicht mal zu seinem eigenen Vorteil nutzen, egal, wie wichtig es für ihn wäre. „Ich kann das nicht tun.“

„Natürlich können Sie das. Sie haben es mir gerade selbst gesagt –“

„Was ich sagen wollte, ist, ich *werde* es nicht tun. Erinnerungen sind privat. Ich werde die Erinnerungen einer Person nicht ohne deren Einverständnis durchsuchen.“ Und er hatte so eine Ahnung, dass die Person, deren Erinnerungen der Doktor haben wollte, nicht zustimmen würde.

„Ein Mann mit Moral. Wie schade.“

Gabriel blickte sich im Raum um. „Mit dem Geld, das Sie von mir bekommen würden, könnten Sie recht großzügig renovieren und sich neu einrichten.“ *Und dieses Sarg-Sofa entsorgen.*

„Ich mag die Einrichtung meiner Praxis. Sie nicht?“ Drake warf einen offensichtlichen Blick auf den Sarg.

Da wusste Gabriel, dass ihre Verhandlungen am Ende waren. Der Arzt würde ihm nicht entgegenkommen. Und genauso wenig würde Gabriel sich erweichen lassen.

2

Als Gabriel bei Samsons viktorianischem Haus in Nob Hill ankam, atmete er tief durch. Er musste zurück nach New York. Je früher, umso besser. Wenn er sich wieder in seiner gewohnten Umgebung befand, wäre er vielleicht zufriedener und würde sich nicht das Unmögliche erhoffen. Warum hatte er plötzlich gedacht, dass er in San Francisco sein Problem beheben könnte, wo er doch schon vor Jahren die Hoffnung aufgegeben hatte?

Er musste seine Abreise mit seinem Boss Samson absprechen und war froh, dass dieser ihn in dem Moment angerufen hatte, als er Drakes Praxis verließ.

Mit entschlossenem Schritt betrat Gabriel die Diele und ließ den Dunst und Nebel hinter sich. Das Haus war trotz der späten Stunde hell erleuchtet, genauso wie es im Haus eines Vampirs zu erwarten war. Es lebte bei Sonnenuntergang auf und fiel bei Sonnenaufgang in den Schlaf. Gabriel ließ seine Augen durch die Eingangshalle schweifen: Wände mit dunkler Holzvertäfelung, edle Läufer und antike Verzierungen. Er mochte Samsons Haus. Samson hatte die Raumeinteilung verändert, um dem Haus etwas Frisches, Luftiges zu verleihen und das beengende Gefühl der ursprünglich kleinen Räume zu verscheuchen. Der viktorianische Charme des Hauses blieb jedoch erhalten.

Gabriel hob seinen Blick zur Zimmerdecke. Im Stockwerk über ihm gab es Tumult. Schritte, die zu verschiedenen Männern gehörten, hallten vom oberen Korridor. Einen Moment später kam Samson die Treppe herunter.

Zuerst waren nur Samsons lange Beine zu sehen, als er die makellose Mahagonitreppe hinuntereilte. Dann kam sein ganzer Körper ins Blickfeld. Seine rabenschwarzen Haare standen im Kontrast zu seinen haselnussbraunen Augen. Mit weit über 1,80 Metern und gut gebauter Statur war er eine hervorstechende Persönlichkeit. Sein Scharfsinn und seine Macht brachten ihm sowohl bei seinen Angestellten als auch bei seinen Freunden Respekt ein. Seine Entschlusskraft und seine Zielstrebigkeit hoben ihn von der Masse ab: Samson war der Boss. Und Gabriel war stolz darauf, sein Stellvertreter zu sein.

Als Samson Gabriel bemerkte, hob er seine Hand im Gruß. „Danke, dass du so schnell gekommen bist."

Hinter ihm kamen zwei Männer die Treppe herunter. Gabriel erkannte einen der beiden als Eddie, Amaurys neuen Schwager, der für Samsons Sicherheitsfirma Scanguards als Bodyguard arbeitete. Doch es gab keinen Grund für Eddie, sich in Samsons Haus aufzuhalten, wenn es nicht gerade um die Planung eines gesellschaftlichen Ereignisses ging.

Samson wandte sich an die beiden Männer. „Ihr wisst, was ihr zu tun habt. Und kein Wort zu niemandem."

Die Zwei murmelten ihr Einverständnis und verließen mit einem Nicken zu Gabriel das Haus.

„Was haben die hier –", fragte Gabriel.

„Wir haben ein Problem." Samsons Gesichtsausdruck war ernst. „Komm, wir müssen reden."

Samson winkte ihn ins Wohnzimmer. Gabriel folgte ihm, während sich eine seltsame Vorahnung in seinem Bauch breitmachte. Sein Boss und langjähriger Freund gab sich normalerweise immer ruhig. Aber heute Nacht war er anders. Seine schwarzen Haare waren zerzaust, seine Augen ruhelos. Und die Sorgenfalten in seinem Gesicht sprachen Bände.

Samson blieb vor dem Kamin stehen und drehte sich zu Gabriel um. Selbst jetzt im Juni brannte ein Feuer, um in dieser nebeligen Nacht Wärme zu spenden. „Ich weiß, du kannst es kaum erwarten, zurück nach New York zu gehen –"

„Ich wollte den Jet nehmen –", unterbrach ihn Gabriel.

„Tut mir leid, Gabriel. Aber ich muss wohl meine Chef-Karte ausspielen. Ich brauche dich hier. Du kannst nicht weg."

Samsons Ankündigung überraschte ihn.

„Was?"

„Ich weiß, du willst nach Hause. Aber du musst hier etwas für mich erledigen. Ricky ist im Moment nutzlos. Seit Holly vor einem Monat mit ihm Schluss gemacht hat, ist er nicht mehr derselbe." Samson fuhr sich mit der Hand durchs Haar.

Ricky war der Filialleiter in San Francisco. Gabriel sagte kein Wort. Da war etwas faul. Es musste wirklich etwas gehörig schiefgelaufen sein, wenn Samson es für wichtiger hielt, ihn hier zu behalten anstatt ihn zurück nach New York fliegen zu lassen, wo er das Hauptquartier leitete.

„Es ist zu wichtig. Glaub mir, ich hätte Amaury damit beauftragt. Aber er und Nina brauchen etwas Zeit zusammen. Er ist ja mehr oder weniger in den Flitterwochen, nur eben bei sich zu Hause. Ich kann ihm das im Moment nicht zumuten."

Gabriel nickte. „Um was geht es?"

„Setz dich."

Gabriel nahm Platz und wartete, bis es Samson ihm gleich tat. „Ich habe dich noch nie so erlebt."

Samson gab ein freudloses Lachen von sich. „Ich schätze, meine Verantwortung als Ehemann und werdender Vater verträgt sich nicht gut damit, einen frisch verwandelten Vampir im Haus zu haben."

„Einen frisch verwandelten Vampir?" Das war in der Tat ein Schock. Ein neuer Vampir war eine Gefahr: unfähig, seine Bedürfnisse zu kontrollieren, in der Lage, alles und jeden anzugreifen. Dass Samson sich unwohl fühlte, ergab eindeutig Sinn. Delilah, seine menschliche Frau, erwartete ihr erstes Kind. Sie wäre eine Zielscheibe für jeden neuen Vampir.

„Sie wurde heute Nacht angegriffen."

„Delilah? Delilah wurde angegriffen?" Gabriel spürte Adrenalin durch seine Venen schießen.

„Nein, nein. Gott sei Dank. Delilah geht es gut. Nein. Diese Frau – eine Sterbliche – sie wurde heute Nacht angegriffen und verwandelt. Die beiden Bodyguards, die gerade gegangen sind – Eddie und James – haben ihren Angreifer vertrieben und ihr geholfen. Ihre Augen waren schon schwarz, also wussten sie, dass der Prozess bereits in Gang war."

Wenn Menschenaugen sich komplett schwarz färbten und kein einziger weißer Fleck mehr zu sehen war, war es ein sicheres Zeichen für die Verwandlung. Erst sobald der Prozess abgeschlossen war, würden sich die Augen wieder normal färben.

„Sie haben sie vor ungefähr einer halben Stunde hierher gebracht", fuhr Samson fort. „Sie muss sich auf dem Heimweg befunden haben. Wir müssen ihren Angreifer finden und ihn beseitigen."

Gabriel begriff sofort. „Ein *Rogue*." So nannten sie die Vampire, die sich nicht an die Gesetze ihrer Spezies hielten. Sie waren oft Einzelgänger, die Verbrechen nach Verbrechen begingen. „Solange er da draußen ist, ist er eine Gefahr für jeden, der ihm begegnet. Und besonders für sie, wenn er herausfindet, dass wir sie hier verstecken."

Gabriel und seine Kollegen verabscheuten Vampire, die unschuldige Menschen gegen ihren Willen verwandelten. Es war ein gravierender Verstoß gegen ihre Grundsätze – ein Verbrechen, das mit dem Tode bestraft wurde. Das Leben als Vampir war nicht einfach – Gabriel wusste das nur zu gut. Deshalb glaubte er an das Recht eines Menschen, selbst darüber entscheiden zu dürfen und niemanden dazu zu drängen. Er würde jeden bestrafen, der gegen dieses Recht verstieß.

„Ja. Deshalb brauche ich dich. Ich brauche jemanden, auf den ich mich verlassen kann."

„Was für Informationen haben wir?" Gabriel war hoch konzentriert. Das war sein Job. Das war das, was er am besten konnte, ein Fall, in den er sich vertiefen konnte. Und vielleicht würde dies sogar seine privaten Probleme in den Hintergrund schieben. „Wissen wir, wer die Frau ist?"

„Sie ist Ärztin. Sie arbeitet für das UCSF Medical Center. Wir haben ihren Ausweis gefunden. Sie heißt Maya Johnson, zweiunddreißig Jahre alt, wohnt in Noe Valley. Bis jetzt konnten wir noch nicht mit ihr sprechen. Als Eddie und James sie hierher gebracht haben, was sie bewusstlos. Ich hoffe, sie kann uns eine Beschreibung des Vampirs geben, der sie überfallen hat, sobald sie aufwacht. In der Zwischenzeit können wir kein Wort darüber verlieren. Es könnte jeder sein. Solange wir nicht wissen, wer hinter der Sache steckt, möchte ich nicht, dass irgendjemand erfährt, dass sie hier ist."

„Das ist auch besser so", stimmte Gabriel zu. Bis sie mit ihr sprechen konnten, mussten sie auf Nummer sicher gehen. Natürlich gingen sie somit davon aus, dass sie ihnen irgendetwas über ihren Angreifer sagen konnte. „Du bist dir aber im Klaren, dass sie in Panik ausbrechen wird, wenn sie herausfindet, was sie jetzt ist?" Nicht nur wäre sie von dem Angriff traumatisiert; sobald sie herausfand, dass sie jetzt ein Vampir war, würde sie *wirklich* in Panik geraten.

Samson schloss seine Augen und nickte. „Ich kann es mir bildlich vorstellen."

„Sollten wir noch jemanden einweihen, um bei der Sache zu helfen?" Gabriel wusste, dass er nicht der Richtige dafür war, eine Frau durch eine lebensverändernde Verwandlung zu lotsen. Er konnte einfach nicht gut mit Frauen umgehen.

„Ich habe Drake schon angerufen. Er wird wissen, was zu tun ist. Vielleicht kann er sie beruhigen, wenn sie überreagiert."

In Anbetracht seiner eigenen Erfahrung mit Drake bezweifelte Gabriel, dass sich der Arzt besser anstellen würde als er selbst. Doch er würde Samson nicht widersprechen, da dieser offensichtlich hohe Stücke auf den Doktor hielt.

„Ja, hoffen wir, dass er das kann. Sollten wir nicht vielleicht eine Frau hier haben, wenn sie aufwacht? Eine Horde Furcht einflößender Vampire, die sie anglotzen, während sie es herausfindet, könnte etwas bedrohlich wirken." Gabriel blickte direkt in Samsons Augen. Er wollte auf keinen Fall derjenige sein, der ihr die schlechte Nachricht überbringen musste. Er hatte keine Scheu, anderen diese Aufgabe zu erteilen. Es war besser, wenn eine Frau – jemand mit etwas mehr Feingefühl – diese Rolle übernahm.

„Nicht Delilah. Ich will nicht, dass sie in die Nähe dieser Frau kommt. Du weißt genauso gut wie ich, worauf ein frisch verwandelter Vampir aus ist. Die Jungvampirin wäre nicht in der Lage, ihre Stärke zu kontrollieren, selbst wenn sie niemanden verletzen wollte."

Gabriel hob abwehrend die Hand. „Ich habe nicht Delilah gemeint. Yvette hat die Stadt noch nicht verlassen. Ich habe ihr ein paar Tage freigegeben, um auf Besichtigungstour zu gehen."

Yvette war ein guter Bodyguard und, trotz der Tatsache, dass sie manchmal etwas zickig war, war sie verlässlich und hatte einen ausgeprägten Sinn für Gerechtigkeit. Er war sich sicher, dass die beiden Frauen sich sofort gut verstehen würden.

Samson atmete schwer. „Sicher. Yvette. Das ist eine gute Idee."

Schwere Schritte hallten von der Treppe wider. Einen Augenblick später rauschte Carl, Samsons treuer Diener, zur Tür herein. Er war ein stattlicher Mann, beleibt, vor allem um den Bauch herum, und war Mitte fünfzig. Wie immer trug er einen formellen, dunklen Anzug. Tatsächlich hatte Gabriel ihn noch nie anders gesehen und vermutete, dass Carl keine einzige Jeans besaß.

„Mr. Woodford, der Zustand der Frau hat sich verschlechtert."

„Dr. Drake ist schon auf dem Weg. Ich kann nichts tun, solange er nicht hier ist. Sie sollten sie nicht alleine lassen", tadelte Samson.

„Miss Delilah ist bei ihr", gab Carl zur Antwort.

Samson und Gabriel sprangen entsetzt auf.

Die Panik stand Samson ins Gesicht geschrieben, als er die Treppe hinauf polterte. Gabriel war direkt hinter ihm, als sie ins Gästezimmer platzten.

„Delilah!" Samsons Stimme war erfüllt von Sorge.

Samsons zierliche Frau saß auf der Bettkante und tupfte ihrem Gast die Stirn.

„Samson, bitte. Ich versuche lediglich, mich um sie zu kümmern. Wenn du schreiend hier hereinläufst, ist das nicht gerade hilfreich. Das verschreckt sie doch nur." Delilahs Schelte war sanft. Ihr langes, dunkles Haar fiel ihr ins Gesicht, als sie sich über die Frau beugte. Obwohl sie schwanger war, war ihre Figur makellos. Laut Samson war sie erst im dritten Monat – was bedeutete, dass sie nicht lange nach ihrem Blutbund schwanger geworden war, kurz nach dem Chinesischen Neujahrsfest.

„Du solltest überhaupt nicht hier sein. Wir wissen nicht, wie sie reagieren wird. Es ist zu gefährlich für dich." Samson legte ihr die Hand auf die Schulter, zog sie hoch und weg vom Bett. „Bitte, Süße. Das macht mich um Jahrzehnte älter, wenn du so etwas tust." Er drehte sich zu Gabriel und deutete zum Bett. „Gabriel, wärst du so nett?"

Samson wollte, dass er sie pflegte? Das war nicht geplant. Er würde herausfinden, wer ihr das angetan hatte und sie beschützen, sollte sie noch immer in Gefahr sein. Aber er würde unter keinen Umständen am Bett dieser Frau sitzen und Krankenschwester spielen.

Am besten sagte er das seinem Boss sofort. Eine frisch verwandelte Vampirin babysitten hatte ihm gerade noch gefehlt. Sich um sie auf solch intime Weise zu kümmern ging zu weit. Ein paar Befragungen, sicher. Das würde er machen. Aber nicht an ihrem Bett sitzen und sie umsorgen.

Verdammt, er wüsste doch nicht einmal, was er tun sollte. Sein Wissen über den weiblichen Körper war beschränkt auf das, was man bei einigen kurzen Schäferstündchen mitbekam, und vielen nicht so kurzen Pornofilmen. Es konnte niemand ernsthaft von ihm verlangen, auf einen weiblichen Vampir aufzupassen. Wo zum Teufel blieb Drake? Sollte er nicht endlich kommen?

Gabriel drehte sich zu Samson um, der Delilah zur Tür hinaus führte, und wollte die ihm aufgetragene Aufgabe ablehnen. Aber ein leises Stöhnen der Frau ließ ihn wieder in ihre Richtung blicken.

Ihm stockte der Atem, als er sie das erste Mal betrachtete.

Gabriel hörte, wie sich die Tür schloss und wusste, er war allein mit ihr.

Die Frau lag auf der Decke, ihre Kleidung blutverschmiert. Sie trug Jeans und ein T-Shirt. Und darüber einen Arztkittel. Mit rotem Faden war ihr Name über der Brusttasche eingestickt: Dr. med. Maya Johnson, Urologie.

Maya war blass. Eingerahmt von ihrem dunklen Haar wirkte sie noch blasser. Sie hatte wellige Haare, die ihr Gesicht umschmeichelten. Ihre Augen waren geschlossen, dunkle Wimpern rundeten das Bild ab. Er fragte sich, welche Augenfarbe sie wohl hatte, sobald sie wieder in ihrem Normalzustand waren. Ihre Haut hatte einen olivfarbenen Schimmer, der auf lateinamerikanische, mediterrane oder vielleicht sogar nahöstliche Abstammung schließen ließ.

Sie hatte Abschürfungen im Gesicht, hauptsächlich um ihre Lippen, die voll und perfekt geschwungen waren. Sie musste mit ihrem Angreifer gekämpft haben. Innerhalb weniger Stunden würden ihre Verletzungen jedoch verschwunden sein und ihr Vampir-Körper sich selbst heilen, während sie schlief.

Er konnte sich nur zu gut vorstellen, welchen Schmerz und welchen Horror sie während des Angriffs durchgemacht hatte. Sie war heute Nacht gestorben und ihr Angreifer hatte sie von der Schwelle zum Tod zurückgeholt. Sie hatte den Tod spüren müssen, um ein neues Leben zu erlangen. Wie schmerzvoll war ihr Tod wohl für sie gewesen?

Gabriel wusste, dass jede Verwandlung anders war. Viele hatten entsetzliche Erinnerungen daran, doch keiner sprach darüber. Und die Erinnerungen dieser Frau würden schrecklich sein – gegen den eigenen Willen verwandelt zu werden, war traumatisierend. Ihre Wunden deuteten darauf hin.

Gabriel sah über ihre Verletzungen und die Bissspuren an ihrem Hals hinweg. Es war offensichtlich, dass ihr Angreifer unterbrochen worden war, da er die Wunde nicht mit seinem Speichel versiegelt hatte. Es würde daher länger dauern, bis alles verheilte. Hätte er die Bisswunde geleckt, wäre sie längst nicht mehr sichtbar.

Gabriel sah nur die Frau unter den Verletzungen: die sinnliche Kurve ihrer Nase, ihre ausgeprägten Wangenknochen und ihren grazilen Hals. Ihr schlanker Körper hätte ebenso nackt sein können, denn er konnte sich nur allzu gut vorstellen, was für eine Figur sich unter ihrer Kleidung versteckte.

Ihre Finger waren elegant und lang. Finger, deren Liebkosung er auf seiner Haut spüren wollte. Lange Beine, die sie um seine Hüften schlingen sollte, während er Liebe mit ihr machte. Volle Brüste, an denen er saugen konnte, bevor er jeden Zentimeter ihres Körpers küsste. Rote Lippen, die er mit seinen kosten würde

Es war etwas Faszinierendes an ihrem Duft. Etwas so Fremdes und gleichzeitig doch so vertraut. Nichts war vergleichbar mit diesem Aroma, das sie ausstrahlte. Es ummantelte ihn, nahm ihn vollkommen ein, und wickelte ihn mit Wärme und Sanftheit in einen Kokon. Jede Zelle seines Körpers reagierte auf sie.

Sie war perfekt.

3

Alles, was Gabriel tun konnte, war Maya anzusehen. Aus eigenem Antrieb führten ihn seine Beine zu ihr und ließen ihn auf der Bettkante Platz nehmen.

Er beugte sich über sie und horchte nach ihrem Herzschlag. Er war langsam – zu langsam. Der Herzschlag eines Vampirs war fast doppelt so schnell wie der eines Menschen. Doch die Herzfrequenz dieser Frau war nicht mal schnell genug, um den normalen Wert für einen Sterblichen zu erreichen. Zweifel kamen bei ihm auf, als er bemerkte, wie schwach ihre Atmung war. Er musste kein Arzt sein, um das zu erkennen.

Gabriel berührte ihre Stirn mit seiner Handfläche und spürte die klamme Kälte ihrer Haut. Er nahm einen Atemzug. Ihre Symptome erinnerten ihn an seine eigene Verwandlung und wie er fast ein zweites Mal gestorben wäre. Sein Schöpfer war verblüfft von den Ereignissen gewesen, hatte sie aber nicht erklären können. Es war, als hätte sein Körper die Verwandlung verweigert. Genau, wie ihr Körper das nun tat. Als ob sie den Tod der Verwandlung vorzog.

Er würde es nicht erlauben.

„Nein", flüsterte Gabriel ihr zu. „Ich werde nicht zulassen, dass du stirbst. Hörst du? Du wirst leben."

Er streichelte ihr kaltes Gesicht mit seinem Handrücken. Sie reagierte nicht. Er ergriff ihre Hand und umklammerte ihre zartgliedrigen Finger. Sie waren wie Eiszapfen. Das Blut zirkulierte nicht in ihren Extremitäten.

Bestürzt erkannte er, dass ihr Körper bereits begann, sich abzuschalten. Verzweifelt begann er, ihre Hand in seiner zu reiben, um Wärme zu erzeugen.

„Carl!", rief er.

Schwere Schritte erklangen auf der Treppe. Im nächsten Augenblick öffnete sich die Tür und Carl trat ein.

„Du hast nach mir gerufen, Gabriel?"

„Wo bleibt dieser verdammte Arzt?" Er wandte seinen Blick nicht von Maya ab.

„Er ist auf dem Weg."

„Hilf mir. Nimm ihre Füße und reibe sie."

„Äh –"

Gabriel warf Carl einen genervten Blick zu. „Jetzt! Sofort!"

Carl setzte sich in Bewegung. Während er begann, ihre Füße zu wärmen, fuhr Gabriel fort, ihre Hände zu massieren, ihre langen, eleganten Finger zwischen seinen Handflächen gleiten zu lassen.

„Was tun wir hier?", fragte Carl.

„Wir versuchen, ihr Blut wieder in Fluss zu bringen."

„Die Verwandlung greift nicht, oder?"

Der Butler hatte ausgesprochen, was Gabriel nicht wagte, sich einzugestehen. Er kniff seine Augen zusammen und versuchte, alle negativen Gedanken zu verbannen. „Es wird funktionieren. Das muss es." Er berührte erneut ihr Gesicht. Doch es war noch immer so kalt wie vorher. „Wir müssen ihren Körper dabei unterstützen, die Verwandlung zu vollenden."

Gabriel drehte sich zu Carl und sah ihm zu, wie tollpatschig er ihre Füße massierte. Wenn es jemanden gab, der noch ungeschickter mit Frauen umging als er selbst, war das Carl. Er berührte ihre Zehen kaum. „Lass mich das machen. Nimm ihre Hände."

Er schob Carl zur Seite und umfasste Mayas Füße mit seinen Händen. Er musste ihr Blut zum Zirkulieren bringen, damit es jede Zelle ihres Körpers erreichen und verwandeln konnte. Die Verwandlung war ein komplizierter chemischer Prozess, aber gewöhnlich wusste der Organismus, was zu tun war. Es schien allerdings, als würden Mayas Zellen die Anweisungen nicht verstehen, oder sie verweigerten die Kooperation.

Die Haut ihrer Füße war zart, ihre Fußnägel gepflegt und manikürt und mit rubinrotem Nagellack lackiert. Gabriel stellte fest, dass seine Hautfarbe ihrer sehr gleich war, obwohl ihre Beschaffenheit nicht unterschiedlicher hätte sein können. Seine rauen Hände wiesen keinerlei Gemeinsamkeit zu ihrer Zartheit auf. Gabriel hatte noch nie Füße gesehen, die er einfach nur küssen wollte. Nein. Er konnte eine Frau, die so perfekt war wie sie, nicht sterben lassen.

Mit neuer Entschlossenheit massierte er ihre Füße mit seinen Händen, rieb ihre Sohlen, knetete sie. Dann streifte er über ihre Knöchel und wieder nach unten. Er konnte nicht sagen, wie lange er dies schon tat, als er endlich Stimmen vom Erdgeschoss wahrnahm.

Drake war angekommen. Gabriel hörte Bruchteile der Erklärungen, die Samson äußerte, während sie die Treppe hoch eilten. Im nächsten Augenblick platzten sie ins Gästezimmer.

„Wurde auch Zeit", brummte Gabriel.

Sofort ließ Carl Mayas Hände los und wich vom Bett zurück, sichtlich erleichtert, dass er von seiner Aufgabe erlöst wurde. „Ich nehme an, ich werde hier nicht mehr gebraucht, jetzt wo Dr. Drake hier ist."

Ohne auf eine Bestätigung zu warten, fegte er aus dem Zimmer.

„Ich bin mir nicht sicher, ob ich helfen kann. Ich bin Psychiater, kein Allgemeinmediziner", fing Drake an, nicht, dass eine Erklärung notwendig gewesen wäre. Sowohl Samson als auch Gabriel waren sich vollkommen über Drakes Qualifikationen bewusst – oder deren Mangelhaftigkeit, wenn es darum ging, Medizin zu praktizieren.

„Wir haben keine Wahl. Der nächste Allgemeinmediziner, der Vampir ist, befindet sich in Los Angeles. Wir können nicht so lange warten, bis er kommt."

„Na gut. Aber ich möchte, dass Sie eine Verzichtserklärung unterschreiben, dass ich nicht haftbar bin, falls sie nicht durchkommen sollte. Ich kann die Verantwortung nicht übernehmen, wenn –"

Gabriel packte Drake an der Kehle und unterband jegliches weitere Wort. „Wenn Sie nicht aufhören zu schwafeln, werden Sie sich nicht mehr über eine Anklage sorgen müssen. Denn Sie werden nicht mehr in der Lage sein, vor Gericht zu erscheinen. Haben Sie das verstanden?"

„Gabriel!" Samson versuchte, die Spannung im Raum zu entladen.

Gabriel ließ den Arzt frei, der nach Luft rang.

„Verstanden." Mit einer ruckartigen Bewegung näherte Drake sich dem Bett und betrachtete die Frau.

Gabriel beobachtete ihn genau. Aus irgendeinem Grund fühlte er sich verantwortlich für sie. Warum auch nicht? Schließlich hatte Samson ihm diesen Fall übertragen. Es war wie in alten Zeiten, als er angefangen hatte, für Samson als Bodyguard zu arbeiten. Lange bevor er sich zu seiner heutigen Position als Nummer zwei bei Scanguards hochgearbeitet hatte. Er verhielt sich lediglich wie ihr Bodyguard. Nur, dass er noch nie einen so perfekten Körper wie den ihren beschützt hatte.

Drake hob ihr Augenlid an, dann ihr zweites, um Mayas Pupillen zu überprüfen, bevor er ihren Mund öffnete, um ihren Kiefer zu begutachten. Er prüfte ihre oberen Zähne, indem er einen Finger darüber gleiten ließ.

„Hmm."

„Stimmt etwas nicht?", fragte Gabriel, ungeduldig auf die Antwort des Arztes.

Drake drehte sich zu Samson und ihm um. „Ihre Fänge wachsen nicht und das Weiß ihrer Augen kommt nicht zurück. Samson, Sie sagten, Ihre Leute haben sie gefunden und dachten, dass sie den Rogue überraschten?"

Samson nickte. „Ja, sie haben jemanden weglaufen sehen. Aber sie waren nicht schnell genug, um ihn zu schnappen. Es war ihnen wichtiger, die Frau in Sicherheit zu bringen."

„Macht Sinn. Ich denke, er konnte seine Tat nicht beenden. Die Verwandlung ist erst halb vollendet. Sie hat vermutlich nicht genug Vampirblut in sich. Ihr menschlicher Körper kämpft dagegen an. Und ihre Vampir-Seite ist nicht stark genug. Es reicht nicht aus, sie zu verwandeln. Aber es reicht auch nicht, sie als Mensch zu erhalten. Sie müssen eine Entscheidung treffen."

„Eine Entscheidung?", hörte Gabriel sich fragen. Dann fühlte er die Blicke von Samson und dem Doktor auf sich. Hatten sie mitbekommen, dass er mehr als nur ein flüchtiges Interesse an ihr hatte?

„Entweder wir verwandeln sie vollständig oder wir lassen sie sterben."

Gabriel stieß einen überraschten Atemzug aus. Er ging einen Schritt auf den Arzt zu, bereit, ihn zu erwürgen. „Sie sterben lassen?" Bevor er Drake packen konnte, legte Samson eine Hand auf seine Schulter.

„Gabriel. Halt!"

Er drehte sich herum, um Samson in die Augen blicken zu können. „Du kannst sie nicht sterben lassen." Als er die Worte von sich stieß, wurde ihm bewusst, dass er dabei war, gegen seine eigenen Prinzipien zu verstoßen: einem Menschen die Wahl zu überlassen. Er hatte nicht vor, ihr eine Wahl zu lassen. Verdammt, sie war nicht in der Lage, für sich selbst zu entscheiden. Jemand musste es für sie tun.

Samson lächelte freudlos. „Dann muss sie vollständig verwandelt werden. Willst du wirklich diese Verantwortung übernehmen?"

Gabriel schluckte. „Würdest du lieber die Schuld tragen wollen, sie sterben zu lassen?" Er würde lieber die Schuld auf sich nehmen, sie als Vampir am Leben erhalten zu haben.

„Sie zu verwandeln bedeutet, ihr deinen Willen aufzuzwingen."

Als würde Gabriel das nicht selbst wissen.

Samson fuhr fort: „Ihr Angreifer hat ihr bereits die Wahl genommen. Willst du ihr dasselbe antun? Bist du bereit, diese Entscheidung für sie zu fällen? Was, wenn sie lieber sterben würde?"

„Was, wenn sie lieber leben will?", konterte Gabriel.

Was, wenn ich *will, dass sie lebt?*

„Willst du wirklich Gott spielen?"

Er wusste, dass Samson an Gott glaubte, doch Gabriel hatte seinen Glauben vor langer Zeit verloren. Aber seinen Sinn für Gerechtigkeit, für gut und böse, besaß er immer noch. Sie jetzt sterben zu lassen, fiel in das Lager von *böse.*

„Ich bin bereit, den Teufel zu spielen, wenn das bedeutet, sie am Leben zu erhalten." Gabriels Entscheidung war eindeutig: Unter keinen Umständen würde er sie sterben lassen. Scheiß auf die Konsequenzen! Wenn sie ihn später dafür hassen sollte, dann war es eben so. Aber solange sie keine eigenen Entscheidungen treffen konnte, würde er es für sie tun. Und er hoffte, sie würde ihm letztendlich dafür dankbar sein.

Samson resignierte mit einem Nicken. „Drake, was schlagen Sie vor?"

Drake räusperte sich. „Sie braucht mehr Vampirblut."

„Wie viel?", fragte Gabriel, obwohl es für ihn belanglos war. Er würde ihr so viel geben, wie sie brauchte. Egal wie viele Liter, er würde ihr so viel anbieten, wie er hatte.

„Ich bin mir noch nicht sicher. Ich befürchte, wir müssen schätzen." Der Arzt zuckte mit den Schultern.

Gabriel knöpfte seinen linken Hemdärmel auf und schob den Stoff bis zu seinem Ellenbogen nach oben. „Ich bin bereit."

„Wann haben Sie sich das letzte Mal ernährt?", fragte Drake mit Sorge in seiner Mimik. Plötzlich war er voll konzentriert, seine oberflächliche Art verschwunden.

„Vor ein paar Stunden."

„Gut." Er winkte Gabriel zur anderen Seite des Bettes. „Setzen Sie sich neben sie aufs Bett. Dann öffnen Sie Ihre Vene. Ich werde ihren Kopf halten und Sie müssen das Blut in ihren Mund sickern lassen."

Gabriel nickte und befolgte die Anweisungen des Arztes. Er setzte sich auf das Bett und fuhr seine Fänge aus. Dann durchstieß er damit die Haut seines Handgelenks. Sofort erschienen Blutstropfen.

Im Hintergrund hörte er, wie die Türe sich öffnete und wieder schloss. Samson hatte anscheinend beschlossen, ihnen nicht zuzusehen. Gabriel war es egal – er brauchte die Zustimmung seines Vorgesetzten nicht. Das war seine Entscheidung. Sein Fall. Doch Gabriel war sich bewusst, dass dies nicht nur ein Fall für ihn war – diese Frau bedeutete ihm mehr. Er wusste nicht, warum. Doch er war sich sicher, dass er seinem Instinkt in dieser Angelegenheit folgen musste. Und sein Instinkt hatte ihn noch nie in Schwierigkeiten gebracht.

Sie am Leben zu erhalten, war jetzt seine Aufgabe.

~ ~ ~

Maya war kalt. Ein Zittern durchzog ihren Körper. Sie versuchte sich zusammenzurollen, um ihre Körperwärme zu bewahren. Aber ihre

Muskeln fühlten sich steif an und unfähig, die Befehle ihres Gehirns auszuführen. Sie fühlte sich wie gelähmt. Als sie eine Bewegung neben sich wahrnahm, erkannte sie, dass sie in einem Bett lag. Als die Matratze neben ihr nachgab, erreichte sie Wärme. Wer – oder was – war da neben ihr, der die Wärme ausstrahlte, nach der sie sich sehnte?

Sie versuchte, die Mühlsteine auf ihrer Brust wegzuschieben und kämpfte gegen die Schwere ihres Körpers, um sich zu ihrer linken Seite zu drehen. Doch sie bewegte sich kaum. Als wüsste die Wärmequelle, was sie wollte, kam sie näher und presste sich gegen ihre Seite. Plötzlich strömte Hitze durch ihren Körper und sie stöhnte einen zufriedenen Seufzer aus.

Doch in dem Moment, als sie tief Luft holen wollte, stach es vor Anstrengung in ihrer Brust und Schmerzen schossen durch ihren Körper. Druck bildete sich in ihrer Lunge, da sie unfähig war, den sich angesammelten Stickstoff auszuatmen. Ihr wurde schwindlig.

Sie öffnete ihren Mund, um sich zum Husten zu zwingen, damit sie die gebrauchte Atemluft ausatmen konnte. Doch bevor sie dazu kam, spürte sie eine Hand an ihrem Kinn, die ihren Mund aufhielt. Tropfen warmer Flüssigkeit benetzten ihre Zunge. Sie wollte aufschreien. Doch alles, was sie tun konnte, war die Flüssigkeit zu schlucken, bevor sie daran erstickte.

Je mehr sie trank, umso mehr sickerte in ihren Mund. Sie konnte nicht identifizieren, was es war, doch war sie sich sicher, dass es sich nicht um Wasser handelte. Es war dickflüssiger, fast cremig. Und zu ihrer Überraschung linderte es den Druck in ihrer Brust. Jetzt war sie sich sicher, dass es Medizin sein musste. Jemand verabreichte ihr ein Medikament. Also öffnete sie ihren Mund weiter und hob ihren Kopf der Flüssigkeit entgegen.

„Langsam, langsam“, warnte eine tiefe Stimme.

Etwas Weiches berührte ihre Lippen. Warme Haut – von der die Flüssigkeit kam, die ihre Schmerzen linderte. Es kümmerte sie nicht, was es war, sie wollte sich darüber nicht den Kopf zerbrechen. Das Einzige, was wichtig war, war dass es half. Gierig saugte sie, wollte mehr bekommen, bevor ihr jemand den Zugang zu der heilenden Arznei verweigerte. Sie musste mehr davon zu sich nehmen, bevor die Vorräte aufgebraucht waren.

Je mehr sie trank, umso mehr wurde sie sich ihres eigenen Körpers bewusst, sowie dessen, der sich neben ihr befand. Wie er sie wiegte, beschützte.

Während die Schmerzen in ihrem Körper abklangen, erkannte sie die Wärmequelle neben sich als einen männlichen Körper, als einen *sehr großen* männlichen Körper. Wer war er?

Ihre Lider fühlten sich so schwer wie Stahltüren an; nichtsdestotrotz versuchte sie, sie zu heben. Es gelang ihr soweit, dass sie die Umrisse des Mannes neben sich erkennen konnte – des Mannes, an dessen Handgelenk sie noch immer saugte.

Entsetzen jagte durch sie. Er gab ihr keine Medizin – er fütterte sie mit seinem Blut!

Maya versuchte, sich von ihm zu lösen, doch ihr Körper wollte ihr nicht gehorchen. Er blieb nahe an seiner starken Brust, die sie wärmte und seinem Handgelenk, das sie nährte. Sie zwang sich, die Augen weiter zu öffnen, um ihm ins Gesicht zu blicken und wünschte sich sogleich, sie hätte es nicht getan.

Mit Schrecken starrte sie in sein entstelltes Gesicht, das eine hässliche Narbe vom Kinn bis zum Ohr aufwies. Aus dieser kurzen Entfernung wirkte er bedrohlich.

Sein langes, braunes Haar war zu einem Pferdeschwanz zusammengebunden. Einige Strähnen hatten sich daraus gelöst und umrahmten sein kantiges Gesicht.

Sie kniff ihre Augen zusammen. Nein – sie lag nicht im Bett mit einem Monster, das ihr Blut fütterte. Es musste ein seltsamer Traum sein – es gab keine andere Erklärung dafür. Weit über achtzig Arbeitsstunden pro Woche konnte das mit jedem machen. Lange Schichten und Nächte mit Bereitschaftsdiensten würden jeden zum Punkt der völligen Erschöpfung führen. Es wäre nicht das erste Mal, dass ihr das passierte. In den letzten drei Jahren war sie schon einige Male zusammengebrochen und hatte vierundzwanzig Stunden Schlaf gebraucht, um sich zu regenerieren. Morgen würde sie sich krank melden. Ja, ihr Körper teilte ihr eindeutig mit, dass sie Ruhe brauchte.

Wenn sie sich jetzt schon blutsaugende Monster einbildete, war es an der Zeit für eine kleine Pause.

Sie atmete tief durch. Jetzt, wo sie beschlossen hatte, einen Tag freizunehmen, ging es ihr gleich besser – sicherlich konnte das auch davon kommen, dass sie noch immer den warmen Körper des Narbengesichts an sich gepresst spürte. Kein Monster könnte solch eine beruhigende Wirkung auf sie haben. Es war wohl auch an der Zeit, das Film-Abo von Horror-Streifen auf romantische Komödien zu ändern, da sie offensichtlich nicht mit Horrorfilmen umgehen konnte.

Hätte sie letztes Wochenende eine Komödie anstatt eines zweitklassigen Horrorfilms angesehen, wäre der Mann, von dem sie jetzt träumte, hübsch und nicht hässlich entstellt. Maya schauderte, als sie sich sein Gesicht nochmals in Erinnerung rief.

4

„Wie geht es ihr?“, fragte Samson von der Tür.

Gabriel blickte von Mayas schlafendem Körper auf und bedeutete Samson einzutreten. Er hatte ihr ihre blutverschmierte Kleidung gelassen, da er besorgt war, dass ihre Panik noch größer wäre, wenn sie in anderen Kleidern aufwachte und annehmen musste, dass ein Fremder sie ausgezogen hatte. Sie musste schon mit genug fertig werden – festzustellen, dass er sie nackt gesehen hatte, wäre da nicht gerade hilfreich.

„Sie hat jetzt eine Chance.“

„Du siehst müde aus. Hier, ich habe etwas Blut für dich gebracht. Du musst deine Vorräte wieder auffüllen.“ Samson reichte ihm zwei Flaschen der roten Flüssigkeit.

Gabriel schaute auf das Etikett – *0-negativ* – und grunzte dankbar. „Das gute Zeug.“

„Nur das Beste für meine Leute. Hör zu. Ich wollte mich für vorhin entschuldigen. Aber du weißt ja, was ich von der Erschaffung neuer Vampire gegen deren Willen halte. Und ich dachte, du denkst genauso.“

Gabriel blickte ihn an und sah die Besorgnis in den Augen seines Vorgesetzten. „Das tue ich. Aber es gibt Situationen, in denen wir eine Entscheidung treffen müssen. Es ist ein Leben – so oder so. Was sie damit anfangen wird, bleibt ihr überlassen. Aber immerhin hat sie jetzt eine Wahl.“

Gabriel öffnete eine der Flaschen und nahm einen großen Schluck. Die cremige Flüssigkeit benetzte seine Speiseröhre. Verdammt, das tat gut. Er hatte sich ausgelaugt gefühlt. Maya hatte mindestens einen Liter von seinem Blut getrunken, doch er hatte nicht gewagt, sie zu stoppen. Drake hatte ihn gewarnt, doch er wusste, ihr Instinkt würde ihr sagen, wie viel sie brauchte. Als sie endlich genug hatte, war sie in einen tiefen Schlaf gefallen. Ihre Atemfrequenz hatte sich normalisiert und ihr Herz schlug nun schneller. Die Zeichen standen gut.

„Du hast recht“, stimmte Samson ihm zu. „Gabriel, ich möchte, dass du etwas für mich tust.“

Gabriel schaute ihn direkt an. „Was denn?“

„Ich habe beschlossen, mit Delilah einen kurzen Urlaub zu machen, bis Mayas Zustand sich stabilisiert hat. Nenn mich übervorsichtig. Aber ich könnte es mir nie verzeihen, wenn Delilah etwas zustößt, nur weil Maya ihre Blutgier nicht kontrollieren kann. Delilah ist der einzige Mensch im Haus. Maya würde sich unwillkürlich zu ihrem Blut hingezogen fühlen."

Es entstand eine kurze Pause, in der Gabriel bemerkte, wie sich ein Lächeln auf Samsons Gesicht breitmachte.

Mit einem Glitzern in den Augen fuhr Samson fort: „Und ich weiß am besten, wie verlockend ihr Blut schmeckt."

„Du bist ein glücklicher Kerl." Gabriel grinste und vergaß für einen Moment all seine Probleme. Es tat gut, seinen Freund glücklich zu sehen.

„Als wüsste ich das nicht selbst. Ich möchte, dass du hier bleibst – Carl bereitet das große Schlafzimmer für dich vor. Oliver wird uns begleiten."

„Du nimmst einen menschlichen Bodyguard mit?" Oliver, ein Sterblicher, war Samsons Assistent, der sich um all seine Bedürfnisse bei Tageslicht kümmerte.

„Für Delilah. Ich vermute, sie wird gerne einige Sehenswürdigkeiten besichtigen wollen, während ich tagsüber drinnen bleiben muss. Ich möchte ihr das nicht vorenthalten. Oliver wird sie beschützen."

„Ich verstehe."

Samson blickte zum Bett. „Maya muss rund um die Uhr bewacht werden. Thomas, Zane und Yvette werden dich dabei unterstützen. Ich schicke Quinn zurück nach New York. Er kann sich um die Geschäfte kümmern, solange du hier bist."

Gabriel hatte keine Bedenken, Quinn die Verantwortung über das New Yorker Büro zu übertragen; doch ein anderer Name alarmierte ihn. „Bist du dir sicher, Zane ist eine gute Wahl?"

„Er ist dein bester Mann. Du weißt, wie du ihn handhaben musst, damit er nicht aus der Reihe tanzt."

Samson hatte recht. Doch Zane in Mayas Nähe zu haben, bereitete Gabriel Unbehagen. Er konnte nicht sagen, warum. Zane war die gemeinste Kampfmaschine, die er kannte. Ihn an seiner Seite zu haben war der beste Schutz, den er sich vorstellen konnte.

„Ich habe auch Amaury informiert. Er ist bereit zu helfen. Doch ich kann mir vorstellen, dass er stattdessen lieber etwas anderes tut."

Gabriel grinste unverschämt. „Ich werde es vermeiden, ihn anzurufen – ich will lieber nicht der Auslöser für einen von Ninas Wutausbrüchen sein. Diese Frau hat eindeutig eine große Klappe."

Samson lachte. „Und die braucht sie auch, um Amaury zu zähmen. Aber im Ernst, wenn du Verstärkung brauchst, ruf ihn an. Ich bin sicher, er kennt ein paar Tricks, um Nina zu besänftigen, sollte sie verärgert sein."

Gabriel wollte es sich nicht vorstellen müssen, da Amaurys Methoden sicherlich einen Sex-Marathon beinhalteten – das war nicht gerade das Bild, das er momentan sehen wollte. Nicht, wenn die perfekteste Frau nur wenige Zentimeter von ihm entfernt lag – hilflos und verletzlich. Seine Leistengegend straffte sich bei dem Gedanken, wie ihr Körper sich angefühlt hatte, als er sie an sich gepresst hatte, während er sie ernährt hatte.

„Alles okay?", fragte Samson.

Gabriel änderte seine Position, um seine wachsende Erektion zu verbergen. „Sicher. Ich werde mich um alles hier kümmern. Sobald sie aufwacht und die Verwandlung akzeptiert hat, werde ich herausfinden, was passiert ist. Vielleicht kann sie uns eine Beschreibung von dem Kerl geben. Sie muss etwas gesehen haben."

„Gut. Carl wird hier sein für den Fall, dass du ihn brauchst. Und Drake wird jede Nacht vorbeikommen, um nach dem Rechten zu sehen. Er hat vor ein paar Minuten angerufen."

Gabriel hob fragend eine Augenbraue. Er fühlte sich keineswegs schuldig deswegen, weil er den Doktor so schroff behandelt hatte. „Was wollte er?"

„Er hat vergessen, dir zu sagen, was zu tun ist, wenn sie zu sich kommt. Sie muss spätestens sechs Stunden, nachdem sie aufwacht, menschliches Blut bekommen, sonst wird sie dem Wahnsinn verfallen. Ich vermute, es wird kein Problem sein, sie zu füttern – sie wird ausgehungert sein. Und ihre Instinkte werden in den ersten Stunden so scharf sein, dass du sie kaum von Blut fernhalten kannst. Ich schlage vor, ihr das Flaschenblut zu geben. Bei Carl hat das gut funktioniert."

Gabriel nickte. „Ist die Vorratskammer aufgefüllt?"

„Ich habe Carl angewiesen, Nachschub zu besorgen. Aber es ist genug für Maya und dich vorrätig."

Ein Geräusch vom Erdgeschoss ließ sie beide zur Tür blicken.

„Und noch etwas", fügte Samson zu. „Halte Ricky aus der Sache heraus. Ich glaube, die Trennung von Holly hat ihn schwer getroffen. Offen gesagt war ich ziemlich überrascht, als er mir erzählt hat, dass Holly Schluss gemacht hat. Ich habe immer gedacht, sie wäre diejenige, die diese Beziehung immer am Laufen gehalten hat."

„So kann man sich irren. Man weiß nie, was in einer Person vorgeht", stellte Gabriel fest.

„Wie auch immer. Ich habe alle informiert, ihm ein bisschen Freiraum zu geben. Die Jungs werden nur deine Befehle befolgen."

„Verstanden."

Mit einer Kopfbewegung deutete Samson nach unten, wo Stimmen zu hören waren. „Sieht so aus, als hätten wir Gesellschaft bekommen. Lass sie uns auf den neuesten Stand bringen."

~ ~ ~

Die Stimmen in ihrem Traum verschwanden nicht vollständig. Es schien, als hätten sie ihre direkte Umgebung verlassen, doch Maya konnte sie immer noch in der Ferne hören. Sie kicherte im Schlaf, während sie sich wie Superwoman fühlte, die Leute noch aus zweihundert Metern Entfernung belauschen konnte. Wie lustig wäre das denn? Sie könnte hören, was ihre Patienten sagten, bevor sie überhaupt in die Nähe des Untersuchungszimmers kam. Sie konnte sich nicht daran erinnern, wann sie sich krank gemeldet und einen Kollegen gebeten hatte, sie zu vertreten, aber sie war sich sicher, dass sie es getan hatte. Schließlich war sie der verantwortungsvolle Typ und sie hätte ihre Kollegen nie hängen gelassen.

Stimmen kamen und gingen, Türen öffneten und schlossen sich. Sie hörte Automotoren starten und Garagentore, wie sie sich öffneten und wieder schlossen. Schritte überall, auf dieser Etage und auch darunter, als würde eine ganze Armee durch ihr Mietshaus trampeln. Sie würde sich beim Vermieter über die lauten Nachbarn beschweren müssen. Konnten sie nicht einfach ruhig sein und sie schlafen lassen?

Sie vertiefte sich in ihren Traum. Eine warme Hand streichelte ihre Wange und streifte ihr das Haar aus dem Gesicht. Sie fühlte sich sicher. Aufmunternde Worte, die sie hörte, doch sogleich wieder vergaß, hallten in ihrem Kopf wider. Jemand sprach leise zu ihr, flüsterte, hauchte Worte in ihr Ohr, Worte, die sie beruhigten.

Ein Traum führte zum nächsten und zum nächsten. Und mit jedem Traum kam ihr Bewusstsein ein Stückchen näher.

Mayas Körper fühlte sich ausgeruht und seltsam verjüngt an, fast als hätte sie die letzten vierundzwanzig Stunden in einem Luxus-Spa verbracht. Ihr Bett fühlte sich gemütlicher an als je zuvor. Ihre Matratze war weicher, die Laken frischer. Und größer – irgendwie wirkte ihr Bett größer, zu groß für ihr kleines Schlafzimmer, in dem nur ein Einzelbett und eine kleine Kommode Platz fanden.

Maya streckte ihre Arme zur Seite, doch sie erreichte die Bettkante nicht. Träumte sie noch? Vielleicht war sie noch nicht einmal wach.

Mit mehr Anstrengung als erwartet, öffnete sie ihre Augen.

Ein Schreien durchbrach die Stille und mit Schrecken erkannte sie, dass es ihr eigenes war.

5

Ihr durchdringendes Schreien ließ den Mann, der über sie gebeugt war, zurückschrecken. Der Kopf des zwei Meter großen Fremden war kahl geschoren und sein Gesicht konnte nur als kalt und gemein beschrieben werden. Und falls das nicht genug war, Maya davon zu überzeugen, dass er zu den Bösen gehörte, dann war es die Tatsache, dass er in ihr Apartment eingedrungen war und jetzt an ihrem Bett stand.

Panisch griff sie nach rechts, wo sie für solche Gelegenheiten einen Baseballschläger deponiert hatte und fand dort – nichts. Sie wandte ihren Blick von dem Eindringling ab.

Und ihr Herzschlag setzte aus.

Dies war nicht ihr Schlafzimmer! Es war nicht einmal ihre Wohnung!

Sie war entführt worden!

Mit ihrem nächsten Atemzug schallte ihre Stimme durch den Raum. *„Hilfe! So hilft mir doch jemand!“*

Sie kletterte vom Bett, nahm es als Barriere zwischen sich und dem Glatzkopf. „Bleiben Sie mir vom Leib. Kommen Sie mir nicht zu nahe, Sie kranker Bastard.“

Ihre Augen überflogen den Raum. Er war üppig eingerichtet, was sie überraschte. Sperrte man einen Entführten nicht gewöhnlich in einem kalten, schäbigen Keller ein, in dem sich nur ein Bett und ein Stuhl befanden? Dieser Raum war nichts dergleichen.

Na toll! Sie war von einem reichen, kranken Bastard entführt worden. Jeder andere hätte wenigstens nur Geld gewollt – das sie nicht hatte – aber dieser Kerl, wer weiß, was *er* wollte?

Sie starrte ihn an. Er hatte sich seit ihrem ersten Schrei nicht bewegt und genoss ihre Angst eindeutig. Maya wischte sich ihre schwitzigen Handflächen an ihrer Jeans ab und bemerkte zu ihrer Überraschung, dass sie voll angezogen war. Sie war so gekleidet, als hätte sie gerade erst das Krankenhaus verlassen. Anhand der Blutspritzer auf ihrem Kittel vermutete sie, dass sie zu einem Notfall gerufen worden war. War sie gar nicht nach Hause gelangt?

Bevor sie ihre Gedanken weiter sortieren konnte, öffnete sich die Türe und drei Leute stürmten herein. Großartig. Jetzt waren sie ihr auch zahlenmäßig deutlich überlegen.

„Zane, verdammt noch mal. Was zum Teufel tust du hier?“, sagte jemand mit einer seltsam vertrauten Stimme.

Ihr Blick blieb an dem Mann hängen, der gesprochen hatte. Ihr stockte der Atem.

Während er sich auf den Kerl stürzte, den er Zane nannte, konnte Maya deutlich die lange Narbe auf seinem Gesicht erkennen.

Er war das Monster aus ihrem Traum. Er war echt. Und er war hier.

Er griff den kahl geschorenen Mann an und zog ihn vom Bett weg.

„Lass mich los, Gabriel. Ich wollte nur sehen, wie sie aussieht“, verteidigte Zane sich und schüttelte die Hände des anderen Mannes von sich ab. „Sei nicht so ein Spielverderber.“

„Verschwinde!“, donnerte der Mann mit der Narbe. Die Autorität in seiner Stimme war unleugbar.

Mit einem Achselzucken verließ der Kahlkopf das Zimmer, wie ihm befohlen wurde. Erst jetzt wandte sich der Mann, den er Gabriel genannt hatte, ihr zu.

„Tut mir leid. Zane hätte nicht hereinkommen sollen. Wir dachten, du würdest noch länger schlafen“, sagte er mit tiefer, doch sanfter Stimme.

Angenehme Stimme oder nicht, er ging ein paar Schritte auf sie zu – und das konnte Maya nicht zulassen. Verzweifelt suchte sie nach einer geeigneten Waffe.

„Keinen Schritt weiter, Kumpel“, warnte sie und griff nach dem schmiedeeisernen Kerzenständer, der auf dem Nachttisch stand, bereit sich zu verteidigen, falls er sich ihr weiter näherte. Sie war erleichtert, als er stehen blieb. Es gewährte ihr einen Moment um einzuschätzen, welche Gefahr von ihm ausging.

Er war fast so groß wie der Kahlkopf, aber nicht so schlank. Seine Schultern waren breiter, seine Statur schwerer. Sein langes, dunkles Haar, das zu einem Pferdeschwanz gebunden war, ließ seine Gesichtszüge weicher erscheinen. Doch die Narbe, die eine Gesichtshälfte entstellte, nahm ihm jegliche Weichheit. Ja, er war gefährlich. Dessen war sie sich sicher. Seine starken Arme, die großen Hände; sie wusste, diese Hände konnten das Leben aus ihr quetschen, wenn er sie wirklich verletzen wollte. Sie hätte nicht die geringste Chance. Alles was ihr blieb, war ihre große Klappe. Und sie konnte gut bluffen.

„Wo bin ich und wer seid ihr? Rede schnell – ich bin nicht sehr geduldig.“

Maya sah an dem Narbengesicht vorbei zu den zwei Anderen, die mit ihm den Raum betreten hatten. Eine Frau und ein Mann. Der Mann war genauso groß und sah aus, als würde er regelmäßig trainieren. Das wirkte beeindruckend, doch was ihn bedrohlich erscheinen ließ, war, dass er vollkommen in schwarzem Leder gekleidet war. Eindeutig ein Biker, vermutlich Mitglied einer Gang. Die Frau war eine Schönheit. Kurzes, schwarzes Haar, porzellanfarbene Haut, volle Lippen, eine Figur wie eine Barbiepuppe. Sie sah aus wie ein Model. Perfekter Körper, makelloses Gesicht, abgesehen davon, dass sie grimmig dreinblickte.

„Ich bin Gabriel, meine Kollegen hier –“, er deutete zu der Frau und dem Mann, „sind Yvette und Thomas.“

Als er sein Gesicht zur Seite drehte, sah Maya für ein paar Sekunden nur die unversehrte Hälfte und erkannte, dass es daran nichts Hässliches gab. Diese Seite war perfekt geformt: hohe Wangenknochen, eine gerade Nase und dann diese *Augen* … Mit schwarzen Wimpern umrundet waren sie so dunkel wie Schokolade, mit hellen, funkelnden Flecken darin. Als sie ihren Blick etwas senkte, blieb sie an seinen Lippen hängen. Voll und leicht geteilt sahen sie sinnlich aus. Bevor sie ihren Blick abwenden konnte, wandte er sich wieder ihr zu.

Jetzt, als sie beide Seiten, die vernarbte und die unversehrte, erneut zusammen betrachtete, musste sie zugeben, dass er nicht wie ein Monster aussah. Natürlich hatte die Narbe sein attraktives Gesicht entstellt, aber es gab ihm etwas Neues: ein Gesicht mit Charakter.

Gabriel bewegte sich plötzlich und es schien, als wollte er etwas zu ihr sagen. Sofort hob sie den Kerzenhalter drohend hoch.

Er hob seine Hände. „Ich komme nicht näher. Ich habe nicht vor, dir etwas anzutun.“

„Wie bin ich hierhergekommen?“, fragte Maya und ignorierte seine Bemerkung.

„Du kannst dich an nichts erinnern?“

Sie durchforstete ihre Gedanken, konnte sich aber nicht denken, wovon er sprach. Also packte sie den Stier bei den Hörnern. „Ihr habt mich entführt, nicht wahr? Was wollt ihr von mir? Geld?“

Sie konnten die paar hundert Dollar haben, die sich auf ihrem Konto sowieso einsam fühlten. Wenn sie mehr wollten, müssten sie auf ihren nächsten Monatslohn warten. Ihren Studienkredit abzubezahlen, hatte all ihre Ersparnisse aufgefressen.

Die Frau, Yvette, schüttelte den Kopf und kicherte. „Das wird wohl eine Weile dauern, Gabriel. Warum überlasse ich dir das nicht ganz?“

„Yvette“, zischte Gabriel, „du kannst dich nicht einfach so abseilen. Samson hat befohlen, dass du hilfst. Also tust du das auch.“

Yvettes Mund verschmälerte sich zu einer dünnen Linie. Wer immer dieser Samson war, er hatte offensichtlich Macht über sie. Maya drängte diese Erkenntnis in den Hintergrund – vielleicht konnte sie sie später zu ihrem Vorteil nutzen.

Maya blickte zwischen Gabriel und Yvette hin und her und dachte darüber nach, was er mit seinen Worten gemeint hatte. Wobei sollte sie ihm helfen? Sie festzuhalten? Sie zu fesseln? Nein, vermutlich nicht – sie hatten die Gelegenheit dazu gehabt, als sie bewusstlos war und sie nicht genutzt. Was zum Teufel wollten sie mit ihr anstellen?

„Du wurdest angegriffen", fing Gabriel schließlich an.

„Das habe ich auch schon herausgefunden. Also, was wollt ihr von mir?" Maya wusste, sie hatte schlechte Karten, also konnte ihr nur logisches Denken weiterhelfen.

„Wir sind nicht die, die dich überfallen haben", stellte Gabriel klar.

Maya schnaubte. Als wäre sie so leichtgläubig. Vielleicht hatte sie Glück und diese drei Kriminellen waren zu dumm, sich vorher einen Plan überlegt zu haben. Vielleicht konnte sie sie überlisten. Die Chance, dass diese Frau neben ihrem guten Aussehen auch noch superintelligent war, war ja wohl gering. Und der Biker: Er kannte sich vielleicht mit seinem Motorrad aus, aber ansonsten hatte er bestimmt auch nicht viel auf dem Kasten. Sie war sich nicht sicher, wie sie Gabriel einschätzen sollte – er wirkte, als hätte er hier das Sagen, aber –

„Er sagt die Wahrheit", fuhr Thomas an Gabriels Stelle fort. „Zwei unserer Bodyguards haben dich gefunden, nachdem du angegriffen wurdest. Sie haben dich hierher gebracht, damit wir uns um dich kümmern können."

Maya wich einen Schritt zurück. Bodyguards? Diese Leute hatten Bodyguards? Das konnte nur bedeuten, dass sie zur Mafia gehörten, Russen vermutlich. *Um dich kümmern* – ja, das klang eindeutig nach der Mafia. Das änderte alles. Sie hatte es nicht mit ein paar armseligen Verbrechern zu tun, die sich ein paar Dollar ergaunern wollten. Sie war an die Mafia geraten, die Cosa Nostra, oder wie sie sich heutzutage auch immer nannten.

Maya rutschte das Herz in die Hose. Falls sie etwas gesehen hatte, das sie nicht hätte sehen sollen, war sie so gut wie tot. Vielleicht hatte einer ihrer Patienten ihr etwas erzählt, das diese Leute mit einem Verbrechen in Verbindung brachte und sie dachten jetzt, es wäre das Beste, sie auszuschalten. Sie las die Zeitung. Sie wusste, wozu diese Leute fähig waren.

„Ich kann mich nicht erinnern, überfallen worden zu sein. Was habt ihr mit mir gemacht? Mich unter Drogen gesetzt?"

Gabriel schüttelte den Kopf. „Wir haben nichts gemacht. Aber wenn du dich an nichts erinnerst, bedeutet das, dass der Mann, der dich überfallen hat, höchstwahrscheinlich deine Erinnerung gelöscht hat."

„Meine Erinnerung gelöscht? Bitte versucht nicht, mir solch lächerlichen Unsinn einzureden. Ich bin nicht blöd." Sie hob ihr Kinn mit dem Mut, den sie nicht hatte. Doch sie brauchte Antworten. Egal, ob sie mochte, was sie hörte oder nicht. „Sag mir, was ihr wollt und dann lasst uns die Sache über die Bühne bringen." Wenn sie eins hasste, dann war es Ungewissheit. Sobald sie wusste, was hier vor sich ging, könnte sie wenigstens einen Plan entwickeln. Sie war gut im Pläne schmieden.

Yvette trat vor und stellte sich neben Gabriel. „Du bist von einem Vampir angegriffen worden."

Mayas Herz stoppte für einige Sekunden. Dann stieß sie einen tiefen Atemzug aus. Das war ein riesengroßer Witz. Das musste es sein. Niemand, der bei klarem Verstand war, nicht mal ein Krimineller, konnte mit solch einer unplausiblen Erklärung ankommen und auch noch erwarten, dass sie ihm glaubte. Sie blickte sich im Zimmer um. „Okay, wo ist die Kamera? Das werdet ihr wohl bei *YouTube* aufladen, was? Wer hat euch dazu angestiftet? Etwa Paulette?" Das sah ihrer Kollegin ähnlich. Sie würde ihr diesen Streich heimzahlen.

Dummerweise lachte keiner. Stattdessen ging Gabriel einen Schritt auf sie zu. „Der Vampir, der dich angegriffen hat, hat den Verwandlungsprozess in Gang gesetzt, damit du eine von uns wirst. Wir sind alle Vampire, aber wir sind hier, um dir zu helfen."

Keines seiner Worte ergab Sinn. Die Drei mussten aus der Psychiatrie ausgebüxt sein. Hätte sie doch nur ihrem Psychiatrie-Professor besser zugehört! Dann wüsste sie jetzt, wie sie mit diesen Irren umgehen musste. Doch ihr medizinisches Interesse hatte sich mehr darauf bezogen, wie der Körper funktionierte, nicht der Geist.

„Es gibt keine Vampire. Ihr habt wohl zu viele schlechte Filme gesehen."

„Ich kann es dir beweisen", behauptete Gabriel.

„Ach ja? Was hast du vor? Dir ein paar falsche Zähne ankleben?"

Er schüttelte den Kopf und ging einen weiteren Schritt auf sie zu, zu nahe für ihr Wohlgefühl.

Maya schleuderte den Kerzenhalter in seine Richtung und war erstaunt von ihrer eigenen Reaktionsfähigkeit. So schnell, dass ihr Auge der Bewegung kaum folgen konnte, fing Gabriel ihn auf und legte ihn auf den

Stuhl neben sich. Erstaunt sah Maya ihn an. Okay, er war also schnell. Das musste überhaupt nichts bedeuten. Es bedeutete nur, dass sie keine Chance hätte, ihn zu überwältigen.

„Bitte tu so etwas nicht“, bat er mit sanfter Stimme. „Ich bin nicht der Feind.“

Maya gab ein freudloses Lachen von sich.

„Vielleicht solltest du ihr eine kleine Demonstration geben“, schlug Thomas vor.

„Nein. Ich möchte sie nicht noch mehr verängstigen, als sie es schon ist“, entgegnete Gabriel.

„Nein, nein. Bitte, ich will deine kleine Show sehen“, spottete Maya „Ich will wissen, was *Vampire* so machen.“

Als keiner der drei sogenannten Vampire sich bewegte oder irgendetwas unternahm, um ihr zu beweisen, dass sie wirklich Vampire waren, war sie sich sicher, dass sie ihren Bluff aufgedeckt hatte.

Jetzt fühlte sie sich bestätigt darin, dass alles ein großer Schwindel war. Ihre Kollegen vom Krankenhaus hatten vermutlich zusammengelegt, um ein paar Schauspieler zu engagieren, die ihr einen Streich spielen sollten. Hatten sie nicht erst vor ein paar Wochen gesagt, dass sie zu viel arbeitete und eine kleine Entspannungspause gebrauchen könnte?

„Wie ich’s mir schon gedacht habe. Jetzt sagt mir, wie ich hier rauskomme. Oder erwartet ihr auch noch Trinkgeld?“

„Trinkgeld?“, fragte Gabriel mit einem zweifelnden Blick.

„Für eure Show. Ehrlich gesagt, erst habe ich gedacht, ihr gehört zur Mafia. Ihr hättet diesen Teil besser ausbauen sollen – *Bodyguards, sich um Sachen kümmern* – das war ein guter Ansatz. Es wäre viel glaubwürdiger gewesen als Vampire. Mal ehrlich? Das ist schon eine Nummer zu abwegig.“

Alle sahen sie an, als wäre sie eine Verrückte auf der Flucht aus dem Irrenhaus. Fast fühlte sie sich schuldig, dass sie ihnen den Spaß verdorben hatte.

„Ehrlich. Ihr wart gut. Aber die Vampir-Geschichte ist ein bisschen zu viel des Guten. Tut mir leid. Hey, wie spät ist es? Ich hoffe, ich bin jetzt durch euch nicht zu spät dran für meine nächste Schicht.“

Maya blickte sich um, auf der Suche nach ihren Schuhen.

„Verdrängung“, hörte sie Yvette sagen.

„Eindeutig“, stimmte Thomas ihr zu.

„Ich weiß nicht, wie ich es erklären soll, ohne dich zu verängstigen, aber ich werde es versuchen“, sagte Gabriel.

Mayas Atem stockte, als sie eine Bewegung neben ihm wahrnahm.

Yvette hatte den Kerzenständer ergriffen. „Fang!“

Schneller, als ihre Augen es wahrnehmen konnten, schleuderte Yvette den Kerzenständer auf sie zu.

„Nein!“, schrie Gabriel. Doch im nächsten Moment fand sich Maya das schwere Metal ohne Mühen auffangen. Sie starrte das eiserne Stück in ihrer Hand an und konnte sich nicht erklären, wie sie es so schnell hatte auffangen können, da sie es doch kaum wahrgenommen hatte, wie es auf sie zuflog.

Sie war noch nie gut beim Ballspielen gewesen – ihre Hand-Augen-Koordination war dafür viel zu unterentwickelt. Und plötzlich konnte sie einen Kerzenständer fangen, der mit der Geschwindigkeit eines Autos auf sie zuraste? Wie war das möglich? Und wie hatte diese Frau es fertiggebracht, das schwere Metal auf solch eine Geschwindigkeit zu beschleunigen?

Gabriel drehte sich zu Yvette. „Du hättest sie verletzen können.“ Sein Tonfall war schroff, anklagend.

„Ihre Reflexe sind viel schneller als die eines Menschen.“ Yvette zuckte unmerklich mit den Schultern, dann blickte sie Maya direkt an. „Alle deine Sinne sind jetzt schärfer. Und du bist auch stärker. Ich wusste, dass du es fangen würdest. Es ist ein Reflex.“

„Das nächste Mal klärst du so etwas erst mit mir. Verstanden?“, zischte Gabriel Yvette an, die ihre Arme vor der Brust verschränkte und seinen Tadel ignorierte.

Maya schüttelte den Kopf. „Das ist ein Trick.“ Sie hatte keine Ahnung, wie sie das getan hatte, doch sie konnte den Kerzenständer unmöglich selbst gefangen haben. Etwas stimmte mit ihr nicht. Sie konnte es spüren. Mit großer Mühe schob sie ihre wachsenden Zweifel beiseite. Sie würde sich von ihnen nicht austricksen lassen.

Sie stellte den Kerzenständer auf dem kleinen, antiken Sideboard ab. Das zerbrechliche Holz splitterte unter der Wucht, mit der sie den Gegenstand abgestellt hatte. Erschrocken starrte sie darauf. Hatte sie ihre eigene Kraft falsch eingeschätzt?

„Glaubst du uns jetzt?“, fragte Gabriel.

„Nein!“ Das bewies überhaupt nichts. Vielleicht war das Sideboard ein Scherzartikel, dazu entworfen, unter der kleinsten Last zusammenzubrechen.

„Dann geh ins Badezimmer.“ Er deutete zu der Tür neben dem Kamin. „Es hängt ein Spiegel über dem Waschbecken. Schau hinein und sag mir, was du siehst.“

Maya zögerte. Zweifel schäumten in ihr hoch. Sie hatte nichts zu verlieren, schon gar nicht, wenn sie lediglich einen Blick in den Spiegel werfen würde, oder? Ohne Gabriel oder einen der anderen beiden angeblichen Vampire aus dem Auge zu lassen, ging sie auf die Badezimmertür zu. Sie drückte sie auf und erhaschte einen ersten Blick. Ein elegantes, weißes Marmorbadezimmer begrüßte sie. Es war viel luxuriöser, als sie es gewohnt war.

„Ich werde hier warten", sagte Gabriel.

Maya betrat das Bad, ein Auge auf die Tür gerichtet. Als sie sich dem Waschbecken näherte, blickte sie in den Spiegel. Sie stand direkt davor, doch ihr Spiegelbild war nicht da. Sie versuchte einen zweiten Anlauf und inspizierte den Spiegel genauer. Nichts.

„Noch einer von euren Tricks, nehme ich an", kommentierte sie. Sie hatte von Filmrequisiten wie dieser gehört: Spiegel, die keine Spiegel waren und somit das Filmlicht nicht in die Kamera reflektierten.

„Es ist kein Trick. Vampire haben kein Spiegelbild. Unsere Aura wird über eine Frequenz ausgestrahlt, die Spiegel nicht verarbeiten können. Also wird nichts reflektiert."

„Ich schätze, das bedeutet, dass ihr auch nicht auf Fotos zu sehen seid?", spottete sie.

„Nur auf Fotos, die mit einer Digitalkamera geschossen wurden", kam seine Antwort aus dem Schlafzimmer.

„Unsinn", antwortete sie. „Ich habe keine Ahnung, was ihr damit erreichen wollt. Aber was immer es ist, es funktioniert nicht."

„Nimm irgendetwas aus dem Bad, egal – Handtuch, Seife – halte es vor den Spiegel."

Sie schnaubte. Sie hatte nicht die Absicht, seine idiotische Anweisung zu befolgen. Was sollte das schon beweisen?

„Tu es!", befahl Gabriel mit einer Stimme, die keinen Widerspruch zuließ.

Na schön, sie würde es tun. Und dann würde sie hier raus marschieren und ihm klarmachen, dass er seine dummen Spielchen mit jemand anderem spielen konnte. Ihr reichte es jetzt. Es war nicht mehr lustig. Eigentlich war es von Anfang an nicht lustig gewesen.

Ungeduldig griff Maya nach der Haarbürste, die auf der Marmorablage lag, und hielt sie vor den Spiegel. Die Haarbürste erschien wie von Geisterhand gehalten. Sie bewegte ihren Arm und die Bürste bewegte sich im Spiegel. Der Spiegel funktionierte. Jetzt, da sie genauer hinschaute, bemerkte sie, dass alles hinter ihr widergespiegelt wurde. Die Dusche, die Toilette, die Handtücher am Handtuchständer. Alles – außer sie selbst.

Mit einem lauten Klirren landete die Haarbürste im Waschbecken.

Maya öffnete ihren Mund. Doch kein Laut kam heraus. Kein Schreien, keine Worte.

Ihrer Lunge fehlte der Sauerstoff, den ihr Gehirn zur Verarbeitung dieser Neuigkeiten benötigte. Sie hob ihre Hände und betrachtete diese. Sie konnte sie sehen, berühren, doch der Spiegel zeigte nichts. Als existierte sie nicht.

Was war sie?

~ ~ ~

Als er Mayas Schrei hörte, wusste Gabriel, dass sie die Wahrheit schließlich eingesehen hatte. Ein Schluchzen folgte direkt darauf.

Er drehte sich zu seinen Kollegen. „Lasst uns alleine. Ich kümmere mich um den Rest."

„Ich bin unten, wenn du mich brauchst." Thomas verließ erleichtert den Raum.

Yvette hob nur eine fragende Augenbraue. Aber innerhalb von Sekunden verschwand auch sie aus dem Gästezimmer.

Nun war er alleine mit Mayas Schluchzern und Schmerz. Er wusste nur zu gut, was sie jetzt durchmachte. Doch es war mehr als nur Mitleid. Noch nie hatte er den Schmerz einer anderen Person so stark gespürt. Nur verwandte Seelen verspürten die Qualen des anderen so intensiv. Warum blutete sein Herz so sehr, wo er sie doch kaum kannte?

Entschlossen, ihr zu helfen, trat er ins Badezimmer. Zu einem kleinen Bündel zusammengekauert lehnte sie an der Badewanne. Ihre Arme umschlossen ihre Beine, den Kopf auf ihre Knie gesenkt. Mit zwei großen Schritten war er an ihrer Seite und hob sie in seine Arme.

Sie leistete keinen Widerstand. All ihr Kampfgeist hatte sie verlassen. Die Frau, die sich so mutig gegen ihn und seine Kollegen gewehrt hatte, weil sie dachte, sie seien Kriminelle, war zusammengebrochen.

Gabriel wiegte sie gegen seine Brust und trug sie zurück ins Schlafzimmer, wo er sich in den Sessel vor dem Kamin niederließ. Noch immer in seinen Armen streichelte er tröstend über ihren Rücken.

„Du bist nicht alleine. Wir werden uns um dich kümmern." *Er* würde sich um sie kümmern. Er wollte die alleinige Verantwortung. Er würde dafür sorgen, dass sie nie wieder weinen musste. Es war seine Entscheidung gewesen, sie am Leben zu erhalten, also lag die Pflicht bei ihm. Doch es war mehr als nur eine Pflicht für ihn. Er *wollte* sich um sie kümmern.

Mit jedem Atemzug schlich sich ein erneutes Seufzen aus ihrer Brust. Ihre Tränen durchnässten sein weißes Shirt, als sie sich an seiner Schulter ausweinte.

Gabriel hatte mit den Tränen einer Frau keinerlei Erfahrung, doch er schreckte vor ihren nicht zurück. Sie hatte jedes Recht zu weinen. Ihr wurde der Boden unter den Füßen weggezogen. Nichts würde je wieder sein, wie es war. Entscheidungen waren ihr geraubt worden und sie wusste noch nicht mal annähernd, wie sich ihr Leben ändern würde. Nicht nur musste sie nun menschliches Blut trinken und sich vom Sonnenlicht fernhalten, ihr Leben als normale Frau hatte sich mit einem einzigen Biss komplett verändert. Das Mindeste, was er tun konnte war, sie zu beruhigen und ihr zu geben, was sie brauchte.

„Warum?“, schluchzte sie und atmete tief ein.

Gabriel streichelte über ihr seidenweiches Haar und presste einen Kuss auf ihren Kopf. „Ich weiß es nicht, mein Herz. Aber ich verspreche dir, wir werden den bestrafen, der dir das angetan hat.“

Er war sich nicht sicher, ob sie ihn gehört hatte, da ihr Schluchzen andauerte. Doch er hoffte, seine Stimme würde sie beruhigen, also redete er weiter mit ihr. Er flüsterte ihr bedeutungslose Worte zu, nur um ihr zu versichern, dass er da war, dass sich jemand um sie sorgte. Wort um Wort kam über seine Lippen, sanfte Worte voller Emotionen. Er wusste nicht, woher sie kamen. Er war noch nie ein Mann vieler Worte gewesen. Und bisher hatte es auch noch keine Gelegenheit gegeben, einer Frau süße Worte ins Ohr zu murmeln.

Er streichelte über ihren Rücken, ihr Haar, sogar über ihre Beine. Doch sie stieß ihn nicht weg. Er tat es nur, um sie zu beruhigen. Er zeigte Zärtlichkeit und Mitgefühl, denn er wusste, dass sie das jetzt brauchte. Jetzt wo ihre Welt in Scherben lag. Er würde sie die Schmerzen nicht alleine ertragen lassen. Er würde die Last mit ihr teilen, sofern sie es ihm erlaubte.

„Ich werde nicht ruhen, bis die Gerechtigkeit siegt“, versprach Gabriel nicht ihr, sondern eher sich selbst. Ein skrupelloser Vampir hatte sie verletzt und dieser würde dafür bezahlen müssen. Keinem war erlaubt, jemanden wie Maya zu verletzen, eine Frau, die so perfekt war, dass er es nicht wagen dürfte, sie zu begehren.

Doch er tat es.

Sie in seinen Armen zu halten, ihren süßen Hintern in seinem Schoß zu spüren und ihren Kopf an seiner Schulter, war das himmlischste Gefühl, das er je verspürt hatte. Sie fühlte sich klein an, so verletzlich, selbst jetzt noch, obwohl sie ein Vampir war. Sie war nun körperlich stärker als sie als Mensch gewesen war. Es gab nur noch wenige Dinge, die ihrem Körper jetzt noch etwas anhaben konnten: Ihr Herz war ein anderes Kapitel.

„Was soll ich jetzt nur tun?“, jammerte sie plötzlich.

Er streichelte ihren Rücken, um ihr erneut das Gefühl zu geben, dass alles gut ausgehen würde. „Wir tüfteln das zusammen aus. Ich werde dir die ganze Zeit beistehen.“

Gabriel wollte, dass sie ihm glaubte. Ihm, dem Fremden, den sie verängstigt angestarrt hatte, als sie aufgewacht war. Ihr Blick ging ihm nicht aus dem Kopf. Ihre Augen hatten sich mit einer Mischung aus Angst und Schock geweitet, als sie seine Narbe erblickt hatte. Sie war unfähig gewesen, wegzusehen, und er kannte diesen Blick nur zu gut. Aber auf diese Art von ihr geprüft zu werden, hatte ihn irgendwo tief drinnen verletzt. Hatte er wirklich erwartet, dass sie ihn anders ansehen würde? Dachte er wirklich, sie wäre fähig, über sein körperliches Erscheinungsbild hinwegzusehen und den Mann in ihm zu erkennen?

Gabriel wusste, dass es gefährlich war, zu träumen. Wenn er sich erlaubte zu hoffen, riskierte er eine tiefere Wunde, als jedes Messer je verursachen könnte. Es war besser, die Gefühle zu vergessen, die diese Frau in ihm auslöste, das Verlangen, das sie erweckte, die Lust, die sie entfesselte. Er würde ihr durch diese Situation durchhelfen – egal wie. Dass sie jemals mehr in ihm sah als nur einen Mentor, war unwahrscheinlich, und es war auch belanglos. Sie brauchte ihn und er wollte für sie da sein – egal in welcher Rolle.

Maya drehte sich in seiner Umarmung und machte ihm die Enge in seiner Hose bewusst. Nur sie in seinen Armen zu halten, hatte ihm einen Ständer verschafft. Er verfluchte sich für seine unangemessene Reaktion. Das Letzte, was diese Frau jetzt gebrauchen konnte, war ein geiler Vampir. Und er war verdammt geil.

Er holte tief Luft und konzentrierte sich darauf, seine Erektion abklingen zu lassen, doch ihr süßer Duft, den er mit diesem Atemzug einsog, trieb ihn fast zum Höhepunkt. Ihr Geruch war rein und verführerisch. Mit einem seufzenden Ausatmen vergrub er seine Hände in ihren Haaren und gab sich seinem körperlichen Verlangen hin. Nur einen Moment würde er sich dies erlauben, bevor er sein Verlangen tief in seinem Herzen verschloss.

Ob er ihren Kopf anhob oder ob sie es selbst tat, wusste er nicht. Doch als ihr Gesicht seinem gegenüber war und ihre großen, verweinten Augen ihn anblickten, schien die Zeit stillzustehen. Er sah ein rotes Flackern in ihnen und wusste, dass ihre Vampir-Seite die Oberhand gewonnen hatte. Und dann sah er die Leidenschaft in ihr, das Wunder in ihren Augen. In dem Augenblick, in dem ihre Lippen sich teilten, war es um ihn verloren.

Ohne Eile streifte Gabriel seine Lippen gegen ihre, in voller Erwartung, dass sie sich in letzter Sekunde zurückziehen würde. Stattdessen empfing sie seine Lippen, knabberte sogar daran. Er tat nichts, um sie zu bedrängen. Er hielt sich nur still und genoss die Weichheit ihres Mundes. Als er ihre Zunge auf seiner Oberlippe spürte, neigte er seinen Kopf und übernahm die Führung.

Er wusste, dass er nicht der beste Küsser der Welt war. Er hatte nicht viel Erfahrung damit – Prostituierte küssten für gewöhnlich nicht viel und die meisten anderen Frauen waren vor ihm zurückgescheut, erschreckt von seinem Gesicht. Doch bei diesem Kuss achtete er genau auf die Zeichen, die ihm ihr Körper gab, in der Hoffnung, sie würde ihm zeigen, was sie mochte.

Mayas Lippen öffneten sich mehr, und er nahm es als Einladung, sie weiter mit der Zunge zu erforschen. Langsam glitt er in ihren Mund, untersuchte und streichelte. Ein sanftes Stöhnen zeigte ihm, dass es ihr gefiel. Also tat er es erneut, streifte seine Zunge gegen ihre. Ihr Geschmack war noch lieblicher als ihr Geruch.

Er wollte mehr, zog sie näher an sich und vertiefte den Kuss. Als er ihre Hände um seinen Hals und in seinen Haaren spürte, wusste er, dass auch sie mehr wollte. Noch nie hatte eine Frau mit solcher Leidenschaft auf ihn reagiert. Sein Herz schlug schneller, und er spürte das Blut durch seine Venen pumpen.

Maya küsste ihn so enthusiastisch, dass er sich fragte, ob er ihre erste Reaktion auf ihn korrekt interpretiert hatte. Hatte sie ihn wirklich mit Angst in den Augen angesehen? Oder war dieser Kuss nur die Art und Weise, wie sie versuchte, mit der Situation umzugehen? Und sollte das der Fall sein, warum sollte er sich nicht erlauben, diese flüchtigen Momente der Freude für sich einzufangen? Es genießen, da er vermutete, dass nie mehr passieren würde, dass dies alles war, was sie ihm je geben würde.

Als ihm klar wurde, dass dies vermutlich das einzige Mal sein würde, sie zu kosten, küsste er sie mit dem Eifer eines angreifenden Barbaren. Wenn er erwartet hätte, dass sie sich zurückzog, wäre er enttäuscht worden, da ihre Leidenschaft seiner nahe kam. Ihre Zunge duellierte sich mit seiner, rieb gegen seine, zog sich dann zurück, forderte ihn heraus, ihr zu folgen. Bei Gott, diese Frau konnte küssen. Genau jetzt erkannte er, was er sein ganzes Leben vermisst hatte.

Sie war wie Feuer in seinen Armen. Knisternd, brennend, verzehrend. Es gab nichts Vergleichbares. Er hätte sich nie träumen lassen, eine Frau, die solche Leidenschaft ausstrahlte, zu treffen. Eine Leidenschaft, die sie nur zu gerne mit ihm teilte.

Er wollte es, wollte sie mehr als alles andere auf der Welt. Sogar mehr, als er Jane vor so vielen Jahren gewollt hatte – und das schockierte ihn. Er presste sie fester an sich. Und wäre sie menschlich gewesen, hätte er sie mit Leichtigkeit zerquetscht, so wie er sie hielt.

Zu spät bemerkte er eine Veränderung in ihr. Gabriel entzog sich ihr in dem Moment, als auch sie sich von seiner Umarmung befreien wollte.

Dann schmeckte er sein eigenes Blut auf seiner Lippe.

Maya hatte ihn gebissen.

6

Maya starrte auf das Blut auf Gabriels Lippe. Und alles, an das sie denken konnte, war, es abzulecken und zu schlucken. Der Geruch seines Blutes griff ihre Sinne an, und ihr wurde unwiderruflich klar, dass sie durstig war – durstig nach Blut. Während sie nie zimperlich gewesen war, wenn es Blut betraf – als Ärztin konnte sie sich diesen Luxus nicht leisten – hatte sie den Geruch jedoch nie gemocht. Abgesehen von dem unfassbar verführerischen Geruch von Gabriels Blut.

Verwirrt kletterte Maya von seinem Schoß.

Sie konnte sich nicht erklären, warum sie ihn geküsst hat. Den Mann, der sie verschreckt hatte, als sie ihn zum ersten Mal gesehen hatte. Dessen Entstellung sie instinktiv hatte zurückweichen lassen. Als sie ihn jedoch jetzt ansah, fühlte sie keine Abscheu. Nur eine tiefe Anziehungskraft zu ihm.

Gabriel stand vor ihr, einen unlesbaren Ausdruck im Gesicht. „Maya, ich …" War das Reue in seiner Stimme, oder war es Scham?

Sie trat einen Schritt zurück und wandte sich von ihm ab, bevor sie ihn bespringen und sein Blut aus seinen Venen saugen konnte. Sie wollte ihm so viele Fragen stellen, doch in ihrem momentanen Zustand konnte sie nicht garantieren, dass sie ihre Hände von ihm lassen konnte. Und ihr angeknackstes Ego konnte nicht noch eine weitere peinliche Situation wie diese verkraften.

„Es war meine Schuld. Es wird nicht wieder vorkommen." Alles, was er getan hatte, war, sie zu beruhigen. Und sie hatte ihn gebissen. Wie undankbar war das denn?

Sie blickte zur Badezimmertür, auf der Suche nach einem Ort, an den sie flüchten konnte, um mit ihren Gedanken alleine zu sein und von diesem verführerischen Geruch fortzukommen. Wenn sie noch länger in seiner Gegenwart bliebe, würde sie ihrer Blutgier erlegen und ihn zerfleischen wie eine hungrige Tigerin. „Ich brauche eine Dusche."

Gabriel räusperte sich. „Ich schicke dir Yvette, um dir frische Kleidung zu bringen."

Sie hörte seine Schritte, als er den Raum durchquerte. Sekunden später schloss sich die Tür hinter ihm. Sie war alleine – einsamer, als sie in ihrem gesamten Leben je gewesen war.

Als sie unter der Dusche stand, liefen Bäche von warmem Wasser an ihrem Körper hinunter, als könnten sie die schockierenden Nachrichten, mit denen sie fertig werden musste, wegspülen. Allen Widrigkeiten zum Trotz hoffte sie, dass alles nur ein böser Traum war – ein ziemlich-weit-hergeholter Traum – und ihr Leben noch das alte war: Sie war Ärztin, eine recht gute, mit dem Streben, ihre Karriere in Richtung medizinischer Forschung zu treiben und dem Wunsch, in dieser Welt etwas Gutes auszurichten.

Ihre Forschung im Bereich menschlicher Sexualität – oder genauer gesagt Sexualstörungen bei Frauen und Männern – lief gut. Sie stand kurz davor, bahnbrechende Fortschritte zu machen und hatte gute Chancen, einen hohen staatlichen Zuschuss zu gewinnen, mit dem sie ihre Forschung vorantreiben konnte. Sie konnte jetzt nicht einfach alles hinschmeißen. Es war ihr Lebenswerk.

Maya berührte ihre Arme und Beine, doch sie konnte keinen Unterschied feststellen. Sie fühlten sich so menschlich an wie immer. Und auch ihre Hautfarbe war noch die alte. Waren Vampire nicht normalerweise blass, da sie sich den Sonnenstrahlen nicht aussetzen konnten? Oder würde ihre Bräune mit der Zeit verblassen?

Maya betrachtete die gläserne Duschwand und beobachtete kleine Wasserbäche, die sich ihren Weg in die weiße Marmorwanne bahnten. Es gab kein Spiegelbild von ihr im Glas. War das genug, um sie als Vampir zu identifizieren? Konnte man nicht eine andere Begründung dafür finden? Als Wissenschaftlerin wusste sie, dass man sich nicht auf die erstbeste Vermutung versteifen oder die Aussagen anderer für bare Münze nehmen durfte. Sie musste die Sache genauso anpacken wie ihre Forschung: mit Logik, nicht mit Gefühl.

Ihr Magen knurrte und erinnerte sie daran, wie hungrig sie war. Doch anstatt sich nach einem saftigen Steak zu sehnen, sah sie das Bild von Gabriels blutender Lippe vor sich. Sie hatte das Entsetzen in seinen Augen gesehen, als ihm klar geworden war, dass sie ihn gebissen hatte. Gabriel hatte sie angesehen, als wäre sie durchgedreht. Vielleicht war sie das auch, doch sie hatte sich nach seinem Blut gesehnt. Die Erinnerung an dessen Geruch ließ ihr das Wasser im Mund zusammenlaufen.

Sie öffnete ihren Mund und ließ ihren Finger über ihre oberen Zähne gleiten. Sie waren wie immer. Nur einer ihrer Eckzähne fühlte sich spitzer an. Sie rieb dagegen, um zu überprüfen, ob jemand ein Stück Plastik darangeklebt hatte, um ihn spitzer erscheinen zu lassen. Doch sie konnte nichts Ungewöhnliches feststellen – der Zahn war intakt. Hatte sie wirklich

Fänge? Vielleicht war ihr Zahn schon immer so und es war ihr nur noch nie aufgefallen?

Sie überprüfte die Zähne auf der anderen Seite und auch hier bot sich ihr dieselbe Erscheinung. Doch die Kanten waren nicht stark genug ausgeprägt, um es als Fänge bezeichnen zu können. Sie erinnerte sich, dass sie weder bei Gabriel noch bei einem seiner Freunde Fänge gesehen hatte. War es möglich, dass Fänge nicht permanent da waren, dass sie nur erschienen, wenn man sie benötigte?

Maya schloss ihre Augen und stellte sich Gabriels Blut vor. Zu ihrer Überraschung verspürte sie eine Anspannung in ihrem Kiefer. Etwas ging in ihr vor. Langsam wuchsen ihre Eckzähne zu scharfen Spitzen heran. Sie riss ihre Augen auf. Das konnte nicht wahr sein! Nein, es musste eine andere Erklärung dafür geben.

War sie wirklich ein Vampir?

Sie hatte Fänge. Fänge, um Menschen zu beißen. Fänge, die sie bereits an Gabriel benutzt hatte. War das nicht Beweis genug? Sie hatte ihn gebissen, einen Tropfen seines Blutes getrunken und es auch noch gemocht – nein, geliebt. Welche Kreatur außer einem Vampir würde so etwas tun?

Maya versuchte, nicht darüber nachzudenken, was sie zu dem Biss verleitet hatte, doch es war schwer, den Kuss zu verdrängen, den sie geteilt hatten. Nun, geteilt war wohl nicht das richtige Wort – sie hatte sich ihm an den Hals geworfen wie ein Teenager, der sich nach Aufmerksamkeit sehnte.

Sie war schon immer aggressiv, wenn es um Dates und Sex ging. Doch wie sie sich Gabriel gegenüber verhalten hatte, war total schamlos. Seine Arme waren zärtlich genug gewesen, um ein Kind zu beruhigen. Doch sie hatte mit Lust und Verlangen reagiert. Sie erinnerte sich, wie zögerlich sein Kuss gewesen war, wie widerwillig er ihren Annäherungsversuchen nachgegeben hatte. Aber je mehr er sich zurückgezogen hatte, desto mehr hatte sie sich an seinen starken Körper geworfen – wie eine Schlampe. Die Tränen, die sie in seinen Armen vergossen hatte, hatten ihr doch eins gelehrt: Sie war nicht tot. Was immer sie war – ob Vampir oder nicht – ihr Herz schmerzte genauso als sei es menschlich. Und ihre Gefühle reichten so tief wie immer, wenn nicht noch tiefer.

Was ihr Leben bringen würde, wusste sie nicht, wollte sie auch nicht wissen, wollte zu diesem Zeitpunkt nicht einmal darüber nachdenken. Was sollte sie ihrer Familie erzählen? Sie dachte an ihre Eltern. Sie war ein Einzelkind. Wie lange konnte sie vor ihren Eltern verheimlichen, was ihr zugestoßen war? Sie wunderte sich, ob sie eine Gefahr für sie darstellte. Ob sie sie angreifen würde, so wie sie Gabriel attackiert hatte.

Musste sie sich von ihren Eltern fernhalten, um sie in Sicherheit zu wissen? Sie nie wieder sehen? Das konnte sie nicht. Sie liebte ihre Eltern. Sie hatten ihr alles ermöglicht, hatten all ihre Bemühungen unterstützt. Sie konnte sich nicht von ihren Eltern trennen. Allein der Gedanke daran erfüllte sie mit Verzweiflung.

Und ihre Arbeit? Wenn sie wirklich ein Vampir war, konnte sie ihren Job an den Nagel hängen – sie konnte nicht als Ärztin praktizieren, wenn der Geruch von Blut sie durstig machte. Allein die Erinnerung an die paar Tropfen Blut auf Gabriels Lippe regten ihren Speichelfluss an. Sie hatte noch nie etwas so Köstliches gerochen. Ihr Magen knurrte bei dem Gedanken. Oh Gott, wie sie sich nach Blut sehnte. Es war schlimmer, als alle Schokoladengelüste, die sie je gehabt hatte.

Und überhaupt. Wer würde schon einen Arzt aufsuchen, der nur arbeitete, wenn es dunkel war? Sie wäre nicht in der Lage, für ihre Patienten da zu sein, wenn sie sie brauchten. Sie musste verheimlichen, was sie war. Sicherlich würde ihr keiner mehr nahekommen wollen, sobald herauskam, dass sie ein Vampir war. Verdammt, sie würde doch genauso reagieren, wenn sie von einem Arzt wusste, der Vampir war. Sie konnte es keinem übelnehmen.

Sie würden sie als ein Monster wahrnehmen, das Menschen verletzte. Und war das nicht auch das, was sie tun musste? Statt Menschen zu helfen, müsste sie sie verletzten und sich von ihnen ernähren. Bei dem Gedanken lief ihr ein kalter Schauer den Rücken hinunter. Das war vermutlich, was Gabriel gemeint hatte, als er ihr ins Ohr geflüstert hatte, dass er ihr alles beibringen würde, was sie wissen musste. Ihr beibringen, wie man Menschen biss?

Frustriert schlug Maya ihre Faust in die geflieste Wand. Die Fliese brach sofort. Verblüfft zog sie ihre Faust zurück. Entsetzt starrte sie den Riss an, dann ihre Faust. Sie verspürte keinerlei Schmerz, obwohl der Schlag sie hätte verletzen müssen. Sie war zu stark. Sie konnte spielend jemanden verletzen, ohne das überhaupt zu beabsichtigen, ohne zu wissen, was sie tat. Nein, sie konnte ihre Eltern nie wiedersehen – was, wenn sie ihre Mutter wie eine Boa Constrictor zerquetschte, wenn sie sie umarmte?

Sie drängte ihre Tränen zurück, um nicht erneut zusammenzubrechen. Sie musste irgendwie damit klarkommen, musste ihr neues Leben in den Griff bekommen. Gabriel und seine Freunde schienen sich unter Kontrolle zu haben. Also mussten sie ihr Schicksal auch irgendwie akzeptiert haben. Es gab keinen Grund, warum sie das nicht auch schaffen konnte. Sie war darauf gefasst, dass es schmerzhaft sein würde. Dass die Umstellung nicht leicht würde. Doch sie war eine starke Frau. Sie musste es irgendwie versuchen.

Maya schluckte schwer. Sie musste vergessen, wie ihr altes Leben war. Je mehr sie dem nachweinte, umso schwerer würde es werden, in ihrem neun Leben Fuß zu fassen. Sie versuchte sich aufzumuntern, indem sie sich ins Bewusstsein rief, dass der Angriff – an den sie keinerlei Erinnerungen hatte – sie auch hätte töten können.

So sehr sie es auch versuchte, sie konnte sich nicht erinnern, was geschehen war. Alles, woran sie sich erinnern konnte, war das Klappern ihrer Stöckelschuhe, der dichte Nebel, die Finsternis. Selbst als sie jetzt daran zurückdachte, lief ihr ein kalter Schauer über den Rücken, so kalt, dass selbst das warme Wasser der Dusche nicht dagegen half. Warum konnte sie sich nicht erinnern? War sie von dem Überfall so traumatisiert, dass sie jede Erinnerung daran verdrängte?

Sie hatte von Patienten gehört, die nach einem traumatischen Ereignis zeitweise ihr Gedächtnis verloren hatten. War ihr das auch passiert? Sie schloss die Augen und versetzte sich in die vorherige Nacht zurück. Sie hatte ihr Auto geparkt und war dann zu dem Mietshaus gegangen, in dem sie wohnte. Und dann ... nichts. Nur Nebel, Dunkelheit – eine ausgebrannte Glühbirne. Maya konzentrierte sich, bis sich ihre Schulter verspannte. Sie wirbelte herum und öffnete ihre Augen. Alles, was sie sah, war das Weiß der Fliesen.

Sie streckte ihre Hand nach dem Wasserhahn aus und stellte dann das Wasser ab. Es hatte keinen Sinn, sich zu sehr darauf zu verkrampfen. Die Erinnerung würde zurückkommen, wenn sie dazu bereit war. Da war sie sich sicher. Sie würde einen Tag nach dem anderen angehen, in kleinen Schritten. Oder vielleicht *Nacht für Nacht*: Tage waren für sie jetzt wohl gestrichen.

Sie hatte Fragen, Hunderte von Fragen und sie hoffte, dass jemand sie schnell beantwortete.

Während sie sich abtrocknete, hörte sie wie die Schlafzimmertür aufging und leichte Schritte im Raum widerhallten. Ein Duft stieg ihr in die Nase: Es war nicht Gabriel. Sie hätte seinen Geruch überall wiedererkannt. Es war verrückt und faszinierend zugleich, wie stark sowohl ihr Geruchssinn wie auch ihr Gehörsinn nun ausgeprägt waren.

Maya wickelte sich in ein Handtuch und ging ins Schlafzimmer.

Yvette stand neben dem Bett und legte ein paar Kleidungsstücke zurecht. Ohne sich umzudrehen, sagte sie: „Du hast in etwa Delilahs Größe. Ich bin sicher, es ist ihr recht, wenn du dir ihre Sachen ausleihst."

„Danke. Yvette?"

Die Frau drehte sich um und Maya hatte erneut die Chance, ihre Schönheit zu bewundern. Ihre Anmut wurde lediglich von ihrem leicht säuerlichen Gesichtsausdruck getrübt. „Ja?"

Maya trat von einem Fuß auf den anderen. „Ich habe Durst." Sie fühlte sich, als hätte sie gerade zugegeben, dass sie einen Schuss Heroin brauchte. Und in ihren Augen war es genau das: verboten und düster.

Anstatt sie angewidert anzusehen, schenkte Yvette ihr ein Lächeln. Maya konnte sich bildlich vorstellen, wie sich die Männer um sie scharten, wenn sie erst einmal ihren Charme spielen ließ. „Das war zu erwarten. Ich habe dir ein paar Flaschen mitgebracht."

Flaschen? „Ich meinte, also ich denke … Ich will Blut."

„Ich weiß. Da drüben." Yvette deutete zum Nachttisch. Darauf standen zwei Flaschen mit dubiosem Inhalt.

Maya näherte sich und las das Etikett. Das Einzige, was darauf stand, war *0-positiv*. War das, was sie dachte? „Ist das –"

Yvette antwortete, bevor Maya ihre Vermutung in Worte fassen konnte. „Menschliches Blut. Nicht alle von uns gehen auf die Jagd und beißen Menschen. Wir haben uns angepasst."

Sie tranken aus Flaschen? Kein Beißen? Zum ersten Mal, seit sie aufgewacht war, empfand sie so etwas wie Erleichterung. Sie würde sich nicht in ein Monster verwandeln, das unschuldige Menschen anfiel.

„Ihr beißt also keine Menschen?"

„Nein. Jedenfalls nicht um uns zu ernähren."

Maya entschloss sich, nicht nach einer Erklärung zu diesem Kommentar zu bitten. Als sie an den Kuss mit Gabriel zurückdachte, sagte ihr ihr Instinkt, dass das Beißen nicht ausschließlich der Nahrungsaufnahme vorbehalten war. Und im Moment wollte sie nicht dem nachgehen, was mit Gabriel passiert war.

Sie griff nach einer der Flaschen und schraubte sie auf. Sie roch daran und inhalierte den metallischen Geruch. Ihr Magen rumorte. Es roch überhaupt nicht wie Gabriels Blut. Dies war nicht, was ihr Körper verlangte.

„Es riecht schrecklich", kommentierte sie.

„Schrecklich?" Yvettes Ungläubigkeit ließ sie stocken. „Ich dachte, du bist durstig."

Maya nickte. „Ich bin am Verhungern. Aber das hier ist nicht, was ich will.“ Gabriels Blut roch köstlich und das verlockende Paket, in dem es gekommen war – nun, sie wollte lieber nicht daran denken, sonst würde sie nach unten stürmen, ihn suchen und sich nehmen, was sie wollte.

Yvette schüttelte den Kopf. „Wir trinken das alle. Es ist beste Qualität; Samson kauft nur das Beste. Trink es.“

Maya legte die Flasche an ihre Lippen. In dem Augenblick, als das Blut ihre Zunge berührte, zog sich alles in ihr zusammen. Sie versuchte, es zu schlucken. Doch sie brachte die abscheuliche rote Flüssigkeit nicht runter. Sie spukte es aus.

„Es ist grauenhaft.“

Ein schockierter Ausdruck schlich sich in Yvettes Mimik. „Aber du *musst* menschliches Blut trinken: Ohne es kannst du nicht überleben. Wir ernähren uns alle täglich. Manchmal öfter, wenn wir verletzt sind oder mehr Energie benötigen.“

Maya hatte noch immer den ekelhaften Geschmack des Blutes im Mund. Alles, woran sie denken konnte, war, wie sie ihn loswerden konnte. Es kümmerte sie nicht, was die anderen taten – sie würde dieses widerliche Zeug nicht trinken. „Mir ist übel.“

Sie stürmte ins Badezimmer und spülte sich den Mund mit Wasser aus. Als sie sich umdrehte, sah sie Yvette in der Tür stehen.

„Vielleicht hat es gar nicht funktioniert, und ich bin gar nicht verwandelt.“

Yvette schüttelte den Kopf. „Die Zeichen dafür waren da. Abgesehen davon kann ich deine Aura wahrnehmen.“

Maya verstand nicht. Was für ein New-Age-Junkie war sie denn? „Welche Aura?“

„Jeder Vampir hat eine eigene, unverwechselbare Aura, die ihn umgibt. Nur Vampire oder andere übernatürliche Kreaturen können sie sehen. So erkennen wir einander.“

„Das verstehe ich nicht.“ Sie sah keine Aura.

„Das wirst du bald. Du bist schwach, da du dich noch nicht ernährt hast. Sobald du dich erholt hast, wirst du langsam Bekanntschaft mit deinen neuen Sinnen machen. Also trink, sonst rufe ich den Doc an und sage ihm, dass mit dir etwas nicht stimmt“, warnte Yvette.

Das hatte Maya gerade noch gefehlt: Nicht nur war sie ein Vampir, jetzt stimmte auch noch etwas nicht mit ihr. Das konnte sie nicht auf sich sitzen lassen. „Lass es mich noch einmal versuchen.“

Als Yvette ihr die offene Flasche reichte, hielt Maya den Atem an. Wenn sie den Geruch nicht in die Nase bekam, konnte sie es vielleicht schlucken. Erneut setzte sie an und nahm einen Schluck. Eine Sekunde später spuckte sie die rote Flüssigkeit gegen den weißen Marmor und den makellosen Spiegel im Badezimmer. Die Bluttropfen kreierten ein gruseliges Bild, als sie sich den Weg nach unten bahnten und in Richtung des weißen Marmorwaschbeckens liefen. Die Linien wirkten wie lange Seile, die dazu gedacht waren, sie zu fesseln. Wie ein Netz, in dem sie gefangen war.

„Ich ruf den Doc an“, war alles, was Yvette sagte.

Maya stützte sich am Waschbecken ab. „Vielleicht brauche ich echtes Menschenblut.“

„Das *ist* echtes Menschenblut. Frisch und in Flaschen abgefüllt. Es ist gut.“ Um dies zu beweisen, nahm Yvette einen großen Schluck. „Siehst du?“

Es war nicht zu leugnen. Yvette trank das Blut mit Genuss.

„Vielleicht bin ich allergisch. Gibt es noch andere Marken?“ Auch als Mensch hatte sie ein paar Lebensmittelallergien gehabt. Also vielleicht war es lediglich eine Allergie gegen eine Blutgruppe.

„Allergisch? Unmöglich. Ich habe noch nie von einem Vampir gehört, der allergisch auf Blut reagiert.“ Yvettes Verwerfung kam ohne Zögerung über ihre Lippen.

„Ist das das einzige Blut, das ihr habt?“, fragte Maya in ihrer Verzweiflung. Sie war am Verhungern und ihr Körper drängte sie, etwas zu essen. Oder trinken. Oder wie auch immer das bei Vampiren hieß.

„Samson hat irgendwo noch ein paar Flaschen *0-negativ*. Ich werde Carl fragen, wo er sie aufbewahrt.“ Sie ging in Richtung Tür. „Zieh dich in der Zwischenzeit an.“

Nachdem sie das Zimmer verlassen hatte, schlüpfte Maya in die Kleidung, die ihr Yvette gebracht hatte. Wer auch immer diese Delilah war, Yvette hatte recht mit der Einschätzung ihrer Kleidergröße. Delilahs Sachen passten Maya fast perfekt. Die verwaschene Jeans saß wie angegossen und das rote T-Shirt spannte lediglich an den Oberarmen etwas.

Als sie fertig angezogen war, war Yvette schon mit einer neuen Flasche zurück. Maya blickte auf das Etikett, als sie die Falsche entgegennahm. *0-negativ*. Sie betete, dass diese Sorte besser schmeckte als die zuvor und öffnete die Flasche. Die Duftwolke, die ihr entgegenkam, war noch abscheulicher als das, was sie vor Minuten gegen den Spiegel gespuckt hatte. Yvette erwartete, dass sie *das* trank? Niemand, der all seine Sinne beisammen hatte, würde das Zeug trinken wollen!

Sie drückte Yvette die Flasche in die Hand. „Ich kann nicht. Das ist ja noch schlimmer als das von vorher."

Yvette sah sie skeptisch an. „Das ist das Beste, was es gibt. Hast du eine Vorstellung davon, wie teuer eine Flasche *0-negativ* ist? Es ist wie eine Flasche des besten Champagners."

„Es ist mir egal, was es kostet. Es schmeckt nicht", schnappte Maya zurück. „Warum trinkst *du* es denn nicht?"

Yvette hob eine Augenbraue. „Tue ich gerne. Die Flasche ist ja schon geöffnet. Es gibt keinen Grund, das gute Zeug zu verschwenden."

Mayas Magen knurrte erneut, und sie schlang die Arme um ihren Bauch, um den Hunger zu unterdrücken.

„Vielleicht bin ich kein Vampir."

„Tsss. Ich weiß, dass es schwer ist, damit klarzukommen. Aber Verdrängung bringt dich auch nicht weiter. Du bist ein Vampir, genau wie wir alle. Du musst damit fertig werden."

„Aber wenn es so ist, warum will – oder kann – ich kein menschliches Blut trinken? Das kann nicht richtig sein. Hast du je von einem Vampir gehört, der kein Blut mag?"

Yvette schürzte ihre Lippen. „Habe ich nicht. Aber vielleicht der Doc. Lass uns nach unten gehen und auf ihn warten."

„Was ist er genau? Ein Vampirist?"

Yvette zuckte mit den Schultern. „Ich fürchte, alles, was wir dir bieten können, ist ein Psychiater. In New York könnten wir dich zu einem echten Arzt bringen. Aber in San Francisco gibt es nur einen Psychiater."

„Es gibt genug Ärzte in San Francisco."

Yvette warf ihr einen mysteriösen Blick zu. „Sicher gibt es viele. Aber keiner von ihnen ist ein Vampir."

Natürlich hatte Yvette recht. Maya konnte nicht zu einem richtigen Arzt gehen. Wie sollte sie ihm erklären, dass sie nach Blut dürstete, aber gleichzeitig ihr Körper das Blut ablehnte? Sie musste einen Vampirarzt konsultieren. Wie ihr ein Psychiater helfen sollte, war ihr jedoch unklar. Außer er würde sie hypnotisieren und dazu bringen, das widerliche Zeug zu schlucken. Vielleicht war es das, worauf Yvette aus war.

Bestimmt hatte er schon von Fällen wie dem ihren gehört. Wenn nicht, dann machte ihre eigene Theorie mehr Sinn: Sie war kein echter Vampir, wenn sie kein Blut trinken wollte. Es war ein großes Missverständnis – sie war nicht verwandelt worden. Sie war noch immer ein Mensch. Vielleicht waren ihre übermenschlichen Kräfte und ihr verschwundenes Spiegelbild nur vorübergehende Erscheinungen. Es bestand noch Hoffnung, dass der Alptraum, in dem sie erwacht war, enden könnte.

7

Gabriel drückte das Gaspedal durch. Er fuhr in Samsons Audi R8 mit fast einhundertfünfzig Sachen über die Golden Gate Brücke. Es war wenig Verkehr, und eine solche Situation bot sich ihm nicht oft. Abgesehen davon war das Rasen mit Samsons Auto das perfekte Ventil für seine Frustration.

Mayas Kuss hatte ihn total umgehauen. Wenn sie ihn nicht versehentlich gebissen hätte – und er war sich sicher, dass es nicht absichtlich war, da sie sich ihrer Kräfte noch nicht bewusst war – wäre er nicht sicher gewesen, wie sich die Situation weiter entwickelt hätte. Nein, da log er sich selbst an. Er wusste genau, wo es geendet hätte: Er hätte sie gefickt, bis sie ihre Kraft eingesetzt hätte, um ihn zu bekämpfen. Bis sie seinen nackten Körper gemustert und ihn als ein Monster beschimpft hätte.

Gabriel verließ die Autobahn und bog in die steile Straße ein, die hinunter nach Sausalito führte. Die einst verschlafene Künstler-Enklave hatte heutzutage zu hohe Mietpreise für die am Hungertuch nagenden Künstler. Es war jetzt ein Tummelplatz für die Schönen und Reichen. Kein Wunder: Die Aussicht auf die Stadt war atemberaubend.

Er blickte aus dem rechten Autofenster zu den funkelnden Lichtern. Ihm fehlte das Tageslicht nicht. Tatsächlich schätzte er dessen Abwesenheit in seinem Leben. Nächte konnten wundervoll sein. Sie verbargen das Hässliche und zeigten nur das Funkeln und Glitzern der Welt. Im Schutze der Nacht konnte er die entstellte Seite seines Gesichts verstecken und als der Mann respektiert werden, der er war. Nicht das Monster, als das er so oft wahrgenommen wurde. Nachts konnte er vorgeben, ein normaler Mann zu sein, mit alltäglichen Wünschen und Träumen: eine liebevolle Frau, eine Familie, ein gemütliches Zuhause. Er war sich sicher, dass er ein guter Ehemann sein würde, einfühlsam und liebevoll. Wenn er nur eine Chance bekäme.

Doch in all den Jahren seit seiner Verwandlung hatte er nie eine Frau getroffen, die ihn nicht mit Entsetzen angestarrt hatte. Er hatte nicht einmal versucht, einer näher zu kommen, aus Angst abgewiesen zu werden. Als Mensch hatte er schon genug Ablehnung erfahren, eine, die eine seiner Gesichtshälften zerstört hatte. Trotz allem was Jane ihm angetan hatte, wusste er tief im Herzen, dass er ihr nicht böse sein konnte. Er hätte sie darauf vorbereiten sollen, was sie sehen würde.

Gabriel verbannte die grausame Erinnerung an seine Hochzeitsnacht aus seinen Gedanken und blickte zurück auf die Straßenschilder. Er war auf der anderen Seite von Sausalito angelangt und hatte die idyllische Innenstadt hinter sich gelassen. Zu seiner Rechten lag die Bucht, in der eine Gruppe Hausboote ankerte. Er drosselte das Tempo und hielt nach der richtigen Abfahrt Ausschau. An der letzten Anlegestelle stoppte er den Audi und stellte den Motor ab.

Das Hausboot der Hexe war das Letzte an diesem Anlegeplatz.

Nach dem Kuss mit Maya war er bei Drake angekrochen und hatte einen Pakt mit dem Teufel abgeschlossen, indem er dem Doktor gab, was er wollte: die Nutzung seiner Gabe. Er hasste sich dafür. Dafür, dass er gegen seine Prinzipien verstieß. Denn das war genau das, was er tat. Weil er Maya gegen jede Logik begehrte. Weil er auf die Chance hoffte, sie könnte ihn akzeptieren, wenn er seine missliche Lage beheben konnte. Weil ihr Kuss neue Hoffnung in ihm erweckt hatte.

Gabriel war sich nicht sicher, was er von Drakes Verbindung mit einer Hexe halten sollte. Und er wollte es eigentlich auch nicht wissen. Aber gelinde gesagt war es merkwürdig. Vampire und Hexen waren Todfeinde. Eine Hexe als Geschäftspartnerin zu haben, oder – Gott behüte – als Freundin, war gefährlich für einen Vampir. Wenn andere Vampire das herausfinden würden, könnten sie ihn als Verräter seiner eigenen Rasse anprangern. Das Nachspiel würde ernst ausfallen. Aber in seiner Situation kümmerte Gabriel das nicht mehr.

Als Gabriel davon gehört hatte, dass eine Hexe geholfen hatte, das Problem seines Freundes Amaury zu lösen, war Hoffnung in ihm aufgekeimt. Jetzt war es an der Zeit, herauszufinden, ob sie auch ihm helfen konnte.

Einer Hexe seine Schwachstellen zu offenbaren war gefährlich, da ihre Zaubersprüche viel Kraft enthielten. Und einem Vampir bot sich nur wenig Schutz gegen Zaubersprüche. Aber offen gesagt dachte Gabriel, dass ihm nichts anderes übrigblieb, als sich einer Hexe anzuvertrauen.

Er hatte schon alles Erdenkliche versucht, doch sein Problem war noch immer präsent. Es hinderte ihn daran, eine willige Frau in die Arme zu schließen und mit ihr Liebe zu machen. Er wollte nicht, dass ihm das auch mit Maya passierte. Er wollte nicht, dass sie mit Entsetzen vor ihm zurückwich. Er wollte, dass sie ihn erneut küsste, ihre Hände über seinen nackten Körper wandern ließ, um ihn zu streicheln. Wenn er geheilt wäre, vielleicht könnte sie dann über seine Narbe hinwegsehen und ihn akzeptieren. Oder warum hatte sie ihn überhaupt geküsst?

„Verlassen Sie mein Grundstück, Vampir!“, sagte eine Frau aus der Finsternis.

Gabriel hob den Kopf und sah die Hexe auf dem oberen Balkon stehen. Sie hielt eine Armbrust mit einem hölzernen Spieß auf ihn gerichtet. Ihre schlanke Erscheinung tauchte als Silhouette im Mondlicht auf und verbarg ihr Gesicht im Dunkeln. Doch Gabriels Vampir-Sehkraft kompensierte das. Er konnte genug erkennen, um festzustellen, dass sie eine attraktive Frau Mitte dreißig war.

Gabriel verstand ihre Abwehrhaltung nur zu gut. Wenn sie vor einem Vampirhaus aufgetaucht wäre, hätte man sie vergleichsweise herzlich empfangen. Er nahm es nicht persönlich. „Miss LeBlanc, Sie sind mir von Dr. Drake empfohlen worden.“

Ein Schnauben zeigte, dass sie sich nichts aus dieser Empfehlung machte. „Wozu?“

„Ich habe ein Problem, bei dem ich Hilfe brauche“, gestand Gabriel.

„Sie sollten es besser wissen als zu einem Geschöpf wie mir zu kommen und um Hilfe zu bitten. Keinem von Ihnen kann man vertrauen.“

Gabriel hob seine Arme leicht an. „Wenn dass der Fall wäre, hätten Sie Drake nicht erzählen sollen, wo Sie zu finden sind. Er ist immerhin auch einer von uns.“

„Ist das so?“

Er sah ihr Gesicht und ihren grimmigen Blick. Was wollte sie ihm damit sagen? Konnte man Drake nicht vertrauen, oder gehörte er nicht zur Spezies der Vampire? Gabriel war sich sicher, dass Drake ein Vampir war – seine Aura hatte die Frequenz eines Vampirs. Und so erkannten sich Vampire gegenseitig. Eindeutig wollte die Hexe ihn aus dem Gleichgewicht bringen.

„Ich will nichts umsonst.“

„Und ich tue niemanden einen Gefallen“, entgegnete sie.

„Ich bitte Sie auch um keinen. Ich habe Mittel, um Sie zu bezahlen.“ Gabriel wusste bereits, dass sie kein Geld wollte. Er hatte ihre Erinnerungen gelesen – ein mentales Bild ihres Kontoauszugs – als er eine Bezahlung angedeutet hatte. Sie wollte nicht mehr, als sie bereits besaß. Doch er musste sie behutsam locken. Mit etwas anderem als Geld zu bezahlen, könnte ihn eines Tages im wahrsten Sinne des Wortes in den Arsch beißen. Es wäre besser, sie zu überzeugen Geld anzunehmen.

„Geld lässt mich kalt“, antwortete sie.

„Einsamkeit ist auch nicht wärmer." Wenn er ihre Dienste in Anspruch nehmen wollte, musste er sie zuerst an den Haken bekommen.

„Wenn Sie nicht Blut aus Leuten saugen würden, wären Sie nicht einsam. Schon mal darüber nachgedacht?"

„Ich beiße keine Menschen."

Sie hob eine Augenbraue. „Ach, Sie gehören zu der Sorte, die denkt, sie sei zivilisiert, weil sie aus Flaschen trinken. Das macht für mich keinen Unterschied. Es ist noch immer menschliches Blut."

„Es wurde gespendet. Niemand wird dadurch verletzt."

„Irgendjemand wird immer dabei verletzt", entgegnete die Hexe.

Gabriel schüttelte den Kopf. „Wir bezahlen dafür. Es ist nicht anders wie Ihr Erwerb von Krähenfüßen für Ihre Zaubertränke."

Sie zuckte mit den Achseln. „Solange Sie nichts Wertvolles besitzen, womit sie mich bezahlen können, bin ich nicht geneigt Ihnen zu helfen."

„Wollen Sie nicht einmal wissen, wofür ich ihre Hilfe benötige?"

„Ist mir völlig egal. Was immer sie plagt, ich bin sicher, sie verdienen es."

„Das klingt schroff. Selbst für eine Hexe", entgegnete Gabriel, noch nicht bereit aufzugeben.

„Geht die Sonne nicht bald auf? Es wäre besser, Sie verschwinden."

„Ich bekomme immer, was ich will." Er blickte sie intensiv an. Bis jetzt hatte er Gedankenkontrolle noch nie bei einer Hexe angewendet, doch es war einen Versuch wert. Wenn sie sein Spiel nicht mitspielen wollte, konnte er sie vielleicht manipulieren. Sein Endziel war es wert.

„Bleiben Sie meinem Kopf fern. Ich bin stärker als Sie. Gehen Sie wieder zu Ihresgleichen. Hier gibt es keine Hilfe für Sie."

In dem Wissen, dass er sie mit Geld nicht ködern konnte, versuchte er, ihr Mitgefühl zu aktivieren. „Waren Sie noch nie so einsam, dass es sich angefühlt hat, als würde die Welt sie ausgrenzen?"

Es gab eine kurze Pause. Hatte er sie damit erweichen können?

„Sie haben sich dieses Leben ausgesucht, Vampir."

Das hatte Gabriel in der Tat, doch er war eine Ausnahme. Er hatte sich für Vampirismus entschieden. Die Großzahl der älteren Vampire wurden meist gegen ihren Willen verwandelt. Heutzutage wurden diejenigen bestraft, die Menschen gegen ihren Willen verwandelten – damals hatte sich keiner für die Rechte der Unschuldigen eingesetzt.

Nur ein paar wurden in dieses Leben hineingeboren. Hybriden, die Glücklichen, die in beiden Welten leben konnten, der menschlichen und der Vampirwelt. Die bei Tageslicht sowie bei Mondschein nach draußen gehen konnten. „Niemand sucht sich dies wirklich aus. Wir werden alle irgendwie da hineingeworfen, so oder so. Haben Sie sich dazu entschieden, eine Hexe zu werden?“, entgegnete er.

„Das geht Sie überhaupt nichts an!“ Sie winkte mit der Armbrust. „Jetzt gehen Sie zurück zu Ihresgleichen und lassen Sie mich in Frieden. Ich brauche keine Schwierigkeiten. Die, die Sie mit sich bringen schon gar nicht. Leute wie Sie sind nicht gut fürs Geschäft.“

Gabriel festigte seine Haltung. Er würde nicht gehen. „Ich brauche Ihre Hilfe.“ Er war auch nicht zu stolz zu betteln.

„Ein *Nein* zählt für Sie wohl nicht? Gut. Wie gefällt Ihnen das?“

Er hörte, wie die Armbrust sich entsicherte und nur Sekundenbruchteile später, flog der Holzspieß durch die Luft. Ein Reflex ließ in zur Seite springen. Er landete bis zu den Hüften im trüben Wasser, Schlamm und Schlick drang in Stiefel und Hose.

„Kommen Sie bloß nicht wieder, Vampir!“

Gabriel beobachtete, wie sie vom Balkon in ihr Hausboot trat und die Tür hinter sich zuknallte. Es schien, als müsste er sich einen anderen Plan ausdenken, um die Hexe zu überzeugen, ihm zu helfen.

8

„Nein!“

Gabriel hörte den schrillen Schrei, als er aus dem Auto stieg, das er vor Samsons Haus geparkt hatte.

Maya! Jemand tat ihr etwas an.

Er rannte zum Eingang, stieß seinen Schlüssel ins Schloss und drückte die Tür auf, bevor er ins Haus stürmte und sich nicht darum kümmerte, die Tür hinter sich zu schließen. Seine schmutzigen Stiefel hinterließen eine Schlammspur auf dem makellosen Boden. Seine Kleider waren noch immer feucht von seinem unerwarteten Bad in der Bucht. Carl würde ihn bestimmt pfählen, wenn er sah, welche Sauerei er hinterließ.

Ein weiterer Schrei kam aus der Küche. „Lasst mich in Frieden!“

Als Gabriel in die Küche platzte, war die Situation, die er vorfand, nicht die, die er erwartet hatte. Statt eines unbekannten Eindringlings, drückten seine Kollegen Thomas und Zane die bebende Maya gegen die Wand, während Yvette versuchte, ihr Blut einzuflößen. Maya schlug um sich, ihr Gesicht zornig, ihre Lippen zusammengepresst, sich weigernd, aus der Flasche zu trinken, die Yvette ihr an den Mund hielt.

„Was zum Teufel geht hier vor sich?“, brüllte Gabriel und zog Yvette von Maya weg. „Lasst sie los. Jetzt. Alle.“

Weder Zane noch Thomas gehorchten.

„Sie will nicht trinken“, erklärte Yvette, während sie mit fragender Miene seine dreckverschmierten Kleider betrachtete.

„Ich sagte, ihr sollt sie loslassen. Sofort.“ Vielleicht war es die Wut in seiner Stimme oder die Tatsache, dass seine Fänge ausgefahren waren und sich nun zeigten, denn Thomas und Zane ließen Maya augenblicklich frei. Sie eilte sofort auf ihn zu. Gabriel hielt sie an den Schultern.

„Was ist dir denn passiert?“, fragte Thomas.

Gabriel strafte ihn mit einem ungeduldigen Blick. „Frag lieber nicht.“ Er konnte seinen Besuch bei einer Hexe unmöglich rechtfertigen. Abgesehen davon war er der Boss, er schuldete keinem eine Erklärung. Gabriel betrachtete Maya und suchte ihren Körper nach Verletzungen ab. „Bist du okay?“

Sie nickte, sagte aber nichts. Stattdessen suchte sie Schutz an seiner Brust, als hätte sie den Schlamm an seinen Kleidern nicht bemerkt. Gabriel freute sich, dass sie ihm so viel Vertrauen schenkte, wunderte sich aber gleichzeitig darüber, warum sie sich bei ihm so wohl fühlte. Er war ein Fremder für sie, genau wie die anderen auch – ein ziemlich nasser Fremder.

Als er seinen Arm um ihren Rücken legte, blickte er zu seinen Kollegen. „Ich warte auf Erklärungen."

Er fing Yvettes Blick auf, der auf seinem Arm auf Mayas Rücken fokussiert war. Das Blitzen in ihren Augen konnte nur als Eifersucht gedeutet werden. Diese Erkenntnis überraschte ihn. Er hatte Yvette nie den geringsten Grund gegeben zu denken, dass er mehr an ihr interessiert war als an einer zuverlässigen Kollegin. Oder hatte er sich zu sehr auf ihre Gesellschaft verlassen, was sie falsch interpretiert hatte?

„Sie hat das Blut ausgespuckt", beschwerte sich Thomas. „Wir haben Drake angerufen. Und der hat gesagt, wir sollen sie dazu bringen zu trinken."

„Wo ist Drake?"

„Unterwegs", antwortete Thomas.

Gabriel schob Maya behutsam zurück, um ihr ins Gesicht zu blicken. „Stimmt es, dass du das Blut nicht trinken wolltest?"

„Es ist abscheulich! Ekelhaft. Es bringt mich zum Kotzen", motzte sie.

„Wir haben nicht gelogen", schnappte Zane.

Gabriel warf ihm einen zornigen Blick zu. „Und ich schätze, es war deine Idee, sie festzuhalten und zu zwingen, das Blut zu schlucken?" Er musste nicht auf Zanes Antwort warten, um zu wissen, dass er recht hatte. „Darf ich dich darauf hinweisen, dass das hier nicht der Zweite Weltkrieg ist und wir uns auch in keiner Folterkammer befinden."

Zane kniff die Augen zusammen. Gabriel beobachtete, wie seine Halsvenen hervortraten. Gleichzeitig verkrampfte sich Mayas Körper. Sie hatte scharfe Instinkte, das bemerkte Gabriel sofort. Zane hatte die Veranlagung, schnell die Kontrolle über sich zu verlieren. Gewalt war eine Lebensform für ihn und Maya hatte recht, sich vor ihm zu fürchten.

„Was auch immer funktioniert." Zanes Stimme war kalt und emotionslos. Wenn er nicht solch ein großartiger Kämpfer wäre, hätte Gabriel ihn schon vor Jahren gefeuert. Doch es war klüger, Zane auf seiner Seite kämpfen zu lassen anstatt auf der Seite des Feindes. Und wenn sich Zane einmal für eine Seite entschieden hatte, blieb er auch dabei. Woher seine Loyalität stammte, konnte Gabriel nur vermuten, war sich aber sicher, dass er den wahren Grund wohl nie erfahren würde.

„Wenn du es noch einmal wagst, sie anzufassen, töte ich dich", warnte Gabriel, dann schweifte sein Blick zu den anderen zwei. „Das gilt für euch alle. Maya steht unter meinem persönlichen Schutz. Wer ihr etwas zuleide tut, bekommt es mit mir zu tun."

Die entsetzten Gesichtsausdrücke seiner Kollegen zeigten ihm, dass sie seine Worte ernst nahmen – das sollten sie auch. Er machte nie leere Versprechungen. Und er bluffte auch nie. Daher war er auch der schlechteste Poker-Spieler, den es gab, weil er keine Übung im Vortäuschen hatte.

„Gut." Gabriel richtete seine Aufmerksamkeit wieder auf Maya. Er hielt sie noch immer in seinen Armen und vielleicht spürte sie in diesem Moment das gleiche Unbehagen, denn sie löste sich aus seiner schützenden Umarmung.

„Yvette wollte mich dazu bringen, das Blut zu schlucken, obwohl ich ihr bereits gesagt habe, dass es mir die Kehle bei dem Geruch zuschnürt", sagte Maya.

Yvette ging einen Schritt auf sie zu. „Ich habe ihr nur das Beste gegeben. Und sie tut so, als hätte ich ihr Tierblut angeboten."

„Das habe ich nicht behauptet. Der Geruch und der Geschmack machen mich krank. Ich kann es nicht trinken. Verstehst du das nicht?" Maya stemmte ihre Fäuste in die Hüften und starrte Yvette an.

Gabriel wollte keinen Zickenkrieg auslösen und hob die Hand. „Okay, gebt mir mal erst die Einzelheiten. Yvette, was hast du ihr gegeben?"

„Nichts, das ich nicht auch selbst trinken würde."

Als Gabriel eine Augenbraue hob, sprach sie weiter. „Erst eine Flasche *0-positiv*. Dann eine *0 negativ*. Du weißt ja, dass Samson nur das Beste im Haus hat. Aber sie wollte nicht einmal das *0-negativ*. Von so was habe ich ja noch nie gehört!"

„Vielleicht bin ich allergisch", unterbrach Maya.

„Unmöglich", antwortete Thomas.

„Noch nie vorgekommen", bestätigte Zane. „Vampire sind nicht auf Blut allergisch."

Gabriel nickte. Da musste er seinen Kollegen zustimmen. Noch nie in seinem langen Leben hatte er gehört, dass ein Vampir kein menschliches Blut vertrug. „Maya, der Durst eines jungen Vampirs sollte dich normalerweise dazu bringen, jedes Blut zu trinken, das du bekommen kannst. Es ist ein starker Instinkt."

Mayas andere Instinkte schienen normal zu funktionieren – ihre Reaktion auf Zanes Zorn hatte Gabriel gezeigt, dass sie ihrem natürlichen

Instinkt, sich zu verteidigen, nachging. Aber warum sie sich nicht ernähren wollte, konnte er sich nicht erklären.

„Vielleicht bin ich kein Vampir“, bemerkte sie.

Gabriel ließ seinen Blick über sie schweifen. Er konnte ihre Aura eindeutig wahrnehmen. Und sollte das nicht Beweis genug sein, musste er sich nur daran erinnern, dass sie ihn gebissen hatte. Er hatte ihre Fänge in sich gespürt. Sie war ein Vampir.

„Irgendwas stimmt nicht.“

~ ~ ~

Auf Gabriels Worte hin schluckte Maya schwer. Etwas stimmte nicht? Es gab verdammt viele Dinge, die nicht stimmten. Es fing damit an, dass sie ein Vampir war – obwohl sie dies noch nicht akzeptieren konnte. Außerdem sollte sie jetzt im Krankenhaus sein, Krankheiten diagnostizieren und Patienten heilen. Stattdessen war sie mit vier ihr Unbekannten in einem fremden Haus gefangen – nein, fünf mit dem Butler – während sie in ihrer eigenen Wohnung sein sollte. Und sie trug die Kleidung einer Frau, der sie noch nie begegnet war. Waren das nicht genug Sachen, die nicht stimmten?

Anscheinend nicht. Sie hatte sich also nicht in einen normalen Vampir verwandelt – ihr Pech. Statt nach Menschenblut zu betteln, wie es jeder junge Vampir tun würde, fand sie es ekelhaft und musste darauf spucken.

Doch was sie nicht wussten, was sie ihnen niemals sagen konnte, war, dass sie einen Bissen von Gabriel wollte. Wortwörtlich. Seit dem Augenblick, als er die Küche betreten hatte, um sie vor seinen fiesen Freunden zu retten, kämpfte sie gegen ihr Verlangen an, ihre Fänge in seinen Arm zu senken und von ihm zu trinken. Ja, trinken.

Als er sie an sich gezogen hatte, hatte sie seinen Geruch in sich aufgesogen. Ihre Sinne waren so scharf, dass sie förmlich das warme Blut unter seiner Haut riechen konnte, so nahe, so leicht zugänglich. Wenn nur seine Freunde den Raum verlassen würden, vielleicht konnte sie ihn dann irgendwie überlisten und sich nehmen, wonach sich ihr Körper sehnte. Und was sie brauchte, war nicht nur sein Blut. Sie wollte seine Arme um sich spüren und seinen Körper unter ihr, oder darüber – wie auch immer sie ihn bekommen konnte.

Maya versuchte, den Gedanken aus ihrem Kopf zu verbannen. Sie war kein Tier, das seine Opfer ohne Rücksicht auf Verluste angriff, aber bei Gott, sie wollte Gabriels Blut. Und genauso sehr wollte sie seinen Körper.

Was war aus ihr geworden? Ein Geschöpf, das allein von seinen Bedürfnissen getrieben wurde? Hatte sie all ihre Menschlichkeit verloren?

Sie wollte es nicht wahrhaben. Ihr Sinn für gut und böse war noch intakt. Ihre Ängste noch dieselben wie zuvor. Ihre Leidenschaft unkontrolliert und bereit, sie an dem ahnungslosen Mann, der sie so selbstlos beschützte, auszulassen.

Sie schaute Gabriel an. Seltsam; vor ein paar Stunden noch hatte sein Anblick sie zu Tode erschreckt. Die riesige Narbe in seinem Gesicht hatte bedrohlich ausgesehen. Doch alles, was er seitdem getan oder gesagt hatte, veränderte den Eindruck, den sie sich zuerst von ihm gebildet hatte. Als sie ihn nun anblickte, sah sie nichts Hässliches. Nur einen Mann, der versuchte, sie zu beschützen.

Doch wie wollte sie sich für seine Hilfsbereitschaft bedanken? Indem sie ihn biss?

Sie konnte sich nicht erlauben, das zu tun. Sie musste von hier verschwinden. Ohne ein Wort drehte sie sich um und stürmte aus der Küche.

„Wo gehst du hin?“, hörte sie Gabriel ihr hinterherrufen. „Maya!“

Doch sie wollte nicht auf ihn hören.

Im Flur wandte sie sich zur Treppe. Sie brauchte ihre Handtasche und ihre Schlüssel, um nach Hause gehen zu können. Bevor sie auch nur einen Fuß auf die Treppe setzen konnte, war Gabriel schon hinter ihr und drehte sie um, sodass sie ihn ansehen musste.

„Was ist los?“, fragte er, seine Mimik eine Mischung aus Zweifel und Verwirrung.

Sie versuchte, die richtigen Worte zu finden, ohne Erfolg. Wie sollte sie ihm beibringen, was sie wirklich wollte? Sie wollte ihre Fänge in seinen Hals senken, während ihre Hände seinen nackten Körper erforschten, wo doch alles, was er wollte, war, sie zu beschützen.

„Ich verspreche, sie werden dir nicht mehr wehtun. Sie haben zu viel Respekt vor mir. Ich bin ihr Vorgesetzter. Keiner wird dich anrühren oder dich zu etwas drängen, das du nicht möchtest“, versprach er.

Maya schüttelte den Kopf. Sie glaubte ihm, doch das war nicht genug. „Ich gehöre hier nicht her. Ich muss nach Hause gehen.“

Gabriels Mund klappte auf. „Du kannst nicht nach Hause. Der Rogue, der dich überfallen hat, ist noch auf freiem Fuß. Es ist zu gefährlich.“

„Ich muss. Ich kann nicht hier bei euch bleiben. Das ist nicht mein Leben. Das bin nicht ich.“ Tränen sammelten sich in ihren Augen, doch sie drängte sie zurück. „Ich habe einen Job, ein Leben, meine Eltern – was soll ich nur meinen Eltern erzählen? Und meinen Freunden? Paulette und

Barbara werden sich solche Sorgen machen, solange sie nicht wissen, wo ich bin.“

„Wir helfen dir, alles zu regeln. Ich kümmere mich darum“, versicherte ihr Gabriel.

„Wie? Indem du Lügen erfindest, die verbergen sollen, was ich bin? Oder werde ich jetzt als tot gelten?“

Er streichelte ihren Arm, als ob er die Absicht hatte, sie zu beruhigen. Sie wollte sich so sehr an ihn schmiegen.

„Wir mussten uns alle ein neues Leben erschaffen. Wir bleiben jung, während die Menschen um uns altern und irgendwann sterben. Ich werde dir helfen, einen Plan zu schmieden, was du mit deinen Eltern und deinen Freunden machen kannst. Aber erst einmal solltest du niemandem davon erzählen, bis wir deinen Angreifer geschnappt haben.“

„Und was dann? Was soll ich mit meinem Leben anfangen? Ich kann nicht mehr als Ärztin arbeiten. Es ist alles, was ich je gelernt habe – und jetzt bin ich ein Sonderling, verstehst du das nicht? Ich bin nicht normal. Und ich werde kein menschliches Blut trinken. Ich kann es einfach nicht.“

„Sie werden sterben, wenn Sie es verweigern.“ Die Stimme kam von der Haustür, bevor sie geräuschvoll geschlossen wurde.

Mayas Blick schwenkte zu dem Mann, der im Eingangsbereich stand. Groß und schlank schaute er sie an.

„Das ist Dr. Drake. Und obwohl ich ihm ungern zustimme, hat er recht“, fügte Gabriel an.

„Sieht aus, als käme ich genau im richtigen Moment.“ Drake ging ein paar Schritte auf sie zu und streckte Maya seine Hand entgegen. „Wir haben uns bereits getroffen, doch ich fürchte, beim letzten Mal waren Sie bewusstlos.“ Dann wandte er sich an Gabriel und musterte ihn. „Wie ich sehe, war ihr Besuch nicht willkommen.“

Maya hatte keine Ahnung, wovon der Arzt sprach, doch Gabriel wusste es offensichtlich nur zu gut, da sein folgendes Wort wie eine Warnung klang. „Doc!“

Mit einem Lächeln auf den Lippen prüfte Drake sie. „Dank Gabriel ist die Verwandlung ja gut verlaufen.“

Maya blickte den Doktor an. Was hatte Gabriel mit ihrer Verwandlung zu tun? Sie hatten ihr erzählt, ein Rogue, ein krimineller Vampir, hatte sie überfallen und verwandelt. Als sie Gabriel fragend anschaute, senkte er seinen Blick, als wollte er sich vor ihren prüfenden Augen verstecken.

„Was meinen Sie damit?“, fragte sie den Arzt, während sie ihm direkt in seine blauen Augen blickte.

„Nun, sicherlich hat man Ihnen erzählt, was passiert ist."

Mayas Nackenhaare stellten sich auf. Sie verheimlichten ihr etwas. Sie hatten ihr nicht die Wahrheit gesagt. „Nein, warum tun Sie das nicht?"

Drake schaute von ihr zu Gabriel, dann wieder zurück zu ihr. Er wirkte nervös.

„Sie befanden sich in einem ziemlich schlechten Zustand, als man Sie fand. Die Verwandlung hatte begonnen, doch konnte sie sich nicht vollständig abschließen. Wir hatten die Wahl: Sie sterben zu lassen oder vollständig zu verwandeln."

Erinnerungen der vergangenen Nacht blitzten in Maya auf. „Sie haben mich nicht sterben lassen." Sie erinnerte sich an den Schmerz und die Kälte. Und den seltsamen Traum, den sie hatte.

„Nein, Gabriel hat Ihre Verwandlung vollendet. Er gab Ihnen sein Blut zu trinken, um die Verwandlung durchzuführen. Er ist Ihr Schöpfer."

Mayas Mund stand offen, als sie Gabriel ansah, der kaum drei Schritte von ihr entfernt stand. Jetzt ergab alles einen Sinn. Ihr Traum war gar kein Traum. In dieser Nacht hatte sie von Gabriels Handgelenk getrunken. Sie hatte seinen Körper gespürt, wie er sie gewärmt hatte. Jetzt war es keine Überraschung mehr, dass er sie so sehr in Schutz nahm. Für ihn musste sie wie eine Tochter sein. Kein Wunder, dass er sie so zögerlich geküsst hatte und danach so verschämt dreingeblickt hatte.

War es Reue, die sie nun in seinen Augen sah?

„Wir durften keine Zeit verlieren. Ich musste handeln", sagte Gabriel und es klang wie eine Entschuldigung.

Hatte er unüberlegt gehandelt und bereute nun seinen Entschluss? Sie wollte es nicht wissen, konnte ihn nicht fragen, doch sie sah es in seinen Augen: so viel Bedauern, so viel Schmerz. Er hatte eine Verantwortung auf sich genommen, von der er sich nicht sicher war, ob er sie auch tragen wollte. Das war es, was sie für ihn war: jemand, für den er jetzt verantwortlich war, da er sie verwandelt hatte. Er hatte sie zu dem gemacht, was sie jetzt war.

„Du schuldest mir nichts. Du hast mein Leben gerettet und dafür bin ich dir dankbar", presste sie heraus, während sie versuchte, nicht zu weinen. Doch sie würde nichts mehr von ihm annehmen. Nicht einmal sein Angebot, sie zu beschützen. Ein Angebot, das von seinem fehlgeleiteten Verantwortungsbewusstsein kam, weil es sein Blut war, das sie verwandelt hatte. Sein Blut, das nun durch ihre Adern floss. War das der Grund, warum sie sich danach sehnte? Und war das auch der Grund, warum sie sich so stark zu ihm hingezogen fühlte?

„Dr. Drake, ich möchte, dass Sie mich untersuchen."

„Natürlich. Lassen sie uns in Samsons Arbeitszimmer gehen“, antwortete er und deutete zu der Tür am Ende des Korridors.

Als Gabriel Anstalten machte sie zu begleiten, fügte sie an, „Unter vier Augen.“

Maya nahm seinen Blick aus dem Augenwinkel wahr. Was sie sah, erstaunte sie. Er war verletzt? Sollte er nicht erleichtert sein, dass sie ihn von seiner Pflicht erlöst hatte? Trotzdem sah er irgendwie betroffen aus.

Maya schloss die Tür des Arbeitszimmers hinter sich und lehnte sich dann dagegen. Der Raum war mit dunklem Holz vertäfelt und mit einer Reihe übervoller Bücherregale ausgestattet. Der große, antike Schreibtisch verfügte über zwei Computerbildschirme und weitere gut sortierte technische Spielereien.

„Wie fühlen Sie sich?“, fragte der Doktor.

Sie winkte ungeduldig ab. „Lassen Sie uns sachlich bleiben und von Arzt zu Arzt sprechen.“

Er nickte. „Gut.“

„Obwohl mir gesagt wurde, dass Sie Psychiater sind, nehme ich an, hier in San Francisco kommen Sie einem richtigen Arzt am ehesten nahe.“

Drake blickte sie missbilligend an. „Auch ein Psychiater ist ein *richtiger* Arzt.“

„Wie auch immer. Hoffen wir mal, dass Sie meine Fragen beantworten können – dann wäre ich sogar zufrieden, wenn Sie ein Tierarzt wären.“

„Womit kann ich dienen?“ Der Doktor schien ihr den Vergleich nicht übelzunehmen. Und innerlich dankte sie ihm dafür. Sie brauchte seine Hilfe.

„Sie sagten, Gabriel hat mich verwandelt. Macht mich das zu seiner Tochter?“ Gott stehe ihr bei, falls sie nach dem Blut ihres Vaters, und nach seinem Körper, lechzen sollte.

„Keineswegs. Sicherlich besteht immer eine gewisse Verbundenheit zwischen einem Vampir und seinem Schöpfer. Doch das kommt daher, dass ein junger Vampir gewöhnlich bei seinem Schöpfer und dessen Familie bleibt. Nehmen Sie Carl als Beispiel. Samson fand ihn, als er nach einem tödlichen Angriff im Sterben lag. Es war das Normalste der Welt, dass er bei Samson geblieben ist, da er ja der einzige Vampir war, den er anfangs kannte. Und so konnte Samson ihm alles beibringen, was er wusste. Da sich oft Freundschaften entwickeln, ist es nicht mehr wichtig, wessen Blut man in sich trägt. Es gibt allerdings auch genug Fälle, in denen ein Vampir seinen Schöpfer ermordet hat.“

Während Maya erleichtert war, dass sie nicht Gabriels Tochter war, konnte sie sich noch immer nicht erklären, warum sie ausschließlich sein Blut trinken wollte.

„Haben Sie schon einmal von einem Vampir gehört, der kein Blut trinken möchte?"

Drake schürzte die Lippen. „Nun, es ist sehr ungewöhnlich. Ich gebe zu, ich habe davon gehört, dass es irgendwo an der Ostküste Vampire geben soll, die künstlich hergestelltes Blut trinken. Und von einigen erzählt man sich, dass sie sogar Tierblut trinken, da sie mit dem Gedanken, Menschen zu verletzen, nicht leben können. Aber ich habe noch nie davon gehört, dass einer überhaupt kein Blut mochte. Erzählen Sie mir, warum Sie es nicht trinken möchten."

„Es schmeckt widerlich. Mir wird übel, sobald es meine Geschmacksknospen berührt."

„Faszinierend."

Maya warf ihm einen verärgerten Blick zu.

„Tut mir leid", entschuldigte er sich. „Aber Sie müssen zugeben, vom medizinischen Standpunkt aus betrachtet, ist das höchst erstaunlich."

Sie musste ihm recht geben. Ob sie wollte oder nicht. Während ihrer Forschungsarbeit wäre sie dankbar gewesen, an einen Fall wie den ihren zu kommen – etwas, in das sie sich reinbeißen konnte. Aber jetzt, da *sie* der Fall war, war die Faszination nicht so groß.

„Wie weit reichen Ihre Forschungskenntnisse?", fragte sie Drake.

Er zuckte mit den Schultern. „Für meine Zwecke hat es bis jetzt immer gereicht. Warum fragen Sie?"

„Ich möchte, dass sie etwas für mich erledigen. Finden Sie heraus, was diese Abneigung gegen menschliches Blut ausgelöst haben könnte. Alles, was Sie finden können. Allergien, Gene, Vorerkrankungen."

Sie hätte selbst danach geforscht, doch sie wusste nichts über Vampire – wo sollte sie nur beginnen? Drake hatte bessere Chancen, sich ein richtiges Bild zu machen. Abgesehen davon benötigte sie all ihre Energie, um ihr Verlangen nach Gabriel zu unterdrücken. Maya schnappte sich einen Stift und ein Blatt Papier vom Schreibtisch und kritzelte etwas darauf. „Hier, das ist mein Login und Passwort, das Ihnen Zugang zu all meinen medizinischen Daten verschafft. Dort ist jede Krankheit hinterlegt, die ich je hatte. Ich möchte, dass Sie herausfinden, was mit mir nicht stimmt."

Er nahm das Papier an sich. „Sie verlangen, dass ich mich ins System des Krankenhauses hacke?"

„Es ist nicht hacken, wenn Sie ein Passwort haben. Sie können doch eine Krankenakte lesen oder nicht?“ Sie pausierte gerade lange genug, um seine Missbilligung wahrzunehmen.

„Wie viel Zeit bleibt mir noch, bevor ich verhungere?“ Als sie die Worte aussprach, lief es ihr kalt den Rücken hinunter. Sie schob dieses Gefühl von sich. Wenn sie dies überstehen wollte, musste sie logisch denken. Sie konnte es nicht zulassen, dass sich ihre Emotionen einmischten.

„Ich bin nicht sicher. Doch der Durst wird schlimmer und es wird qualvoll. Ihr Körper wird ein paar Tage auskommen, doch langsam werden Sie beginnen, aufgrund des Durstes durchzudrehen. Sind Sie sicher, dass Sie kein Blut trinken können?“ Er sah sie mitleidig an.

Sie nickte. „Ich bin sicher.“

Drake drehte sich zur Tür, doch sie stoppte ihn, bevor er sie öffnete.

„Noch eine Frage. Haben Sie je von einem Fall gehört, in dem sich ein Vampir nach dem Blut seines Schöpfers gesehnt hat?“

Drakes Augen weiteten sich. „Nach Abschluss der Verwandlung?“

Maya nickte.

„Dr. Johnson, wenn Ihr Körper das braucht, müssen Sie ihm das sagen.“

Um noch tiefer in Gabriels Schuld zu stehen, für den sie offensichtlich nur eine Verpflichtung darstellte? Nein – das war nicht einmal eine Überlegung wert. „Gute Nacht, Dr. Drake.“

9

„Was meinst du mit *nichts*?“, fragte Gabriel.

„Genau das, was ich gesagt habe. Ich kann mich nicht an den Überfall erinnern.“ Maya blickte an den drei Vampiren – Thomas, Zane und Yvette – vorbei, die im Wohnzimmer neben ihrem Boss standen und ihm zuhörten.

Nachdem Dr. Drake das Haus verlassen hatte, hatte Gabriel sich saubere Kleidung angezogen und alle zusammengetrommelt. Ganz der Profi hatte er alle informiert, dass es an der Zeit war, den Rogue zu schnappen. Mayas ausgeprägter Gehörsinn hatte die kurze Unterhaltung zwischen ihm und Drake aufgeschnappt. Getreu seiner ärztlichen Schweigepflicht hatte der Arzt Mayas Geheimnis nicht verraten und Gabriel nur versichert, dass er sich über ihre Abneigung gegen menschliches Blut schlau machen und dann bald mit einer Lösung zurückkommen würde.

Falls Gabriel noch immer besorgt wegen Maya war, zeigte er dies nicht. Sein Gesicht war eine steinerne Maske, die keinerlei Emotionen offenbarte. Seine Narbe wirkte wieder bedrohlich. Maya fragte sich, ob sie sich die Schönheit, die sie noch ein paar Stunden zuvor in seinem Gesicht gesehen hatte nur eingebildet hatte. Vielleicht war sogar der Kuss, den sie geteilt hatten, nur Einbildung, denn der schroffe Mann, der nun vor ihr stand, konnte unmöglich der Gleiche sein, der sie so liebevoll getröstet hatte.

„Was ist das Letzte, an das du dich von dieser Nacht erinnern kannst?“, forschte Gabriel.

Maya lehnte sich ins Sofakissen zurück. „Ich war auf dem Heimweg vom Krankenhaus. Es war schon nach Mitternacht. Gegen elf Uhr bin ich gerufen worden, und als mein Patient stabil war, war es schon nach zwölf Uhr.“

„Bist du zu Fuß gegangen?“

Maya schüttelte den Kopf. „Nein, ich war mit dem Auto unterwegs. Aber so spät konnte ich keinen Parkplatz finden. Ich bin eine Weile um den Block gefahren, bis ich schließlich zwei Straßen von meinem Haus entfernt einen Parkplatz finden konnte. Den Rest musste ich laufen.“

„Ist dir vom Parkplatz aus jemand nach Hause gefolgt?“ Gabriel bombardierte sie mit Fragen. Hätte sie es nicht besser gewusst, dann hätte sie angenommen, er sei ein Polizist und kein Vampir.

„Nein, ich habe keine Schritte gehört. Nur, ähm …“

Gabriel blickte sie fragend an. „Nur was?“

Maya winkte ab. „Eigentlich nichts. Ich hatte nur ein seltsames Gefühl.“ Sie zwang sich dazu, sich zu erinnern. Ein kalter Schauer kroch ihr den Rücken hinauf und ihre Nackenhaare stellten sich auf. Doch keine Erinnerung an diese schicksalhafte Nacht kam auf.

„Was ist dann passiert?“

„Ich weiß es nicht. Ich kann mich danach an nichts erinnern.“

„Du kannst dich nicht erinnern, überfallen und gebissen worden zu sein?“

Instinktiv wanderte Mayas Hand zu ihrem Hals und sie rieb die noch immer gereizte Stelle. „Nein.“

Gabriels Blick deutete zu ihrem Hals. „Dort hat er dich gebissen. Er hat dich ausgesaugt, bis dein Blutdruck so weit sank, dass dein Herz stehen blieb. Dann hat er dir sein Blut eingeflößt.“

Maya schluckte die Galle hinunter, die in ihr aufkam. Sie war froh, dass sie sich nicht an den Überfall erinnern konnte. „Ich will lieber nicht wissen, was passiert ist. Das macht es leichter, alles zu vergessen.“

„Ich weiß.“ Gabriel schenkte ihr ein kurzes Lächeln und in diesem Moment hätte sie ihm für sein Mitgefühl um den Hals fallen können. Dann schaute er seine Kollegen an. „Vielleicht hat der Schock Maya alles vergessen lassen? Eine Art Selbstschutz?“, fragte er sie.

Thomas zuckte mit den Schultern. „Da bin ich mir nicht so sicher. Viele von uns sind unter grausamen Umständen verwandelt worden. Aber die Meisten erinnern sich an ihre Verwandlung. Es ist wahrscheinlicher, dass jemand ihre Erinnerungen beeinflusst hat.“

Gabriel nickte. „Es gibt nur einen Weg, das herauszufinden.“

„Entschuldigt mich – ich gehe mal kurz raus, um mir einen Snack zu suchen, solange du deine Gabe demonstrierst“, verkündete Zane und ging Richtung Diele.

„Es ist reichlich Blut im Vorratsraum“, bot Gabriel an.

Zane versuchte sich an einem Grinsen – und versagte. Der Mann war offensichtlich nicht zu einem richtigen Lächeln fähig, stattdessen hoben sich seine Mundwinkel nur unmerklich. „Danke. Aber nein danke. Ich bevorzuge was Frisches.“ Dabei warf er Maya einen anzüglichen Blick zu. „Bin so in einer Stunde zurück.“

Als Mayas Mund aufklappte, schlenderte Zane aus dem Haus. War er wirklich auf dem Weg nach draußen, um jemanden zu beißen? Hatte Yvette ihr nicht erzählt, dass sie alle zivilisierte Vampire waren, die aus Flaschen tranken?

„Kümmere dich nicht um ihn. Er hat seine eigenen Regeln", erklärte Yvette. „Nicht alle von uns können so zivilisiert sein wie Gabriel, nicht wahr?"

Maya folgte dem Blick, den Gabriel und Yvette austauschten. Plötzlich hing eine Spannung im Raum, die sie nicht erklären konnte. War da etwas zwischen den beiden?

Thomas lenkte den Fokus zurück zum Thema. „Nun, Gabriel. Stöbere ein wenig in ihren Erinnerungen herum und beschaffe uns etwas, mit dem wir arbeiten können. Es ist ziemlich schwierig, einen kriminellen Vampir zu schnappen, wenn man keinerlei Anhaltspunkte hat. Selbst ein Bluthund braucht einen Geruch, um etwas aufzuspüren."

Etwas an Thomas' Worten ließ Maya aufhorchen. Einen Geruch. Das war es. Sie konnte die Vampire deutlich an ihren Gerüchen unterscheiden. Gabriel noch viel mehr, da sie sein Blut in sich hatte. Sie beugte sich auf der Couch nach vorne.

„Alles, was ihr braucht, ist ein Geruch?"

„Es würde helfen", bestätigte Thomas.

Maya blickte zu Gabriel. „Du sagtest, mein Angreifer hat mir bereits etwas von seinem Blut gefüttert, bevor er unterbrochen wurde."

„Das stimmt", antwortete Gabriel.

„Kannst du den Geruch nicht aus mir nehmen und ihn damit identifizieren?"

Thomas atmete tief durch und schüttelte dann seinen Kopf. „Alles, was ich wahrnehmen kann, ist dein Eigengeruch mit dem Unterton von Gabriel. Was immer von deinem Angreifer da war, es ist längst weg."

„Mist!" Maya ließ sich ins Sofa zurückfallen.

„Aber das ist keine schlechte Idee", gab Gabriel zu. „Thomas, Eddie war einer der Männer, der sie gefunden hat. Frag ihn, ob er etwas wahrgenommen hat."

„Mache ich. Aber du bist dir bewusst, dass Eddie noch jung ist. Selbst wenn er ihn an ihr gerochen hat, ist das keine Garantie, dass er sich auch daran erinnert und fähig ist herauszufinden, wer er ist."

„Versuch es trotzdem. Unterhalte dich auch mit James. Es ist einen Versuch wert."

„Kein Problem. Ich spreche mit Eddie, wenn ich nach Hause gehe. Er sollte eh bald mit der Arbeit fertig sein."

„Ihr arbeitet?”, fragte Mayas verwirrt. Welcher Art von Arbeit würden Vampire nachgehen?

„Natürlich“, antwortete Thomas. „Nicht des Geldes wegen, obwohl die Bezahlung nicht schlecht ist. Wenn du unsterblich bist, brauchst du ein Hobby oder einen Job. Sonst wird es schnell langweilig.“

Das konnte Maya sich nur zu gut vorstellen. Nach einer Woche am Strand war sie für gewöhnlich kurz davor, vor Langeweile durchzudrehen und auf der Suche nach einer sinnvollen Aufgabe. Nicht, dass ein Tag am Strand jetzt noch möglich war. „Was arbeitet ihr?“

„Wir sind Bodyguards“, warf Gabriel ein. „Wir führen eine Firma, die sich Scanguards nennt. Samson hat sie gegründet. Und nach und nach kamen wir hinzu.

„Wen beschützt die Firma?“

„Politiker, Künstler – eigentlich jeden, der sich diese Dienstleistung leisten kann.“

„Aber ihr seid Vampire. Ich dachte, ihr könnt nicht bei Tageslicht nach draußen gehen.“ Es ergab keinen Sinn.

„Das stimmt. Aber nicht alle unsere Mitarbeiter sind Vampire. Wir haben viele menschliche Angestellte, die tagsüber arbeiten.“

„Und eure Kunden wissen das?“

Gabriel hob eine Augenbraue. „Dass wir Vampire sind? Nein. Wir passen schon auf. Nur ein paar unserer treuesten Mitarbeiter sind eingeweiht.“

Maya konnte es kaum glauben. Vampire, die Menschen beschützten. „Bist du auch ein Bodyguard?“ Maya ließ ihre Augen über Gabriels muskulösen Körper schweifen. Sie konnte sich gut vorstellen, wie er jemanden beschützte – er konnte sie beschützen, wann immer er wollte.

Als sie Thomas und dann Yvette anblickte, konnte sie sich auch von ihnen vorstellen, dass sie Bodyguards waren. Und Zane? Nun, Zane war einfach nur teuflisch und jeder, der sich von ihm beschützen lassen wollte, war, wenn man sie fragte, nicht ganz bei Sinnen.

„So habe ich angefangen. Aber jetzt mache ich keinen Außendienst mehr. Ich leite die Filiale in New York“, berichtigte Gabriel.

Aus irgendeinem Grund war sie von seiner Erklärung enttäuscht. Warum sollte es sie interessieren, wo er wohnte? War es nicht besser, dass er in New York lebte und bald körperlich weit weg von ihr und jeglicher Versuchung war? Dann könnte sie wenigstens mit ihrem Verlangen klarkommen, das sie immer noch bekämpfte. Selbst jetzt konnte sie sich kaum zurückhalten, ihn anzufallen und sein Blut zu trinken. Und je näher sie ihm kam, umso schlimmer wurde es. Vielleicht konnte sie einen Weg finden, damit klarzukommen, wenn er zurück in New York war.

„Maya." Gabriels Stimme rüttelte sie aus ihren Gedanken.

„Was?"

„Ich habe gefragt, ob ich deine Erlaubnis bekomme, in deine Erinnerungen einzutauchen."

Die drei Vampire schauten sie erwartungsvoll an.

„Wie machst du das?" Die Vorstellung, dass er sich irgendwie Zutritt zu ihren Erinnerungen verschaffen wollte, behagte ihr nicht. Was, wenn er Dinge sehen würde, die sie nicht preisgeben wollte? Würde er sehen, dass sie sein Blut begehrte? Und falls er es herausfand, was würde er dann machen? Sie einsperren, damit sie ihn nicht angreifen konnte?

„Meine Gabe ist übersinnlich", erklärte Gabriel ruhig. „Ich kann in den Geist von Personen eindringen und ihre Erinnerungen wahrnehmen. Es tut nicht weh."

Maya schlang die Arme um ihre Taille. „Bedeutet das, du kannst meine Gedanken lesen?"

Er schüttelte den Kopf. „Nein. Ich kann keine Gedanken lesen. Ich kann nur Erinnerungen an Ereignisse wahrnehmen, so wie diese Person sie gesehen hat. Ich kann nicht erkennen, was diese Person gefühlt oder gedacht hat."

Erleichterung durchspülte sie. Dies klang weniger nach einer Missachtung ihrer Privatsphäre als sie erst gedacht hatte. „Gut. Nur zu. Aber wie ich schon gesagt habe, ich kann mich an nichts erinnern."

„Wir werden sehen."

Gabriel setzte sich neben sie auf die Couch. Sie nahm den Geruch seines Blutes nun noch deutlicher wahr.

„Ich brauche dich dazu nicht berühren. Aber es funktioniert besser, wenn ich meine Hand auf dich legen kann."

Seine Aussage ließ sie innerlich heiß werden. Sie spürte Blut in Lichtgeschwindigkeit durch ihre Venen schießen. Würde sie ihn an sich ziehen und ihre Fänge in ihn schlagen, sobald er sie berührte? Maya schluckte schwer, bevor sie betont desinteressiert antwortete: „Sicher, berühr mich, wenn es dir hilft."

„Danke."

Maya benetzte ihre trockenen Lippen. Sie spürte die Hitze im Raum jetzt noch intensiver, doch es war nichts im Vergleich dazu, wie Gabriel ihre Hände hielt. Ein prickelndes, elektrisierendes Gefühl durchzog ihren Körper. Sie zuckte unfreiwillig.

„Entspann dich, Maya. Es wird nicht wehtun. Ich verspreche es.“ Seine Stimme war beruhigend, doch dies trug nicht dazu bei, den Aufruhr in ihrem Körper zu lindern.

Sie verkrampfte ihren Kiefer, und zum ersten Mal war sie sich ihrer Fänge bewusst. Sie stießen nach unten und vergrößerten sich. Sie schloss ihre Augen, atmete tief durch und versuchte, sich damit zu entspannen. Doch es hatte die gegenteilige Wirkung. Alles, was sie wahrnehmen konnte, war Gabriels maskuliner Geruch und die Reichhaltigkeit seines Blutes. Eine Mischung aus teurem Holz und dem unverwechselbaren Geruch von Bergamotte. Die Drüsen in ihrem Mund reagierten mit Speichelfluss auf ihn. Sogar der kleinste Bluttropfen von seiner Lippe könnte jetzt ihren Durst stillen, wenn es kombiniert mit dem Druck seiner Lippen gegen ihre, oder seine Zunge gegen ihre streifend geschah. Und vielleicht würden ihre Fänge versehentlich seine Lippen ritzen, sodass Blut aus ihnen tropfte, das sie von ihm lecken würde, während er stöhnend unter ihr lag.

„Ich weiß nicht, ob ich das aushalte“, sagte Maya. Ihre Haut fühlte sich heiß und gerötet an.

„Sch, ich gehe nur in die Nacht zurück, in der es passiert ist. Sonst werde ich nach nichts suchen.“

Sie hoffte, es ginge schnell. Wie viele Minuten musste sie noch die Berührung seiner weichen Hände aushalten, die solch ein wohltuend kribbelndes Gefühl auf ihrer Haut auslösten? Eine Frau konnte dabei ja verrückt werden. Oder lag das an ihrem Blutmangel? War es der Wahnsinn, von dem Dr. Drake sie gewarnt hatte? Falls es schlimmer wurde, müsste sie sich in einen Raum einsperren und den Schlüssel wegwerfen; ansonsten wäre Gabriel nicht vor ihr sicher.

~ ~ ~

Gabriel hielt Mayas Hände in seinen und erkannte, dass er Schwierigkeiten hatte, sich zu konzentrieren. Normalerweise machte es eine Berührung des Individuums für ihn leichter, Zugang zu den Erinnerungen zu erlangen. In diesem Fall war es das komplette Gegenteil. Doch es war zu spät. Er konnte sie jetzt nicht zurückstoßen. Es würde nur allen zeigen, wie stark ihr Einfluss auf ihn war. Und er wollte nicht, dass irgendjemand davon erfuhr, nicht seine Kollegen und schon gar nicht Maya.

Dass sie ihn vor Drake zurückgewiesen hatte wie einen ungezogenen Schuljungen, hatte ihn verletzt und nun wunderte er sich, was wirklich zwischen ihnen passiert war. War ihr Kuss der vorübergehenden Verwirrung zuzuschreiben, die von Schock herrührte? Hatte sie ihn geküsst, weil sie dieselbe Anziehungskraft zwischen ihnen wahrgenommen hatte wie er, oder hatte es für sie keine Bedeutung?

Eine Frau wie sie hatte die Wahl zwischen allen attraktiven Männern. Zu denen zählte er nicht gerade. Jeder einzelne seiner Kollegen sah besser aus als er. Ja, er war groß, gut durchtrainiert und stark. Aber sie lebten schließlich nicht im Mittelalter. Heutzutage suchten Frauen nicht nach einem Mann, der für sie sorgen konnte. Sie wollten einen gut aussehenden Liebhaber. Er war weder gut aussehend, noch war er der Typ Liebhaber, den sich eine Frau wünschte.

Gabriel schob die unangenehmen Gedanken beiseite und konzentrierte sich auf die Frau, die neben ihm auf dem Sofa saß. Er drückte seine Daumen leicht in ihre Handflächen und zog sanfte Kreise. Ihr Geruch stieg ihm in die Nase und umschlang ihn. Er schloss die Augen und konzentrierte sich auf ihre Aura, die sie wie ein dicker, dunstiger Nebel umgab. Nur er konnte es wahrnehmen, da er sich ihrer Frequenz angepasst hatte.

Sein Herz schlug im selben Rhythmus wie ihres. Und er atmete, wenn sie es tat. Ihre Körper waren vollkommen synchronisiert. Er bat um Einlass in ihren Geist und einen Moment später spürte er, wie sie ihm Zugang gewährte. Als er seine Augen öffnete, sah er keine Szene in Samsons Wohnzimmer. Stattdessen sah er eine dunkle Straße.

Er hörte Mayas Schritte, wie sie sie selbst gehört hatte, fühlte die Kälte des Nachtnebels. Sie suchte in ihrer Tasche nach ihren Schlüsseln und zog sie schließlich heraus. Der Eingang war dunkel, als sie ihn erreichte.

Dann rief eine Stimme ihren Namen. Ihr Angreifer hatte auf sie gewartet.

Dann nichts. Dunkelheit, abgesehen von einem blassen Schleier über der Szene. So, als würde ein Film unscharf. Er wusste, was es war.

Gabriel tauchte tiefer in ihre Erinnerungen ein und ging weiter zurück. Er sah sie, wie sie zur Arbeit ging, in die Stadt zum Einkaufen, zum Essen mit Freunden, doch überall sah er den Schleier. Er ging sechs Wochen zeitlich zurück und sah, wie alles begann. Davor waren all ihre Erinnerungen klar – danach waren sie verschwommen.

Gabriel blinzelte und ließ Mayas Hände los, bevor er seine Augen wieder öffnete. Er hatte die Verbindung unterbrochen.

Maya sah ihn neugierig an. „Nichts, oder? Wie ich gesagt habe."

Er schüttelte den Kopf. „Du hast ihn gekannt."

Sie sprang von der Couch hoch. „Das kann nicht sein!"

Gabriel stand auf. „Ich fürchte, es ist wahr. Er hat dich mit deinem Namen angesprochen. Er hat dir aufgelauert."

„Konntest du seine Stimme erkennen?", warf Thomas ein.

Gabriel drehte sich zu ihm. „Nein. Maya hatte Angst vor ihm. Diese Angst hat seine Stimme verzerrt. Ich weiß nicht, wer er ist."

„Aber ich könnte mich doch an ihn erinnern, wenn ich ihn kennen würde."

Gabriel blickte ihr direkt in ihre besorgten Augen. „Es gibt einen Grund, warum du dich nicht erinnern kannst. Er hat dein Gedächtnis gelöscht. Sogar mehrmals."

„Aber ich kann mich erinnern, was vor dem Überfall war. Ich erinnere mich an Bruchstücke. Ich weiß, dass ich in jener Nacht im Krankenhaus war."

Gabriel nickte. „Das liegt daran, dass er nur die Erinnerungen gelöscht hat, in denen er vorkam. Ich habe ungefähr sechs Wochen in deinem Gedächtnis zurückgesehen. Ich denke, du hast ihn vermutlich abgewiesen, dann hat er deine Erinnerung an ihn gelöscht und es erneut versucht. Ich habe Anzeichen gesehen, wann er dein Gedächtnis gelöscht hat, sodass keine Spuren von ihm übrig waren. Es ist wie ein Schleier. Ich vermute, er hat dich gestalkt."

Er spürte das Zittern, das durch ihren Köper ging und wollte sie in seine Arme schließen, um sie zu beruhigen, doch er hielt sich davon ab. Was, wenn sie seine Berührung nicht wollte? Als er ihre Hände genommen hatte, um in ihre Gedanken einzutauchen, war sie förmlich vor ihm zurückgeschreckt. Verschreckte er sie jetzt plötzlich? Bereute sie den Kuss?

„Ich vermute, als ich ihn das zweite Mal abblitzen ließ, hat er beschlossen, mich umzubringen", vermutete Maya.

„Nicht dich umbringen", unterbrach Yvette sie. „Er wollte, dass du wie er wirst. So, wie wir alle."

„Aber warum?"

„Vielleicht hat er sich gedacht, sobald dein altes Leben Geschichte ist, würdest du ihn akzeptieren." Ein trauriger Unterton, den Gabriel noch nie zuvor gehört hatte, lag in Yvettes Stimme. War es die gleiche Einsamkeit, die er so oft verspürte?

„Macht Sinn“, stimmte Thomas zu. „Nimm ihr die Wahl und es ist wahrscheinlicher, dass sie annimmt, was ihr angeboten wird. Kranker Irrer.“

Gabriel spürte ein weitaus schlimmeres Schimpfwort auf seiner Zunge, doch er behielt es für sich. Es brachte nichts, die Dinge zu verfluchen, die er nicht ändern konnte. Was geschehen war, war geschehen. Jetzt war es an der Zeit zu handeln.

Sie mussten ihn schnappen. Wenn dieses Verbrechen ungestraft blieb, wäre bald Gesetzlosigkeit innerhalb ihrer Rasse alltäglich. Aber was ihm noch wichtiger war, war, den Mann zu bestrafen, der Maya dies angetan hatte.

10

Maya war besorgt, einem Nachbarn zu begegnen, als sie, Yvette und Gabriel sich ihrer Wohnung näherten. Es war beinahe Mitternacht, doch freitagnachts standen die Chancen gut, dass jemand spät nach Hause kam und sie sehen würde. Gabriel schien darüber nicht besorgt zu sein.

„Wir können einfach Gedankenkontrolle anwenden, dann werden sie sich nie daran erinnern, dass sie dich gesehen haben“, schlug er vor.

„Wie bitte?“ Hatte sie ihn richtig verstanden? War Gedankenkontrolle das, was sie sich darunter vorstellte?

Yvette grinste und kam Gabriel mit der Antwort zuvor. „Es ist ein sehr nützliches Mittel, das uns geholfen hat, all die Jahrhunderte unbemerkt zu bleiben. Ich schlage vor, du lernst es bald.“

„Eins nach dem anderen“, warnte Gabriel und schenkte Maya ein sanftes Lächeln.

Hatte der Mann eine Ahnung, wie verheerend sich sein Lächeln auf ihre Gefühle auswirkte?

„Ich möchte, dass sich Maya erst in ihr neues Leben einlebt. Und überhaupt können einige dieser Fähigkeiten zu Beginn schwierig sein. Wenn du sie falsch anwendest, könntest du dich selbst damit verletzen.“

„Oder einen von uns“, hängte Yvette trocken an. „Du verwendest lieber nicht Gedankenkontrolle bei einem anderen Vampir. Es ist nur für Menschen bestimmt.“

Yvettes Blick ließ sie vermuten, dass mehr hinter dieser Geschichte steckte. „Was würde passieren, wenn ich es versehentlich an einem anderen Vampir anwenden würde – vorausgesetzt, ich finde irgendwann heraus, wie es funktioniert?“

Gabriel runzelte die Stirn. „Der andere Vampir wird sich dir unverzüglich entgegensetzen und seine Kraft gegen dich anwenden – es ist ein unschöner Kampf und für gewöhnlich kommt nur einer lebend da wieder raus.“

„Auch, wenn es nur ein Versehen ist?“

„Da kennen wir keinen Unterschied“, erklärte Gabriel. „Wenn ein Vampir mit Gedankenkontrolle angegriffen wird, verteidigt er sich aus einem Instinkt heraus. Nur der Stärkere der beiden kann den Kampf vorzeitig beenden, bevor der andere stirbt.“ Er legte seine Hand auf ihren

Ellenbogen. „Es ist eine gefährliche Kunst. Thomas ist der beste Lehrmeister dafür. Ich werde ihn bitten, es dir beizubringen, wenn sich die Dinge etwas beruhigt haben."

„Warum bringst du es mir nicht selbst bei?"

„Er ist der Beste und du solltest es vom Besten lernen. Ich werde dir andere Dinge beibringen. Dinge, die ich besser kann als Thomas. Ich möchte, dass du alles, was du brauchst, nur von den Besten lernst. Nur dann kann ich mir sicher sein, dass du dich verteidigen kannst." Der leichte Druck seiner Hand an ihrem Ellenbogen schenkte ihr Zuversicht, genau wie das Wissen, dass er ihr andere Dinge beibringen und sie nicht an jemand anderen abschieben wollte.

Als sie in Mayas Apartment ankamen, sträubte sich alles in ihr. Es sah aus, als wäre jemand dort gewesen. Die Tür war zwar verschlossen, doch zu viele Dinge lagen nicht an ihrem Platz. Obwohl sie nicht von Natur aus ordentlich war, hatte das Leben in einer kleinen Wohnung sie gelehrt, Ordnung zu halten.

„Jemand war hier."

Gabriel nickte. „Darauf hatte ich gehofft."

„Warum?"

„Weil es bedeutet, dass wir eine Chance haben, eine Spur von ihm zu finden. Vielleicht hat er etwas zurückgelassen."

Maya war überrascht – sie hatte nicht erwartet, dass er in ihrer Wohnung CSI spielen wollte. Er überraschte sie immer wieder. Seine Gabe, in ihre Erinnerungen einzutauchen, hatte sie vollkommen fasziniert und er hatte recht: Sie hatte nichts gespürt, als er es getan hatte. Bedeutete das, er konnte es immer machen, überall und keiner würde es bemerken? Sie schaute ihn von der Seite an.

Gabriel wirkte beeindruckend, als er ihr Wohnzimmer systematisch durchsuchte, wie er seine Augen über die Bücherregale schweifen ließ, die mit medizinischer Fachliteratur vollgestellt waren. Seine langen Finger glitten über die Buchrücken. Als er sich zu den oberen Regalböden streckte, bemerkte sie, wie sich seine Pobacken unter seiner verwaschenen blauen Jeans strafften. Dieser Kerl füllte eine Hose aus wie kein anderer. Maya stellte sich vor, wie es sich anfühlen würde, wenn sie ihre Fänge in das feste Fleisch seiner Kehrseite schlagen und sein Blut heraussaugen würde.

Sie ging einen Schritt auf ihn zu, als er sich plötzlich umdrehte. Erschrocken schnappte sie nach Luft und hoffte gleichzeitig, dass er ihre Gedanken nicht lesen konnte, so wie er ihr es zuvor versichert hatte. Bevor sie sich wegdrehen konnte, legte er seine Hand auf ihren Unterarm.

„Stimmt etwas nicht? Nimmst du etwas wahr?“

Maya schüttelte den Kopf und log: „Abgesehen davon, dass ich mitten in der Nacht in meiner eigenen Wohnung herumschnüffle wie ein Dieb? Nein, ansonsten ist alles in Ordnung.“

„Tagsüber kommt für uns leider nicht in Frage“, antwortete Gabriel mit einem Schulterzucken.

„Dachte ich mir schon. Ignoriere mich einfach, ich bin nur launisch.“ Mehr als das, sie war hungrig, und wenn sie nicht ein wenig Abstand von ihm bekam, würde Gabriel zu ihrem Abendessen werden. „Ich überprüfe mal meine Anrufe.“

Sie ging zum Telefon und schaute auf das Blinken des Anrufbeantworters. Drei Nachrichten. Sie drückte auf den Knopf.

„Dies ist eine automatische Ansage der Vereinigung der –“ Sie löschte die Nachricht.

„Maya, Schätzchen, ich wollte dich nur daran erinnern, Tante Susie nächste Woche anzurufen. Sie feiert ihren sechzigsten Geburtstag und du weißt ja, wie gerne sie von dir hört. Und ruf mich zurück. Ich habe seit einer Woche nicht mit dir gesprochen. Du arbeitest zu viel.“

Sie fing Gabriels neugierigen Blick auf. „Meine Mutter“, erklärte sie, bevor die nächste Nachricht ertönte.

„Wo zum Teufel bist du? Der Boss dreht schon durch, weil du heute nicht gekommen bist. Ruf mich an.“

Die Maschine verstummte. Maya drückte ihre Hände gegen ihre Schläfen. „Verdammt! Das war Barbara. Ich habe meine Schicht total vergessen. Die werden mich rauswerfen.“

Sie spürte eine kleine Hand an ihrem Rücken. „Maya, es tut mir leid, dir das sagen zu müssen, aber du wirst nicht mehr als Ärztin arbeiten können.“

Sie wandte sich zu Yvette um und war überrascht, Mitleid in ihren Augen zu entdecken. Yvette hatte das ausgesprochen, was auch Maya sich schon gedacht hatte. Aber plötzlich sah sie es nicht mehr so.

„Eigentlich weiß ich nicht, warum ich nicht mehr als Ärztin arbeiten sollte. Es ist ja nicht so, dass ich nach menschlichem Blut lechze. Es dürfte für mich kein Problem darstellen, mit Menschen umgeben zu sein, um sie zu behandeln. Ihr Blut zieht mich nicht an.“ Nicht das der Menschen. Nur Gabriels.

„Das wissen wir noch nicht so genau“, warf Gabriel ein. „Alles, was wir momentan wissen ist, dass es nur ein vorübergehendes Problem ist. Ich versichere dir, sobald du durstig genug bist, wirst du jedes Blut trinken, das dir unter die Fänge kommt."

Sie hoffte, er würde damit recht behalten, konnte jedoch nicht die gleiche Überzeugung aufbringen wie er. Abgesehen davon gab es noch weitere Aspekte, die beachtet werden mussten. „Ich muss von etwas leben. Auch wenn meine Lebensmittelrechnung sich reduziert, heißt das nicht, dass ich kein Geld zum Leben brauche. Und dieses abgefüllte Blut ist sicher auch nicht billig. Woher bekommt ihr das eigentlich? Versandkatalog?"

Gabriel legte eine versichernde Hand auf ihren Arm. „Du solltest dich im Moment mit solchen Dingen nicht belasten. Es gibt Wichtigeres, worum wir uns jetzt kümmern müssen. Und was auch immer du benötigst, ich kümmere mich darum."

Maya war nicht die Einzige, die ihn ungläubig ansah. Sie bemerkte, wie Yvette eine Augenbraue hob und ihr Mund sich in eine schmale Linie verwandelte. Hatte Gabriel gerade angeboten, ihr Leben zu finanzieren? „Danke, aber ich möchte mich nicht aushalten lassen."

Er grunzte und drehte sich weg. Vielleicht war ihre Wortwahl nicht ganz der Situation angepasst. Aber sie hatte ausgedrückt, was sie sagen wollte. Sie würde nicht von einem Mann abhängig werden. Es musste Jobs geben, die für einen Vampir geeignet waren. Nachtschicht bei der Blutbank? Friedhofswärter?

Maya schaute wieder zum Anrufbeantworter. Sie sollte ihre Mutter zurückrufen, sonst würde sie sich Sorgen machen, genau wie Barbara, ihre Kollegin, mit der sie die letzten vier Jahre zusammengearbeitet hatte.

Sie nahm den Hörer ab und wählte die Nummer. Bevor der Wählvorgang abgeschlossen war, unterbrach Gabriel die Verbindung.

„Verdammt noch mal, was machst du?", schnauzte sie ihn an.

„Wen rufst du an?"

Sie hätte es ihm gesagt, doch der kontrollierende Ton in seiner Stimme verärgerte sie und rief ein ungutes Gefühl in ihr hervor. „Das geht dich überhaupt nichts an. Was bin ich, deine Gefangene?"

Erschrocken ließ er das Telefon los. „Nein. Natürlich nicht." Er hielt inne. „Aber sei vorsichtig, was du deiner Familie und deinen Freunden erzählst."

Maya senkte ihre Schultern. Er hatte recht. Sie hatte keine Ahnung, was sie ihrer Mutter erzählen sollte; sie hatte die Nummer gewählt, ohne sich zu überlegen, was sie sagen sollte. Ihr Blick schwenkte zu dem Foto ihrer Eltern auf dem Bücherregal. Dort stand ihr Vater, seinen Arm um seine Frau gelegt. Die Beiden lächelten sich an. Sie erinnerte sich daran, wann das Foto gemacht worden war. Es war am Tag ihrer Abschlussfeier des Medizinstudiums. Ihre Mutter hatte ihr goldenes Haar in einem Knoten hochgesteckt und das hellbraune Haar ihres Vaters war nass, genau wie seine Kleidung.

„Er sagte, er würde voll angezogen in den Pool springen, wenn ich mit Auszeichnung abschließen würde“, sagte sie, ohne direkt jemanden anzusprechen. „Das konnte ich mir nicht entgehen lassen.“ Als sie von dem Foto aufblickte, traf sie Gabriels Blick, der sie mit einem zarten Lächeln auf den Lippen ansah.

„Ruf deine Eltern an. Sag ihnen, dass es dir gut geht, du aber extra Schichten arbeiten musst, weil ein Kollege krank ist“, wies er sie an. „Wir werden uns später eine detailliertere Geschichte ausdenken.“

Sie nickte und drückte ihre Tränen zurück. „Es ist für heute sowieso schon zu spät. Sie schlafen bestimmt schon. Ich werde sie morgen anrufen.“

„Gut“, stimmte Gabriel zu. Und, als ob er wüsste, woran sie dachte, fügte er an: „Du wirst deine Eltern bald wieder sehen. Ich verspreche es dir. Ich werde mich persönlich darum kümmern.“

Sie lächelte ihn dankbar an. „Danke.“

„Kannst du dich ein wenig umsehen und uns sagen, ob etwas fehlt, oder ob etwas hier herumliegt, das ihm gehören könnte?“

Maya schauderte bei dem Gedanken, dass der Typ, der sie angegriffen hatte, in ihrer Wohnung gewesen war. Wie nahe war sie ihm gekommen? Hatte sie ihn geküsst, ihm erlaubt, sie anzufassen? Oder hatte sie sogar mit ihm geschlafen? Es würde sie nicht überraschen – leider. Sie hatte schon immer ein abwechslungsreiches Sex-Leben und ihre Beziehungen hielten für gewöhnlich nicht lange.

Sie war nie befriedigt gewesen, weder emotional noch sexuell. Kein Mann war je fähig gewesen, ihr zu geben, was sie brauchte. Vielleicht wäre es einfacher gewesen, wenn sie einem Mann hätte sagen können, was sie wollte und brauchte. Doch sie konnte ihre Bedürfnisse nie in Worte fassen. Alles, was sie wusste, war, dass sie düster waren. Zu düster für ihren Verstand, um es zu artikulieren. Wann immer sie Sex mit jemandem hatte, wollte sie mehr spüren. Doch sie wusste nicht, was genau dieses *mehr* war.

Maya schob ihre Gedanken beiseite und ging ihre Habseligkeiten durch. Gewissenhaft schaute sie Schublade für Schublade durch. Regal für Regal. Nichts schien zu fehlen.

„Irgendwas gefunden?“, hörte sie Yvette Gabriel fragen.

„Nichts. Anscheinend hat er saubere Arbeit geleistet.“ Gabriels Stimme war ebenmäßig.

„Ja. Ungewöhnlich. Denkst du, er hat erwartet, dass wir hierher kommen?“

„Bestimmt. Es sieht aus, als hätte er hinter sich her geputzt.“

Maya blickte aus dem Fenster in die frostige Nacht. Sie wollte nicht hier bleiben. Die Gewissheit, dass ihr Angreifer ohne Probleme hereinspazieren konnte, bereitete ihr Unbehagen. „Ich packe ein paar meiner Sachen zusammen“, verkündete sie.

„Yvette, geh ihr dabei zur Hand“, ordnete Gabriel an. „Wir sind hier fertig.“

Im Schlafzimmer warf Maya ein paar Kleidungsstücke in eine Tasche, dann ging sie ins Badezimmer. Sie öffnete ihr Medizinschränkchen und griff nach der Packung ihrer Antibabypille.

„Die wirst du nicht brauchen“, sagte Yvette hinter ihr.

Ihr war nicht aufgefallen, dass Yvette ihr gefolgt war und der Spiegel keine von beiden reflektierte.

„Woher willst du das wissen? Nur weil ich jetzt eine Vampirin bin, bedeutet das nicht, dass ich keinen Sex mehr haben werde.“

„Das erwartet auch keiner von dir. Aber du wirst die Pille nicht mehr benötigen. Weibliche Vampire sind unfruchtbar.“

Unfruchtbar. Das Wort schwebte in der Luft.

Maya hielt sich zur Unterstützung am Waschbecken fest. All die Jahre hatte sie verhütet, um nicht schwanger zu werden. All die Jahre hatte sie sich gefürchtet, die Pille könnte nicht wirken, das Kondom könnte reißen oder irgendein anderer dummer Unfall könnte passieren. Und jetzt, als sie erfuhr, dass sie sich nicht mehr darum sorgen musste, wurde ihr klar, dass sie irgendwann Mutter sein wollte? Wie grausam konnte das Leben sein?

Sie spürte Yvettes warme Hand auf ihrem Rücken. „Es tut mir leid. Ich dachte, das weißt du schon. Nur männliche Vampire können Nachwuchs zeugen, aber auch nur mit einer blutgebundenen sterblichen Frau. Ich weiß, es ist zum Kotzen.“

Maya verstand nicht recht, was Yvette ihr erklären wollte. „Was meinst du damit?“

„Letztendlich sind männliche Vampire genau wie sterbliche Männer. Alles, was sie wollen, ist eine Frau, die ihnen ein Kind gebärt. Nur eine blutgebundene sterbliche Frau kann den Samen aufnehmen. Alles, wozu wir Vampirinnen gut sind, ist Sex. Ich rate dir, dein Herz nicht an einen Vampir zu verlieren – es endet nur mit einer großen Enttäuschung. Ich habe es schon oft genug mitbekommen.“

Maya starrte Yvette ungläubig an. Das konnte nicht wahr sein. Nicht nur konnte sie keine Kinder bekommen, Kinder, von denen sie bis jetzt nicht mal wusste, dass sie sie haben wollte, sondern nicht einmal ein Vampir würde sie als Frau haben wollen, weil sie unfruchtbar war? War das die Rache dafür, wie sie mit den Männern bisher umgegangen war? Dafür, dass sie Schluss gemacht hatte, sobald ihr klar wurde, dass ein Mann sie nicht befriedigen konnte? Dafür, dass sie keinem eine wirkliche Chance gegeben hatte?

Ein Schluchzen löste sich aus ihrer Kehle.

Eine Sekunde später kam Gabriel ins Badezimmer geeilt. „Was hast du ihr angetan?“, schrie er Yvette an und schob sich zwischen die beiden Frauen, während er Maya an seine Brust drückte. Instinktiv erlaubte sie ihm die Umarmung.

„Ich habe ihr überhaupt nichts angetan!“, brüllte Yvette zurück und stürmte aus dem engen Raum.

Maya schluchzte erneut. Es war nicht von Belang, aus welchem Grund Yvette ihr diese Tatsachen so unverblümt offenbart hatte. Sie war sogar froh darüber. Froh, dass sie nicht noch länger im Unklaren war.

~ ~ ~

Mayas Schluchzen ging Gabriel durch und durch. Er hatte erneut versagt. Er hatte sich zuvor versprochen, dass sie nicht mehr weinen müsste. Und jetzt stand sie hier, Tränen kullerten über ihre Wangen. Er hätte sie nicht bitten sollen, mit zu ihrem Apartment zu kommen. Sie war noch zu zerbrechlich, noch allem gegenüber zu sensibel.

Maya stemmte sich gegen ihn und befreite sich. Wollte sie seinen Trost nicht?

„Mir geht es gut“, versicherte sie ihm.

Er wusste, dass es ihr nicht gut ging. „Warum weinst du dann?“

„Ich weine nicht“, schniefte sie. „Ich denke, ich habe mir was eingefangen.“

Er neigte seinen Kopf zur Seite. „Was meinst du?“

„Nur eine Erkältung oder so was.“

Gabriel schüttelte den Kopf. Maya versuchte, ihm auszuweichen und das mochte er nicht. „Vampire fangen sich nichts ein. Wir werden nie krank.“ Doch bevor er Maya dazu bringen konnte, ihm zu erzählen, was sie bedrückte, hörte er ein Geräusch.

Sein Blick schnellte zum Fenster über der Badewanne. Bis jetzt hatte er nicht bemerkt, dass es offenstand.

„Jemand beobachtet uns", flüsterte er und nahm Mayas Arm. Er führte sie schnell zurück ins Wohnzimmer, wo Yvette in einem Lehnstuhl sitzend schmollte.

„Er ist draußen", informierte er Yvette, die sofort aufsprang. „Ich werde ihn verfolgen. Begleite Maya nach Hause."

„Unsere Chancen stünden besser, wenn wir ihn beide verfolgen würden", protestierte Yvette.

Gabriel unterbrach sie mit einer Handbewegung. „Das ist ein Befehl."

Ohne auf ihre Einwilligung zu warten, stürmte er aus der Tür.

Der Rogue hatte sie beobachtet. Das bedeutete, er wusste, dass Maya überlebt hatte, und auch, dass sie unter Gabriels Schutz stand. Nun könnte er herausfinden, wo sie sich versteckt hielt. Es war wichtig, dass Gabriel ihn aufspürte, bevor er eine weitere Attacke durchführen konnte.

Dass er ihr Apartment beschattet hatte – eindeutig in der Hoffnung, dass sie dahin zurückkommen würde – bestätigte Gabriel, dass der Übeltäter von Maya besessen war. Ein Stalker, genau, wie er vermutet hatte. Ein Liebhaber, den sie hatte abblitzen lassen.

Er hatte den Mann, der draußen in der Gasse gestanden und sie beobachtet hatte, nicht gesehen. Doch ihm war aufgefallen, dass die Gasse eine Sackgasse war. Das bedeutete, dass der Mann zurück auf die Hauptstraße kommen musste, um zu entkommen. Deshalb rannte Gabriel nicht die Sackgasse hoch. Stattdessen folgte er der schwachen Fährte, die der Vampir auf der Hauptstraße hinterließ.

Er lief im Zickzack durch Noe Valley. Für Gabriel war es offensichtlich, dass der Angreifer aus dem ruhigen Wohnviertel verschwinden und in eine geschäftigere Gegend wollte, wo es schwerer sein würde, seiner Spur zu folgen. Gabriel beschleunigte sein Tempo, versuchte, näher an den Kriminellen heranzukommen, doch da er sich in San Francisco nicht besonders gut auskannte, hatte er einen Nachteil. Wäre dies New York, hätte Gabriel ihm längst den Weg abgeschnitten. Doch jemanden in seiner Heimatstadt zu verfolgen, war deutlich schwieriger.

Als er Musik und Partygeräusche hörte, wusste Gabriel, dass er verloren hatte. Noch ein paar Blöcke weiter und er war inmitten im Castro. Innerhalb von zwei Blöcken gab es zwei oder drei Dutzend Bars und Clubs. Und die Bürgersteige waren überfüllt mit Feiernden. Gabriel blickte in die Menge und bemerkte die fast völlige Abwesenheit von Frauen.

Hauptsächlich Männer schlenderten die Straße entlang. Einige umarmten sich, einige hielten Händchen, andere küssten sich öffentlich. Gabriel war hier schon einmal gewesen. Vor Jahren. Dies war das Schwulenviertel der Stadt, wo Homosexuelle sich frei bewegten.

Gabriel blieb an einer Hausecke stehen und zog sein Mobiltelefon heraus. Ein hübscher junger Biker lächelte ihn an und prostete ihm von der Bar aus mit seiner Bierflasche zu. Gabriel schüttelte den Kopf und drehte sich weg. Na toll, Männer fanden ihn also attraktiv, die störten sich offensichtlich nicht an seiner Narbe. Warum sah ihn keine Frau mit diesem Schlafzimmerblick an? Und er wollte nicht irgendeine Frau – sondern Maya.

Er wählte eine Nummer. Nach dem dritten Klingeln wurde sein Anruf angenommen.

„Gabriel, was gibt's?“ Zane atmete schwer in den Hörer.

„Wo bist du?“

„Warum?“

„Weil du etwas für mich erledigen musst“, bellte Gabriel.

„Ich bin in der Mission. Heißer Schuppen.“ Zane gab ihm die Adresse durch.

„Ich treffe dich dort.“ Gabriel gab die Adresse in das GPS-System seines Handys ein. Zane befand sich nur etwa sechs Blocks entfernt. Das war praktisch.

Was Zane einen heißen Schuppen nannte, war mehr als nur ein Nachtclub. Der Türsteher sagte nichts und ließ ihn passieren, sobald er Gabriels Narbe ausgiebig angestarrt hatte. Endlich brachte das verdammte Ding ihm mal etwas. Leute hatten Angst vor ihm und widersprachen ihm deshalb nicht.

Es war dunkel. Dunkler als in den Nachtclubs, die er gewöhnlich frequentierte. Und der Grund dafür zeigte sich ihm sofort. Entlang den Außenwänden gab es kleine Nischen, deren Eingänge mit transparenten Tüchern verhüllt waren. Gerade durchsichtig genug, um die Gesichter der sich dahinter Befindenden zu verstecken. Aber nicht verhüllend genug, um zu verheimlichen, was sie taten.

Gabriel war keineswegs überrascht. Die Art der Unterhaltung, die sein Stellvertreter sich normalerweise aussuchte, beinhaltete immer Sex. Er folgte seiner Nase und fand Zane in einer der Nischen. Er blieb draußen stehen und blickte durch den hauchdünnen Vorhang.

Es war leicht, Zanes markanten Körper zuzuordnen. Sein geschorener Kopf glänzte. Er lag auf einer Liege, sein steifer Schwanz stand wie eine

Eins aus seiner Lederhose, die bis zur Mitte seiner Oberschenkel runtergeschoben war. Eine Frau blies ihm einen, während er zwei Finger im Arsch einer anderen hatte, die auf seinem Gesicht saß.

Die Damen waren bekleidet, doch bei genauerem Betrachten erkannte Gabriel, dass die Frau, die auf Zanes Gesicht saß, keinen Slip unter ihrem ultrakurzen Rock trug.

Gabriel hielt sich still, während er Zane zusah, wie er die Frau leckte und einen dritten Finger in sie schob und dabei ignorierte, wie sie sich von ihm abwandte. Mit seiner freien Hand schlug er auf ihre Pobacke, und sie schrie auf.

„Tu was ich dir sage!“, ertönte Zanes Befehl.

Gabriel überlegte, ob er ihn unterbrechen sollte. Doch zwei Dinge hielten ihn davon ab. Einen Vampir zu stören, während er gerade Sex hatte, konnte übel ausgehen – Zane würde seine sexuelle Energie in Gewalt umwandeln, und Gabriel wollte nicht sein Opfer sein.

Der zweite Grund war seine eigene Erregung. Gabriel sah gern zu – es war oft alles, was er bekommen konnte. Und dieses Mal war es mehr, als nur ein paar Leuten in einem Pornofilm zuzusehen. Dieses Mal konnte er sich ausmalen, er wäre der Mann und die Frau über ihm wäre Maya.

Die Situation machte ihn innerhalb von Sekunden scharf, erweckte dunkle Fantasien, dunkler als sonst. Warum er plötzlich unaussprechliche Dinge wollte, Sexpraktiken nachgehen wollte, die verdorben waren und als Tabu galten, konnte er nicht erklären. War er langsam so verzweifelt, dass alles ihn erregen würde? Gabriel schob seine ungezogenen Gedanken beiseite.

Als Zane seine Zähne in das Fleisch der Frau schlug, wusste Gabriel, dass das Warten ein Ende hatte. Ein paar Momente später befreite Zane sich von den beiden Frauen und schickte sie weg. Er schien nicht überrascht darüber zu sein, dass Gabriel auf der anderen Seite des Vorhangs stand.

Zane winkte ihn herein. „Hast du lange warten müssen?“

„Lange genug.“

„Du hättest dazustoßen können. Ich bin nicht besitzergreifend.“

„Nein, danke.“ Gabriel räusperte sich und setzte sich auf die Bank. Er hatte sich noch nie vor seinen Freunden und Kollegen ausgezogen. Und er hatte auch nicht vor, es jemals zu tun. Keiner wusste, was er verbarg. „Ich hoffe, du hast ihre Erinnerungen gelöscht.“

„Wie immer“, bestätigte Zane und streckte seine Beine vor sich aus. „Du hast einen Job für mich?“

„Der Rogue hat uns heute Nacht beobachtet, während wir in Mayas Wohnung waren. Er weiß, dass sie bei uns ist, also müssen wir unsere Suche ausweiten. Hast du schon etwas herausgefunden?"

Zane zuckte mit den Schultern. „Wie du siehst, arbeite ich daran."

Gabriel runzelte die Stirn – Sex mit zwei Frauen sah nicht gerade danach aus, einen Kriminellen ausfindig zu machen.

„Ich habe meine Methoden."

„Ich bin mir deiner Methoden bewusst. Was könntest du von zwei Frauen erfahren, die du fickst?"

„Mehr als du denkst. Frauen reden. Sie bemerken Dinge."

Gabriel schnaubte kurz. „Ich möchte, dass du die Alibis aller männlichen Vampire für diese Nacht überprüfst. Der Herausgeber des *SF Vampire Chronicle* sollte über eine vollständige Adressliste aller Vampir-Haushalte in der Stadt verfügen. Ich besorge dir die Liste. Arbeite dich durch. Nur die Männer, nur die Heterosexuellen. Schließe alle Vampire aus, die mit einer Sterblichen blutgebunden sind, da sie ja nicht fähig wären, Blut von einer Fremden zu trinken. Ich vermute, er ist ein ausgedienter Liebhaber."

Er hasste den Gedanken. Hatte Maya mit ihm geschlafen? Hatte sie demjenigen erlaubt, sie so anzufassen, wie Gabriel sie gerne berühren wollte?

11

Maya warf sich aufs Bett. Als sie zurückgekommen waren, hatte sie Yvette mitgeteilt, dass sie müde sei. Da es bereits eine Stunde vor Sonnenaufgang war, war Yvette darüber nicht verwundert gewesen.

Yvette hatte ihr gesagt, sie bliebe auf Gabriels Anweisung im Haus. Im Keller hinter der Garage gab es einen speziellen Raum, in den kein Sonnenlicht eindringen konnte. Dort würde Yvette schlafen. Da Gabriel das große Schlafzimmer benutzte und Maya im einzigen Gästezimmer untergebracht war, war kein anderes Schlafzimmer im Haus übrig, das Yvette benutzen konnte.

Maya war an einem Punkt angelangt, an dem sie sich nicht mehr darum scherte, was alle von ihr dachten – ihr Hungerschmerz war so unerträglich, dass nicht einmal mehr Yvettes offene Feindseligkeit sie beunruhigte. Sie vermutete, dass Yvette verärgert war – Gabriels Zurechtweisung hatte sie wohl getroffen.

Alles, was Maya beschäftigte, war, wie sie ihren Hunger stillen konnte. Kurz vor Sonnenaufgang hatte sie gehört, wie Gabriel zurückgekommen war und wie er mit Yvette sprach, bevor er nach oben kam. Sie hätte schwören können, er verweilte kurz vor ihrer Zimmertür, ging dann aber doch weiter zum großen Schlafzimmer und schloss die Tür hinter sich.

Nun war alles still.

Maya schlang die Arme um ihren Körper und krümmte sich zusammen. Die Krämpfe wurden immer schlimmer. Nicht einmal ihre schlimmsten Menstruationsbeschwerden waren vergleichbar damit, was ihr leerer Magen verursachte, als er sich in kurzen Wellen verkrampfte. Sie war in einer wohlhabenden Gesellschaft aufgewachsen und hatte nie hungern müssen. War das, was Millionen von Menschen tagtäglich durchmachten? Oder war es so schmerzhaft, weil sie ein Vampir war und all ihre Sinne nun verschärft reagierten?

Sie konnte nicht zulassen, dass dieser Hunger sie besiegte. Sie war stärker, das musste sie sein. Als die nächste Schmerzwelle ihr den Atem raubte, wusste sie, sie musste handeln. Vielleicht war ihr Hunger groß genug, um ihre Abneigung gegen das grässliche in Flaschen abgefüllte Blut zu überwinden und es zu trinken. Sie würde es noch einmal versuchen – sie würde es unmöglich durch den Tag schaffen. Und es bestand nicht die geringste Chance, dass Drake auftauchen würde, bevor es wieder dunkel wurde, selbst wenn er gute Nachrichten hätte.

Maya blickte auf die Uhr auf dem Nachttisch. Es war Vormittag. Nein, sie konnte nicht bis acht Uhr abends durchhalten, wenn die Sonne unterging.

Den Schmerz ignorierend schwang sie ihre Beine aus dem Bett. Sie trug ihr kurzes, rotes Nachthemd, doch zitterte darin. Also griff sie nach ihrem Bademantel und streifte ihn über.

Barfuß schlüpfte sie aus dem Zimmer und schlich nach unten. Sie wollte niemanden aufwecken, am wenigsten Gabriel. Ihn zu sehen würde Hackfleisch aus ihrem Vorhaben machen, menschliches Blut zu trinken. Sogar jetzt konnte sie noch sein Blut wahrnehmen. Sie erschauderte und huschte in die Küche. Je weiter sie von Gabriel entfernt war, desto besser.

Die Küche war leer.

Maya öffnete den Kühlschrank und spähte hinein. Wie zu erwarten, war er gefüllt mit Flaschen voller Blut. Sie griff nach einer und ließ die Kühlschranktür zufallen.

Sie versuchte, sich keine Gelegenheit für einen Rückzieher zu geben und öffnete die Flasche sofort. Sie hielt den Atem an und setzte die Flasche an ihre Lippen. Im nächsten Moment legte sie ihren Kopf in den Nacken und nahm einen Schluck. Die rote Flüssigkeit verteilte sich in ihrem Mund. Es hätte genauso gut Batteriesäure sein können, so abscheulich war der Geschmack. Sie beugte sich über die Spüle und spuckte es aus.

Die Tropfen, die ihre Kehle erreicht hatten, brachten sie zum Würgen, und sie hustete. Es war ausgeschlossen, dass sie das trinken konnte, selbst wenn ihr Leben davon abhing, was in der Tat der Fall war.

Sie hielt ihren Mund unter dem Wasserstrahl und wusch den Geschmack des Blutes heraus, bevor sie sich aufrichtete. Sofort krampfte ihr Magen erneut und sie krümmte sich. Sie versuchte, sich an der Arbeitsplatte festzuhalten, stieß dabei aber versehentlich die Blutflasche um, die mit einem lauten Klirren in der Spüle landete.

Unfähig, sich noch länger auf den Beinen zu halten, sank Maya zu Boden. Ihr wurde schwarz vor Augen. Bevor sie vom kalten Küchenboden aufstehen konnte, schwang die Türe auf. Sie erblickte erst einen langen Morgenrock, schaute dann auf und erkannte Gabriels Gesicht.

„Maya! Oh, Gott. Was ist passiert?“, fragte er mit alarmierter Stimme.

Ohne auf ihre Antwort zu warten, hob er sie hoch. Sein Geruch umgab sie und verschlimmerte ihre Hungerkrämpfe noch mehr.

Sie stieß ihn von sich. „Nichts. Nichts ist passiert."

Er ließ nicht locker. Stattdessen verstärkte er noch seinen Griff. „Lass mich dir helfen. Du bist schwach."

„Lass mich los", forderte sie, in dem Wissen, dass sie ihm nicht mehr lange widerstehen konnte. Sie machte eine ruckartige Bewegung und war überrascht, von seiner Umarmung freizukommen. Als er wieder nach ihr greifen wollte, erhob sie ihre Hand gegen ihn, um ihn davon abzuhalten. Ihre Finger streiften seinen Unterarm, und als ihre Fingernägel gegen seine Haut kratzten, bemerkte sie, dass ihre Finger sich in scharfe Krallen verwandelt hatten.

Blut tropfte aus den zwei kleinen Kratzern, die sie auf seiner Haut hinterlassen hatte. Sie starrte darauf. Blut. *Sein* Blut. Genau da. Alles, was sie tun musste, war, nach seinem Arm zu greifen und ihn an ihren Mund zu führen. Es einfach von ihm ablecken.

Ihr Magen meuterte. Unfreiwillig hob sich ihre Hand. Sie leckte sich die Lippen in Vorfreude auf das unerwartete Geschmackserlebnis. Ihre Nasenflügel bebten, saugten seinen Duft auf und ein tiefes Knurren löste sich aus ihrer Brust. Sie fühlte sich wie ein wildes Tier. Doch es kümmerte sie nicht mehr. Ihr Überlebenswille war stärker.

Bevor sie seinen Arm ergreifen konnte, packte Gabriel sie am Handgelenk und zwang sie, ihn anzusehen. Erkenntnis blitzte in seinen Augen auf. Er senkte seinen Blick zu der Verletzung auf seinem Arm und blickte dann zurück zu ihr.

Sie war bereit, für das zu kämpfen, was sie wollte.

„Oh Gott – du willst mein Blut. Meins, nicht wahr?", fragte er ungläubig.

Maya antwortete lediglich mit einem ungeduldigen Knurren.

„Komm."

Mit eisernem Griff zog er sie aus der Küche und den Flur entlang. Würde er sie nun einsperren, um sicherzustellen, dass sie ihn nicht angriff? Das konnte sie nicht zulassen. Sie musste gegen ihn kämpfen.

Als er sie ins Arbeitszimmer schob, wollte sie protestieren, doch ihr Mund war zu trocken, um zu sprechen. Sie brauchte sein Blut, und sie brauchte es jetzt.

Eine Sekunde später fand sie sich auf seinem Schoß auf der Couch sitzend.

„Warum zum Teufel hast du mir nicht gesagt, dass du mein Blut willst?" Seine Stimme klang aufgebracht.

Sie rüttelte an seinem Griff, versuchte, sich zu befreien. Doch er ließ sie nicht los. „Scher dich zum Teufel!", verfluchte sie ihn.

„Du dickköpfiges Weibsstück. Ich hätte dich letzte Nacht schon nähren können. Hast du eine Vorstellung, was für Sorgen ich mir um dich gemacht habe?“

Hatte er gesagt, sie *nähren*? Bedeutete das, dass er bereit war, sie sein Blut trinken zu lassen?

„Ich brauche –“ Sie verstummte. Sie konnte es nicht in Worte fassen, schämte sich dafür, ihre Bedürfnisse auszusprechen.

„Ich weiß, was du brauchst.“

Er schob den Kragen seines Morgenrocks zur Seite und strich sein Haar nach hinten. Bis jetzt war ihr nicht aufgefallen, dass es nicht wie sonst in einen Pferdeschwanz gebunden war. Als er seinen Hals für sie freilegte, beobachtete sie ihn. Meinte er es? Wollte er, dass sie von ihm trank?

~ ~ ~

Gabriel fing Mayas verwirrten Blick auf, als er seinen Hals für sie vorbereitete. Er könnte sie auch von seinem Handgelenk oder Unterarm nähren, doch er wollte sie näher bei sich, wollte ihren Körper spüren, während sie seine Vene öffnete und sein Blut in sich aufnahm. Vielleicht war er egoistisch, aber er wollte wissen, wie es sich anfühlte, wenn sie sich an ihn schmiegte und sein Blut nahm.

„Schlag deine Fänge in mich“, wies er sie an und deutete auf die Vene, von der er wusste, dass sie deutlich unter seiner Haut hervorschimmerte. „Hier, ich will dich genau hier. Und du hörst nicht auf, bis du satt bist. Wenn du wagst, vorher aufzuhören, bekommst du’s mit mir zu tun.“

„Ich will dich nicht verletzen“, murmelte sie.

Er war erstaunt, dass sie noch die Kraft hatte, ihm zu widersprechen, wo er doch den Hunger deutlich in ihren Augen sehen konnte.

„Das wirst du nicht. Jetzt trink oder ich zwinge dich dazu!“ Er nahm seine Stimme als ruppig wahr und wusste, es kam daher, dass es ihn erregte zu wissen, dass bald ein kleiner Teil von ihm in ihr sein würde.

Maya näherte sich vorsichtig und senkte schließlich ihren Kopf über ihn. Ihre vollen Lippen streiften über seine Haut. Er konnte den Schauer, der durch seinen Körper strömte, nicht unterdrücken.

„Beiß mich, Maya. Tu es!“, forderte er. Er hatte noch nie etwas so sehr gewollt wie ihre Fänge in seinem Hals.

Gabriel spürte, wie ihre Zähne seine Haut touchierten und über seine Vene glitten, die bereit war zu platzen. Dann öffneten sich ihre Lippen und ihre scharfen Reißzähne durchbohrten seine Haut, drangen tiefer und ließen sich in seinem Hals nieder. Als sie die ersten Bluttropfen aus ihm saugte, erschauderte er.

Nie in seinem langen Leben hatte er so etwas erlebt. Ja, sie hatte sich bereits zuvor von ihm genährt. Doch sie war bewusstlos gewesen, und er hatte ihr Blut aus seinem Handgelenk gegeben. Ihre Fänge waren noch nie zuvor in ihn eingedrungen. Es hatte noch nie eine Gelegenheit für irgendjemanden gegeben, ihn zu beißen – es gab keine Liebhaberin, die dies im Feuer des Liebesspiels getan hätte, was unter Vampir-Pärchen verbreitet war. Wenn auch nicht, um sich zu ernähren, sondern um die Lust zu steigern.

Er war auf die Reaktion seines Körpers vollkommen unvorbereitet.

Paradies. Es war die einzig mögliche Beschreibung. Wie elektrischer Strom erhitzte eine sich ausbreitende Wärme jede Zelle seines Körpers, umspielte seine Wirbelsäule und verweilte in seiner Leistengegend. Er war sich seines Körpers voll und ganz bewusst.

Trotz des Bademantels, den sie trug, konnte er ihren Körper auf seinem spüren, als wäre sie nackt. Funken schienen von ihrem auf seinen Körper überzuspringen, wie kleine elektrische Impulse, die zwischen ihnen tanzten. Doch es war noch immer zu viel Raum zwischen ihnen.

„Spreize deine Beine und setz dich auf mich", flüsterte er in ihr Ohr. Ohne jeglichen Widerstand änderte sie ihre Position und er half ihr, sich rittlings auf ihn zu platzieren. Für einen Augenblick überlegte er, ob es richtig war, die Situation auszunutzen, doch es war zu spät: Er wollte sie so nahe an sich spüren wie nur irgend möglich. Sein Körper sehnte sich nach ihr.

Mit jedem Tropfen Blut, die sie von ihm nahm, stieg seine Euphorie. Er hatte nie zuvor solch eine Freiheit gespürt, solche Leichtigkeit, solch eine Wonne. Keine Sorge der Welt konnte ihn jetzt berühren. Einsamkeit war ein Wort aus seiner Vergangenheit. Das Wort Schmerz hätte genauso gut chinesisch sein können, da er keinerlei Verständnis dafür aufbringen konnte.

Er vergrub seine Hand in ihrem Haar und drückte ihren Kopf an seinen Hals, nicht wollend, dass sie aufhörte. Seine Erektion drückte gegen sie und sie bemerkte dies sicherlich, doch wich nicht davor zurück. Er legte seine andere Hand auf den unteren Teil ihres Rückens und fächerte seine Finger auf. Der leichte Druck, den er ausübte, war genug, um eine Reaktion in ihr auszulösen. Sie presste sich an seinen steifen Schaft und rieb sich dagegen.

Gabriel konnte das laute Stöhnen nicht unterdrücken, das über seine Lippen kam. Er nahm einen tiefen Atemzug und inhalierte ihren Geruch. Maya roch nach reiner Frau, reif und erregt. Er wusste von seinen eigenen Fütterungen von Menschen – bevor er zu Flaschen gewechselt hatte – dass es sehr erregend sein konnte, direkt von einer Vene zu trinken. Wäre er ein Gentleman, dann würde er ihre Erregung ignorieren und aufhören, sie an sich zu drücken. Aber das Letzte, was ihm jetzt in den Sinn kam, war, sich wie ein Gentleman zu verhalten.

Verdammt, er begehrte sie schon seit dem ersten Mal, als er sie erblickt hatte. Konnte man ihm vorwerfen, dass er sich dieses kleine Stückchen vom Himmel nahm und es genoss, solange sie ihm nicht widerstehen konnte? Solange ihr Blutdurst zu groß war, dass sie sich nicht darum kümmerte, wer so schamlos war, seinen Schwanz gegen ihr warmes Geschlecht zu reiben?

Der Druck in seinen Hoden stieg und er wusste, er durfte sie nicht länger so eng an sich halten, wenn er nicht einen kompletten Idioten aus sich machen wollte, der in seinen Boxershorts kam. Aber er konnte noch nicht aufhören. Er musste sie noch etwas länger spüren, bevor er zurück in sein Bett gehen würde, alleine, nur mit ihrem Geruch, der ihm noch immer in der Nase lag und der Vorstellung ihres zarten Körpers, der sich gegen seinen presste. Dann würde er sich berühren und sich vorstellen, es wäre ihre Hand, die ihn streichelte und nicht seine eigene, schwielige, die ihn solange auspresste, bis er seinen Samen freiließ und sich vorstellte, ihn in ihrer warmen Scheide zu verteilen.

Zu früh spürte er, wie sie ihre Fänge aus seinem Hals entzog und sich von ihm entfernte. Er wollte sie zurückhalten, ihr sagen, sie solle nicht aufhören, aber er konnte nicht. Als er in ihre Augen blickte, wusste er, dass ihr Hunger gestillt war. Ihr Gesicht wirkte voller, ihre Haut war gerötet, und in ihren Augen lag ein diamantenes Funkeln. Sie hatte nie schöner ausgesehen als in diesem Moment.

„Danke“, flüsterte sie und senkte ihren Blick, als wäre sie beschämt darüber, was sie getan hatte.

„Es war mir eine Freude“, antwortete er und meinte es auch so. „Du wirst dich täglich von mir ernähren müssen.“

Sie riss ihre Augen weit auf und blickte ihn direkt an. „Aber ich … ich meine, du kannst nicht –“

„Dein Körper braucht es offensichtlich. Wir ernähren uns alle täglich.“ Es war die Wahrheit, doch trotzdem fühlte er sich wie ein Dieb – weil er dieses Vergnügen jeden Tag von ihr stehlen würde.

„Ich kann nicht immer von dir nehmen, ohne etwas zurückzugeben. Es ist nicht richtig“, beschwerte sie sich und bewies ihm damit, dass sie mehr Sinn für Gerechtigkeit hatte als er je aufbringen würde.

„Wenn es das Einzige ist, was du trinken kannst, dann ist es eben so. Du wirst dich von mir ernähren. Und du schuldest mir nichts.“ Sie hatte ihm bereits mehr gegeben als sie sich vorstellen konnte. Allein das Wissen, dass er sie jeden Tag so halten durfte, war mehr als er sich je erträumt hatte.

„Aber ich möchte dir etwas dafür geben; ich kann nicht einfach umsonst von dir trinken. Es wäre, wie für mein Essen zu bezahlen.“

Er grinste aufgrund ihres Vergleichs. Er hatte mehr Geld als er jemals ausgeben konnte. Es gab nichts, das er sich wünschte. Außer vielleicht …

„Ein Kuss“, platzte er heraus, bevor er sich stoppen konnte. Als er ihre Reaktion sah, wollte er es sofort zurücknehmen. Ihre Augen weiteten sich vor Überraschung, und ihre Lippen öffneten sich so, als wollte sie eine abfällige Bemerkung machen. Dann blieb ihr Blick auf der Seite seines Gesichtes hängen, wo die Narbe seine Haut entstellte.

Er schluckte schwer und drehte seine vernarbte Gesichtshälfte von ihr weg. Er hatte den vollkommensten Moment seines Lebens vermasselt, weil er es einen Moment zugelassen hatte, sich von seinem Verlangen beherrschen zu lassen. Es war dumm. Jetzt würde sie ihn nicht nur nicht küssen, sondern sie würde es auch nicht mehr in Erwägung ziehen, sich von ihm zu ernähren.

„Schon gut“, sagte er emotionslos. „Du musst nicht. Ich äh –“

Er spürte, wie ihre Hand sein Kinn ergriff und es zu ihr drehte, sodass er ihr in die Augen blicken musste.

„Einen Kuss pro Fütterung?“, fragte sie und nickte dann langsam.

Pro Fütterung? Er meinte eigentlich nur einen Kuss für alle zukünftigen Fütterungen. Doch er konnte ihr nicht widersprechen. Er war nicht nobel genug zuzugeben, dass alles, was er wollte, ein einziger Kuss war. Sie hatte ihn missverstanden, doch er würde sie nicht verbessern, stattdessen nickte er nur.

„Ich glaube, das ist ein faires Angebot. Willst du, dass ich dich jetzt gleich bezahle?“

Plötzlich wurde er übermütig. „Wie hat es dir geschmeckt?“

„Es war köstlich.“

Die Gewissheit, dass Maya sein Blut mochte, war mehr als ein Ansporn für ihn. „Dann ist es jetzt wohl an der Zeit, die Rechnung zu begleichen.“

Gabriel beobachtete, wie sie sich langsam über ihn beugte. Ihre Position war perfekt, sie war noch immer über ihm gegrätscht. Er konnte sich keine bessere Position für einen Kuss vorstellen, außer vielleicht, wenn sie unter ihm liegen würde. Doch damit war er sich voraus.

Wie eine Katze näherte sie sich ihm vorsichtig, bis ihr Mund über seinem schwebte. Ihre Lippen waren leicht geöffnet, und er konnte ihren Atem wahrnehmen. Plötzlich war ihre Atemfrequenz ungleichmäßiger als zuvor und er fragte sich, ob sie Angst davor hatte, wie er reagieren würde. Würde sie ihre Entscheidung bereuen und in letzter Sekunde vor ihm zurückweichen?

„Ich kann meine Hände auf dem Sofa lassen, wenn dir das lieber ist", bot er an und legte seine Hände auf den Kissen neben ihren Schenkeln nieder. Er wollte nicht, dass sie Angst vor ihm hatte und vermuten würde, dass er die Situation ausnutzen würde, wie sehr er das auch tun wollte. Doch da er wusste, dass dies nicht der einzige Kuss war, den sie ihm geben würde, konnte er sein Verlangen zügeln und nur nehmen, was sie bereit war zu geben, ohne die Grenzen des Kusses zu überschreiten.

Er konnte lernen, dies zu genießen. Jeden Tag hätte er etwas, auf das er sich freuen konnte. Doch er musste cool bleiben, durfte sie nicht mit der Lust verschrecken, die in ihm heranwuchs. Sie durfte ihre Abmachung nicht aufheben. Nein. Seine Reaktion auf sie musste gedämpft werden, damit sie die Ausmaße seines Begehrens nicht erkennen konnte und von deren Umfang nicht verschreckt wurde. Und jeden Tag konnte er sich erlauben, sich ein klein wenig mehr von ihr zu nehmen, sie ein klein wenig mehr an ihn zu gewöhnen. Vielleicht würde sie sich dann genauso zu ihm hingezogen fühlen wie er zu ihr.

Mayas Lippen streiften seine und Gabriel wusste, er musste all seine Beherrschungskraft anwenden, um diesen Kuss leicht und unschuldig erscheinen zu lassen.

~ ~ ~

Sein maskuliner Geruch umgab sie. Maya konnte ihr Glück nicht fassen. Nachdem sie sich ernährt hatte, fühlte sie sich wie neu geboren, stärker als je zuvor. Und geiler, als sie als Mensch je gewesen war! Und alles, was Gabriel im Tausch wollte, war ein Kuss? Konnte es noch besser kommen?

Ihn zu küssen, war für sie keinerlei Opfer. Als sie seine Lippen mit ihren berührte, genoss sie die perfekte Mischung aus Weichheit und

Festigkeit. Bis jetzt hatte sie nicht bemerkt, wie voll seine Lippen waren. Doch jetzt, da sie an seiner Oberlippe saugte und mit ihrer Zunge darüber streifte, war sie sich deren Perfektion voll bewusst.

Maya senkte ihren Mund auf seinen und unter leichtem Druck ihrer Zunge öffneten sich seine Lippen. Dankbar schlüpfte sie hindurch und erforschte das unbekannte Gebiet. Er schmeckte genauso unglaublich wie sein Blut. Sie wusste, dass ihre Reaktion auf ihn reine Chemie war. Die Pheromone, die er aussandte, entfachten die Lust in ihr. Wie ein jahrhundertealter Instinkt erkannte ihr Körper den seinen als perfektes Gegenstück. Sie hatte die klinischen Studien über diesen chemischen Prozess gelesen, der die Lust hervorhob. Und ihr war bewusst, dass ihr das gerade passierte. Sicherlich war es das, was geschah. Pure Lust. Es konnte nicht noch etwas anderes beteiligt sein. Sie wusste kaum etwas über Gabriel. In so kurzer Zeit konnten sich unmöglich Gefühle entwickelt haben.

Sie fuhr fort, ihn zu küssen, ihre Zunge gegen seine zu streichen. Doch seine Reaktion war nicht, was sie vermutet hatte. Wie bei jedem dominanten Mann hätte sie erwartet, dass er die Führung übernahm, den Kuss fordernder gestaltete. Doch das tat er nicht. Er reagierte nur auf das Necken ihrer Zunge, nachdem sie ihn lange genug umschmeichelte. Als sie versuchte, seine Zunge in ihren Mund zu ziehen, widerstand er.

Frustriert löste Maya sich. Sie blickte in sein verwundertes Gesicht. „Hat es dir nicht gefallen?"

Seine Miene veränderte sich von verwundert zu verwirrt. „Natürlich hat es mir gefallen", versicherte er ihr.

Sie senkte ihren Blick, war nicht im Stande, ihm bei ihrer nächsten Frage in die Augen zu sehen. „Warum hast du mich dann nicht zurückgeküsst?"

Seine Antwort kam überraschend. „Wenn ich dich zurückküssen würde, könnte ich meine Hände nicht für mich behalten."

Fordernd blickte sie ihn direkt an. „Keiner hat dich dazu aufgefordert."

Urplötzlich spürte sie, wie er seine Arme um sie schlang. „Du weißt gar nicht, was du in mir auslöst."

Sie hatte tatsächlich keine Ahnung, aber sie wusste, was Gabriel in ihr auslöste. Er machte sie verrückt, und sie würde vermutlich durchdrehen, wenn er sie jetzt nicht sofort küsste. „Küss mich, Gabriel. Küss mich jetzt, oder ich schwöre, ich werde –"

„Oder du wirst was? Mich abweisen? Ich habe mir diesen Kuss verdient. Und ich werde ihn verdammt noch mal so bekommen, wie ich ihn haben möchte.“

Ohne ihr eine Chance zu einer Antwort zu geben, senkte er seine Lippen auf ihre und küsste sie stürmisch. Maya schmolz dahin. Sie wollte nicht, dass er seine Meinung über den Kuss änderte, grub ihre Hände in seine Haare und streichelte die empfindliche Stelle an seinem Nacken. Sie fühlte, wie er unter ihrer Berührung erschauderte.

Während sein Mund sie entzückte, streichelten seine Hände ihren Rücken, streiften an ihren Seiten entlang, drückten sie so nah es nur ging. Sie konnte deutlich seine Erektion spüren, die mit jedem Atemzug gegen sie pochte. Sie versuchte, sich näher an ihn zu drängen.

Als wüsste er, was sie wollte, zog er an dem Gürtel ihres Bademantels und öffnete ihn. Im nächsten Moment bahnte sich seine Hand den Weg zu ihr und berührte sie durch den dünnen Stoff ihres Nachthemds. In dem Moment, als sie seine Fingerspitzen auf ihrer Brust spürte, stöhnte sie in seinen Mund. Wärme durchflutete sie und floss von ihrer Brust ihren Bauch hinab zwischen ihre Beine und setzte ihren Kitzler in Flammen.

Sie bäumte sich seiner Berührung entgegen. Gleichzeitig schob sie ihre Muschi gegen seinen Schaft, rieb ihr empfindliches Fleisch an seinem steifen Schwanz. Ihr Nachthemd war durchnässt, wo es zwischen ihrem Geschlecht und seiner Erektion lag, die hinter seinem seidenen Morgenrock versteckt war. Sie war noch nie von einem Kuss so feucht geworden. War das ein Nebeneffekt ihres Vampir-Daseins oder hatte Gabriel das in ihr ausgelöst?

Maya wand ihre Zunge um seine. Begeistert stellte sie fest, dass er seine Zurückhaltung aufgegeben hatte und sie jetzt mit der rücksichtslosen Hingabe eines verhungernden Mannes küsste. Als sie ihre Zunge leicht zurückzog, verfolgte er sie mit einem tiefen Knurren. Der Ton ging durch ihren Körper, berührte jede Zelle, liebkoste ihr Fleisch.

Mit einer gewandten Bewegung drehte er sie, und sie fand sich mit ihrem Rücken auf den Sofakissen liegend wieder, gefangen unter seinem starken Körper. Sein Mund hatte ihren nicht für eine Sekunde verlassen. Und nun rieb er seine Hüften an ihr. Seine Erektion hinter seinem Morgenrock drängte gegen ihr Zentrum. Mit jeder Bewegung streifte seine harte Lanze über ihre Klitoris. Es war mehr als nur ein Necken. Es war reine Folter. Eine Folter, die sie nur zu gerne über sich ergehen ließ.

Ihr Herz schlug schneller, je länger er sich an ihr rieb. Ihre Nippel waren harte Knospen, die gegen seine Brust streiften. Gabriels Mund bahnte sich einen Weg zu ihrem Hals, und er kratzte mit seinen Zähnen gegen ihre zarte Haut. Sie erbebte.

Als er eine Brustwarze zwischen Daumen und Zeigefinger nahm, entließ sie einen Schrei: „Oh Gott, ja!“ Sie wollte ihn, brauchte ihn jetzt. Musste ihn in sich spüren, komme was wolle.

Maya schob ihre Hände unter seinen Morgenrock, um seine starken Schultern zu streicheln. Seine Haut war heiß und weich, weicher als sie angenommen hatte. Doch sie hatte nicht die Gelegenheit, sich auf ihn und seinen Körper zu konzentrieren, denn er widmete ihren Brüsten eine Aufmerksamkeit, die sie nicht ignorieren konnte.

Das Geräusch der sich öffnenden Tür ließ ihre Augen in deren Richtung schnellen, doch sie konnte Gabriel nicht rechtzeitig darauf aufmerksam machen.

Als Yvette den Raum betrat und sie schockiert, oder angewidert, oder auch beides, anstarrte, leckte Gabriel über ihre Nippel und machte den Stoff durchsichtig.

Erst als Yvette hörbar nach Luft rang, hob sich sein Kopf, und er erblickte sie. Sofort sprang er aus seiner kompromittierenden Position auf.

„Mist!“, entfuhr es Gabriel.

12

Gabriel hörte kaum auf Yvettes Entschuldigungen, bevor er sich aus dieser peinlichen Situation befreite und in sein Schlafzimmer flüchtete. Er hatte komplett die Kontrolle verloren und war nur Sekunden davon entfernt gewesen, Maya zu ficken.

Und er hatte etwas anderes wahrgenommen. Etwas stimmte mit seinem Körper nicht. Gabriel knotete seinen Morgenrock auf und zog seine Boxershorts nach unten. Sein geschwollener Schwanz war keine Überraschung, doch was mit dem Fleisch darüber passiert war, war nicht normal.

Die Missbildung, die ungefähr zwei Zentimeter über seinem Schaft hervorstand, war eine Masse von Fleisch und Haut, normalerweise etwa acht Zentimeter lang und circa zwei bis drei Zentimeter im Durchmesser. Es war, wovor alle Frauen schreiend davonliefen. Er war ein Sonderling, mit einem hässlichen und nutzlosen Stück Fleisch, das ihm in den Weg kam, wenn er eine Frau ficken wollte.

Gabriel begutachtete die Masse.

Sie hatte sich auf etwa zwölf Zentimeter verlängert und der Durchmesser hatte sich um die Hälfte vergrößert. Die Spitze war schrumpelig, als beinhaltete sie mehrere Schichten von Haut, die übereinander lagen. Er wandte sich von dem abstoßenden Körperteil ab.

Maya hätte vor Abscheu geschrien, hätte er versucht, mit ihr zu schlafen. Er war Yvette fast dankbar dafür, dass sie in solch einem unpassenden Moment hereingeplatzt war. Diese Unterbrechung hatte ihn vor einer schmerzvollen Zurückweisung bewahrt.

Und nicht nur das: Er hatte Maya schamlos ausgenutzt, indem er sie geküsst und berührt hatte, obwohl er wusste, dass ihre Erregung davon kam, dass sie sich von ihm ernährt hatte. Sie hatte davon keine Ahnung, aber er, ein älterer, erfahrener Vampir wusste dies nur zu gut. Es hatte nichts damit zu tun, ob sie ihn attraktiv fand oder nicht. Es war lediglich eine Reaktion auf den Biss. Eine Euphorie, die sie erlebte. Er war ein Schuft, sie so auszunutzen. Jemand sollte Hackfleisch aus ihm machen, dafür, dass er so ein Arschloch war.

Er hatte keine Ahnung, ob sie sich wirklich zu ihm hingezogen fühlte. Er hatte bemerkt, wie sie seine Narbe angestarrt hatte. Doch dann hatte ihre Erregung die Überhand gewonnen und ihr keine Wahl gelassen. Wie konnte eine Frau ihn ansehen und erregt sein, außer sie stand unter Drogen? Und Maya war unter Drogen gestanden– sein Blut war ihre Droge. Warum wäre sie sonst seiner Forderung nach einem Kuss nachgekommen? Oder bestand die Möglichkeit, dass sie ihn attraktiv fand? War ihr Blutrausch nicht für ihre Reaktion verantwortlich zu machen?

Wenn er nur wüsste, was er ihr sagen sollte, wie er seine Zweifel äußern konnte. Aber er war nicht gerade erfahren darin, eine Frau zu bezirzen. Verdammt, er hatte keine Ahnung, wie er nun mit ihr umgehen sollte. Aber ihm war klar, er musste sich etwas einfallen lassen. Musste sich rechtfertigen. Sich dafür entschuldigen, dass er sie im Arbeitszimmer derart überrumpelt hatte.

Was dachte sie jetzt? Sicherlich hielt sie ihn jetzt für gefühllos, kaltschnäuzig. Doch wäre er geblieben, hätte er die Situation noch schlimmer gemacht, als sie schon war. Nein. Er musste seine Gedanken ordnen und konnte ihr erst wieder entgegentreten, wenn er einen Plan hatte.

Nach ein paar Stunden unruhigen Schlafes verließ Gabriel das Haus, sobald die Sonne untergegangen war. Er wollte beiden aus dem Weg gehen, Yvette und Maya. Er würde sich Maya stellen, sobald er zurückkam. Doch zuerst musste er sich um ein paar Dinge kümmern.

Sobald er draußen in der Dunkelheit war, zog er sein Handy aus der Tasche und wählte die Nummer der Hexe. Es klingelte drei Mal, bevor sie den Anruf annahm.

„Ich habe Ihnen gesagt, Sie sollen mich in Ruhe lassen“, sagte die Hexe ohne jegliche Begrüßung

„Bitte legen Sie nicht auf. Ich gebe Ihnen alles, was Sie haben wollen, wenn Sie mir helfen.“ Dieses Mal meinte er es ernst. Der Anblick seiner wachsenden Missbildung ängstigte ihn. Er musste das abscheuliche Ding irgendwie loswerden. So bald als möglich. Er konnte Maya so nicht unter die Augen treten. Er wollte ihr keinen Grund geben, ihn abzuweisen. Was im Arbeitszimmer zwischen ihnen passiert war, ließ ihm klar werden, dass er sie so sehr wollte, dass er bereit war, dafür zu kämpfen. Was immer es ihn kosten möge.

„Alles?“ Die Hexe klang interessiert.

Er wusste, es war gefährlich, ihr alles anzubieten, was sie wollte. „Alles.“

Es gab eine Pause am anderen Ende der Leitung. Hatte sie aufgelegt?

„Ich werde darüber nachdenken. Geben Sie mir einen oder zwei Tage.“

Ein Klick und sie war weg, bevor er noch darauf antworten konnte. Wenigstens zog sie es in Betracht und wies ihn nicht von vornhinein ab, wie sie es das erste Mal getan hatte. Es war ein Schritt in die richtige Richtung. Er hoffte, sie würde ihm helfen. Mayas nächste Fütterung war weniger als vierundzwanzig Stunden entfernt, und wenn er seine Bedürfnisse nicht unter Kontrolle hatte, würde das Gleiche erneut passieren.

Er versprach sich, dass er das nächste Mal, wenn sie sich von ihm ernährte, seine Bezahlung nicht einfordern würde. Es war besser, sich der Versuchung zu entziehen so gut es ging. Allein sie von sich ernähren zu lassen, würde ihn jede Spur Kraft kosten, die er aufbringen konnte. Ein Vorfall wie der im Arbeitszimmer musste unter allen Umständen vermieden werden. Zumindest solange sein Körper so aussah wie er aussah.

Kurz nach seinem Telefonat mit der Hexe erreichte er Drakes Praxis und wurde von der Barbie-Puppen-Empfangsdame in den Behandlungsraum geführt.

Drake schien nicht überrascht zu sein, Gabriel zu sehen. „Wie geht es Dr. Johnson?"

„Sie hat mein Blut getrunken."

Drake hob eine Augenbraue. „Das dachte ich mir schon."

Gabriels Wirbelsäule versteifte sich. „Wie bitte?"

Drake zuckte mit den Schultern. „Sie hat mir anvertraut, dass sie sich nach Ihrem Blut sehnt. Aber sie hat dagegen angekämpft."

Gabriel starrte ihn an. „Und das haben Sie mir nicht gesagt?" Wut kochte in ihm hoch. Drake hatte sie leiden lassen, während Gabriel sich um ihr Problem hätte kümmern können, wenn er es gewusst hätte. Er ging zwei Schritte auf Drake zu.

„Ärztliche Schweigepflicht."

„Zum Teufel mit Ihrer Schweigepflicht!", brüllte Gabriel und packte den Arzt an seinem weißen Kittel. „Jetzt hören Sie mir mal zu: alles – und ich meine *alles* – was Maya betrifft, betrifft auch mich. Haben Sie verstanden?"

Drake befreite sich aus Gabriels Griff. „Was bedeutet sie Ihnen?"

„Das geht Sie nichts an."

„Das tut es sehr wohl", widersprach der Doktor. „Werden Sie ihr helfen, wenn es schwierig für sie wird? Machen Sie das?"

„Ich habe ihr bisher geholfen, oder nicht?", schoss Gabriel zurück.

„Sie haben ja keine Ahnung."

„Das Schlimmste ist schon vorbei. Die Verwandlung ist vollbracht; und jetzt, da sie eingesehen hat, dass sie sich von mir ernähren muss, sehe ich nicht, welche Probleme da noch aufkommen sollten."

Gabriel mochte Panikmacher nicht. Wenn der Doktor dachte, er könne seine Rechnung in die Höhe treiben, indem er ein paar Details hinzuschwindelte, würde er bald mit Gabriels Faust Bekanntschaft machen.

„Nein. Ich weiß auch nicht, *welche* Probleme auftreten könnten. Aber ich bin mir sicher, *dass* Probleme auftreten werden." Er wischte einen Schweißtropfen von seiner Braue. „Alles deutet darauf hin, dass Maya kein reinrassiger Mensch ist."

Gabriel schnaubte. „Natürlich ist sie das nicht. Sie ist ein Vampir."

Drake schüttelte den Kopf. „Das meinte ich nicht. Sie war kein reinrassiger Mensch, bevor sie verwandelt wurde."

Es dauerte einige Sekunden, bis die Information in Gabriels Gehirn einsickerte. „Kein Mensch?"

Drake deutete zu den Sesseln, und sie setzten sich beide. „Ich bezweifle, dass sie überhaupt davon weiß."

„Sie haben sie untersucht?" Die Vermutung, dass Drake Maya angefasst hatte, während er mit ihr im Arbeitszimmer alleine war, ließ Gabriels Magen verkrampfen.

„Nein, sie hat mir Zugang zu ihrer Krankenakte verschafft. Ich habe mir alle Untersuchungsergebnisse angesehen, die je bei ihr unternommen wurden. Und ich kann Ihnen sagen, etwas stimmt nicht."

Gut – der Doktor hatte sie nicht angefasst. Er fühlte sich etwas besser. „Was stimmt nicht?"

„Seit sie dreizehn Jahre alt ist, hat sie diese Fieberkrämpfe. Meist einmal im Jahr, manchmal auch zweimal. Die behandelnden Ärzte hatten keine Erklärung dafür. Sie schrieben es einer Grippe oder einer Infektion zu. Aber die Häufigkeit beunruhigt mich."

Gabriel zuckte mit den Schultern. Menschen waren einfach viel anfälliger für Krankheiten. Das war nichts Neues für ihn. „Was noch?"

„Während ihrer Assistenzzeit hat sie einen Gentest machen lassen – Teil einer Studie, an der sie teilnahm, um Geld zu verdienen", erklärte er. „Die Ergebnisse sind besorgniserregend."

„Spucken Sie es aus", forderte Gabriel ihn auf.

„Die Ergebnisse zeigen zwei Chromosomenpaare mehr als üblich, insgesamt fünfundzwanzig statt dreiundzwanzig Paare."

„Wie ist das möglich?" Gabriel war nun dankbar für die einsamen Tage, in denen er gezwungen war, sich eine Beschäftigung zu suchen. Vor langer Zeit hatte er am Discovery Channel eine Sendereihe gesehen, die grundlegendes medizinisches Verständnis thematisierte.

„Laut den Notizen wurde angenommen, dass ihre Proben verunreinigt waren. Sie wurden deshalb von der Studie ausgeschlossen. Aber Dr. Johnson – Maya“, korrigierte er sich, „sie behielt die Testergebnisse in ihrer Krankengeschichte. Sie muss sich gefragt haben, ob es ihr Fieber ausgelöst hat.“

„Kann es nicht sein, dass das Labor, das die Proben genommen hat, nicht sauber gearbeitet hat? So etwas passiert doch schnell mal. Sie wissen doch besser als ich, wie schnell Dinge kontaminiert werden können. Menschliches Versagen ist immer möglich.“ Gabriel wollte nicht akzeptieren, dass etwas mit Maya nicht stimmte. Sie musste schon mit genug klarkommen.

„Das dachte ich zuerst auch, aber –“

„Denken Sie, der Grund, warum sie kein menschliches Blut trinken will, hängt mit dieser Chromosomen-Sache zusammen?“

Drake nickte. „Es ist möglich. Offen gesagt habe ich noch nie zuvor von einem Vampir gehört, der kein Blut trinken möchte. Sicher trinken einige Vampire ihr Blut gegenseitig. Doch das ist eher eine Sache ihres Sex-Lebens. Blutgebundene Partner tun es. Aber nicht mit dem Ausschluss von menschlichem Blut.“

Der Doktor blickte ihn unerwartet an. „Ich hoffe, Sie nehmen genug Blut zu sich, solange sie sich von Ihnen ernährt. Sie müssen sich bei Kräften halten.“

„Keine Sorge. Ich ernähre mich so oft, wie es mir mein Körper vorschreibt.“

„Wie viel trinkt sie von Ihnen?“ Drake sah ihn neugierig an.

„Soviel sie braucht.“ Und nach seinem Geschmack war die Fütterung viel zu kurz gewesen. Er hatte dieses Gefühl noch viel länger spüren wollen.

„Nun, ich nehme an, Sie wissen, was Sie tun. Wenigstens verschafft uns das einige Zeit, bis ich herausfinden kann, was mit ihr nicht stimmt. Wie gesagt, ich muss da einer Sache nachgehen. Ich benötige Informationen über ihre Eltern. Was immer sie für unmenschliche Bestandteile in sich trägt, sie müssen genetischen Ursprungs sein. Ich muss die Krankenakten ihrer Eltern einsehen.“

Gabriel nickte. „Ich werde ihre Namen und die Adresse für Sie herausfinden. Aber Sie werden sich die medizinischen Informationen vermutlich illegal beschaffen müssen. Thomas kann Ihnen helfen, Zugang zum System zu bekommen: Er kann sich in den Computer des Krankenhauses hacken. Ich werde mit ihm sprechen."

„Gut. Das würde helfen. Sobald ich weiß, an welchen ungewöhnlichen Krankheiten ihre Eltern leiden, kann ich meine Vermutung bestätigen."

Gabriel beugte sich in seinem Sessel nach vorne. „Sie haben eine Vermutung? Was ist es?"

Drake schüttelte nur den Kopf. „Ich kann noch nichts sagen. Wenn ich da ohne Beweise was ausspucke, erklären Sie mich sicherlich für verrückt."

Als ob das neu wäre, dachte Gabriel. „Sagen Sie es mir. Ich verspreche, ich werde Sie nicht für verrückt erklären."

„Nein. Erst benötige ich die Informationen über ihre Eltern."

Gabriel mochte es nicht, dass der Arzt seine Vermutung nicht mit ihm teilen wollte. „Gut, aber es gibt etwas, worauf ich bestehen muss."

Drake hob eine Augenbraue.

„Was immer Sie herausfinden, ich möchte der Erste sein, der es erfährt. Sie werden nicht mit Maya darüber sprechen. Ich alleine entscheide, ob und wann wir ihr davon erzählen. Ich weiß besser, was sie im Moment verkraften kann. Und offen gesagt möchte ich nicht, dass sie mit noch mehr belastet wird. Sie ist noch zu zerbrechlich."

„Zerbrechlich?", fragte Drake. „Sie ist ein Vampir. Es gibt nichts Zerbrechliches an ihr."

„Sie ist sich ihrer Kraft nicht bewusst, genauso wenig wie ihrer Bedürfnisse. Sie kann sich noch nicht beherrschen. Ich möchte nicht, dass sie sich über irgendetwas aufregen muss."

Drake erhob sich. „Wie Sie wünschen. Auf welchen Namen soll ich die Rechnung ausstellen?"

Gabriel grunzte: „Was wollen sie dieses Mal?"

„Keine Sorge, dieses Mal ist gewöhnliches Bargeld in Ordnung."

Gabriel stand auf und ging in Richtung Tür. „Sie haben ja meine Adresse."

Bevor Gabriel die Tür öffnen konnte, fragte Drake: „Gibt es etwas, das Sie nicht für sie tun würden?"

Er warf einen Blick über seine Schulter und funkelte den Arzt an. „Kümmern Sie sich um Ihren Job. Meine Gefühle sind für Sie nicht wichtig." Aber sie waren für Gabriel wichtig.

~ ~ ~

Ungeduldig klopfte Gabriel an der Eingangstüre des modernen Hauses, das sich an den Hang unterhalb von Twin Peaks schmiegte. Die Aussicht war atemberaubend. Thomas verfügte sicherlich über eine Menge Geld. Es überraschte ihn nicht. Als Vampir, der schon seit beinahe einem Jahrhundert existierte, hatte er wie auch viele andere Vampire die Gelegenheit genutzt, ein großes Vermögen anzuhäufen.

Die Tür ging auf und Thomas erschien im Türrahmen, nur mit einem Handtuch bekleidet, das er sich um seine Hüften gewickelt hatte. Die Wassertropfen auf seiner Haut glitzerten.

„Entschuldige, dass ich einfach so reinplatze, Thomas. Ich hätte vorher anrufen sollen. Wir können auch später reden."

Thomas winkte ihn herein. „Schon gut. Komm rein. Ich nehme an, es ist wichtig, wenn du unangemeldet hier auftauchst."

Gabriel betrat das Haus und schloss die Tür hinter sich. „Danke."

Er versuchte zu vermeiden, Thomas' halbnackten Körper anzustarren und ließ seine Augen durch den großen Raum mit der offenen Küche schweifen. Er kannte Thomas nicht so gut wie Samson und Amaury, da Thomas nie in New York gelebt hatte und Gabriel es nur sehr selten in den Westen verschlug.

Einen anderen Mann nur teilweise bekleidet zu sehen, machte Gabriel gewöhnlich nichts aus, doch bei Thomas war es anders. Er hatte keine Ahnung, was die Etikette vorschrieb, wenn man einem halbnackten Schwulen gegenüberstand. Sollte man ihn ansehen? Oder nicht?

„Also, was gibt's?", fragte Thomas, der sich in dieser Situation scheinbar keineswegs unbehaglich fühlte.

Gabriel räusperte sich. „Ich war eben bei Drake. Maya verweigert noch immer menschliches Blut."

Thomas schüttelte den Kopf. „Wir müssen sie dazu zwingen, es zu trinken. Sonst verhungert sie uns noch."

„Das wird nicht nötig sein. Sie hat heute Morgen begonnen, sich von mir zu ernähren."

„Von dir? Sie will Vampirblut?" Thomas strich sich durch sein nasses Haar. Die Bewegung ließ die Konturen seines muskulösen Oberkörpers spielen.

Das Geräusch der sich erneut öffnenden Eingangstüre ließ Gabriel in deren Richtung drehen. Er erblickte Eddie, der hereintrat. Eddies Blick fiel zuerst auf Thomas und verweilte dort länger, als Gabriel erwartet hatte.

„Hey", begrüßte er sie.

Thomas wischte sich die Hände am Handtuch trocken, als er Eddie anblickte. „Ich dachte, du hättest hier geschlafen."

Eddie zuckte mit den Schultern. „Die Zeit verging so schnell. Als ich auf die Uhr gesehen habe, war es schon beinahe Sonnenaufgang. Ich hatte nicht genug Zeit, um zurückzukommen."

„Sag jetzt nicht, dass du Nina und Amaury überredet hast, dich zu beherbergen."

Eddie winkte ab. „Gott, nein. Die Beiden lassen ja Tag und Nacht nicht voneinander – ich hätte kein Auge zumachen können." Er grinste und seine Grübchen erschienen noch deutlicher als sonst. „Keine Ahnung, was meine Schwester an ihm findet. Der Kerl ist doch einfach nur übermächtig."

„Deine Schwester doch auch", erwiderte Gabriel.

Thomas lachte. „Das stimmt. Sie hält locker mit den Besten mit."

Eddie machte eine gleichgültige Handbewegung. „Jedenfalls war Holly so nett, mich bei ihr schlafen zu lassen."

„Holly?" Ein scharfer Ton lag in Thomas' Stimme. „Du gehst mit Holly?"

„Rickys Freundin Holly?", fragte Gabriel mit hochgezogener Augenbraue.

„Ex-Freundin", korrigierte Eddie ihn. „Und nein, ich gehe nicht mit ihr. Diese Frau ist ein totales Lästermaul."

Thomas schien sich zu entspannen und lächelte Eddie an. „Über was tratscht sie denn jetzt wieder?"

„Sie hat versucht mir einzureden, dass Ricky die Beziehung beendet hat und nicht umgekehrt. Als würde mich das auch nur im Geringsten interessieren. Ich sage dir, ich konnte es kaum bis Sonnenuntergang aushalten, um endlich aus ihrer Wohnung zu kommen. Sie hat mir ein Ohr abgekaut mit ihren Geschichten, wie Ricky angeblich einer anderen hinterhergestiegen ist und Holly dann einfach eiskalt sitzen gelassen hat. Ich schwöre, das nächste Mal zerfalle ich lieber zu Staub, anstatt noch einmal bei ihr Unterschlupf zu suchen."

Eddie wandte sich in Richtung der Tür, die zu den Schlafzimmern des Hauses führte. „Ich mach noch für ein Stündchen die Augen zu, falls das in Ordnung geht."

Thomas nickte. „Ruh dich aus. Und geh duschen. Du stinkst wie ein Mädchen."

Eddie schnüffelte an seinem T-Shirt und runzelte die Stirn. „Verdammte Holly. Die und ihre verfluchten Räucherstäbchen!"

Als Eddie den Raum verlassen hatte, wandte Thomas sich zurück zu Gabriel.

„Wie läuft es mit deinem Schützling?“, fragte Gabriel.

„Er ist ein guter Kerl. Und er lernt schnell. In ein paar Monaten ist er so weit, dass er alleine klarkommt.“

Gabriel bemerkte einen traurigen Unterton. „Du magst ihn?“

„Wie ich sagte, er ist ein guter Kerl.“ Er legte eine Pause ein. „Und Hetero. Ende der Geschichte.“ Thomas holte tief Luft. „Also. Du sagtest, du brauchst meine Hilfe.“

Gabriel räusperte sich. Thomas’ Privatleben ging ihn nichts an. „Es geht um Maya. Drake kann sich nicht erklären, warum sie kein menschliches Blut mag, sondern meins.“

„Du Glückskind“, warf Thomas ein und grinste. Gabriel wusste genau, worauf er anspielte: die sexuelle Erregung, die aufkam, wenn ein anderer Vampir von einem trank.

Ein kurzes Grinsen machte sich auf Gabriels Lippen breit, doch es verschwand genauso schnell wieder. „Drake denkt, dass irgendetwas mit ihr nicht stimmt. Es könnte etwas Genetisches sein.“

„Was soll ich tun?“

„Ich möchte, dass du die Krankengeschichte ihrer Eltern besorgst. Wir müssen herausfinden, ob sie einen Gendefekt haben. Kannst du das für mich erledigen?“

Thomas nickte. „Sicher. Lass mich nur kurz mit Maya sprechen, um ihre Namen und ihre Adresse herauszufinden, dann sollte es –“

„Ohne, dass Maya davon erfährt“, unterbrach ihn Gabriel.

„Oh. Gut. Ich bin sicher, du hast gute Gründe dafür.“

„Die habe ich. Kannst du das erledigen?“

„Kein Problem. Ich rufe Drake an, sobald ich die Infos für ihn habe.“

„Hattest du Gelegenheit, mit Eddie und James über den Geruch von Mayas Angreifer zu sprechen?“

Thomas seufzte bedauernd. „Ja, aber leider konnte keiner von beiden sich daran erinnern. Sie sagten, der Duft war so schwach, es hätte jeder sein können. Außerdem hat sie stark geblutet und sie waren beide so eingenommen von ihrem Blut, dass sie auf nichts Anderes achten konnten. Tut mir leid, Gabriel.“

„Dachte ich mir schon. Lass uns etwas anderes versuchen. Ich habe mir gedacht, wenn Maya mit ihm ausgegangen ist, hat er sie vermutlich mal angerufen. Oder sie ihn.“ Das Wort *ausgegangen* auszusprechen widerstrebte ihm. Hatte sie wirklich etwas an diesem Mann gefunden? „Kannst du dich in ihre Gesprächsnachweise hacken, von ihrem Festnetz, wie auch von ihrem Handy und mir die Kontaktdaten von jedem besorgen, mit dem sie gesprochen hat? Ordne den Nummern die entsprechenden Namen zu. Vielleicht erkennen wir ja jemanden."

„Ich werde sehen, was ich tun kann."

Gabriel streckte seine Hand aus. „Danke."

Thomas griff kurz danach.

„Und noch etwas. Könntest du Yvette vor Sonnenaufgang ablösen? Sie kann ein wenig Erholung gebrauchen." Nach dem peinlichen Zwischenfall in den Morgenstunden brauchte Gabriel etwas Abstand von ihr. Er war nicht scharf darauf, ihr jetzt zu begegnen.

„Lass mich raten. Die Frauen werden nicht warm miteinander?"

Gabriel zuckte mit den Schultern. „Frag mich nicht. Was weiß ich schon über Frauen?"

Thomas lachte und klopfte ihm auf die Schulter. „Deutlich mehr als ich. Das ist mal sicher."

13

Seinem Wort getreu tauchte Thomas eine Stunde vor Sonnenaufgang auf und löste Yvette ab, die erleichtert wirkte, das Haus verlassen zu können.

Nach seinem Telefonat mit der Hexe und dem Termin bei Drake hatte Gabriel mit dem Verleger des *SF Vampire Chronicle* gesprochen, um die Liste aller in San Francisco lebenden Vampire für Zane zu besorgen.

Nun stand Gabriel in der Küche und kippte eine extra Blutflasche hinunter. Maya würde sich bald von ihm ernähren müssen. Bisher hatte sie ihm noch nicht mitgeteilt, dass sie hungrig sei; tatsächlich schien sie ihn zu meiden, seit er zurückgekommen war.

Er fragte sich, ob sie sauer auf ihn war, da er die Situation ausgenutzt hatte. Leider wusste er nicht, ob sie ihn wirklich mochte oder nicht. Oder ob ihre Erregung eine reine Nebenerscheinung des Blutsaugens war.

Verdammt, selbst nach fast vierundzwanzig Stunden konnte er sie noch immer schmecken.

„Hey, was geht ab?" Die vertraute männliche Stimme kam von der Tür zur Küche.

Gabriel drehte sich um. Er hätte Ricky hereinkommen hören sollen, doch offensichtlich hatte er sich zu sehr in seinen Gedanken verloren. Selbst wenn Ricky seinen eigenen Schlüssel benutzt hatte, hätte er wenigstens das Öffnen der Haustür oder Rickys Schritte hören müssen. Zu was für einem unfähigen Bodyguard verwandelte er sich nur?

„Hab dich hier nicht erwartet", antwortete Gabriel. Sollte Ricky nicht in einer Lasterhöhle sein und seinen Trennungsschmerz ertränken?

Ricky zuckte mit den Schultern. Sein rotes Haar und seine Sommersprossen schienen zu leuchten. „Ich langweile mich schnell, wenn ich nichts zu tun habe. Habe gehört, du könntest Hilfe benötigen, um einen neuen Vampir zu beschützen? Ich dachte, ich packe mit an."

Gabriel nickte. Er benötigte so viel Unterstützung, wie er bekommen konnte. Thomas war in Samsons Arbeitszimmer und war damit beschäftigt, für Dr. Drake die Krankengeschichte von Mayas Eltern zu besorgen. Und Zane befand sich noch immer auf der Aufklärungsmission, auf die Gabriel ihn geschickt hatte. Keiner war verfügbar, weitere Aspekte des Überfalls zu untersuchen.

„Da Zane sich gerade durch die Schattenseiten der Gesellschaft gräbt, um den Übeltäter zu schnappen, könnte ich einen extra Mann gut gebrauchen."

Ricky grinste. „Ich wette, Zane hat sich für seine Lieblingsbeschäftigung beworben: Leute vermöbeln. Den Spaß teilt er bestimmt nicht mit uns."

Gabriel zuckte mit den Schultern. „Solange er mit einem Ergebnis zurückkommt, ist es mir egal, wen er zusammenschlägt."

„So wie ich Zane kenne, wird er genau das tun. Also, brauchst du bei irgendetwas Hilfe? Objektschutz vielleicht?"

„Nein, du recherchierst lieber etwas für mich. Sie kannte ihren Angreifer –"

„Dann hast du ja alles unter Kontrolle", unterbrach Ricky und lehnte sich entspannt gegen die Kücheninsel. „Nur eine Frage der Zeit, bis wir herausfinden, wo sich der Kerl versteckt hält."

Gabriel kratzte sich am Hals. „Ich fürchte, so einfach ist es nicht. Er hat ihre Erinnerungen gelöscht."

„Mist! Aber das war wohl zu erwarten, nicht wahr?", antwortete Ricky. „Also, was jetzt? Wie willst du ihn finden? Was soll ich für dich erledigen?"

Gabriel wusste, es gab eine Spur, der er noch nicht nachgegangen war. Obwohl Mayas Angreifer ihre Erinnerungen an ihn vollständig gelöscht hatte, konnte er nicht auch die Erinnerungen von allen anderen gelöscht haben. Besonders, wenn er nicht wusste, wer alles von ihm wusste.

„Lass uns mit Maya sprechen. Ich glaube, sie kann uns hierbei helfen." Er öffnete die Türe, die zum Flur führte.

„Aber sagtest du nicht, er hat ihre Erinnerungen gelöscht?", fragte Ricky.

„Das stimmt. Aber ich wette, *nur* ihre." Er streckte seinen Kopf durch die Türe. „Maya, kannst du bitte nach unten kommen?" Er wusste, sie würde ihn hören. Ob sie reagierte, war eine andere Frage.

Als er ihre Schritte auf den oberen Treppenstufen hörte, wusste er, dass er ihr gegenübertreten musste. Doch er konnte nicht so tun, als wäre nichts zwischen ihnen passiert.

Als Maya die unterste Stufe erreichte und sich zu ihm wandte, stockte Gabriel der Atem. Sein Herz schlug gegen seine Rippen, als wollte es nach ihr greifen. Er steckte in der Scheiße – unmöglich konnte er sich lange von ihr fernhalten. Sie war wie ein Magnet und er ein Nagel aus reinem Eisen, ohne jeglichen Widerstand.

Er blickte ihr ins Gesicht und bemerkte, wie sie ihre Lider senkte, um seinen Blick nicht erwidern zu müssen.

„Maya", sagte er mit leiser Stimme, sodass ihn niemand leicht belauschen konnte. Was er ihr sagen wollte, war privat. „Wir müssen darüber reden, was passiert ist."

~ ~ ~

Maya holte tief Luft. Sie war noch nicht so weit, mit ihm zu sprechen. Als er mit panischem Gesichtsausdruck aus dem Arbeitszimmer gestürmt war, hatte sie sich mehr geschämt als je zuvor in ihrem Leben. Sie war bereit gewesen, ihn dort auf dem Sofa zu ficken. Sie hatte ihn verschlingen wollen, ohne nur eine Sekunde an den Gedanken zu verschwenden, was er wohl von ihr denken würde. Aber jetzt interessierte es sie, was er von ihr hielt. Glaubte er, sie war leicht zu haben?

„Gabriel, ich weiß nicht, was ich sagen soll", stammelte sie. Lief sie gerade rot an? Konnte ein Vampir erröten? Sie hoffte nicht, denn sollte das möglich sein, wären ihre Wangen jetzt tiefrot, so rot wie Gabriels Blut.

Da – es war alles, woran sie denken konnte: sein Blut, sein Mund, seine Hände auf ihrem Körper, seine Erektion, wie sie gegen sie pochte. Eine weitere Hitzewelle brachte sie wieder zu Verstand. Sie konnte nicht zu einem zitternden Häufchen Elend werden, als wäre sie noch Jungfrau.

„Ich möchte mich entschuldigen", sagte er. „Ich hätte dich nicht so überrumpeln dürfen."

Sie winkte ab. Sie wollte nicht, dass er sich bei ihr entschuldigte. Was sie wollte, war herauszufinden, ob er während des Kusses etwas empfunden hatte oder ob es lediglich die gewöhnliche Reaktion eines Mannes war. Mochte er sie? Wollte er mehr von ihr? Plötzlich erklangen Yvettes warnende Worte in ihren Ohren: Ein Vampir-Mann wollte sich mit einer menschlichen Frau binden, die ihm ein Kind gebären konnte. Alles, wozu Maya nützlich war, war reiner Sex. War es das, was Gabriel in ihr sah?

Sie warf einen kurzen Blick auf ihn, konnte den Mut aber nicht aufbringen, ihn zu fragen. „Schon gut." Sie räusperte sich. „Du hast nach mir gerufen?"

„Ja, würdest du uns in der Küche Gesellschaft leisten?"

Sobald Maya einen Schritt zur Küche machte, nahm sie einen anderen Vampir wahr. Sie schüttelte ihr ungutes Gefühl ab, ging durch die Türe, die Gabriel für sie aufhielt, und zwang sich zu einem Lächeln. Der Mann, der gemütlich an der Küchentheke lehnte, war etwa zehn Zentimeter kleiner als Gabriel. Sein rotes Haar war leicht gewellt und seine Augen hatten eine matt-braune Farbe, nicht so glänzend wie Gabriels. Wirklich, musste sie jeden Mann mit Gabriel vergleichen?

Ihre Wirbelsäule aufrichtend blickte sie zu Gabriel, der nach ihr in die Küche getreten war, und sah ihn fragend an.

„Das ist Ricky O'Leary. Er ist der Einsatzleiter von Scanguards in San Francisco. Und er hat angeboten, uns zu helfen, deinen Angreifer zu schnappen."

Maya streckte ihre Hand aus. „Schön, dich kennenzulernen", sagte sie automatisch. Als sie ihre Hand wegzog, spürte sie für einen kurzen Moment ein Zögern seinerseits, sie loszulassen. Er schaute sie genauso an wie dieser glatzköpfige Vampir, Zane.

Verdammt, sah jeder sie nur als mögliche Sex-Partnerin?

Gabriel näherte sich ihr etwas, bevor er sie erneut ansprach. „Ich denke, wir müssen einen anderen Weg versuchen, den Rogue zu schnappen. Aber dafür brauchen wir deine Hilfe."

„Sicher. Aber ich dachte, du hast bereits alle meine Erinnerungen durchsucht und nichts gefunden." Was er noch von ihr brauchte, wusste sie nicht. Wenn sie noch etwas gewusst hätte, hätte sie es ihm längst erzählt. Sie wollte mehr als jeder Andere, dass dieses Arschloch erwischt wurde.

„Ja, deine Erinnerungen. Aber was ist mit denen deiner Freunde?" Mit einem mysteriösen Lächeln fuhr er fort: „Wir müssen wissen, welchem deiner Freunde du von ihm erzählt haben könntest. Schau, er hat deine Erinnerungen gelöscht. Aber er konnte nicht wissen, wem du von ihm erzählt hast. Es könnte helfen, ihn zu identifizieren."

„Gute Idee, Gabriel. Daran habe ich nicht gedacht", lobte Ricky.

Gabriel legte seine Hand auf ihren Unterarm. Warum musste er sie so anfassen? Erkannte er, dass seine Berührung ihre Haut verbrannte wie ein heißes Bügeleisen? Wusste er nicht, dass eine Berührung von ihm dazu führte, dass sie ihn an ihrem ganzen Körper spüren wollte?

„Maya, kannst du uns sagen, wem du von ihm erzählt haben könntest? Wenn du mit ihm ausgegangen bist und ihn dann abfahren hast lassen, hättest du darüber mit einer Freundin gesprochen?"

„Da gibt es nur zwei Personen, mit denen ich über Männer rede: Paulette und Barbara. Das sind die Einzigen, mit denen ich wirklich eng befreundet bin. Ich bin sicher, ich hätte ein Date den beiden gegenüber erwähnt. Und wenn ich ihn abgesägt habe, weil er einfach nur ein Idiot war, dann kannst du dir sicher sein, dass wir einen gesamten Abend damit verbracht haben, ein paar Flaschen Wein zu leeren und über ihn zu lästern."

Gabriel sah sie überrascht an, doch Maya beachtete dies kaum. Das war es nun mal, was Frauen taten. Wusste er das etwa nicht?

Ricky räusperte sich. „Nun, das ist doch super. Warum fange ich nicht bei den Beiden an? Sag mir, wie sie heißen und wo ich sie finden kann, und ich werde sehen, was ich herausfinden kann. Ich bin sicher, so kommen wir ihm auf die Spur."

„Guter Plan", stimmte Gabriel zu. „Aber schau, dass du dich nicht zu auffällig verhältst. Wir möchten kein Aufsehen erregen. Die Zwei wissen nicht, was Maya zugestoßen ist, und wir wollen nicht, dass sie auf die Idee kommen, Fragen zu stellen."

„Wie du weißt, bin ich kein Amateur. Glaub mir, ich mach das schon", versicherte ihm Ricky und blickte dabei Maya an. „Also, wo kann ich deine Freundinnen finden?"

Sie griff nach einem Notizblock, der auf der Anrichte lag. „Hier, ich schreib es dir auf. Paulette ist leichter zu finden. Sie hat einen recht geordneten Terminplan. Nachts ist sie eigentlich immer zu Hause." Sie kritzelte die Adresse ihrer Freundin auf den Block. „Barbara hat eher unregelmäßige Schichten. Sollte sie nicht zu Hause sein, dann ist sie im Krankenhaus." Sie schaute Gabriel an. „Sollte ich sie nicht vielleicht anrufen und mit ihnen reden?"

Gabriel schüttelte den Kopf. „Und was würdest du ihnen sagen? Sie werden dich in ein Gespräch verwickeln, und du hättest keine Antworten für ihre Fragen parat."

„Aber warum denkst du, dass sie Ricky etwas anvertrauen? Ich will dich ja nicht beleidigen –", sie wandte sich zu Ricky, „aber du bist für sie ein Fremder."

Ricky grinste. „Keine Sorge, ich habe eine spezielle Gabe."

Noch ein Vampir mit einer Gabe?

Gabriel lächelte sie an. „Er hat recht. Ricky kann die Zweifel von Menschen vertreiben. Deshalb leistet er so gute Arbeit. Wann immer bei jemandem Zweifel aufkommen, benutzt Ricky seine Gabe und lässt die Zweifel verschwinden. Es ist ein bisschen wie Gedankenkontrolle. Aber es wirkt bei jedem, sogar bei Vampiren. Und es hat uns schon oft geholfen, schwierige Situationen unter Kontrolle zu bekommen und Massenhysterien zu vermeiden."

„Aber merken sie nicht, wenn du das tust?", meinte Maya besorgt.

„Das ist das Tolle an der Gabe", antwortete Gabriel für den anderen Vampir, „sie werden kein bisschen davon mitbekommen."

„Das stimmt. Also mach dir darüber keine Gedanken“, sagte Ricky ruhig und nahm den Notizzettel an sich. „Ich werde euch auf dem Laufenden halten.“

„Danke Ricky. Ich schätze deine Hilfe wirklich sehr“, sagte Gabriel und schüttelte Ricky die Hand, während Maya noch immer damit beschäftigt war, die Neuigkeiten zu verarbeiten. Es schien, als hätten alle Vampire eine Art von Gabe, um leichter mit ihrem Schicksal umzugehen. Gabriel konnte in die Erinnerungen anderer Leute eintauchen, Ricky konnte Zweifel verschwinden lassen. Hatten auch Thomas und Yvette eine Gabe? Und Zane? Würde sie selbst auch eine entwickeln?

Einen Moment später verschwand Ricky. Sie war mit Gabriel wieder alleine. Ihr war heiß, und sie empfand es als anstrengend, zu atmen. Sie wollte mit ihm darüber sprechen, was geschehen war. Um Antworten zu bekommen. Doch sie spürte etwas in sich heranwachsen. Jetzt erkannte sie auch, was es war.

Das Fieber kam zurück.

~ ~ ~

Maya stand in der Mitte der Küche und sah aus wie ein verängstigtes Reh. Gabriel fragte sich, ob er sie mit seinem Verhalten so verschreckt hatte, dass sie es nun nicht mehr aushalten konnte, mit ihm alleine zu sein. Er wollte alles wieder gut machen, wusste aber nicht, wie er anfangen sollte. Er hatte Angst, dass das, was auch immer er sagte, falsch sein würde.

„Bist du durstig?“, fragte er, in der Hoffnung, das peinliche Schweigen brechen zu können.

„Nein. Ich habe keinen Hunger.“

War sie wirklich noch nicht hungrig oder leugnete sie es nur, weil sie sich nicht in solch einer intimen Haltung von ihm ernähren wollte?

„Du kannst auch von meinem Handgelenk trinken statt von meinem Hals, wenn das angenehmer für dich ist“, bot er an. Es wäre weniger intim, würde aber die gleiche Erregung sowohl in ihm als auch in ihr hervorrufen.

Maya drehte sich zur Tür. „Ich bin nicht hungrig. Im Moment fühle ich mich nicht so gut. Vielleicht habe ich mir etwas eingefangen.“

Er stoppte sie, als sie die Tür erreichte. „Etwas eingefangen? Maya, ich habe dir gesagt, Vampire können nicht krank werden.“ Musste sie so unverfroren lügen, nur um seiner Anwesenheit zu entfliehen?

„Also ich weiß nicht, wie das mit anderen Vampiren ist, aber ich fühle mich schrecklich. Wenn es dir also nichts ausmacht, würde ich mich gerne hinlegen." Ohne einen weiteren Blick an ihn zu verschwenden, eilte sie aus der Küche.

Er folgte ihr in den Flur und beobachtete, wie sie die Treppe hinauf stieg. Verdammt, er hatte es wirklich vermasselt. Er sollte ihr alles erklären. Ihr sagen, dass alles, was sie über ihn dachte, höchstwahrscheinlich falsch war. Natürlich hatte er keinen Schimmer, was sie über ihn dachte. Aber er konnte es sich denken. Nachdem ihre Erregung abgeklungen war, als Yvette sie unterbrochen hatte, fühlte sie sich sicherlich von ihm angewidert.

„Gabriel", ertönte Thomas' Stimme aus dem Arbeitszimmer.

Er drehte sich um und ging ins Arbeitszimmer. „Ja? Hast du etwas in den Gesprächsnachweisen entdeckt?"

„Dummerweise hat die Telefongesellschaft ein Problem mit dem Server. Sie haben ihn wegen Wartungsarbeiten abgeschaltet. Ich komme momentan nicht an die Daten. Es kann noch bis zu zwölf Stunden dauern."

„Verdammt!", fluchte Gabriel.

„Aber ich konnte die medizinischen Akten überprüfen."

Gabriel schloss die Tür des Arbeitszimmers, damit sie niemand belauschen konnte. „Was hast du gefunden?"

Thomas schüttelte frustriert den Kopf. „Nichts. Sieh selbst. Sie sind beide kerngesund. Keine Gendefekte. Maya kann es nicht von ihren Eltern geerbt haben."

Thomas ging einen Schritt zur Seite, um Gabriel einen Blick auf den Computer zu gewähren. Er scrollte durch die Datei, sah sich Seite für Seite an. Mayas Vater hatte sich ein paar Knochen gebrochen und eine Blinddarmoperation gehabt, ansonsten nichts. Die Datei ihrer Mutter war etwas voller, doch gab es da auch nichts Außergewöhnliches. Einige Allergien, die üblichen Infektionen, einige Einträge eines Gynäkologen und ein gebrochenes Sprunggelenk.

Gabriel schlug frustriert seine Faust auf den Tisch. „Wie ist das möglich?"

Thomas zuckte mit den Schultern.

„Lass mal sehen, was der Frauenarzt hier schreibt." Er las durch die Notizen, bis ihm etwas auffiel. Es war unmöglich, aber da stand es. „Ihre Mutter hatte eine Hysterektomie."

„Krebs?", fragte Thomas.

„Ja."

„Die Chemo könnte etwas bei Maya ausgelöst haben“, vermutete Thomas.

Gabriel blickte auf das Datum des Eintrages und starrte dann Thomas an. „Ihre Gebärmutter wurde entfernt, *bevor* Maya geboren wurde. Maya ist nicht ihre Tochter.“

„Adoptiert?“

Gabriel nahm das an. Vor über dreißig Jahren waren Leihmütter nicht so alltäglich wie heutzutage, was bedeutete, dass ihr Vater vermutlich auch nicht ihr leiblicher Vater war. „Höchstwahrscheinlich.“ Als er es aussprach, erinnerte er sich an die Fotos in Mayas Wohnzimmer. „Ich hätte es schon viel früher erkennen müssen. Ich habe Bilder ihrer Eltern gesehen. Sie sieht ihnen kein bisschen ähnlich. Mayas Haut ist viel dunkler – ihre Eltern sind beide blond und haben einen deutlich helleren Teint. Sie kann unmöglich ihre biologische Tochter sein.“

Er blickte Thomas direkt an. „Wir müssen ihre leiblichen Eltern finden. Nur so können wir herausfinden, was mit ihr nicht stimmt.“

„Ich schätze, wir müssen sie fragen, ob sie weiß, dass sie adoptiert ist.“

Gabriel schüttelte den Kopf. „Lass uns damit noch warten. Überprüfe erst die Adoptionsunterlagen. Beginne beim Social Service. Mal sehen, was du finden kannst. Ich will ihr noch nichts von ihrem Gendefekt erzählen – sie hat schon genug, womit sie fertig werden muss. Versprich mir, dass du nichts erwähnst.“

„Deine Entscheidung, Gabriel. Aber letztendlich wirst du es ihr erzählen müssen. Und im Vertrauen, je früher, desto besser. Frauen mögen es überhaupt nicht, wenn sie denken, sie wurden belogen.“

„Was macht dich plötzlich zu einem Frauenexperten?“

Thomas zuckte mit den Schultern. „Menschenverstand.“ Nach einer kurzen Pause fügte er an: „Und du solltest ihr auch sagen, was du für sie empfindest, statt deshalb Trübsal zu blasen.“

Gabriel schnaubte. War es so offensichtlich, was er fühlte? Und wenn Thomas es bemerkt hatte, bedeutete das auch, dass Maya es wusste? Mied sie ihn deshalb? Wollte sie seine Aufmerksamkeit nicht? „Ich kann mich nicht erinnern, dich nach Rat bezüglich meines Privatlebens gefragt zu haben.“

Sein Kollege grinste ihn an. „Das Privileg eines schwulen Mannes.“

„Und überhaupt läuft da nichts zwischen ihr und mir.“ Als ob er wirklich jemanden mit dieser Lüge verarschen konnte.

„Hmm“, antwortete Thomas.

14

Gabriel wollte nicht schlafen. Es war Vormittag und die meisten Vampire wären jetzt in ihren Betten. Stattdessen saß er in einem Sessel im Wohnzimmer und starrte auf die kleinen Holzreste, die im Kamin glühten. Maya hatte sich noch immer nicht von ihm ernährt. Er hatte nach ihr gelauscht, da er annahm, sie sei mittlerweile durstig, doch sie war nicht zu ihm gekommen. Er vermutete, dass sie sauer auf ihn war. Er musste etwas dagegen unternehmen, aber er wusste nicht was.

Er hatte von ihrer Verletzlichkeit profitiert und sie ohne Rücksicht auf Verluste ausgenutzt. Als hätte sie als Jungvampir nicht schon genug zu verarbeiten. Sie sollte nicht auch noch einen geilen Vampir abschütteln müssen, der nur in ihr Höschen wollte.

Warum wurde er in Sex-Dingen plötzlich so aggressiv? All die Jahre hatte er keine Schwierigkeiten gehabt, sich zurückzuhalten. Er war noch nie einer Frau derart nachgestiegen. Es war ihm nie wichtig gewesen. Ja, er wollte schon immer eine Gefährtin, eine Frau, die er halten konnte, mit der er Sex haben konnte, doch er kam damit klar, das zu nehmen, was er bekommen konnte und bezahlte für den Rest.

Natürlich hatte die Einsamkeit an ihm zu nagen begonnen, deshalb hatte er auch Drake konsultiert. Doch obwohl er seine hässliche Deformität schon immer hatte loswerden wollen, hatte er noch nie diese Dringlichkeit verspürt. Jetzt konnte er es kaum abwarten, von dem verdammten Ding endlich befreit zu werden, und dafür gab es nur einen Grund: damit er Maya als richtiger Mann gegenübertreten und um sie werben konnte. Obwohl da noch die unschöne Narbe in seinem Gesicht war.

Eine Frau wie Maya hatte bessere Möglichkeiten, als einen Mann wie ihn anzunehmen. Sobald sie sich an ihr Vampir-Dasein gewöhnt hatte, würden die ledigen Vampire der Stadt bei ihr Schlange stehen. Wenn er es nicht jetzt versuchte sie zu gewinnen, hätte er später noch schlechtere Chancen, da ihn seine Konkurrenten ausstechen würden.

Er musste sein Glück versuchen. Ein kleiner Funke Hoffnung war bei ihm aufgekommen, als sie im Arbeitszimmer so leidenschaftlich auf ihn reagiert hatte. Er hoffte, es war nicht alles nur der Fütterung zuzuschreiben. Vielleicht bestand ja die Möglichkeit, dass sie sich wenigstens ein kleines bisschen zu ihm hingezogen fühlte. Oder warum hätte sie seine Forderung nach einem Kuss sonst angenommen? Solange er sich auf diesen Hoffnungsschimmer stützen konnte, konnte er den Kampf um sie einfach nicht aufgeben.

Gabriel schloss die Augen und stellte sich vor, wie es wäre, Mayas Liebe zu spüren, zu wissen, dass er ihr nicht egal war. Er wusste, dass er sich damit nur quälte, derartigen Tagträumen nachzuhängen, doch er konnte es nicht lassen, nicht, wenn es sein Herz mit Wärme und Stolz erfüllte. Es war alles ein Traum: eine Frau wie Maya als seine zu bezeichnen, sie Tag und Nacht zu lieben, mit ihr zu leben, ein Zuhause mit ihr zu teilen, zusammen zu lachen.

Es war Schicksal, das sie zusammengebracht hatte. Und während er nur widerwillig an Schicksal glaubte, wollte er glauben, dass es Bestimmung war, dass sie sich über den Weg gelaufen waren, da ihm eines klar war: Er war in eine Frau verliebt, die in jeglicher Hinsicht sowohl zu schön als auch zu perfekt für ihn war.

Ein sanftes Klopfen an der Haustüre ließ ihn aufschrecken. Wer würde tagsüber an der Tür eines Vampirs klopfen? Es musste ein Mensch sein. Gabriel stand auf und ging zum Eingang. Er schnüffelte. Oder eine Hexe.

Er schielte durch den Spion und erkannte Miss LeBlanc, die Hexe, die noch vor kurzem eine Armbrust auf ihn gerichtet hatte. Es schien, als sei sie dieses Mal unbewaffnet.

„Öffnen Sie die Tür, Vampir! Oder soll ich wieder gehen?“, drohte sie.

Woher wusste sie, dass er sie beobachtete?

„Ich werde aufsperren. Zählen Sie bis drei und kommen sie dann herein. Ich warte im ersten Zimmer auf der rechten Seite.“

Gabriel öffnete den Riegel, verschwand im Wohnzimmer und schloss die Tür hinter sich, damit das Tageslicht nicht in den Raum gelangen konnte. Die vorderen Fenster waren nicht nur aus einem speziellen Glas, es hingen auch dünne Vorhänge davor, die zwar den Raum nicht komplett verdunkelten, aber genug Licht verschluckten, um es für einen Vampir sicher zu machen.

Im nächsten Moment hörte er, wie sich die Tür öffnete. Als die Hexe ins Wohnzimmer trat, deutete er auf das Sofa. Sie sah dieses Mal freundlicher aus, vermutlich, da sie unbewaffnet war. Bekleidet mit einem Kostüm, konnte sie jeden täuschen und sich als normaler Mensch ausgeben. Wenn er raten müsste, hätte er sie auf Mitte dreißig geschätzt. Sie war attraktiv und zu seiner Überraschung kräuselte ein Lächeln ihre Lippen.

„Das ist ja mal was Neues.“ Sie blickte sich in dem Raum um. „So lebt ihr also.“

„Das Haus gehört meinem Boss. Und nein, wir leben nicht in Höhlen und schlafen auch nicht in Särgen.“

„Scherz beiseite. Ich nehme an, Sie wissen, warum ich hier bin?“

Er nickte. „Sie wollen mir mit meinem Problem helfen?“

„Sie haben versprochen, mir alles zu geben, was ich will.“

Gabriel zuckte innerlich zusammen. Er hatte es gesagt, und er würde sein Wort halten. Jetzt war die Frage, was sie wollte. „Das habe ich.“

„Drake hat ihre Gabe erwähnt.“

„Ich habe mir schon gedacht, dass er dieses Detail nicht für sich behalten kann. Was ist nur mit der Schweigepflicht passiert?“

Sie schnaubte. „Ich bin nicht hier, um über Drakes Ethik zu plaudern.“ Sie hielt inne. „Oder deren Abwesenheit.“

„Was kann ich für Sie tun?“ Als wüsste er das nicht schon längst.

„Die einmalige Nutzung ihrer Gabe.“

Er nickte und hoffte, dass die Erinnerungen, die er aus ihrem Opfer zog, niemanden Schaden zufügen würden.

„Gut, dann haben wir eine Vereinbarung. Jetzt zu Ihrem Problem. Erzählen Sie mir, was so wichtig ist, dass Sie sich sogar mit meinesgleichen abgeben.“ Sie beugte sich auf dem Sofa nach vorne und schaute ihn erwartungsvoll an.

Gabriel schluckte schwer. Das würde peinlich werden.

~ ~ ~

Maya warf die Bettdecke zur Seite. Ihr Bett war erstickend heiß. Ihr rotes Nachthemd klebte an ihrer feuchten Haut. Kleine Schweißbäche begannen an ihrer Kehle und bahnten sich einen Weg zwischen ihren Brüsten.

Sie wusste, es war das Fieber, aber sie hatte gehofft, dass sie als Vampir nicht mehr daran erkranken würde. Hatte Gabriel ihr nicht erzählt, dass Vampire nicht krank wurden? Doch das Fieber hatte sie wieder gepackt. Und dieses Mal war es schlimmer als je zuvor. Ihre Haut war so heiß, dass man sich die Finger daran verbrennen konnte, ihre Organe standen schon förmlich in Flammen, und es hatte erst vor einer Stunde begonnen. Sie spürte, wie sich das Fieber angeschlichen hatte, während sie sich mit Ricky und Gabriel unterhalten hatte. Sie hatte gehofft, dass es wieder verschwinden würde. Aber das war nicht der Fall.

Sie musste etwas dagegen unternehmen, musste ihren Körper abkühlen, damit sie nicht verbrannte. Mit zitternden Beinen stieg sie aus dem Bett. Jeder Schritt schmerzte und fühlte sich an, als würde sie damit das Feuer noch schüren. Vor ihren Augen drehte sich alles, als sie versuchte, sich auf die Badezimmertür zu konzentrieren. Eine kalte Dusche – sie musste sich kalt duschen.

Ein Schritt und noch ein weiterer brachte sie näher zum Badezimmer, doch ihre Instinkte sagten ihr, es würde nicht funktionieren. Tief in sich wusste sie, was ihr Körper brauchte. Sie hatte es immer gewusst, wollte es sich aber nie eingestehen.

Sie sehnte sich nach der Berührung eines Mannes. Seit das Fieber das erste Mal aufgetreten war, als sie dreizehn war, war alles, woran sie denken konnte, die Berührung eines Mannes, ein Kuss, ein Fick. Sie hatte ihrem Verlangen nie nachgegeben und es immer durch den Schmerz geschafft. Die Ärzte konnten sich das Fieber nicht erklären und hatten es als exotischen Virus abgetan, den sie sich irgendwo eingefangen hatte – wie Malaria. Doch sie war nie auf einer Fernreise gewesen und alle Bluttests waren negativ ausgefallen.

Ihre eigenen Nachforschungen hatten ihr keine Erkenntnis gebracht. Und die Fieberkrämpfe erschienen ein paar Mal im Jahr. Mal schwächer, mal stärker. Und sie traten immer in Verbindung mit der Sehnsucht nach Sex auf.

Dieses Mal war es noch schlimmer. Sie wusste jetzt, dass nur ein einziger Mann fähig war, das Feuer in ihrem Körper zu löschen: Gabriel.

Ihr Körper gehorchte ihrem Verstand nicht mehr. Statt weiter Richtung Badezimmer zu gehen, wo kaltes Wasser auf sie wartete, trugen ihre wackeligen Beine sie in Richtung Schlafzimmertür.

Ihre Atemfrequenz erhöhte sich. Sie benötigte mehr Sauerstoff, um ihren Körper am Leben zu halten. Es war nicht genug. Sie konnte es nicht schaffen, nicht dieses Mal.

Maya streckte ihre Hand nach dem Türknopf aus und drehte ihn. Ihr wurde schwarz vor Augen, und sie verlor das Gleichgewicht, als die Tür sich öffnete.

~ ~ ~

Gabriel öffnete seinen Gürtel, um der Hexe zu zeigen, wofür er ihre Hilfe brauchte, als ein Poltern vom oberen Stockwerk ertönte. Er stürzte in Richtung Tür und blickte in den Flur, wo er Thomas nach oben rennen sah.

Panik ergriff ihn. Ohne einen weiteren Blick auf die Hexe zu werfen, stürzte er hinter Thomas her. Da, direkt hinter der offenen Zimmertür lag Maya ausgestreckt auf dem Boden. Ihre Haut glitzerte, ihr kurzes rotes Nachthemd klebte an ihr.

Bevor Thomas sie berühren konnte, war Gabriel bereits an ihrer Seite und hob sie in seine Arme. „Maya, kannst du mich hören?"

Während er ihre schlanke Erscheinung an sich presste, spürte er die Hitze, die ihr Körper ausstrahlte.

„Was ist los mit ihr?", fragte Thomas mit besorgter Stimme.

„Sie verglüht."

„Denkst du, es ist das Fieber?"

Gabriel wunderte sich kurz, woher Thomas das wissen konnte, doch dann erinnerte er sich, dass dieser mit Drake wegen der Krankenakten von Mayas Eltern gesprochen hatte. „Sieht so aus. Ich verstehe es nur nicht. Jede Krankheit, die sie als Mensch hatte, hätte mit der Verwandlung im Keim erstickt worden sein."

Thomas nickte. „Wir rufen besser den Doc an."

„Ich kann helfen", sagte die Hexe. Gabriel war nicht aufgefallen, dass sie ihnen gefolgt war.

Sofort schoss Thomas von seiner hockenden Position auf und blickte die Hexe angriffslustig an.

„Schon gut, Thomas. Sie ist hier, um uns zu helfen."

„Du hast eine Hexe in Samsons Haus gelassen?"

Gabriel bekam keine Gelegenheit zu antworten.

„Würden Sie mir aus dem Weg gehen, Vampir?", sprach sie Thomas an. „Dann kann ich dieser Frau helfen. Oder würden Sie bevorzugen, die Meinungsverschiedenheiten zwischen unseren Spezies zu diskutieren, während sie verbrennt?"

Ohne ein weiteres Wort trat Thomas zur Seite und gewährte ihr Eintritt ins Gästezimmer.

„Tragen Sie sie zum Bett. Ich möchte sie untersuchen", wies die Hexe an.

Gabriel richtete sich auf und drückte Maya enger an sich. Als er sich drehte, spürte er, wie sie ihren Kopf zu seinem Hals bewegte. Im nächsten Moment leckte sie ihn und ließ seine Haut angenehm prickeln. Dann spürte er ihre Zähne. Er schaffte es kaum bis zum Bett, bevor ihre Fänge in ihn eintauchten und sie begann, von ihm zu trinken.

Er setzte sich auf die Bettkante und hielt sie in den Armen, während sie von ihm trank. Vielleicht war sie wegen ihres Hungers zusammengebrochen. Doch Gabriel wusste instinktiv, dass dies nicht der wahre Grund war. Etwas Anderes war mit ihr nicht in Ordnung.

„Sie trinkt Ihr Blut?", fragte die Hexe ungläubig.

Gabriel schaute sie an, während sie sie beobachtete. „Sie verweigert menschliches Blut." Seine Augen suchten Thomas' Blick. „Thomas, hol Dr. Drake her."

„Es ist helllichter Tag", bemerkte die Hexe.

„Kein Problem. Ich schicke einen unserer menschlichen Angestellten mit einem verdunkelten Van", kommentierte Thomas. Er blickte die Hexe von oben bis unten an. „Bist du sicher, dass ich euch mit der allein lassen kann?"

„Miss LeBlanc will keinem von uns etwas antun, glaub mir."

Thomas zuckte mit den Schultern. „Wenn du das sagst." Er verließ den Raum.

Die Hexe räusperte sich und lenkte damit Gabriels Aufmerksamkeit auf sich. „Wie lange wird das hier dauern?"

„So lange, bis sie satt ist", antwortete Gabriel. Er streichelte Mayas Kopf und Schultern und unterdrückte sein Bedürfnis, sie intim zu berühren. Schon jetzt war er erregt. Und selbst die Anwesenheit der Hexe milderte seine Erregung nicht. Allein sein Sinn für Würde und Privatsphäre – mehr für Maya, als für sich selbst – bewahrten ihn, sie mit seinen Händen zu verschlingen.

Es kam ihm vor wie eine Ewigkeit, bis Maya seinen Hals freiließ und über die Bisswunde leckte, um sie zu versiegeln. Vorsichtig legte er sie auf die Bettdecke. Ihre Augen waren geschlossen. Als er seine Hände von ihr nahm, begann ihr Körper zu zittern. Ein Stöhnen kam ihr über die Lippen und zeigte an, dass sie Schmerzen hatte.

„In Ihren Armen wirkte sie ruhiger", bemerkte die Hexe.

Gabriel hatte es auch so wahrgenommen, war sich aber nicht sicher.

„Tun Sie mir einen Gefallen und nehmen Sie sie wieder in Ihre Arme", bat ihn die Hexe.

„Was soll das bringen?" Abgesehen davon, dass er heiß und geil würde?

„Ich muss sehen, wie sie darauf reagiert."

Gabriel kam ihrer Bitte nach und schloss Maya in seine Arme. Das Zittern stoppte, ihr Körper schmiegte sich an seinen. Es war ihm unangenehm, als er bemerkte, dass Maya sich gegen ihn rieb und ihre Hände wie von selbst zu seinem Schritt wanderten. Er konnte seine Erregung nicht unterdrücken. In der Hoffnung, dass die Hexe dies nicht bemerkt hatte und um Mayas Würde zu beschützen, zog er ihre Hände auf seine Brust.

„Das ist interessant." So viel zur Wahrung ihrer Würde – die Hexe hatte genau gesehen, was die bewusstlose Maya mit ihm machte. „Sind sie beide ein Paar?"

Gabriel strafte sie mit einem genervten Blick. „Nein. Anhand der Details, die ich Ihnen eben anvertraut habe, dachte ich, Sie hätten verstanden, dass ich keine Partnerin habe."

„Dann ist sie wohl der Grund, warum Sie wollen, dass ich Ihnen helfe", vermutete sie.

Er mochte es nicht, wenn jemand in seinem Privatleben herumschnüffelte. „Es ist nicht von Belang, warum ich Ihre Hilfe in Anspruch nehmen will. Ich bezahle Sie immerhin dafür."

„Wow, Sie sind ja empfindlich. Ich lag also richtig mit meiner Annahme." Sie zuckte mit den Schultern und richtete ihre Aufmerksamkeit wieder auf Maya. „Legen Sie sie wieder hin."

Erneut begann Maya zu zittern. Ihre Haut war gerötet. Mehr Schweiß bildete sich auf ihrer Stirn, ihrem Hals und ihrer Brust. Ihre Brustwarzen waren deutlich sichtbar durch den dünnen, feuchten Stoff, und er wollte ihre Würde bewahren. Als er an der Decke zog, um sie zu bedecken, hielt die Hexe ihn davon ab.

„Ich weiß, Sie wollen sie nur beschützen. Aber ihr ist schon heiß genug. Glauben Sie mir, Vampir, Sie sind der Einzige, den dieser Anblick erregt."

Gabriel knurrte sie an, hatte aber kein passendes Gegenargument parat auf ihre – leider – korrekte Feststellung. Er schaute weg. „Können Sie herausfinden, was mit ihr nicht stimmt?"

„Ich habe eine Vermutung. Aber ich möchte dies noch mit Dr. Drake besprechen, sobald er hier ist."

~ ~ ~

Als Drake eine halbe Stunde später ankam, hatte Mayas Zustand sich verschlechtert. Ihre Körpertemperatur war erschreckend hoch, ihre Atmung schwerfällig und sie hatte eindeutig Schmerzen. Doch die ganze Zeit hatte sie ihre Augen nicht ein einziges Mal geöffnet. Sie war wie in einem Delirium.

„Was ist passiert?", fragte Drake, als er das Zimmer betrat.

Gabriel schüttelte den Kopf. „Ich weiß es nicht. Sie sagte, sie hätte sich etwas eingefangen, und ging dann ohne sich zu ernähren zu Bett. Und ein paar Stunden später brach sie zusammen."

„Hat sie sich seitdem ernährt?"

„Ja, aber ihr Zustand hat sich nicht verbessert. Es wird von Minute zu Minute schlimmer."

Drake beugte sich über das Bett, berührte Mayas Stirn und überprüfte ihre Pupillen. Erst jetzt schien er die Hexe zu bemerken, die neben dem Kamin stand und sich nun dem Bett näherte.

„Ah, Francine, was für eine Überraschung, dich hier zu sehen."

„Drake."

„Irgendeine Vermutung?", fragte er und deutete auf Maya.

„In der Tat, ja."

„Teilst du diese Vermutung auch mit mir?"

Sie nickte. „Entschuldigen Sie uns eine Minute, Vampir", sagte sie zu Gabriel und bat Drake mit einer Geste ins Badezimmer.

Gabriel blickte Thomas an, der nach Drake das Gästezimmer betreten hatte. „Seltsames Paar", bemerkte er.

„Sie können so seltsam sein, wie sie wollen, solange sie Maya helfen können." Gabriel strich mit seiner Hand über Mayas glühendes Gesicht. Instinktiv drehte sie ihren Kopf zu seiner Hand und ihre Lippen begannen, an seinem Finger zu saugen. Sofort sog sie seinen Daumen in ihren Mund. Gabriel schluckte einen schnellen Atemzug hinunter. Selbst bewusstlos brachte sie ihn um. Er konnte kaum sein Verlangen nach ihr unterdrücken. Und wie sie so an seinem Daumen saugte, stellte er sich automatisch vor, wie es wäre, wenn sie das Gleiche mit seinem Schwanz tun würde.

Er lauschte nach den murmelnden Stimmen aus dem Badezimmer, konnte aber nicht ausmachen, was sie sagten. Sie schienen leise zu sprechen, um nicht belauscht zu werden.

Gabriel zog seinen Daumen aus Mayas Mund und streifte damit über ihre Lippen. Ihre Zunge schoss heraus und leckte an ihm. Er lehnte sich zu ihr hinab und flüsterte in ihr Ohr: „Baby, du machst mich verrückt. Ich kann dir nicht mehr widerstehen. Wenn du nicht aufhörst, weiß ich nicht, was ich tue."

Sie seufzte und zog seinen Daumen wieder in ihren Mund. Sein Schwanz drängte sich gegen den Reißverschluss seiner Jeans. Das Metall drückte sich in sein Fleisch. Er ballte seine andere Hand zu einer Faust, um den Drang, sie zu nehmen, zu unterdrücken. Mit einem Stöhnen zog er seinen Daumen erneut aus ihrem Mund und entfernte sich dann einen Schritt vom Bett.

„Hast du ihr gesagt, was du für sie empfindest?“, fragte Thomas.

Gabriel drehte den Kopf und blickte ihn an. „Und dann?“

„Möchtest du nicht wissen, ob sie dasselbe empfindet?“

„Und was, wenn nicht?“

Thomas blickte zu Maya. „So wie sie sich nach deinem Blut verzehrt, wage ich, die These aufzustellen, dass sie sich nach deinem Körper genauso sehnt.“

Gabriel blieb es erspart zu antworten, da sich die Badezimmertür öffnete und Drake und die Hexe mit ernster Miene herauskamen. Sein Optimismus verschwand. Wie schlecht würden die Nachrichten sein?

„Wir sind uns einig.“ Drake blickte zu Maya.

„Was?“ Gabriel raufte sich sein Haar.

„Sie ist läufig.“

Gabriel verstand nicht. „Läufig? Was meinen Sie damit?“

„Sexuell läufig“, erklärte Drake. „Wie eine Katze oder ein Hund.“

„Aber das ist doch unmöglich“, protestierte Gabriel. Läufig zu sein war ein Zeichen der Fruchtbarkeit. „Sie ist ein Vampir. Vampirinnen werden nicht läufig. Sie sind unfruchtbar.“

„Das ist mir bewusst. Denken Sie, ich weiß das nicht? Sie ist aber nicht vollständig Vampir – was immer sie noch in sich trägt, es verursacht in ihr, läufig zu werden.“

„Also geht es wieder weg?“ Wenn sie wirklich läufig war, war es sicherlich nur temporär.

„Das würde es, aber –“

„Aber was?“

„Sie verglüht. Es ist zu viel für ihren Körper. Sie könnte sterben. Und es gibt nur eine Möglichkeit, das Fieber zu beenden.“

Gabriel hatte aufgehört ihm zuzuhören. „Sterben? Nein. Das können wir nicht zulassen. Doc? Es muss etwas geben, das wir tun können.“

„Nicht wir“, sagte Drake. „Sie.“

Gabriel blickte zu Drake und der Hexe. „Ich?“

Die Hexe ging einen Schritt auf ihn zu. „Die einzige Möglichkeit, das Fieber zu stoppen ist, sie zu befriedigen.“

Ihre Worte hallten in seinem Kopf. Sie befriedigen.

„Wie?“

Drake hatte die Unverfrorenheit, zu kichern. „Das überlasse ich ganz Ihnen, Gabriel. Ich bin mir sicher, Sie wissen, wie Sie einer Frau einen Höhepunkt verschaffen können.“

Endlich begriff er. Sie wollten, dass er mit Maya schlief. Er wandte sich mit gedämpfter Stimme an den Arzt. „Aber ich kann nicht. Sie wissen doch, dass ich das nicht kann."

Hinter ihm räusperte sich Thomas. „Wenn du willst, kann ich es auch tun. Es wäre, als würde ich meine Schwester berühren. Es würde nichts bedeuten."

Gabriel wirbelte herum „Nein!" Obwohl Thomas schwul war und sicher kein Interesse an Maya hatte, konnte er es keinem Mann erlauben, Maya zu berühren.

Thomas grinste schief und Gabriel wurde klar, dass er dieses Angebot nur geäußert hatte, um eine Reaktion von ihm zu bekommen. Nun, er hatte eine bekommen. Und wenn er jetzt nicht aufpasste, würde er Gabriels Faust in seinem Gesicht als Zugabe erhalten.

„Ich sage ja nicht, dass Sie sie ficken sollen", fügte Drake an. „Nicht einmal ich würde vorschlagen, dies mit einer bewusstlosen Frau zu machen. Aber es gibt ja noch andere Methoden. Benutzen Sie ihre Hände und ihren Mund an ihr. Sie braucht einen Orgasmus. Es ist die einzige Möglichkeit, das Fieber abklingen zu lassen."

15

Abgesehen von Mayas schwerer Atmung und dem Rascheln der Laken, die um ihren Körper geschlungen waren, war es unheimlich still im Raum. Sie waren alle verschwunden: der Doktor, die Hexe, selbst Thomas, um ihnen ein gewisses Maß an Privatsphäre zu gewähren. Gabriel wusste, dass Thomas noch immer irgendwo im Haus war, doch er war weit genug entfernt, damit sein empfindliches Gehör nicht aufschnappte, was er und Maya taten. Es war peinlich genug, dass sie alle wussten, was passieren würde. Doch es linderte Gabriels Erregung nicht im Geringsten.

Dies war sicherlich nicht, was er geplant hatte. Für ihr gemeinsames erstes Mal wollte er, dass sie sich seiner voll und ganz bewusst war – ihn akzeptierte – und nicht in diesem Zustand, wo sie nicht einmal bei Bewusstsein war. Doch er wollte sie berühren und mit ihr Liebe machen, obwohl er wusste, in welchem Zustand sie war. Und er verfluchte sich dafür. Sie war verletzlich, und er würde sie zu seinem eigenen Vergnügen ausnutzen.

Angewidert wandte er sich vom Bett ab. Würde sie ihn hassen, sobald sie wieder bei Sinnen war und ihr klar wurde, was er ihr angetan hatte? Ihn dafür hassen, dass er sie ohne ihre Zustimmung intim berührt hatte? Würde er sie und jede Chance, die er je bei ihr gehabt hatte, verlieren? Doch er hatte keine Wahl, er konnte sie nicht sterben lassen.

Selbst in ihrem wahnähnlichen Zustand sehnte sie sich nach seiner Nähe. Sie schmiegte sich an ihn, genau, wie sie es getan hatte, als sie sich von ihm ernährt hatte. Und wie sie an seinem Daumen gesaugt hatte, war das nicht Beweis genug, dass sie ihn wollte?

Ihr heftiges Zittern ließ ihn sich zurück zu ihr wenden. Sie brauchte ihn, und egal, was später passierte, er konnte dieses Verlangen jetzt nicht ignorieren. Er zog seine Schuhe aus, kletterte aufs Bett und nahm sie in seine Arme.

„Ich bin hier, Baby. Ich bin hier."

Sie schien gleichmäßiger zu atmen, als er sie an sich zog. Sie fühlte sich wärmer an als noch Minuten zuvor, als er sie gehalten hatte. Der Doktor hatte recht, wenn er sie nicht befriedigen würde, würde sie verglühen.

Er würde sie nicht ausziehen, um ihr so viel Würde zu lassen, wie unter diesen Umständen möglich war. Und er würde keines seiner eigenen

Kleidungsstücke ausziehen, um einen Anschein von Distanz aufrechtzuerhalten. Nur seine Hände würden sie unter ihrem Nachthemd anfassen. Er würde ihren nackten Körper nicht betrachten, würde sie nur berühren. Sie würde es verstehen, dass er keine Wahl hatte und alles versuchte, um keinen Vorteil aus der Sache zu schlagen.

Gabriel hob ihr Kinn an und berührte ihre Lippen mit einem federleichten Kuss. Sie schmeckte salzig und nach Frau, empfänglich und willig. Er wusste, er sollte sie nicht küssen, doch als er ihren Geruch inhalierte, machte sein Gehirn dicht und alles, was er tun konnte, war, auf sie zu reagieren, wie es der jahrtausendealte Paarungsruf ihm befahl.

Woher er wusste, dass sie ihm gehörte, konnte er nicht erklären. Doch sein Instinkt sagte ihm, dass die Frau in seinen Armen perfekt für ihn war. Er hatte noch nie jemand Anderem gegenüber so empfunden. Nicht einmal Jane, seiner Ehefrau, die ihn in ihrer Hochzeitsnacht verlassen hatte. Er hatte noch nie die Verbindung verspürt, die er mit Maya verspürte, als wären ihre Lebenslinien miteinander verbunden, eine nur vollkommen mit der anderen.

Je länger er ihren Duft einatmete, umso stärker spürte er die Verbindung zu ihrer Lebenskraft. Als ihre Lippen sich unter seinen teilten, drang er in sie und fing ihre Zunge mit seiner ein. Streifte dagegen, leckte an ihr, tanzte mit ihr und entzog sich ihr wieder. Sein Speichel vermischte sich mit ihrem und der Geschmack der vermischten Flüssigkeiten betäubte ihn. Er wusste, dass etwas zwischen ihnen geschah, das nicht mit purer Lust und Anziehungskraft zu erklären war. Er würde mit dem Arzt darüber sprechen. Aber nicht jetzt. Jetzt musste er die Frau retten, die er liebte.

Liebte?

Diese Erkenntnis rüttelte ihn wach. Und beruhigte ihn sogleich.

„Ich liebe dich“, flüsterte er gegen ihre Lippen. Dann wanderte sein Mund ihren Hals entlang, um ihre erhitzte Haut zu küssen. Er nahm den verführerischen Geruch ihres Blutes wahr und knurrte. Seine Fänge verlängerten sich und stießen gegen seine Lippen.

Er zuckte von ihr zurück. Nein, er konnte sie nicht beißen. Konnte sich nicht erlauben, diesen höchst intimen Akt durchzuführen, von seiner Frau zu trinken, solange sie es ihm nicht erlaubte. Seine, ja, er nannte sie sein, denn genau jetzt war sie das: sein.

Sein Blick schweifte über ihren bebenden Körper und das blutrote Nachthemd, das sie trug. Ein Nachthemd, das kaum bis zur Mitte ihres Oberschenkels reichte. Der Stoff war so dünn, dass er deutlich die Umrisse ihrer steifen Nippel sehen konnte, die auf ihren fülligen Brüsten thronten.

Die Spaghettiträger verrutschten jedes Mal, wenn sie sich bewegte, vielleicht würden sie sogar von ihren Schultern rutschen und ihre perfekten Hügel freilegen.

Gabriels Hand wanderte zu ihren Brüsten und umschloss eine davon. Seine Hand war komplett ausgefüllt, die steifen Brustwarzen rieben gegen die Mitte seiner Handfläche. Sein Daumen erforschte sie, liebkoste ihre Haut durch die Seide und umspielte ihre Nippel.

Ihr Zittern verschwand, und sie bäumte sich ihm entgegen. Ohne darüber nachzudenken, zog er an dem Stoff, entfernte die Träger und befreite ihre vollkommenen Hügel. Ihre Haut war zart und ebenmäßig. Er senkte seinen Kopf und leckte ihre Nippel. Er bemerkte sofort, dass sie trotz ihres halb bewusstlosen Zustands spürte, was er tat: Ihre Hand wanderte zu seinem Hinterkopf und hielt ihn an ihrer Brust.

„Ja", murmelte sie. Sie klang erleichtert, als hätte sie lange darauf gewartet, dass dies passierte. Wollte sie ihn? Wusste sie, dass er es war, der sie berührte?

Gabriel fuhr fort, sog ihr Fleisch tiefer in seinen Mund und zog mit seiner Zunge Kreise um ihre Brustwarzen, während er gleichzeitig ihre Brust mit seiner Hand knetete. Er konnte nicht genug bekommen, sie in seinen Armen zu halten, das Gefühl ihrer Haut, wie sie schmeckte.

Er spürte, wie seine Hose enger wurde, als sein Körper immer mehr Blut in seinen Schaft pumpte, der steif wurde. Nur, es war nutzlos. Die Nachricht, dass er sie nicht ficken würde, hatte wohl seinen zügellosen Schwanz nicht erreicht.

Er ließ seine Finger über ihren Bauch wandern, die Seide bündelte sich unter ihren Brüsten. Er streifte an ihren Schenkeln entlang, schlich unter ihr Nachthemd und bewegte sich wieder nordwärts. Als er den Ort erreichte, wo ihrer Schenkel sich trafen, berührte er ihr Höschen. Sofort stöhnte sie und hob ihren Hintern leicht vom Bett ab.

Mayas Slip war von ihrer Erregung durchnässt, ein Geruch so intensiv, dass er ihm fast den Verstand raubte. Er versuchte, seine Lust zu zügeln und streifte mit seinen Fingern gegen den feuchten Stoff. Er spürte deutlich ihr warmes weibliches Fleisch darunter.

„Oh Gott, Maya", stöhnte er verzweifelt, nicht wissend, wie er es schaffen würde, sich zurückzuhalten. Wie er sie nicht nehmen sollte, wenn doch jede Zelle seines Körpers ihn drängte es zu tun.

Obwohl er sich geschworen hatte, nicht ihren nackten Körper zu betrachten – dieses Versprechen hatte er bereits gebrochen, als er sich ihren Brüsten gewidmet hatte – zog er ihr Höschen hinunter, bis sie halb nackt vor ihm lag. Ihre dunklen Locken waren zu einer schmalen Bikinilinie getrimmt, die zu ihrem Kern zeigte. Als würde er diesen Wegweiser brauchen.

Seine Finger bahnten sich einen Weg und sie spreizte unwillkürlich ihre Beine, lud ihn ein, sie anzusehen, sie zu berühren, sie zu verschlingen. Als er seine Hand nach unten gleiten ließ, dem Duft folgend, dem er niemals widerstehen könnte, wurde ihr Stöhnen lauter, als wüsste sie genau, was er vorhatte.

Alles, was er wollte, war, sie anzusehen. Nur einmal. Damit er etwas hatte, an das er sich erinnern konnte, wenn er allein in seinem Bett lag. Doch als sein Blick auf ihre Muschi fiel, riefen ihn die glitzernden rosa Lippen, luden ihn ein, sie zu kosten.

Er hatte dies noch nie getan. Natürlich wusste er, was er zu tun hatte. Er hatte gesehen, wie es gemacht wurde, nicht erst vor kurzem bei Zane in dem Club, auch in etlichen Pornofilmen. Doch er hatte noch nie seine Lippen auf das Geschlecht einer Frau gelegt. Doch in diesem Moment bestand kein Zweifel für ihn, dass es genau das war, wonach er sich jetzt sehnte: Mayas köstliches Fleisch zu kosten, in ihr zu schlemmen, ihren Nektar zu trinken und sie zu lecken, bis sie in seinem Mund kam.

Er hatte die Faszination anderer Männer daran nie verstanden – bis heute. Sie würde in seiner Gnade stehen, verletzlich und weit gespreizt, unfähig, seiner suchenden Zunge zu entkommen. Selbst wenn sie aufwachte, während er sie leckte, würde er nicht damit aufhören. Sobald er anfing, gäbe es nichts, das ihn stoppen konnte.

Gabriel blickte ihr wieder ins Gesicht. Ihre Augen waren noch immer geschlossen, doch ihre Lippen waren geöffnet. Als er mit einem Finger über ihre feuchte Falte streifte, bemerkte er, wie sie sich auf ihre Unterlippe biss. Er bewegte seinen Finger etwas nach oben und fand das versteckte Bündel Fleisch, nach dem er suchte. Als er mit seinen feuchten Fingern Kreise darauf zog, stöhnte sie und wand sich in den Laken. Ihre Zähne ließen ihre Unterlippe frei und sie keuchte.

„Baby, ich muss das tun.“ Er konnte nicht länger warten. Mit einem Stöhnen sank er zwischen ihre Schenkel und öffnete ihre Grotte mit beiden Händen. Ihr Fleisch war feucht und rosa und das Schönste, was er je erblickt hatte. Seine Zunge schoss heraus und nahm die erste vorsichtige Kostprobe von ihrer weiblichsten Stelle, leckte die Flüssigkeit auf, die aus ihrer Mitte sickerte.

Als sie die Geschmacksknospen am hinteren Teil seiner Zunge erreichte, wurde sein gesamter Körper steif. Ein Pfeil ähnlich wie ein

Blitzschlag, traf seinen Körper und ließ ihn vibrieren. Er zuckte zusammen.

Heilige Scheiße!

Kein anderer Geschmack erfüllte ihn derart mit Befriedigung und machte ihn gleichzeitig hungrig nach mehr. Das war es, worauf er sein ganzes Leben gewartet hatte, und er war sich dessen nicht einmal bewusst gewesen. Alles an ihr war perfekt.

Gabriel hob seinen Kopf und knurrte. Er würde jeden umbringen, der es wagte, sie ihm wegzunehmen. Und er würde nicht einmal an der Himmelspforte oder dem Eingang zur Hölle haltmachen, falls sie der Sensenmann entführen sollte. Er erkannte es in diesem Augenblick: Maya war seine Gefährtin. Sie zu verlieren würde bedeuten, dass er die einzige Chance, glücklich zu werden, verlor.

Mit dieser Erkenntnis senkte er seinen Kopf wieder auf ihre Muschi und gab ihrem Körper, was dieser so dringend benötigte. Sein Verstand katalogisierte jede Furche ihrer Enge, jede Falte, jede Unebenheit. Er genoss es, seine Zunge über ihr zartes Fleisch gleiten zu lassen. Er war sich jeder Bewegung und jedem ihrer Atemzüge bewusst.

Sein Herz trommelte in seiner Brust.

Sie war ein Festschmaus, und er hatte noch nie ein üppigeres Mahl vor sich ausgebreitet bekommen. Ohne Hast verzehrte er sie, knabberte an ihrem Fleisch, leckte und saugte an ihrer erhitzten Haut. Er beobachtete jede ihrer Reaktionen, jedes Stöhnen, jeden Seufzer.

Er schob seine Hände unter ihren Hintern, um sie etwas anzuheben und seine Zunge in ihren engen Kanal eindringen lassen zu können.

„Oh!“

Gabriel hörte ihr Stöhnen und fragte sich, ob sie zu sich gekommen war. Er wollte darüber nicht nachdenken, denn er war nicht fähig, jetzt aufzuhören, selbst wenn sie ihn darum anflehte. Oder würde sie ihn anbetteln, weiter zu machen?

Entschlossen, ihr das höchste Vergnügen zu bereiten, schob er seine Zunge vor und zurück, dann wechselte er dazu über, ihren Kitzler zu lecken. Das kleine Bündel Fleisch war geschwollen und erregt. Jedes Mal, wenn er seine Zunge darüber strich, erbebte ihr Körper. Gabriel spürte, dass sie kurz davor war. Und obwohl er dies nicht enden lassen wollte, wusste er, was er tun musste.

Er stieß einen Finger in ihre feuchte Falte und spürte, wie ihre inneren Muskeln sich um ihn krampften. Er knurrte. Wenn es nur sein Schwanz wäre, der in sie stieß. Mit seinem Mund saugte er an ihrer Klitoris und zog sie zwischen seine Lippen, presste sie leicht zusammen.

Mayas Körper schüttelte sich. Er fühlte, wie sich ihre Muschi um seinen Finger krampfte und wie die Wellen gegen seine Lippen prallten, als ihr Orgasmus durch ihren Körper schoss. Ihr Schrei war der reinste Klang von Erlösung, den er je gehört hatte.

Gabriel fuhr fort, mit seinem Mund ihren Kitzler zu umspielen und leckte sie, während ihr Orgasmus langsam abklang.

~ ~ ~

Maya spürte die Wellen des Vergnügens und begrüßte die Erlösung, die sie mit sich brachten. Die Hitze in ihrem Körper löste sich auf, und sie konnte zum ersten Mal seit vielen Stunden durchatmen. Als sie einen langen, tiefen Atemzug nahm, flatterten ihre Nasenflügel. Gleichzeitig bemerkte sie die Schwere in ihrer Leistengegend und jemandes heißen Atem in ihrem Intimbereich.

Sie schlug ihre Augen auf.

Dort, zwischen ihren gespreizten Schenkeln, war Gabriels Mund über ihrer noch immer pochenden Klitoris und seine Zunge strich noch immer dagegen, daran arbeitend, sie erneut zu entzünden.

„Gabriel."

Wie von einer Hornisse gestochen schnellte sein Kopf hoch und sein Blick traf den ihren. Sie hatte ihn noch nie so gesehen. Seine Augen waren dunkel, lusterfüllt, und seine Lippen waren benetzt mit ihren Säften.

Er hatte sie geleckt, als sie bewusstlos war. Sie hätte sich angegriffen fühlen sollen, wenigstens peinlich berührt, doch seltsamerweise kamen ihr keine derartigen Gedanken. Hatte sie sich in eine durch und durch lüsterne Person verwandelt, seit sie ein Vampir war?

„Maya, ich kann das erklären." Seine Stimme war erfüllt mit Schuld und Bedauern. Sie verstand dies nicht. Sie beobachtete ihn, wie er sein Gewicht verlagerte, um dann im Bett hochzuklettern und sich neben sie zu setzen, während er ihr Nachthemd nach unten zog, um ihre Blöße zu bedecken.

Jetzt bemerkte sie, wie nervös er war, als wäre er bei etwas erwischt worden, das er nicht hätte tun sollen. Nun, sie *hatte* ihn erwischt, doch sie hatte nichts dagegen, was er getan hatte. Sie bedauerte es nur, dass sie nicht bei Bewusstsein gewesen war.

„Was hast du gemacht?", fragte sie.

Gabriel strich sich durch sein langes Haar, das er offen trug – kein Pferdeschwanz. Sie mochte es und verspürte das Verlangen, ihre Hände in seiner Mähne zu vergraben.

„Es tut mir leid. Ich musste es tun. Der Doc und die Hexe, sie haben beide gesagt …“ Er brach ab und schaute weg.

Warum mied er sie jetzt? Sie nahm sein Kinn und zwang ihn, sie anzusehen. „Sag mir, was los ist.“

Er blinzelte. „Du warst läufig. Der Doc hat gesagt, du würdest sterben, wenn du nicht befriedigt würdest. Sie haben beschlossen, dass ich es tun sollte.“ Es senkte seine Lider und blickte nach unten.

„Sie?“

„Drake und die Hexe.“

Maya wusste nicht, wer die Hexe war, doch es kümmerte sie nicht. Was wichtig war, war, dass jemand Gabriel gezwungen hatte, dies zu tun. Er hatte es getan, um sie zu retten, nicht weil er es wollte. „Sie haben dich gezwungen?“

Er nickte. „Bitte glaub mir. Ich hätte dich nie so ausgenutzt, wenn ich nicht um dein Leben gefürchtet hätte.“

Maya schluckte den Kloß in ihrer Kehle hinunter, den seine Worte verursacht hatten. Unter anderen Umständen hätte er sie nie angefasst. Nur weil sie in Gefahr war. Also fühlte er sich noch immer für sie verantwortlich – das war alles.

„Danke. Und es tut mir leid, dass du gezwungen warst, dies gegen deinen Willen zu machen.“ Sie wappnete sich gegen den Schmerz, der in ihr aufkam. Es tat weh, zu wissen, dass er sie berührt hatte, ohne es wirklich zu wollen.

„Maya, das ist nicht das, was ich meinte.“

Sie starrte ihn an, als er wieder aufblickte.

„Ich wollte es tun. Ich wollte nichts mehr als dich mit meinen Händen und mit meinem Mund kommen zu lassen. Ich habe mir geschworen, dir so viel Würde zu bewahren, wie ich konnte. Aber Maya, als ich dich angesehen habe, konnte ich einfach nicht anders. Ich …“

Qual spiegelte sich in seinem Gesicht. Sie konnte nicht begreifen, warum. Er wollte sie berühren und diese Erkenntnis erwärmte ihr Herz. Er hatte etwas empfunden. Er fühlte sich zu ihr hingezogen, genauso wie sie sich zu ihm hingezogen fühlte.

„Gabriel, warum quälst du dich so?“ Sie streckte ihre Hand aus und bedeckte seine Narbe damit. Er wich zurück, als hätte er erwartet, sie würde ihn schlagen.

„Du bist nicht sauer? Du hasst mich nicht?“, fragte er.

Maya beugte sich zu ihm. „Sauer?“ Sie neigte seinen Kopf zu sich und zog ihn näher. „Nein, ich bin nicht sauer. Ich bin nur enttäuscht.“

Sie sah, wie er schwer schluckte. „Es tut mir so unendlich leid.“

Sie schüttelte ihren Kopf und lächelte. „Ich bin enttäuscht, weil ich nicht bei Bewusstsein war.“

Etwas in seinen Augen veränderte sich. Erst funkelte Überraschung in seiner Iris auf, dann atmete er scharf ein. „Du meinst …?“

Gabriels Hand berührte ihre Wange und sein Daumen streichelte über ihre Lippen. Sie öffnete ihren Mund und leckte über die Spitze seines Daumens.

„Gabriel, ich kenne dich kaum, aber wenn du mich berührst, fühle ich mich lebendig. Lebendiger als ich je als Mensch war.“

„Als Drake mir gesagt hat, dass du sterben könntest, habe ich fast den Verstand verloren. Maya, ich weiß nicht, was mit uns beiden geschieht, aber ich weiß eines sicher: Ich brauche dich.“

Ihr Herz machte einen Sprung. Sie wollte gebraucht werden. Und sie wollte, dass dieser stolze Vampir sie brauchte. „Wirst du mich jetzt küssen?“

Mit einer schnellen Bewegung trafen seine Lippen die ihren. Sie schmeckte sich selbst auf seiner Zunge, als er sie streifte und sie in seinen Mund einlud. Doch dieser Geschmack erhöhte nur ihre Erregung. Gabriel wollte sie. Er hatte ihr auf einem der intimsten Wege gezeigt, wie sehr er sie wollte, und sie war noch nicht einmal in der Lage gewesen, es richtig wahrzunehmen. Das würde sie sehr schnell ändern. Dieses Mal würde sie jede Sekunde ihres Liebesspiels mitbekommen und nichts verpassen.

Gabriels Kuss war besitzergreifend und erfüllt von Leidenschaft. Kein Mann hatte sie je so geküsst. Mit solch einem Eifer, solcher Entschlossenheit. Und doch voller Zärtlichkeit und Ehrfurcht – als verehrte er sie. Sie gab sich dem Gefühl hin, von einem leidenschaftlichen Mann verehrt zu werden. Ihr ganzer Körper summte aufgrund seines Kusses. Und sie spürte, wie es sie erregte.

All der Schmerz, den sie durchlebt hatte, war vergessen. Diese letzte Episode war bei weitem die Schlimmste gewesen. Nie hatte sie das Fieber so intensiv gespürt. Wie hatte Gabriel es genannt? Läufig? Sie wusste nicht, was er damit meinte, doch selbst in ihrem Wahn hatte sie gespürt, dass ihr Körper förmlich brannte. Sie würde Drake später darüber befragen, doch jetzt wollte sie diesen Moment nicht vergeuden.

Sie war in Gabriels Armen, Arme, die sich um ihren Rücken schlangen, um sie mit solcher Kraft näher zu ziehen, dass sie kaum atmen konnte. Es machte nichts. Sie brauchte nicht zu atmen, wenn sie stattdessen seinen Geruch inhalieren konnte. Genau wie sein Blut, war auch der Geschmack seiner Lippen atemberaubend. Ihr Körper reagierte auf ihn so natürlich, dass sie sich ihm nicht entziehen hätte können, selbst wenn sie es gewollt hätte.

Das war der Mann, mit dem sie Liebe machen wollte. Instinktiv wusste sie, dass er die Leere ausfüllen konnte, die sie sonst immer gespürt hatte, wenn sie Sex mit anderen Männern hatte. Keiner war auch nur annähernd in der Lage gewesen, ihre Gelüste zu befriedigen, noch war sie fähig gewesen, ihre Bedürfnisse zu äußern. Sie hatte sich nie sicher genug gefühlt, um ihre düsteren Gelüste in Worte zu fassen. Doch in Gabriels Armen fühlte sie sich sicher und geborgen.

Als er ihre Lippen freiließ, sah sie, wie er sie anlächelte.

„Wir waren so besorgt um dich."

„Ich hatte diese Fieberkrämpfe schon oft. Aber dieses Mal war es viel schlimmer als sonst."

Er nickte. „Ich weiß."

„Du weißt? Woher?"

Er strich mit der Hand über ihren Hals. „Wir haben deine Krankenakte gelesen."

Sie öffnete den Mund, um etwas über Drakes nicht existierende Ethik zu sagen, doch Gabriel legte einen Finger auf ihre Lippen.

„Es tut mir leid. Ich habe Drake gezwungen, es mir zu erzählen. Alles, was dich betrifft, geht auch mich etwas an."

„Warum?"

Er drückte ihr sanft einen Kuss auf die Lippen, bevor er antwortete. „Weil ich nur glücklich bin, wenn ich weiß, dass du in Sicherheit bist und es dir gut geht. Ich sorge mich um dich – sehr."

Maya spürte, wie ihr Herz bei seiner Offenbarung anschwoll. „Wirklich?"

„Mehr als ich dir sagen kann."

Sie atmete tief ein und ließ die Erkenntnis einsinken. Es fühlte sich gut an. Einen Moment lang lächelte sie ihn einfach nur an. Dann brachte sie ihre Gedanken zu einer anderen Sache. „Sagtest du nicht, dass Vampire nicht krank werden können?"

„Ja, das trifft auch auf uns alle zu. Aber der Doktor denkt auch nicht, dass es eine Krankheit ist. Er denkt, du warst läufig – so wie eine Katze, wenn sie in ihrem Fortpflanzungszyklus ist."

„Aber ich bin keine Katze – ich bin jetzt ein Vampir. Und Yvette hat gesagt, dass Vampirinnen unfruchtbar sind. Also macht es keinen Sinn, dass ich läufig werde. Wofür auch?"

Gabriel starrte sie an. „Yvette hat dir das erzählt?"

„Meinst du damit, dass es nicht wahr ist?" Gab es noch Hoffnung?

„Nein, es stimmt." Er schluckte. „Aber *ich* hätte derjenige sein sollen, der dir das erzählt. Ich sollte dir die Dinge erklären. Es gibt so viel, was dir noch keiner gesagt hat. Ich sollte das tun. Es tut mir leid, dass ich das bisher noch nicht getan habe."

Sie schob die Enttäuschung zurück – sie war also unfruchtbar. Hoffentlich würde sie irgendwann damit klarkommen. Und Gabriel, würde er auch damit klarkommen? „Es ist nicht deine Schuld. Ich habe dir ja nicht viel Gelegenheit gegeben, mir alles zu erklären."

Er zog sie näher an seine Brust. „Wie wäre es, wenn ich dir jetzt alles erkläre? Oder bist du müde?"

„Nein, ich bin nicht müde."

„Gut. Womit soll ich anfangen?", fragte er.

„Wie wäre es mit dem Anfang?"

„Dem Anfang?"

16

Maya spielte mit den Knöpfen von Gabriels Hemd, öffnete einen nach dem anderen, bevor sie ihre Hand auf seiner nackten Haut entlanggleiten ließ.

„Versuchst du, mich verrückt zu machen? Sollte das dein Ziel sein, bist du auf dem besten Wege", sagte er leise. Verdammt, seine Stimme war sexy.

„Wie hat alles begonnen? Vampire. Wie sind sie entstanden?"

Gabriel nahm ihre Hand, umschlang sie mit seiner und hielt sie somit davon ab, seine Brust zu streicheln, behielt sie aber dennoch auf seiner warmen Haut. „Es gibt viele Legenden und Erzählungen. Doch das Meiste von diesem Märchengut ist schlicht falsch. Unter unseresgleichen ist der Glaube an unsere Entstehung grundlegend anders. Man erzählt sich, dass der erste Vampir ein böser Mann war, der einen Pakt mit dem Teufel schloss und damit den Zorn Gottes auf sich lenkte. Er war ein törichter Mann, den seine Habgier zerfressen hatte. Er wollte die Welt mit Gewalt beherrschen. Als Gott von seinem Vorhaben hörte, hat er ihn zu einem Wesen der Nacht verflucht, damit die Geschöpfe Gottes tagsüber vor ihm sicher waren."

Maya lauschte mit angehaltenem Atem. „Aber warum hat Gott ihm dann so viele Kräfte verliehen, und das Lechzen nach menschlichem Blut? Ging das nicht gegen seinen Wunsch, die Menschheit vor ihm zu beschützen?"

„Gott hat ihm diese Kräfte nicht verliehen. Das hat der Teufel getan. Er schützt seinesgleichen. Als Gott unseren Vorfahren in die Nacht verbannt hat, hat ihn der Teufel mit Kräften ausgestattet, die es ihm erlaubten, in der Dunkelheit zu überleben und Menschen zu verängstigen. Er verlieh ihm seine Überlegenheit in der Dunkelheit, konnte allerdings nichts gegen seine Verletzlichkeit bei Tageslicht machen. Und so entstand der erste Vampir."

Abscheu wuchs in Maya heran. „Bedeutet das, dass wir den Teufel verehren?"

Gabriel lachte und schüttelte den Kopf. „Nein. Wir haben Willensfreiheit. Wir entscheiden für uns, was wir tun wollen – vergiss das nie. Du kannst so gut oder so böse sein, wie du willst. Es liegt allein an dir.

Deine Entscheidungen sind noch immer allein deine eigenen. Lass dich von niemandem überzeugen, dass es anders ist.“

Sie entspannte sich. „Wie wurdest du zum Vampir?“

Gabriel schloss seine Augen, als wünschte er sich, die Erinnerungen würden verschwinden. Als er sie wieder öffnete, lächelte er sie traurig an. „Ich war nicht sehr glücklich während meines menschlichen Lebens. Ich war alleine, und mit dieser Narbe im Gesicht war es schwierig, Frauen zu gefallen. Ich hatte fälschlicherweise angenommen, dass es sich ändern würde, wenn ich ein einflussreicher Mann wäre. Als ich einen Mann kennenlernte, der alles zu haben schien, was ich wollte, wandte ich mich an ihn und er hatte Mitleid mit mir. Mein Schöpfer war ein guter Mann, doch es stellte sich heraus, dass ich auch als Vampir noch der Gleiche war: einsam und mit einer entstellenden Narbe.“

Maya streifte mit ihrer Hand über sein Gesicht. Seine Narbe machte ihr nichts aus, doch vielleicht konnte dagegen ja etwas unternommen werden, da sie ihn offensichtlich störte. „Es gibt etliche gute plastische Chirurgen, die –“

Er ergriff ihre Hand mit seiner. „Mein Körper wurde in dem Moment versteinert, als ich verwandelt wurde. Genau, wie mein Haar wieder auf dieselbe Länge wachsen würde, sollte ich es abschneiden, würde alles, das ich an meinem Körper verändere, während ich schlafe sich wieder so zurückbilden, dass ich genauso aussehe wie bei meiner Verwandlung. Ein Vampir kann sein körperliches Erscheinungsbild nicht verändern.“

Mayas Hand bewegte sich augenblicklich zu ihrem Gesicht. „Du meinst, ich werde für immer so aussehen wie jetzt?“

Er nickte. „Lange dunkle Haare, wunderschöne Augen, faltenlos, lediglich ein paar Lachfältchen.“

Sie grinste. „Gut, dass ich meine Beine vor dem Überfall noch rasiert habe.“

Gabriel brach in ein herzliches Lachen aus. Sie hatte ihn noch nie lachen hören, und sie entdeckte, dass sie es mochte. Sie mochte, wie sein tiefes Poltern durch ihren Körper zog. Seine Augen funkelten, als er sie anschaute. „Nur eine Frau kann die Dinge in seine Elementarteilchen aufschlüsseln.“ Seine Hände streiften an ihrem Oberkörper entlang zu ihren Schenkeln. „Aber ich muss zugeben, ich mag deine glatten, weichen Beine.“

Sie hielt seine Hände fest und hinderte ihn daran weiter zu machen. Nicht, dass sie das nicht gemocht hätte, aber da er schon mal am Reden war, wollte sie noch mehr wissen. „Was wird sich in meinem Leben noch ändern? Wie bemerken es meine Mitmenschen nicht, dass ich nicht altere?“

„Ah, das ist der schwierige Teil. Im Allgemeinen leben die Meisten von uns ein ruhiges Leben. Wir haben unsere eigene Gemeinde und halten uns so gut es geht von Menschen fern. Im achtzehnten und neunzehnten Jahrhundert war es noch einfacher, als noch kein großer Wert auf Dokumentation gelegt wurde. Wegen der Sozialversicherung und dergleichen sind wir leider gezwungen, viele Dokumente zu fälschen.“

„So wie gefälschte Pässe?“

„So ungefähr. Wir planen viel. Alle 25 bis 30 Jahre erfinden wir eine neue Identität für uns – wir melden die Geburt eines Kindes, besorgen eine Sozialversicherungsnummer und alle möglichen Schulabschlüsse, um einen Werdegang zu erstellen.“

„Das klingt kompliziert.“

„Nicht, wenn du ein paar talentierte Computerfreaks kennst, die sich in jedes beliebige System hacken können. Mit der Einführung von Computern ist unser Leben viel einfacher geworden. Jetzt müssen wir nicht mehr nachts ins Rathaus einbrechen.“ Er zwinkerte ihr zu, doch sie dachte nur daran, wie schwierig sich das alles anhörte.

„Ich hätte keine Ahnung, wie ich all das anpacken müsste. Wo sollte ich nur anfangen?“

Gabriel drehte ihren Kopf zu sich. „Mach dir darüber keine Gedanken. Ich werde mich um alles kümmern.“

Die Aufrichtigkeit in seinen Augen war echt. Sie wusste instinktiv, dass er ihr alles geben würde, was sie brauchte. Aber konnte sie dies annehmen?

„Aber ich kann nicht von dir abhängig sein.“

Er runzelte die Stirn. „Aber ich möchte mich um dich kümmern.“

„Ich habe immer alles selbst erledigt. Ich weiß nicht, wie ich mich auf jemand anderen verlassen kann.“

„Wir verlassen uns alle auf andere Vampire: Wir lassen uns helfen, Identitäten zu kreieren, um unser Geheimnis zu wahren, um uns zu beschützen. Es ist wie eine große Familie. Keiner hält dich für schwach, wenn du die Hilfe von deinesgleichen annimmst.“

„Meinesgleichen – es fühlt sich so seltsam an, das zu sagen. Ich möchte niemanden verletzen, aber sie wirken nicht wie meinesgleichen. Sie sind alle so stark und sicher. Und ich fühle mich keineswegs so. Und überhaupt, ich bin nicht mal ein normaler Vampir: Ich werde krank, ich mag kein menschliches Blut –“

„Ich bin sicher, dafür gibt es eine plausible Erklärung. Und wir werden sie finden. In der Zwischenzeit wirst du dich von mir ernähren.“

„Macht dir das nichts aus?“

Ihm entkam ein sanftes Lachen. „Ausmachen?“ Seine Arme schlangen sich um sie und zogen sie näher. „Wenn ich deine Fänge in meinem Hals spüre, bin ich praktisch im Himmel. Es ist das Erregendste, was ich je gespürt habe.“

Ihr stockte der Atem. Sie fand es ebenso erregend. „Ist es für dich immer so?“

Gabriels Augen weiteten sich überrascht. „Immer? Maya, du bist die Einzige, die sich je von mir ernährt hat. Ich habe keine Ahnung, wie es mit einer anderen wäre – und offen gesagt ist es mir auch egal. Ich bin vollkommen glücklich, wenn du täglich mein Blut trinkst. Du kannst das weiterhin tun, solange du möchtest.“

Solange sie mochte? Was wollte er ihr damit sagen? Bedeutete das, dass er an einer langfristigen Beziehung interessiert war? Sie erinnerte sich daran, was Yvette ihr erzählt hatte – dass ein Vampir eine Sterbliche wollte, mit der er Kinder haben konnte. Wollte er das? War es das, was auch er letztendlich wollte? Sie konnte ihn nicht einfach fragen. Alles war zu neu. Es wäre, als würde sie einen Mann nach dem ersten Date fragen, ob sie bei ihm einziehen könnte. Vampir oder nicht – kein Mann wollte eine Frau, die schon nach dem ersten Date klammerte. Und überhaupt hatten sie ja noch nicht einmal ein Date gehabt.

Sie zu beglücken, während sie bewusstlos war, konnte man nicht wirklich als Date geltend machen. Außerdem gab es noch etwas anderes, das sie wollte. „Gabriel?“

Er lehnte seine Stirn an ihre. „Hmm?“

„Schlaf mit mir.“ Sie musste ihn in sich spüren. Ihre Hand wanderte zur Vorderseite seiner Jeans, wo sie seine harte Länge spüren konnte, wie sie sich dagegen presste. Bevor sie auch nur versuchen konnte, den Knopf seiner Hose zu öffnen, ergriff er ihre Hand.

„Ich würde dir viel lieber zeigen, was du verpasst hast, während du bewusstlos warst.“

War das sein Ernst? Gabriel wollte sie lecken, anstatt sich sein eigenes Vergnügen zu nehmen? „Du meinst, noch einmal?“

„Darf ich?“

Sie traf seinen Blick. Er war erfüllt von Verlangen und Versprechen. Er wollte sie. Es bestand kein Zweifel. Maya zog seinen Kopf zu sich. „Berühr mich“, hauchte sie gegen seinen Mund.

Als seine Lippen die ihren forderten, spürte sie eine ihr unbekannte Euphorie durch ihren Körper wandern. Alles an ihm war so vertraut und doch so neu. Dieser Kuss war anders als der Letzte. Die Zurückhaltung, die er zuvor ausgestrahlt hatte, war verschwunden. An deren Stelle war nun das Selbstvertrauen eines Mannes, der es gewohnt war, Forderungen auszusprechen.

Seine Hand erforschte ihren Körper mit gekonnten Bewegungen. Seine Finger kitzelten ihre erhitzte Haut, versprachen Vergnügen, forderten völlige Hingabe. Wie ein Eroberer arbeitete er sich voran, seine Zunge duellierte sich mit ihrer, seine Lippen zerschmetterten alle Zweifel, die sie je hatte.

Immer enger presste er sie an sich, seine Körperwärme versengte sie, doch sie konnte sich ihm nicht entziehen, wollte es nicht. Er entflammte sie. Kein anderer Mann hatte es je fertiggebracht, ihre Empfindungen derart auflodern zu lassen, wie er es tat, mit gerade einmal einem Kuss und einer Liebkosung. Als kannte ihr Körper ihn, erkannte ihn und verband sich mit ihm auf einem höheren Niveau.

Seine Hände auf ihr beschworen Bilder von wildem Sex herauf, nicht nur eine Verbindung zweier Körper, sondern auch von Geist und Seele. Eine tiefere Verbindung. All das, was sie je von einem Mann wollte – all die verbotenen Sehnsüchte, die sie nie ausgesprochen hatte – kamen zum Vorschein. Sie wollte von ihm auf jede erdenkliche Weise genommen werden.

Als seine Lippen südwärts wanderten, und er an einem ihrer Nippel saugte, sie beinahe verschlang, stieg ihre Körpertemperatur an. Sie war fiebrig, doch es war nicht das Fieber, das sie kannte. Es war das Verlangen nach Gabriel. Sie wölbte sich ihm entgegen, forderte mehr von ihm. Mit einem leisen Grummeln kratzte er mit seinen Zähnen gegen ihre empfindliche Brustwarze.

„Oh Gott … Gabriel!“

Er entließ ein tiefes Grollen. Scheinbar wusste er genau, was er ihr antat. Er ließ sie in seinen Armen dahinschmelzen. Kein Mann war je im Stande gewesen, das zu tun.

Er hob seinen Kopf unmerklich, seine schokobraunen Augen jetzt funkelnd rot, seine Fänge unter seinen Lippen hervorblitzend. „Ich habe noch nicht einmal richtig angefangen …“

Nur der Gedanke an das, was seine Worte versprachen, ließ ihren Körper vor Freude erschaudern. Dann wanderte sein Mund tiefer, setzte Küsse verflochten mit verspielten Bissen auf ihren Bauch. Jeder Einzelne fühlte sich an wie eine kleine Explosion. War sie je der Berührung eines Mannes gegenüber so empfänglich gewesen, oder war ihr neues Vampir-Dasein daran schuld?

Nein, das konnte nicht nur daher kommen, dass sie nun ein Vampir war. Selbst wenn sie noch menschlich wäre, würden Gabriels Berührungen sie ebenso entfachen. Doch sie konnte nicht weiter denken, denn in dem Moment, als sein Mund ihre Scheide erreichte und er sich in ihr dunkles Haar vergrub, schaltete ihr Gehirn ab. Alles, was sie jetzt tun konnte, war zu fühlen.

Als seine Zunge an ihren feuchten Falten leckte, stöhnte Maya auf. Er antwortete mit einem Knurren. Sie konnte sich keinen erotischeren Laut vorstellen. Während sie sich für die kommenden Gefühlssensationen wappnete, vergrub sie ihre Hände in seinen Haaren und spürte seinen Körper erzittern. Ein Lächeln zeichnete sich auf ihren Lippen ab. Das Wissen, dass sie auf ihn die gleiche Wirkung hatte wie er auf sie, erfüllte sie mit Zufriedenheit.

Seine Zunge drang tiefer in sie ein, während sein Daumen ihre Klitoris streichelte. Er raubte ihr damit den Atem. Erneut spießte er sie mit seiner Zunge auf, drang tiefer in sie ein. Dann zog er seine Zunge zurück und ließ diese über ihren Kitzler streifen. Ihr Verlangen wuchs.

„Ich will dich in mir“, forderte Maya. Sie wollte seine Erektion in sich fühlen, sie erfüllend, sie nehmend, sie verschlingend.

Ein Finger drang in sie ein, dann ein zweiter, doch sie wollte mehr, brauchte mehr.

„Dein Schwanz. Ich will ihn in mir.“

Doch Gabriel gab ihrer Forderung nicht nach. Stattdessen schob er einen dritten Finger in sie und saugte gierig an ihrer geschwollenen Klitoris. Bevor sie ihre Forderung erneut aussprechen konnte, entfachte er unerwartet ihren Höhepunkt in ihr. Die Wellen des Vergnügens stürzten über ihr ein wie ein Tsunami, der die Pazifikküste vernichtete.

Als ihre Atmung sich normalisierte und ihre Körperspasmen abklangen, zog Gabriel sie in seine Umarmung und wiegte sie an seiner Brust.

Sie hob ihren Kopf und blickte ihn an. „Ich will dich in mir spüren.“

Er lächelte und legte einen Finger auf ihre Lippen. „Das nächste Mal, Baby. Das nächste Mal.“

Wie konnte er es nicht wollen, wo sie doch deutlich seine Erektion gegen ihren Bauch drücken spürte? „Jetzt, bitte.“

Gabriel schloss ihr Gesicht in seine Hände. „Du musst dich etwas ausruhen. Ich will dich, Baby. Zweifle nie daran. Und bald werde ich dich zu meiner machen."

Sein Kuss beugte gegen eine weitere Frage vor.

17

Maya atmete tief durch, bevor sie die Küche betrat. Sie fühlte sich gestärkt nach ihrer Dusche und nachdem sie in Gabriels Armen geschlafen hatte. Er hatte ihr mehr Vergnügen bereitet, indem er sie berührt und geküsst hatte, als sie je während normalem Sex empfunden hatte. Wenn sie mit ihm zusammen war, fühlte sich ihr Leben wieder richtig an. Fast, als wäre alles wieder normal. Nein, nicht normal – besser.

Zum ersten Mal seit ihrer Verwandlung war sie sich ihres Körpers völlig bewusst. Sie spürte, wie ihre Sinne auf ihre Umgebung abgestimmt waren, wie ihr Körper Reize nun verarbeitete. Es war eine verrückte Erfahrung, fast, als wäre es nicht ihr eigener Körper. Denn zum ersten Mal in ihrem Leben spürte sie wahre sexuelle Befriedigung in diesem Körper. Aber vielleicht lag das nicht daran, dass sie jetzt ein Vampir war, vielleicht lag es daran, was Gabriel getan hatte: Er überschüttete sie mit Sanftheit und Verlangen, ohne einen Vorteil für sich selbst herauszuschlagen.

Maya wusste, dass Gabriel in der Küche war, noch bevor sie sie betrat. Er war eine Stunde vor Sonnenuntergang aus dem Bett geschlüpft und hatte ihr erneut versichert, dass er nichts lieber wollte, als die gesamte Nacht mit ihr im Bett zu bleiben. Doch er hatte Dinge zu erledigen.

Gabriel begrüßte sie mit einem Lächeln, das nur ein zufriedener Mann von sich geben konnte, und zog sie in seine Arme.

„Hast du gut geschlafen?", fragte er gegen ihre Lippen.

„Nur bis du das Bett verlassen hast."

Seine Mundwinkel bogen sich nach oben, bevor seine Lippen ihre streiften. Dann richtete er sich auf und sein Gesichtsausdruck wurde ernst. „Ich musste mit meinen Leuten reden. Ich habe mit Ricky gesprochen, aber er konnte noch nicht mit deinen Freundinnen in Kontakt treten. Ich schätze, es ist schwieriger, sie zu erwischen, als wir dachten."

„Ich könnte mit ihnen sprechen, wenn du möchtest."

Gabriel schüttelte den Kopf. „Und was würdest du ihnen sagen? Ricky sagte, ein Nachbar hat Paulette mit einer Reisetasche gesehen."

„Oh, das habe ich vergessen. Sie hat einmal im Monat dieses Ein-Tages-Seminar in Seattle. Sie fliegt meistens am Vorabend schon, damit sie nicht zu müde ist."

„Gut, dann wird sie morgen zurück sein. Ich werde Ricky informieren. Und Barbara versucht er im Krankenhaus zu erwischen.“ Er blickte auf die Uhr. „Ich muss mich jetzt mit Zane treffen. Möchtest du dich ernähren, bevor ich gehe?“

Der Gedanke daran, ihre Fänge in ihn einzutauchen ließ Maya heiß werden. Wenn sie sich jetzt von ihm ernährte, bestand nicht die geringste Chance für ihn, das Haus innerhalb der nächsten zwei Stunden verlassen zu können. Denn sie würde ihn sicherlich zurück ins Bett schleifen.

„Nein, mir geht’s gut.“

Er warf ihr einen Blick zu, den sie als enttäuscht deutete. „Wie du meinst.“

Maya streckte ihre Arme nach ihm aus und legte einen Finger auf seine Lippen. „Du weißt, was geschehen wird, wenn ich mich jetzt von dir ernähre, oder nicht? Warum gehst du nicht los und triffst dich mit Zane. In der Zwischenzeit werde ich meinen Hunger heraufbeschwören.“ Sie leckte sich die Lippen. „Ich bin sicher, ich werde ausgehungert sein, wenn du zurückkommst.“

Das verruchte Blitzen in seinen Augen ließ ihr Herz doppelt so schnell schlagen als zuvor.

„Gut, ich freue mich schon aufs Essen.“

Sie folgte ihm in den Flur, wo Gabriel rief: „Thomas, wo bist du?“

Im nächsten Moment erschien Thomas aus Samsons Arbeitszimmer. „Was brauchst du?“

„Kümmere dich um Maya. Ich muss mich mit Zane treffen.“ Bevor er sich umdrehte, fügte er an: „Gibt es was Neues von den Gesprächsnachweisen?“

Thomas schüttelte den Kopf. „Der Server der Telefongesellschaft ist noch immer außer Betrieb. Eddie überwacht die Sache. Er wird mich anrufen, sobald die Leitung wieder steht.“

Gabriel nickte. „Danke.“

Ein flüchtiger Kuss auf ihre Lippen und er war weg. Maya drehte sich um, um Thomas anzusehen. „Welche Gesprächsnachweise?“

„Deine. Wir haben uns gedacht, dass dich dein Angreifer irgendwann angerufen haben könnte, besonders, wenn du mit ihm ausgegangen sein solltest.

Maya zuckte innerlich zusammen. Niemals konnte sie mit jemandem so Bösen intim geworden sein, oder doch? Hatte sie früh genug herausgefunden, wie er wirklich war – bevor sie mit ihm ins Bett gegangen war? Warum konnte sie sich nur nicht an ihn erinnern? Für einen Moment schloss sie ihre Augen und konzentrierte sich, doch keine Erinnerung kam auf.

„Alles in Ordnung?" Thomas klang besorgt. „Dein Zustand war eine Weile sehr kritisch. Geht's dir gut?"

Ihr wurde plötzlich klar, dass sich Thomas voll bewusst war, was sie und Gabriel die letzten paar Stunden getan hatten und ihr war deshalb plötzlich die Zunge gebunden. Als sie ihre Lider senkte, um seinem Blick zu entkommen und ein kurzes *ja* murmelte, schnalzte er mit der Zunge.

„Es ist nichts Schlechtes daran, was ihr getan habt. Gabriel ist ein guter Mann."

„Ich kenne ihn kaum, aber irgendwie kenne ich ihn *doch*. Macht das Sinn?"

„Wie ich sagte, es ist alles in Ordnung."

Maya hob ihren Kopf und lächelte ihn an. Sie mochte Thomas und wusste, sie würde eine unkomplizierte Freundschaft zu ihm aufbauen können. „Danke. Wegen diesen Gesprächsnachweisen. Ich bekomme die immer automatisch per E-Mail von dem Netzbetreiber. Würde das helfen?"

Thomas nickte erwartungsvoll. „Na sicher würde das helfen. Ich kann mich gerade nicht in deren System hacken. Also würde jede andere Möglichkeit, die Nachweise aufzutreiben die Suche deutlich beschleunigen."

„Ich habe aber nur die letzten drei Monate. Dieser Monat ist noch nicht verfügbar."

„Besser als nichts."

Doch nachdem sie eine halbe Stunde die Telefonrechnungen durchgesehen hatten, musste Maya eine Niederlage zugeben. „Ich kenne all diese Nummern: Freunde, Patienten, Kollegen. Es ist kein einziger mir unbekannter Name dabei. Tut mir leid."

Thomas zuckte mit den Schultern. „Es war einen Versuch wert."

„Vielleicht hat er mich auf dem Festnetz angerufen. Dafür bekomme ich leider keine aufgeschlüsselte Rechnung."

„Keine Sorge. Sobald der Server der Telefongesellschaft wieder läuft, kann ich die Nachweise besorgen. In der Zwischenzeit können wir nicht viel machen."

Maya war noch nie der Typ, der faul herumsaß, und deshalb war sie jetzt unruhig. Sie war sich sicher, es würde Stunden dauern, bis Gabriel zurückkam. „Kannst du mir ein paar Dinge beibringen? Gabriel hat erwähnt, du betreust Jungvampire."

„Das stimmt. Ich habe gerade einen jungen Vampir unter meinen Fittichen. Es ist eine sehr dankbare Aufgabe."

„Was bringst du ihm oder ihr bei?"

„Ihm", antwortete er. „Ich bringe Eddie bei, seine Triebe zu zügeln und wie er seine besonderen Fähigkeiten benutzt."

„Gabriel hat gesagt, du bist der Beste, um mir Gedankenkontrolle beizubringen."

Thomas hob eine Augenbraue. „Mit dem schweren Zeug anfangen – du bist ja ehrgeizig."

„Ich war immer schon eine Musterschülerin."

„Das hier ist ein bisschen anders als an der Uni zu studieren. Es hat mehr mit Emotionen zu tun als mit Wissen. Ich denke, wir sollten damit noch warten und uns erst einmal mit elementaren Dingen befassen wie der Kontrolle deiner Kräfte."

Maya zog ihre Schultern zurück. „Nein. Ich möchte Gedankenkontrolle lernen. Und zwar jetzt."

Thomas grinste. „Gabriel wird mit dir alle Hände voll zu tun haben." Dann lachte er. „Weiß er das schon?"

„Was soll er wissen?"

„Dass du eigenwillig bist."

„Er ist ein kluger Mann; er wird es bestimmt bald herausfinden."

„Na gut. Aber wir brauchen jemanden, an dem wir die Gedankenkontrolle ausüben." Thomas legte seine Stirn in Falten. „Warst du schon mal in einer Schwulenbar?"

„Warum gehen wir in eine Schwulenbar?"

„Weil es der unwahrscheinlichste Ort ist, an dem dich jemand erkennen könnte."

Maya zuckte mit den Schultern. „Wenn du mir die Lesben vom Hals hältst, meinetwegen."

„Gut. Aber vergrault *mir* die hübschen Männer nicht."

„Als ob ich das könnte." Maya musterte Thomas von oben bis unten. Er war ein beeindruckendes Exemplar von Mann. Und wie er seine Hose ausfüllte, war unbeschreiblich. Gott sei Dank hatte sie ihr Herz an Gabriel verloren; ansonsten wäre sie ernsthaft gefährdet, sich in einen Schwulen zu verlieben.

Thomas schien überrascht über ihren Kommentar. „Danke für das Kompliment."

~ ~ ~

Eine halbe Stunde später drückten sie und Thomas sich durch die Menge, um in die Q Bar, im Herzen der Castro zu gelangen. Er benutzte seinen Körper, um die Menge zu teilen und ihr hinter sich den Weg freizumachen. Der Türsteher sah sie kaum an, bevor er sie durchwinkte.

Maya äußerte ihren Verdacht. „Hast du Gedankenkontrolle an ihm –"

Thomas schnitt ihr das Wort ab. „Benutz diesen Ausdruck nicht, wenn du in der Öffentlichkeit bist. Nenn es einfach Fähigkeit."

Sie nickte, zweifelnd, dass irgendjemand sie in der überfüllten Bar gehört hatte, in der die Musik aus den Verstärkern schmetterte und einer lauter schrie als der andere. „Hast du deine Fähigkeit angewandt?", fragte sie stattdessen.

Sie wusste, sie musste nicht schreien. Thomas konnte sie genauso gut hören wie sie ihn. Tatsächlich bemerkte sie, dass sie sich in die Unterhaltungen um sich herum ein- und ausklinken konnte wie sie wollte.

„Das musste ich nicht. Der Türsteher kennt mich. Ich vergeude meine Fähigkeiten nicht, wenn es nicht sein muss. Es verbraucht Energie. Wenn du es zu oft benutzt, erschöpft es dich. Wende es also ausschließlich an, wenn es wirklich nötig ist. Und nie an deinesgleichen."

Maya nickte. „Das hat mir Yvette bereits nahegelegt."

„Gut, dann weißt du ja schon Bescheid. Nur wenige können sich zurückhalten und einen Kampf vermeiden, wenn sie mal angegriffen werden."

Die Neugierde packte sie. „Kannst du dich beherrschen?"

Thomas blickte sie ernst an. „Das ist eine zu persönliche Frage. Ich passe."

„Entschuldige." Sie drehte sich zur Bar, weil sie seinen rügenden Blick nicht sehen wollte.

Mit einer Hand auf ihrer Schulter drehte er sie zurück zu sich. „Es gibt Dinge, die jeder Einzelne von uns für sich behält – du wirst es eines Tages verstehen. Wir haben alle Angelegenheiten, über die wir nicht sprechen. Genau wie du auch."

Mayas Atem stockte. Was wusste er über sie? Für ein paar Augenblicke fühlte sie sich als würde die Zeit stehen bleiben.

„Maya, ich kann deine Gedanken nicht lesen, also entspann dich. Mir ist es egal, was du vor allen verheimlichen willst. Aber jemand anderen interessiert es vielleicht." Er winkte ab und grinste. „Lass uns jetzt mit unserer kleinen Lehrstunde beginnen; sonst werde ich noch beschuldigt, dass ich dich nur als Ausrede benutze, um ausgehen zu können."

Die Spannung in Mayas Schultern verschwand und sie lächelte ihn an. „Willst du damit sagen, dass es nicht so ist?“

„Wenn du Gabriel erzählst, dass das der Hauptgrund ist, schwöre ich, dass ich ihm sage, dass du mich gezwungen hast.“

„Du bist nett, Thomas. Weißt du das?“

Er blickte nach rechts, dann nach links. „Sag das nicht so laut. Wenn sich das herumspricht, dann bekomme ich nie wieder ein Date.“ Er legte seine Stirn gespielt verärgert in Falten. „Die netten Jungs werden nie flachgelegt.“

„Okay. Also bring es mir bei.“ Jetzt war Maya neugierig. Wenn sie nun schon mit diesem neuen Leben klarkommen musste, würde sie das Beste daraus machen. Und wenn das bedeutete, dass sie Superkräfte hatte, dann war das ja noch besser.

„Gut. Also, so geht’s. Siehst du den Kerl da hinten in der Ecke, der an seinem Glas nippt? Er ist schüchtern. Ich möchte, dass du ihn dazu bringst aufzustehen, zu dem dunkelhaarigen Adonis an der Bar zu gehen und seine Hand auf dessen Hintern zu legen.“

Maya blickte zu dem Mann, auf den Thomas Bezug nahm. Er saß in der Ecke, seine Lider gesenkt, als schämte er sich dafür, hier zu sein. Gelegentlich hob er sein Bierglas an seine Lippen und nippte daran. Sie hatte Mitleid mit ihm. Offensichtlich fühlte er sich nicht wohl. Dann wanderten ihre Augen zu dem Dunkelhaarigen an der Bar. Sie schaute ihn von oben bis unten an. „Willst du mich verarschen, Thomas? Er hat doch keine Chance.“

„Genau. Darum wirst du ihm helfen. Du pflanzt ihm ein wenig Selbstbewusstsein in seinen Verstand, damit er zu dem Kerl da gehen kann und ihn nach einem Date fragt. Du beeinflusst seinen Verstand, damit er denkt, er hat eine Chance bei ihm.“

Maya schüttelte den Kopf. „Wie?“

Thomas blickte ihr direkt ins Gesicht. „Geh in dich. Konzentriere dich auf deinen Herzschlag. Dann konzentriere dich auf den Mann da in der Ecke und sag ihm, was er tun soll. Schicke ihm deine Gedanken. Versuch’s.“

Sie atmete ein paar Mal tief durch, dann versuchte sie, die Geräusche der Bar auszublenden. Sie hatte mal einen Yoga-Kurs belegt, also versuchte sie sich zu erinnern, wie es sich angefühlt hatte, sich auf ihr Inneres zu konzentrieren und den Geist zu beruhigen. Eine angenehme Wärme erfüllte ihren Körper. „Mir ist warm.“

„Das ist gut", lobte Thomas. „Dein Körper sagt dir damit, dass du deine Kräfte bündelst. Es ist die Energie in dir, die die Wärme verursacht."

Sie nickte ohne zu antworten, versuchte, ihre Konzentration aufrechtzuerhalten. Sie blickte den Mann an und formte Worte in ihrem Geist.

Steh auf. Geh zur Bar. Leg deine Hand auf den Hintern des dunkelhaarigen Kerls.

Maya wiederholte ihre Gedanken und richtete sie erneut auf den Mann. Doch er rührte sich nicht.

„Versuch's noch einmal", ermutigte Thomas sie. „Steck all deine Energie hinein. Denk an nichts anderes."

Wieder bündelte sie ihre Kräfte und versuchte, sich zu entspannen. Alles, worauf sie sich konzentrierte, war der Mann in der Ecke, wie er da saß, die Augen auf das Bier gerichtet, seine Hände um das Glas gelegt. Sie schloss ihre Augen und schickte ihm erneut die Gedanken, die ihm sagen sollten, er solle sein Bier stehen lassen und aufstehen. Der Klang eines klirrenden Glases ließ sie ihre Augen aufreißen.

Sie starrte ihr Opfer an. Vor ihm auf dem Tisch lagen die Scherben des Glases, das Bier schwappte über die Tischkante. Erschrocken blickte sie auf seine Hände, die das Glas zerbrochen hatten.

Maya wandte sich an Thomas. „War ich das?"

Thomas nickte. „Hast du ihm gesagt, er soll das Glas zerbrechen?"

„Natürlich nicht. Ich habe ihm gesagt, er soll das Bier stehen lassen und aufstehen."

Thomas kratzte sich am Kinn. „Hmm. Das ist komisch. Lass es uns noch einmal versuchen. Aber ich denke, die arme Sau hat für heute genug gelitten. Er braucht jetzt ein bisschen Aufmunterung."

„Was meinst du?"

„Schau zu." Thomas drehte sich von ihr weg zu dem Adonis an der Bar. Im nächsten Moment schaute dieser zu dem Kerl, der in der Ecke saß. Ohne zu zögern, ging er auf ihn zu, setzte sich und nahm seine Hand.

Maya klinkte sich in ihre Unterhaltung ein.

„Ich bin Sanitäter. Lass mich mal deine Hand ansehen. Du musst aufpassen, dass sich das nicht entzündet."

Der schüchterne Mann lächelte ihn dankbar an. „Vielen Dank."

„Warum verbinde ich das nicht für dich? Ich wohne gleich hier um die Ecke und ich habe einen Erste Hilfe Kasten zu Hause."

Maya schnappte den anzüglichen Blick auf, den der Sanitäter dem Schüchternen zuwarf. Dann standen die beiden auf und verließen die Bar.

„Du bist ein Genie. Woher wusstest du, dass er Sanitäter ist?"

Thomas grinste. „Ich bin schon mal mit ihm ausgegangen."

„Aber er hat nicht so ausgesehen, als hätte er dich erkannt", protestierte Maya. Oder war es normal unter Schwulen, dass sie so taten, als kannten sie sich nicht, nachdem alles vorbei war?

„Das liegt daran, dass er mich nicht wiedererkennt. Ich habe seine Erinnerungen gelöscht, nachdem es vorbei war."

Maya öffnete den Mund, um ihr Missfallen kundzutun, doch Thomas hob seine Hand. „Sicherheitsmaßnahme. Ich werde es dir ein anderes Mal beibringen. Eine Fähigkeit nach der anderen. Und nur damit du es weißt, nein, ich habe meine Fähigkeiten nicht benutzt, um ein Date mit ihm zu bekommen. Bis jetzt kann ich noch ohne das flachgelegt werden."

Maya grinste. Sie hatte nie daran gezweifelt, dass er andere Männer auf sich aufmerksam machen konnte.

„Jetzt zurück zu unserer heutigen Lektion."

„Was, wenn ich es nie lerne?" Sie verabscheute es zu versagen.

„Du wirst es schon noch lernen. Keine Sorge, wir haben es noch alle gelernt."

Doch Thomas' Optimismus schwand mit jedem Versuch. Erst hatte Maya es geschafft, den Knopf der Hose eines Mannes abzureißen, den sie auf die Toilette schicken wollte. Das nächste Mal versuchte sie, einen Mann dazu zu bringen, den Barkeeper anzugraben. Doch auf dem Weg zur Bar rannte er gegen einen Hocker, der ihn in der Leistengegend traf und damit außer Gefecht setzte.

„Autsch." Thomas verzog sein Gesicht.

„Ich tue das nicht absichtlich", versicherte Maya ihm. Langsam wurde sie frustriert. Obwohl sie sich so sehr konzentrierte, machte keiner was sie wollte. Stattdessen schob sie Gegenstände hin und her.

„Das klappt offensichtlich nicht so, wie wir uns das vorgestellt haben. Lass uns etwas anderes versuchen."

„Erinnerungen löschen?", fragte sie in der Hoffnung, all diese peinlichen Zwischenfälle aus den Gedanken der Anwesenden eliminieren zu können.

„Nein, so weit bist du noch nicht."

Maya schmollte. Sie war eine einzige Katastrophe. Und sie mochte dieses Gefühl überhaupt nicht. Sie war schon eine wirkliche sonderbarere Vampirin, die sich nach dem Blut seines Schöpfers verzehrte, statt menschliches zu trinken. Dann wurde sie läufig, wo doch Vampirinnen eigentlich unfruchtbar sein sollten. Und jetzt war sie nicht mal im Stande, Gedankenkontrolle zu meisten? Wie armselig war das denn bitte?

„Bring mir die Schale mit den Nüsschen da drüben“, orderte Thomas.

Maya schaute zu der kleinen, fast leeren Schale, um die sich keiner zu kümmern schien. „Aber du isst doch nichts.“

„Gib sie mir einfach.“

Sie ging einen Schritt darauf zu, doch Thomas hielt sie zurück. „Mit deinen Gedanken.“

„Und wie soll ich das anstellen?“

„Genauso, wie du das Glas zerbrochen und den Barhocker verschoben hast. Tu es.“

Nicht überzeugt, dass es funktionieren würde, schenkte Maya der Sache kaum Aufmerksamkeit.

Schüssel, beweg dich und bleib vor Thomas stehen.

Sie schreckte auf, als die Schüssel tatsächlich auf dem Tresen entlangglitt, bis sie vor Thomas zum Stehen kam.

„Ich dachte, du wolltest mir keine andere Fähigkeit lehren.“

„Das habe ich nicht. Das warst du selbst. Und nur du. Scheinbar“, er dämpfte seine Stimme und bewegte seinen Kopf näher zu ihrem Ohr, „kannst du diese Fähigkeiten nicht an Menschen anwenden, aber an Gegenständen. Wenn ich anmerken darf, das kann keiner unseresgleichen. Ich denke, du bist einzigartig.“

Einzigartig. „Sag jetzt nicht, dass das ein anderes Wort für *sonderbar* ist. Ich will nicht sonderbar sein. Ich will normal sein“, schnappte sie. Konnte sie nicht wenigstens ein normaler Vampir sein? Oder verlangte sie damit zu viel?

„Na, na“, Thomas versuchte sie mit ruhiger Stimme zu beruhigen, „nicht jeder hat das Glück, eine besondere Gabe wie diese zu besitzen. Es wird der Tag kommen, wo du dankbar dafür sein wirst.“

Maya ärgerte sich. „Daran zweifle ich.“

„Thomas!“, rief ein Mann aus.

Thomas drehte seinen Kopf, um den Mann anzusehen. Maya beobachtete den jungen Blondschopf, wie er näher kam. Sie nahm seine Aura wahr und wusste sofort, dass er ein Vampir war. Das war es also, wovon Yvette gesprochen hatte.

Als er nahe genug vor ihnen stehen blieb, dass sie ihn berühren hätte können, bemerkte Maya, wie Thomas ihn anfunkelte. „Eddie, was zum Teufel tust du in einer Schwulenbar?“

Bevor Maya herausfinden konnte, warum Thomas so verärgert war, wandte Eddie sich an sie. „Ich bin Eddie. Ich bin einer von denen, die dich gefunden haben.“

Maya steckte ihre Hand aus, und er ergriff sie. „Ich bin dir wirklich sehr dankbar."

„Gern geschehen." Dann blickte er wieder zu Thomas. „Ich wäre nicht hier, wenn Gabriel mir nicht aufgetragen hätte, dich zu finden. Er ist echt wütend."

„Warum das denn?", fragte Maya, bevor Thomas antworten konnte.

Eddie grinste. „Er ist nach Hause gekommen und hat ein leeres Haus vorgefunden. Er hat jeden Vam– äh, Bodyguard", korrigierte er sich, „losgeschickt, um dich zu finden."

Mayas Nackenhaare stellten sich auf. „Was ist sein Problem? Ich bin doch nur mit Thomas unterwegs."

„Anscheinend hat er dir nicht erlaubt, das Haus zu verlassen."

„Erlaubt?" Ein kalter Schauer durchzog ihren Körper. Kontrolle. Jemand wollte sie wieder kontrollieren. Wieder? Warum fühlte sich das so vertraut an? Ein seltsames *Déjà-vu* Erlebnis erfüllte sie. Sie hatte nie jemanden ihr Leben kontrollieren lassen. Warum fühlte es sich also an, als wäre es schon einmal geschehen?

Ein Erinnerungsschub überkam sie und verschwand ebenso schnell wieder. Zu schnell, um aufzuschnappen, was es war. Kontrolle – es war das einzige Wort, das ihr Gehirn formen konnte. Hatte es jemanden in ihrem Leben gegeben, der sie kontrollieren wollte? Instinktiv wanderte ihre Hand zu ihrem Hals, an die Stelle, wo der Angreifer sie gebissen hatte, wo er seine Fänge in sie geschlagen und von ihr getrunken hatte. Eine windige Nebelschwade, für die diese Stadt so berühmt war, traf sie.

Plötzlich fühlte sich alles falsch an. Angst durchflutete sie und sie wusste, sie würde sich nie wieder sicher fühlen. Jetzt, da ihr klar war, was da draußen in der Welt vor sich ging, existierte der Kokon von Sicherheit, in dem sie glaubte, sich als Mensch befunden zu haben, nicht mehr. Das hatte er nie, und das würde er auch nie wieder.

„Maya", Thomas rüttelte sie aus ihren Gedanken.

„Ja?"

„Ich sagte, wir gehen lieber nach Hause", antwortete Thomas. Dann blickte er Eddie an. „Und du kommst mit uns."

„Was, wenn ich aber noch eine Weile hier bleiben wollte?"

Maya war sich sicher, dass Eddie ihn lediglich mit seiner Bemerkung necken wollte, war sich aber nicht sicher, ob Thomas dies bemerkt hatte.

„Raus hier. Jetzt!" Thomas' Ton war scharf und unnachgiebig.

Eddie antwortete mit einem Grinsen und zwinkerte Maya zu.

Doch Maya war nicht zum Lächeln zumute. Sie konnte niemandem erlauben, sie zu kontrollieren, am wenigsten Gabriel. Wenn sie das tat, würde sie das letzte Bisschen, das ihr noch von sich selbst blieb, aufgeben. Sie hatte ihren Sinn für Sicherheit bereits verloren, ihre Menschlichkeit und ihre Lebensgrundlage. Sie musste sich an dem Letzten festhalten, das sie noch hatte: die Kontrolle über ihre Entscheidungen. Sie konnte keinem erlauben, ihr auch das noch zu rauben.

18

Gabriel ballte seine Hände zu Fäusten. Wie konnte Thomas nur so leichtsinnig sein, mit Maya das Haus ohne ausreichenden Personenschutz zu verlassen? Hatte er vergessen, dass der Rogue noch da draußen war, bereit, sie jederzeit anzufallen? Gabriel konnte es nicht riskieren, dass ihr etwas zustieß. Er hatte sie eben erst gefunden – die einzige Frau, die er je für sich haben wollte – und keiner hatte das Recht, sie ihm wegzunehmen.

Die Angst in ihm wandelte sich zu Wut. Ohne Maya würde all das Licht in seinem Leben erlöschen. Die Stunden mit ihr im Bett, wo sie ihm erlaubt hatte, sie zu berühren und zu küssen, waren die glücklichsten seines ganzen Lebens. Er war auf Wolke Sieben geschwebt, bis er sich mit Zane getroffen hatte, um sich auf den neuesten Stand der Ermittlungen bringen zu lassen.

Die Ergebnisse, die Zane vorlegen konnte, waren mager. Von allen männlichen Vampiren, die für Mayas Überfall verantwortlich sein konnten, waren auch Angestellte von Scanguards auf der Liste. Gabriel blickte finster drein, als er sich an die Liste der Namen erinnerte: Namen von Vampiren, die kein Alibi für den Angriffszeitraum hatten. Männer, die er schon seit langem kannte: Drei ausgezeichnete Bodyguards und sogar Ricky und Zane standen auf der Liste.

Zane, direkt wie er war, gab zu, dass er kein Alibi hatte. Zumindest keines, das überprüft werden konnte – augenscheinlich war er in einer Absteige gewesen, wo er sich durch alles was weiblich war, durchgefickt hatte. Und getreu seiner üblichen Vorgehensweise hatte er seinen Gespielinnen das Gedächtnis gelöscht. Vermutlich hatte Ricky dasselbe getan, nur an einem anderen Schauplatz. Wenn man seine Trennung von Holly bedachte, war es zu erwarten und sicher nichts Ungewöhnliches.

Gabriel schob seine Zweifel beiseite. Nein, keiner, der ihm so nahestand, konnte dafür verantwortlich sein. Wenn er nicht einmal seinen eigenen Leuten vertrauen konnte, wem dann? Aber konnte er die Möglichkeit einfach so ausschließen, nur weil dies Männer waren, die ihm nahestanden? Zane war in Mayas Zimmer gewesen, als sie aufwachte, doch seitdem hatte er keine Bemühungen unternommen, ihr nahezukommen. War das vorsätzlich? Hielt er sich von ihr fern, um kein Aufsehen zu erregen?

Und Ricky – er war im Haus aufgetaucht und sein lüsterner Blick war Gabriel nicht entgangen, als er Mayas Hand geschüttelt hatte. Das konnte er ihm aber nicht wirklich vorwerfen. Maya war wunderschön. Wer würde sie nicht begehren?

Die Motorengeräusche der beiden Motorräder, die vor dem Haus anhielten, rissen ihn aus seinen dunklen Gedanken. Gabriel stürzte zur Tür, öffnete sie und sah, wie Maya gerade von Thomas' Ducati stieg. Eddie parkte das andere Motorrad. Instinktiv hatte Gabriel gewusst, dass der Einzige, der Thomas finden konnte, Eddie war. Immerhin verbrachte er die meiste Zeit mit ihm.

Noch immer verärgert über Thomas' unverantwortliches Handeln unterdrückte er sein Verlangen, auf Maya zuzustürmen und sie in seine Arme zu schließen. Er musste mit Thomas erst ein ernstes Wörtchen reden, um jede weitere Aktion, die Maya in Gefahr bringen könnte, zu unterbinden.

Als die Drei auf ihn zugingen, wich Gabriel einen Schritt zur Seite, um ihnen den Weg ins Haus freizumachen. Er schlug die Tür zu, sobald sie das Foyer betreten hatten.

„Hast du eine Ahnung, was du getan hast, Thomas?", polterte Gabriel. „Maya hätte da draußen angegriffen werden können."

„Gabriel, sie war nie in Gefahr."

Gabriel überwand die Entfernung zwischen sich und Thomas und stand ihm Auge in Auge gegenüber. „Du hast kein Recht, sie aus dem Haus zu lassen und sie Gefahren auszusetzen. Ich verbiete dir –"

„Gabriel hör auf!", unterbrach Maya ihn.

Er wirbelte seinen Kopf herum und bemerkte, wie sie ihre Fäuste in die Hüften stemmte.

„Es reicht. Ich habe Thomas gebeten, mich nach draußen zu begleiten. Ich bin hier schon tagelang eingesperrt. Du kannst mich nicht für immer hier festhalten."

„Das meinst du? Dass ich dich als Gefangene halte?" Alles, was er getan hatte, war, sie zu beschützen. War ihr das nicht bewusst?

„Es fühlt sich zumindest so an", motzte sie vor sich hin, doch Gabriel verstand jedes Wort. Jedes Einzelne tat weh.

„Ich habe lediglich versucht, dich zu beschützen. Dein Angreifer ist noch da draußen. Er könnte jederzeit zuschnappen – du bist da draußen nicht sicher."

„Ich bin nirgends sicher! Und du kannst mich nicht vor allem beschützen."

„Das kann ich sehr wohl“, protestierte Gabriel. „Und das werde ich. Selbst, wenn ich dich –“

„Wenn du mich einsperren und Tag und Nacht überwachen musst?“ Maya hob ihren Kopf, offene Rebellion stand in ihrem hübschen Gesicht.

„Das ist nicht das, was ich sagen wollte.“

„Aber du hast es gedacht. Bis jetzt habe ich ein unabhängiges Leben geführt. Und das werde ich nicht aufgeben – nicht für dich und auch sonst für niemanden. Keiner kann mich beherrschen.“

Er ging einen Schritt auf sie zu, doch sie hob ihre Hand und ließ ihn innehalten.

„Ich muss mich selbst beschützen können. Ich kann mich nicht immer darauf verlassen, dass jemand da ist, der ständig auf mich aufpasst.“ Sie drehte sich um.

„Maya, hör zu.“

Doch sie ging die Stufen hinauf. „Ich gehe zu Bett. Mein Gedankenkontrolle-Unterricht mit Thomas war anstrengend.“

Gedankenkontrolle-Unterricht? Gabriel drehte sich um, um Thomas anzuschauen, der noch immer zusammen mit Eddie im Eingangsbereich stand.

„Warum hast du nicht gesagt, dass du ihr Gedankenkontrolle beigebracht hast?“

„Du hast mich ja nicht zu Wort kommen lassen.“

Gabriel streifte sich durchs Haar. „Es macht mich verrückt. Wenn ich nicht mit ihr zusammen bin, mache ich mir Sorgen. Verstehst du das?“

Thomas schüttelte nur den Kopf. „Dich hat es ja schwer erwischt. Aber wenn du sie nicht loslässt, wirst du sie verlieren. Sie ist eine starke Frau.“

„Verdammt, was weiß ich schon über Beziehungen? Alles, was ich weiß, ist, dass ich sie beschützen muss, solange der Angreifer noch auf freiem Fuß ist.“ Abgesehen von seiner Kurzzeitehe mit Jane hatte er noch nie eine Beziehung mit einer Frau, die er nicht bezahlen musste, gehabt. Musste er zu Maya gehen und sich entschuldigen? Und wenn ja, wann? Oder musste er warten, bis sie ihm ein Zeichen gab, dass sie bereit war, mit ihm zu reden?

Woher sollte er es nur wissen? Und er konnte auch schlecht jemanden fragen.

„Beschütze sie, aber nimm ihr nicht die Luft zum Atmen.“

Gabriel starrte seinen Kollegen an. War er wirklich zu hart mit ihr umgegangen? Alles, was er tat, war doch nur, um sie vor Gefahr zu schützen. Er hatte sein ganzes Leben lang in seiner Tätigkeit als Bodyguard Leute beschützt, warum war das hier also anders? „Es scheint, als kenne ich den Unterschied nicht."

„Dann lernst du es lieber schnell. Maya ist einzigartig – sie lässt sich nicht herumschubsen. Und übrigens, sie wird Gedankenkontrolle nie erlernen."

„Was?"

Sogar Eddie entließ bei den Worten einen hörbaren Atemzug. Gedankenkontrolle war ein essentielles Geschick unter Vampiren, genauso wichtig wie die Reißzähne, die sie hatten, um sich zu ernähren.

„Ich habe versucht, es ihr beizubringen. Aber sie kann keine Menschen beeinflussen. Leblose Gegenstände, ja – aber das ist eine andere Geschichte", köderte Thomas.

„Erklär."

„Sie kann Gegenstände mit ihren Gedanken bewegen. Maya hat versucht, Vorschläge in die Gedanken von Leuten zu pflanzen, aber stattdessen haben sich Gegenstände bewegt. Gläser, Stühle. Sie hat eine einzigartige Gabe."

„Aber was soll sie ohne Gedankenkontrolle machen?", warf Eddie ein.

Thomas zuckte mit den Schultern. „Wir müssen abwarten, wie sich die Dinge entwickeln. Vielleicht kann sie es irgendwie kompensieren."

Gabriel fühlte, wie Sorgen ihn erfüllten. Ohne Gedankenkontrolle konnte sie sich nicht gegen die menschliche Welt schützen. Im Zweifelsfall müsste er seine Maßnahmen noch ausdehnen, statt locker zu lassen, wie Thomas ihm nahegelegt hatte. „Kompensieren, wie?"

Thomas grinste. „Sie braucht jemanden, dem sie vertrauen kann. Und keinen Elefanten im Porzellanladen, der sie herumkommandiert. Diese Frau –" Er deutete ins obere Geschoss. „– lässt sich nicht gerne etwas sagen. Wenn du es dir nicht ganz mit ihr verscherzen möchtest, rate ich dir, sie als das zu sehen, was sie ist: eine unabhängige und starke Frau. Sie will keinen Babysitter und auch keinen Bodyguard."

Gabriel nickte. Maya musste schon genug durchmachen. Sie musste mit zu vielen Veränderungen klarkommen. Ihr gesamtes Leben war über den Haufen geworfen und ihre Identität in Frage gestellt worden. Was war sie schon ohne Hingabe zu ihrem Beruf, ihren Freunden, ihrer Familie? Er hatte angenommen, dass, weil sie sich bei ihm so fallen lassen konnte, er genug für sie war. Er dachte, sie würde seine Hilfe und seine Entscheidungen einfach akzeptieren und sich anpassen.

Er hatte vergessen, dass sie ein Individuum war, das eigene Entscheidungen treffen musste. Und wenn er sie nicht verlieren wollte, musste er ihr diesen Freiraum geben. So schwer es ihm auch fiel.

Gabriel erinnerte sich daran, wie sie in seinen Armen gelegen war und er ihr Freude bereitet hatte – nicht, als sie bewusstlos war, sondern danach, als sie wach und sich völlig bewusst war, was er tat. Sie hatte auf ihn reagiert, ihn voller Verlangen angesehen, das ihn keine Sekunde daran zweifeln ließ, dass sie ihn wollte.

Vielleicht wenn er im Stande wäre, richtig mit ihr Liebe zu machen, dann wäre alles ganz anders. Doch bisher konnte er das noch nicht tun. Und selbst wenn er ihr nun nachging und sich entschuldigte, konnte er nicht mit ihr ins Bett gehen, wie ein Mann das tun sollte. Er konnte es nicht zulassen, dass sie ihn nackt sah. Sie würde ihn wegstoßen, und dann würde er sie für immer verlieren. Nein, er musste ihr und auch sich selbst die Zeit geben, um die Hindernisse zwischen ihnen zu beseitigen. Maya brauchte Zeit, um sich zu beruhigen und seine Reaktion als das zu sehen, was sie wirklich war: eine Maßnahme, um sie zu beschützen und nicht, um sie zu kontrollieren. Und er benötigte Zeit, um sein Problem aus der Welt zu schaffen.

Plötzlich summte Eddies Handy. „Großartig. Die Server der Telefongesellschaft funktionieren wieder."

Diese Nachricht bereitete Gabriel Erleichterung. „Geht! Beide. Und besorgt mir die Daten! Schickt mir die Liste, sobald ihr sie habt! Und ruft Yvette an und bittet sie, für euch hier zu übernehmen!"

„Machen wir", bestätigte Thomas und öffnete die Tür, Eddie auf seinen Fersen. Mit einem Ruck drehte Thomas sich um: „Es scheint, als hättest du Besuch."

~ ~ ~

Maya ließ sich aufs Bett fallen. Als sie den Kopf drehte, konnte sie noch immer Gabriels Duft wahrnehmen, der noch in den Kissen schwebte. Wie war alles plötzlich so kompliziert geworden? Vor ein paar Stunden noch war sie glücklich und zufrieden gewesen. Jetzt war alles ein einziges Chaos.

Der Mann, der im Eingang gestanden war, als sie aus der Castro zurückkamen, war nicht der Mann, der sie in seinen Armen gehalten und sie fast anbetungswürdig berührt hatte. Es war nicht der Gabriel, von dem sie dachte, dass sie ihn kannte. Nicht der sanfte, zärtliche Liebhaber der vergangenen Nacht. Dieser Gabriel war anders: hart, unnachgiebig, gebieterisch.

Und von seiner Unterhaltung mit Thomas wusste sie, dass er auch die Macht besaß, die er nun so offensichtlich ausstrahlte. Es war nicht der Mann, der sie so hingebungsvoll geküsst und ihr gesagt hatte, er freue sich aufs Essen, als wäre er derjenige, der einem Festschmaus entgegensah und nicht sie. Als könnte sie jetzt von ihm trinken. Sie konnte ihm jetzt nicht gegenübertreten, nicht nachdem, was sie ihm noch vor Minuten an den Kopf geworfen hatte.

Sie wusste, warum sie so barsch auf seinen Tadel reagiert hatte. Es war der Geistesblitz, der sie in der Bar angegriffen hatte.

Kontrolle.

Das Wort schwebte wieder in ihrem Kopf umher. Irgendetwas erfüllte sie mit Angst. Und als sie Gabriel in der Eingangstür stehen sah, hatte sie es in seinen Augen gesehen: Er war es gewohnt, die Leute, die ihn umgaben, zu kontrollieren – vielleicht nicht, weil es in seiner Natur lag, sondern weil er der Boss war. Doch in diesem Moment hatte er ihr Angst eingejagt.

Sie hatte das komische Gefühl, dass sie schon einmal eine ähnliche Unterhaltung mit jemand Anderem geführt hatte. Als sie Gabriel beschuldigte, er wolle sie Tag und Nacht überwachen, hatte sie nicht wirklich zu ihm gesprochen. Die Worte kamen aus einer Erinnerung, die sie gar nicht haben sollte.

Maya erschauderte, als ihr Verstand sie die Hinweise verknüpfen ließ. Die Worte kamen aus der Erinnerung, die ihr Angreifer gelöscht hatte – Worte, die sie an das gesichtslose Monster gerichtet hatte, das sie überfallen und verwandelt hatte. Er wollte sie kontrollieren, sie besitzen. Instinktiv wusste sie das nun, obwohl sie sich nicht erinnern konnte. Ihre Erinnerungen an diese Zeit waren noch immer verschwunden, doch ihr Körper spürte es einfach. Als sie sich diese Worte zu Gabriel sagen hörte, erinnerte sich ihr Körper an die Angst, die sie gespürt hatte, als sie diese an ihren Angreifer gerichtet hatte.

Sie musste Gabriel sagen, dass sie ihn nicht so hatte ankeifen wollen. Dass es nicht um ihn ging, sondern um ihre eigenen Ängste. Er würde es verstehen.

19

Gabriel stellte das leere Glas Blut, das er sich eingeschenkt hatte, auf den Kaffeetisch, und musterte Francine, die es sich auf der Couch bequem machte.

Die Hexe blickte ihn lange an. „Ich bin besorgt."

Gabriels Wirbelsäule versteifte sich. „Worüber?"

„Ich hatte ein langes Gespräch mit Drake. Ich habe Maya gegenüber Verdächtigungen."

„Sie verdächtigen sie?" Er spürte, wie er eine Abwehrhaltung einnahm.

„Entspannen Sie sich, Vampir. Wenn ich Verdächtigung sage, dann bitte nehmen Sie nicht an, dass sie jemanden täuschen will. Sie weiß wirklich nicht, was mit ihr nicht stimmt."

„Es gibt nichts, das mit ihr nicht stimmt." Tatsächlich hatte er nie eine perfektere Frau getroffen als Maya.

Die Hexe grinste überlegen. „Kommt ihr Kerle auch mal wieder von eurem Testosteronschub runter, oder seid ihr immer so sprunghaft?"

Als er seinen Mund zum Antworten öffnete, unterband sie dies sofort mit einer Handbewegung. „Zum Glück bin nicht ich diejenige, die mit Ihrem Ego klarkommen muss. Viel mehr interessiert mich Mayas Zustand."

Gabriel atmete ruckartig aus. „Warum das denn?"

„Sie ist ein Vampir, trinkt jedoch Ihr Blut und verweigert menschliches. Und sie war läufig, wo doch allgemein bekannt ist, dass weibliche Vampire unfruchtbar sind."

„Sie wissen verdammt viel über Vampire."

Sie zuckte mit den Schultern. „Es ist wichtig, seinen Feind zu kennen: um ihn besser besiegen zu können. Aber Scherz beiseite, haben Sie je bedacht, dass Sie ihre Symptome hervorgerufen haben könnten, als Sie ihr Ihr Blut gegeben haben?"

Gabriel schoss von seinem Sessel auf. „Sie denken, dass mein Blut nicht gut für sie ist?"

„Mann, Sie stellen aber schnell Schlussfolgerungen auf. Nein. Was ich damit sagen möchte, ist, dass Ihr Blut möglicherweise ein verborgenes Gen in ihr auferstehen ließ. Sie haben mir doch selbst erzählt, dass ihre eigene

Verwandlung ähnlich schwierig verlaufen ist. Was, wenn Sie mehr als nur das gemeinsam haben?“

Er hob eine Augenbraue. In der Nacht kurz bevor Maya zusammengebrochen war, hatte er der Hexe verdammt viel über sein Problem erzählt. „Wir könnten kaum verschiedener sein.“ Maya war perfekt. Und er war nichts dergleichen. Selbst der Hexe musste das klar sein.

„Sie sehnt sich nach Ihrem Blut – und nur nach Ihrem, wenn ich das richtig verstanden habe. Nicht nach menschlichem Blut und auch nicht nach dem Blut anderer Vampire.“

„Weil ich ihre Verwandlung vollendet habe.“

„Nein, weil da etwas in Ihrem Blut ist, das sie braucht. Vielleicht etwas, das ihr Körper erkennt.“

„Sie lassen es klingen, als wäre ich für sie eine Arznei.“

„Irgendwie sind Sie das auch. Aber wir werden es erst sicher wissen, wenn ich Blutproben von Ihnen beiden untersucht habe.“

Gabriels Augen verengten sich. „Wenn das ein Trick ist, um an Vampirblut heranzukommen, dann können Sie –“

Francine schnaubte verärgert. „Ich glaube, ich habe noch nie einen misstrauischeren Vampir getroffen als Sie. Glauben Sie mir, Vampir, wenn ich Ihnen etwas antun wollte, hätte ich das schon viel früher getan.“

Konnte er ihr glauben? Vielleicht musste er das, wenn er wissen wollte, was mit Maya und mit ihm nicht stimmte. „Wenn Sie mich Gabriel nennen würden anstatt *Vampir*, würde es mir vielleicht leichter fallen, Ihnen Ihre guten Absichten abzunehmen.“ Er pausierte. „Francine.“

Sie hob eine Augenbraue. „Wenn dass alles ist, das kann ich machen.“ Für eine Dramatisierung pausierte auch sie. „Gabriel.“

Gabriel entspannte sich und lehnte sich zurück in den Sessel am Kamin. „Wie viel von meinem Blut brauchen Sie?“

„Nur eine kleine Ampulle. Ich werde es in meinem Labor analysieren. Wird nicht länger als eine Stunde dauern.“

„Sie haben ein Labor?“

„Sie denken doch nicht, ich kann davon leben, Hexe zu sein? Ich arbeite in einem Labor in der Innenstadt. Sie zahlen –“, sie zwinkerte, „– genug, um Krähenfüße für meine Zaubertränke kaufen zu können.“

„Gehen wir nach oben. Ich hoffe, es stört Sie nicht, den Aderlass im Schlafzimmer durchzuführen. Ich werde lieber nicht unterbrochen. Meine Mitarbeiter fänden es gelinde gesagt ungewöhnlich, wenn sie sehen würden, dass ich einer Hexe mein Blut gebe.“

Sie stand auf und nahm ihre Umhängetasche, die vermutlich allerhand hexentypische Utensilien enthielt. „Gewöhnlich würde ich jetzt *auf keinen Fall* sagen, aber da ich sehen kann, wie verschossen Sie in Maya sind, nehme ich an, dass Sie keine Gefahr für mich darstellen."

Zum ersten Mal, seit die Hexe angekommen war, lachte Gabriel leicht. „Sie sind eine attraktive Frau. Aber trotzdem habe ich keinerlei Interesse an irgendeiner Frau außer an Maya."

Momente später schloss Gabriel die Türe des großen Schlafzimmers leise hinter sich. „Nur eine Bitte: Lassen Sie es uns leise tun. Maya befindet sich nebenan und ich möchte nicht, dass sie uns hört."

„Gut."

Francine zog einen Venenstauer und eine Spritze aus ihrer Tasche. Gabriel blickte flüchtig darauf und schüttelte den Kopf.

„Das wird nicht nötig sein. Geben Sie mir einfach die Ampulle."

Sie reichte sie ihm. Er verwandelte seine Finger in Krallen und ritzte eine kleine Wunde in seinen Daumen. Unverzüglich quoll Blut heraus. Gabriel füllte die Ampulle mit der roten Flüssigkeit. Einen Moment später leckte er seinen Daumen und verschloss damit die Schnittstelle.

Francine nahm die Ampulle an sich und verschloss sie, bevor sie sie in ihre Tasche steckte. „Gut, ich lasse Ihnen noch eine für Maya hier. Rufen Sie mich an, wenn Sie es haben, dann schicke ich Ihnen jemanden, der es für mich abholt. Nun lassen Sie uns Ihr Problem überprüfen. Letztes Mal wurden wir ja unterbrochen, als ich Sie untersuchen wollte."

Gabriel schluckte. Das war der Teil, vor dem er am meisten Angst hatte. „Habe ich Ihr Wort, dass, was immer Sie finden, Sie es mit niemandem besprechen?"

„Hexen-Vampir Geheimnis. Versteht sich von selbst", sagte sie scherzhaft, doch Gabriel war nicht zum Lachen zumute.

Mit zittrigen Händen öffnete er seinen Gürtel, dann den Knopf seiner Jeans. Das Geräusch des Reißverschlusses schien im ganzen Raum zu hallen. Konnte jeder im Haus es hören? Als er seine Hose ein Stück herunterzog, hörte er, wie der Atem aus Francines Lungen entwich.

Während er vor ihr stand, sank sie auf die Chaise Longue und brachte damit ihren Kopf auf dieselbe Höhe wie seine Leistengegend. „Oh Mann!", flüsterte sie.

~ ~ ~

Mayas Magen knurrte, doch sie versuchte, ihren Hunger zu unterdrücken. Sie überlegte schon seit einer Weile, was sie nun tun sollte. Sie konnte es nicht länger hinauszögern. Sie musste Gabriel gegenübertreten und ihm sagen, warum sie bei ihrer Rückkehr so barsch reagiert hatte. Dem zuliebe, was zwischen ihnen heranwuchs, musste sie den ersten Schritt machen und sich entschuldigen.

Und sie musste sich ernähren. Bei Gott, sie verzehrte sich nach ihm. Nicht nur nach seinem Blut, sondern auch nach seinen Berührungen, seinen Lippen, seinen Küssen. Allein bei dem Gedanken daran wurden ihre Knie weich. Sie erinnerte sich, wie er sie geküsst und berührt hatte, wie er sie mit seiner Zunge und seinen Fingern hatte kommen lassen. Kleine Schweißperlen sammelten sich an ihrem Nacken. Ihr wurde heiß, wenn sie nur daran dachte, in seinen Armen zu sein.

Maya schloss die Schlafzimmertüre hinter sich und ging den Gang entlang. Als sie bei der Treppe ankam, blieb sie stehen. Sie konnte Gabriels Anwesenheit deutlich wahrnehmen. Tatsächlich konnte sie sein Blut riechen. War es intensiver als sonst, oder lag es daran, dass sie ausgehungert war? Oder konnte sie sein Blut schon immer von solch einer Distanz wahrnehmen? Als sie ihren Kopf drehte, bemerkte sie, dass der Geruch intensiver wurde – er kam nicht von unten, sondern vom großen Schlafzimmer.

Maya schmunzelte. Wenn Gabriel im Bett lag, umso besser. Sie könnte erst sein Blut trinken und ihn dann vernaschen. Auf Zehenspitzen schlich sie zur Tür. So leise sie konnte, drehte sie den Türknopf und öffnete sie.

Nachdem sie einen Schritt ins Zimmer gesetzt hatte, versteinerte sie vor Schreck.

Maya hörte auf zu atmen.

Gabriel stand neben dem Kamin. Doch er sah sie nicht an. Sein Blick war auf die Frau gerichtet, die vor ihm auf der Chaise Longue saß, mit dem Rücken zu Maya gewandt. Seine Gesichtszüge waren verzogen, fast als hätte er Schmerzen.

Doch das war noch nicht das Schlimmste. Das Schlimmste war, dass Gabriel mit heruntergelassener Hose dastand, seine nackten Beine waren zu sehen, während seine Männlichkeit vom Kopf der Frau verdeckt war.

Maya zwinkerte, doch sie bildete sich dies nicht ein. Die Fremde verwöhnte Gabriel mit einem Blowjob! Und der Blick in Gabriels Gesicht war kein Schmerz. Nein, es musste Vergnügen sein.

Wie konnte er ihr das antun?

Ein Schluchzen entkam ihrer Kehle.

Gabriels Blick landete auf ihr und im selben Moment drehte sich die Frau um. Beide starrten sie schockiert an.

Gabriel zerrte an seiner Hose, scheiterte aber daran, sie hochzuziehen. „Maya, bitte. Das ist nicht das, wonach es aussieht." Die Frau drehte sich ganz zu ihr um, verdeckte noch immer die Sicht auf Gabriels Unterleib. Als müsste Maya seinen Ständer sehen, um zu wissen, was sie getan hatten. Sie brauchte keinen Beweis. Der Beweis stand ihnen in ihre Gesichter geschrieben.

Sie drehte sich um und rauschte aus dem Zimmer.

„Maya, hör mich an. Ich kann es erklären."

Seine Worte waren bestens als lahm zu bezeichnen. Was gab es da noch zu erklären? Er hatte eine andere Frau ins Haus geholt, direkt nachdem sie ihm gesagt hatte, sie wollte nicht kontrolliert werden. War das seine Antwort auf ihre Wut? Dass er sich nicht darum scherte, was sie dachte? Wie unmenschlich.

Maya rannte die Treppe hinunter, schneller als je zuvor. Das war also Vampir-Geschwindigkeit. Gut so. Sie musste weg. Weg von ihm und weg von diesem Ort. Im Eingangsbereich sah sie einen Schlüsselbund auf dem Sideboard liegen. Sie wusste, dass ein Auto in der Garage stand – Gabriel hatte es benutzt, als er sich zuvor mit Zane getroffen hatte.

Sie schnappte sich die Schlüssel und rannte in die Garage. Mit einem Klick öffneten sich die Türen des Audi A8. Sie war noch nie am Steuer eines Sportwagens gesessen, nun musste es aber sein. Maya sprang ins Auto, knallte die Tür zu und steckte den Schlüssel in die Zündung.

Eine Sekunde später erwachte der Motor zum Leben. Der Garagentoröffner war, wo sie ihn vermutet hatte – hinter der Sonnenblende. Kostbare Sekunden verstrichen, während sich das Garagentor öffnete. Als es halb geöffnet war, drückte Maya das Gaspedal durch und schoss nach draußen.

Ihre neu erlangten Vampir-Sinne halfen ihr, einen Crash zu vermeiden, als sie auf die Straße fuhr. Aus dem Augenwinkel sah sie Yvette, die auf dem Bürgersteig stehen blieb und sie anblickte. Maya ignorierte sie, drückte das Gaspedal bis zum Anschlag durch und flitzte die Straße hinunter.

Ihre Augen brannten und erst jetzt wurde ihr klar, dass sie weinte.

Verdammter Gabriel!

Sie hatte ihn zu nahe an sich herangelassen. Und alles, was es ihr eingebracht hatte, waren verdammt starke Schmerzen. Er war genau so, wie Yvette ihn beschrieben hatte: Alles, was er wollte, war eine Sterbliche, keine unfruchtbare Vampirin. Es war ihr nicht entgangen, dass die Fremde, die mit Gabriels Schwanz beschäftigt war, ein Mensch war. Ihr Geruch war eindeutig menschlich, wenn auch etwas davon abweichend. Aber sicherlich war sie kein Vampir. Maya schniefte. Es hatte ihn nicht gerade viel Zeit gekostet, sie zu ersetzen. Nach all dem, was er im Bett zu ihr gesagt hatte! Die Versprechen, dass er sich um sie kümmern würde, dass er immer für sie da sein würde. Hatte er gelogen, als er behauptete, es war himmlisch für ihn, wenn sie von ihm trank?

Mit dem Handrücken wischte Maya sich die Tränen aus dem Gesicht. Wenn es bedeutete, dass Männer wie Gabriel sie so respektlos behandeln durften, dann wollte sie kein Vampir sein.

Sie trat an einer Ampel auf die Bremse, ließ den Motor aufheulen und atmete tief durch. Waren Vampire wirklich so anders als Menschen? Als sie sich die Szene in seinem Schlafzimmer noch einmal ins Gedächtnis rief, wurde ihr klar, dass selbst sein *es ist nicht, wonach es aussieht* bestimmt menschlich war – jeder Mann hätte das Gleiche gesagt, um sich aus dieser misslichen Lage zu ziehen. Nein, Vampire waren nicht so anders als Menschen, wenn es darum ging. Letztendlich war Gabriel auch nur einer von diesen untreuen Verrätern, kein Stück besser als jeder sterbliche Mann.

Sie musste also nur tun, was sie mit jedem Mann getan hätte: ihn vergessen. Und mit ihren Freundinnen über ihn herziehen. Ja, das war genau, was sie jetzt brauchte.

Maya blickte auf die Uhr. Paulette müsste zu Hause sein, und es würde sie bestimmt nicht stören, wenn sie unangemeldet vorbeikam. Sie würde eine Flasche Wein öffnen und sie bemitleiden. Für einen Augenblick überlegte Maya, wie viel sie ihr erzählen konnte, beschloss dann aber, dass Ehrlichkeit der beste Weg sei. Wenn sie Paulette als Freundin behalten wollte – und sie brauchte dringend eine Freundin, bei der sie sich ausheulen konnte – musste sie ihr die Wahrheit erzählen. Langsam und behutsam.

20

Gabriel stieß fast mit Yvette zusammen, als er ins Foyer stürmte. Wenn er nicht Probleme gehabt hätte seine Hose hochzuziehen, da die Haare der Hexe sich in seinem Reißverschluss verhakt hatten, hätte er Maya leicht schnappen können, bevor sie das Haus verlassen konnte.

„Hast du Maya gesehen?“, fragte er schroff.

Yvette hob eine Augenbraue. „Sie ist mit Samsons Audi weggefahren.“ Dann ging sie ruhig an ihm vorbei, als wäre es etwas ganz Normales.

Ärger knirschte in ihm. Er wirbelte herum und schnappte Yvette an der Schulter. „Und du hast sie nicht aufgehalten?“

Sie schüttelte seine Hand ab und knurrte ihn an. „Ich zähle es nicht gerade zu meinen Hobbys, vor Autos zu springen, die von wütenden Frauen gefahren werden.“

Seine Augen verengten sich. Er würde es nicht erlauben, dass seine Untergebene sich respektlos gegenüber ihm benahm. „Es ist dein Job, sie zu beschützen.“

„Ich war AUSSER DIENST! Warum hast du sie denn nicht selbst beschützt? Es muss ja einen Grund geben, warum sie von hier verschwinden wollte, also solltest du vielleicht erst mal bei dir selbst nach dem Schuldigen suchen, bevor du andere anschwärzt.“ Yvette stemmte die Fäuste in die Hüften und funkelte ihn an.

„Du magst sie nicht.“ Er war sich darüber sicher.

„Welchen Grund hätte ich denn sie zu mögen?“ Sie schnaubte. „Sie wurde überfallen und verwandelt, und jetzt sind alle verrückt nach ihr, als wäre sie etwas Besonderes. Und wo bleibe ich bei der Sache?“

Gabriel ging einen Schritt zurück, als es ihm klar wurde, was vorging. Yvette hatte ein Auge auf ihn geworfen. „Mit *alle* meinst du mich, oder?“

„Vergiss es einfach!“, schnappte sie und drehte sich um.

~ ~ ~

Ein eiserner Griff hielt sie zurück. Yvette schluckte ihre Tränen hinunter – sie würde Gabriel nicht die Genugtuung geben, ihm zu zeigen, dass er sie verletzt hatte. All die Jahre, in denen sie zusammengearbeitet hatten, hatte sie gedacht, sie seien sich näher gekommen. Ihre Beziehung hatte sich von einer rein geschäftlichen zu einer freundschaftlichen entwickelt. Sie hatte gehofft, dass Gabriel seine Zurückhaltung niederlegen und mehr mit ihr teilen würde als Arbeit und Freundschaft. Sie hatte ihm genug Signale gegeben, um ihm zu zeigen, dass sie für den nächsten Schritt bereit war.

Sie hatte ihm Zeit gegeben, um sich an den Gedanken zu gewöhnen, und dann war Maya plötzlich aufgetaucht. Innerhalb von Tagen hatte Gabriel sich in einen geilen, lüsternen Mann verwandelt. Nur dass er nicht ihr hinterherlief, sondern Maya. Was hatte Maya, was sie nicht hatte?

„Nimm deine Hand von meinem Arm, oder ich breche sie dir", warnte sie ihn.

Er musste ihre Entschlossenheit gehört haben, denn einen Moment später ließ er sie los. „Ich denke, ein Gespräch zwischen dir und mir ist längst überfällig."

Sie drehte sich, um ihn anzublicken. „Es gibt nichts, das gesagt werden muss." Wenn er dachte, er könnte sie dazu bringen, ihre Gefühle zu äußern, dann musste er darauf warten, bis der Teufel sich Schlittschuhe überstreifte und begann über die gefrorene Hölle zu gleiten.

War das Mitleid in Gabriels Blick? Nein, sie wollte kein Mitleid.

„Yvette, ich habe dir nie einen Grund gegeben, zu glauben, dass ich ein Interesse an dir habe, das über unsere Beziehung als Kollegen und Freunde hinausgeht. Sollte ich jedoch einen anderen Eindruck erweckt haben, entschuldige ich mich bei dir."

Er entschuldigte sich bei ihr? Das war ja der Hammer. „Ihr Männer seid doch alle gleich. Nichts wird das je ändern, oder? Eine neue Frau taucht auf und plötzlich fangt ihr alle an zu hecheln. Verdammt, du kennst sie nicht einmal!" Sie wusste, dass sie sich schlecht benahm, wenn sie so mit ihm sprach, doch sie war an einem Punkt angelangt, wo sie sich nicht mehr darum scherte.

„Nein, ich kenne sie nicht. Aber ich liebe sie."

Seine Worte landeten wie ein Stich mit einem scharfen Messer in ihrer Brust. Sie traf seinen Blick und da, in seinen Augen sah sie es. Es stimmte. Er liebte sie. Keine Heuchelei, kein Vorwand. Einfach pure Ehrlichkeit. Etwas in ihr verschloss sich. Wenn sie noch Hoffnung hatte, dass eines Tages etwas zwischen ihnen passieren könnte, dass seine Verliebtheit in Maya verblassen könnte, sagte das Blitzen in seinen Augen ihr, dass es nie passieren würde. Er hatte gefunden, wonach er gesucht hatte.

„Sie ist deine Gefährtin?" Ihre Stimme überschlug sich.

„Wenn sie mich haben will. Dummerweise hat sie etwas falsch verstanden und hasst mich deswegen."

Yvette erinnerte sich an Mayas Blick. „Ich denke, Hass ist nicht das richtige Wort. Eine Frau, die hasst, weint nicht, wie es Maya getan hat." Tränen waren ihre Wangen hinuntergekullert, Schmerz ins Gesicht geschrieben. „Sie will dich immer noch."

Ein Fünkchen Hoffnung keimte in Gabriels Blick, aber es war genug, dass sich etwas in Yvette zusammenzog. Sie war keine böse Person, nur eine fehlgeleitete. All die Jahre hatte sie gehofft, Gabriel würde mehr für sie empfinden als nur Sympathie, doch er hatte recht: Er hatte ihr nie einen Grund gegeben zu glauben, dass er Interesse an ihr hatte. Sie war diejenige, die sich das eingebildet hatte. Weil sie einsam war. Wie erbärmlich war das nur?

Sie war doch viel stärker, als sich von solchen Sachen niedermachen zu lassen. „Ich helfe dir, sie zu finden."

„Wirklich?" Gabriel ging einen Schritt auf sie zu und öffnete seine Arme, als wolle er sie umarmen, offensichtlich von seinen Gefühlen überwältigt.

Yvette wich zurück. „Keine Umarmungen." Das hätte ihr gerade noch gefehlt.

Er senkte seine Arme und seinen Blick, war beschämt über seine Überschwänglichkeit und ihre Reaktion darauf. Doch gleichzeitig schien er erleichtert. „Danke."

„Sie ist nach Süden gefahren."

Gabriel blinzelte. „Ihr Apartment in Noe Valley. Lass uns gehen." Er blickte zur Tür, dann wieder zu ihr. „Gehört der Hund dir?"

Yvette drehte sich um. Auf der Schwelle saß der Hund, der ihr die letzten paar Blöcke gefolgt war. Vor dem war es ein anderer Hund gewesen. Und vor dem eine Katze.

„Ich habe keine Ahnung, warum jede Katze und jeder Hund dieser Stadt mir folgt. Es ist, als hätte ich mich in so einen verdammten Hundeflüsterer oder so was verwandelt." Sie versuchte, den Hund zu verscheuchen. „Geh weg!" Sie mochte Tiere nicht mal.

„Ich schätze, er mag dich."

Sie schnaubte und war dabei zu kontern, als ihr etwas Unangenehmes in die Nase stieg. Noch im selben Augenblick wirbelte sie herum und erblickte eine Frau, die sie noch nie zuvor gesehen hatte auf der Treppe. „Was zum Teufel tut eine Hexe in Samsons Haus?"

~ ~ ~

Maya parkte den Audi und stellte die Zündung ab. Als sie aus dem Auto ausstieg, nahm sie ihre Umgebung wahr. Nie zuvor war sie sich ihrer Sinne so bewusst gewesen. Am Ende der Straße ging einer der Anwohner mit seinem kleinen Terrier spazieren. Als sie sich konzentrierte, konnte sie klirrendes Geschirr in einer nahegelegenen Küche hören. Die TV-Nachrichten schmetterten aus einer der Wohnungen auf der gegenüberliegenden Straßenseite.

Sie hatte diese Geräusche noch nie wahrgenommen, hatte Paulettes Nachbarn immer als unglaublich leise eingeschätzt. Das waren sie nicht – jedenfalls nicht mehr. Mit ihren verschärften Sinnen konnte sie erkennen, dass das Leben innerhalb der Häuser, die an dem Hügel aufgereiht waren, pulsierte. Von ihrem Aussichtspunkt konnte sie das Meer sehen, oder hätte es sehen können, wenn der Nebel nicht über dem Strand hinge.

Midtown Terrace war eine gutbürgerliche Wohngegend, alle Häuser waren in den späten 50er Jahren erbaut worden, die Grundrisse waren einander sehr ähnlich. Paulettes Haus war da keine Ausnahme: drei Schlafzimmer und ein Badezimmer über einer Doppelgarage. Ein kleiner Garten hinter dem Haus. Maya hatte hier schon viele Abende mit Paulette und ihrer gemeinsamen Freundin Barbara verbracht, essend, trinkend, Witze reißend. Und natürlich über ihre fürchterlichen Dates lästernd. Genau wie alle Freundinnen es taten.

Maya zögerte, als sie die Eingangstür erreichte, blieb vor den Terrazzo-Stufen stehen. Würde sie für Paulette anders aussehen als sonst? Wenn Maya sie umarmte, würde sie sie mit ihrer überragenden Kraft zerquetschen, genauso wie sie den kleinen Nachttisch in Samsons Haus zerstört hatte? Vielleicht war es besser, sie nicht zu umarmen. Sicherer für Paulette.

Sie hob ihren Fuß und setzte ihn auf die erste Stufe. Die Nachtluft war kühl, doch Maya spürte die Kälte nicht. Ihr Vampir-Körper schützte sie offensichtlich vor den kalten Temperaturen, da sie vergessen hatte, sich eine Jacke überzuwerfen. Und in San Francisco brauchte man im Juni eine Jacke – eine warme. Es brachte also Vorteile mit sich, Vampir zu sein. Vielleicht konnte sie es eines Tages wirklich akzeptieren und das Beste daraus machen.

Würde Paulette ausflippen, wenn sie erfuhr, was sie jetzt war? Würde sie es überhaupt glauben? Sie spielten sich schließlich ständig gegenseitig Streiche. Es war ihre Art, ihrer Freundschaft Ausdruck zu verleihen, also würde Paulette bestimmt annehmen, sie scherzte. Dann müsste sie ihr beweisen, was sie war. Und sie musste es tun, ohne ihre beste Freundin zu verängstigen.

Sie wollte niemandem einen Schrecken einjagen.

Maya atmete tief durch, um sich Mut zu verleihen, ihrer Freundin gegenüberzutreten. Sofort stieg ihr etwas in die Nase. Ihr Magen rumorte. Sie hatte dieses angewiderte Gefühl nur, wenn sie menschliches Blut zu trinken versuchte. Ein Gedanke kam ihr, den sie nicht bestätigen wollte.

Ihr Herz raste, als sie die Treppe hoch lief, um zu klingeln. Doch sie klingelte nicht. Das musste sie nicht, denn die Tür war nur angelehnt.

Obwohl dies eine sichere und ruhige Wohngegend war, ließ nie jemand seine Tür offen stehen. Niemand. Und bestimmt nicht Paulette.

Sie drückte die Tür auf. Als sie einatmete, überkam sie ein Anfall von Übelkeit.

„Oh Gott, nein", flüsterte sie zu sich selbst.

Der Geruch stieg ihr in die Nase und griff ihren empfindlichen Magen an. Es wurde schlimmer, als sie ins Haus eintrat. Im Wohnzimmer brannte Licht, doch es war leer.

Mayas Stimmbänder versagten. Sie war unfähig, nach ihrer Freundin zu rufen. Sie wusste bereits, dass es nutzlos wäre. Im Haus war es still. Außer dem tropfenden Wasserhahn im Badezimmer war kein einziges Geräusch zu hören.

Ihre weich besohlten Schuhe produzierten keinerlei Lärm, als sie wie ein Einbrecher den Korridor hinunter in Richtung Schlafzimmer schlich. Paulettes Schlafzimmer.

Maya wappnete sich gegen das, was sie finden würde, sobald sie den Türknopf drehte. Sie drückte die Tür auf und empfand diese als untypisch schwer. Die Tür knarrte, doch sie nahm das Geräusch kaum wahr, da die Szene im Schlafzimmer ihr Herz so laut pochen ließ, dass kein Platz blieb für andere Töne.

Das Bett war eine einzige Blutlache – eingetrocknet, aber noch frisch genug um ihren Magen umzudrehen. Hätte sie etwas im Magen gehabt, hätte sie sich übergeben müssen, aber sie nahm an, dass Vampiren dies erspart blieb. Trotzdem wollte sie es tun, um ihre Übelkeit zu lindern.

Die Laken waren zerwühlt, als hätte hier ein Kampf stattgefunden. Paulette war nicht friedlich gestorben, doch Maya wusste, dass sie tot war, obwohl es keine Leiche gab. Sie hob ihren Blick zur Wand hinter dem Bett und schlang ihre Arme um ihren Körper.

Dort war eine mit Blut geschriebene Nachricht, die ihr bestimmt war.

Es ist deine Schuld, Maya.

Schließlich entfesselte sich ein Ton ihrer Kehle, doch sie brachte es kaum zu einem hilflosen Gurgeln. Ihre Freundin war wegen ihr gestorben.

Er hatte es getan. Sie wusste es. Der Mann, der sie angegriffen hatte, hatte ihre Freundin getötet, um seine Spuren zu verwischen.

Nur weil Maya Paulette von ihm erzählt hatte, obwohl sie sich nicht daran erinnern konnte, dass sie es wirklich getan hatte. Paulette musste von ihm gewusst haben, sonst hätte er sie nicht angegriffen. Vielleicht hatte sie sogar gewusst, wie er hieß und wie er aussah. Es hatte sie ihr Leben gekostet.

Sie fühlte sich betäubt am ganzen Körper. Es war alles ihre Schuld. Sie hätte sich um ihre Freundin kümmern müssen. Sie hätte wissen müssen, dass er hinter ihr her war. Warum hatte sie nicht daran gedacht? Warum?

Die Tür hinter ihr fiel zu und das Geräusch ließ sie in Vampirgeschwindigkeit herumfahren.

Ein Schrei verließ ihre Kehle.

Paulette!

Dort hing sie, an der Rückseite der Tür. Ihr schlaffer Körper blutverschmiert, ihr Pyjama zerrissen. Kein Herzschlag – Maya hätte es gehört, von wo sie stand. Sie war tot. Lange tot.

21

„Ich konnte Thomas nicht erreichen", sagte Yvette, während sie ihr Handy einsteckte und Gabriel anblickte, der fuhr und gleichzeitig eine Nummer in sein Telefon tippte.

Gabriel hörte sich die Ansage an und fluchte. „Zane hebt auch nicht ab."

„Wir sind fast da", versuchte Yvette ihn zu beruhigen.

Er warf ihr einen Blick von der Seite zu. Wenigstens unterstützte Yvette ihn jetzt zu einhundert Prozent, nachdem sie sich ausgesprochen hatten. Er brauchte all die Hilfe, die er bekommen konnte. Maya war alleine da draußen – wo auch ihr Angreifer war. Der Schweinehund würde sie finden, und Gabriel würde sie für immer verlieren. Das konnte er nicht zulassen. Er musste sie beschützen.

„Zane, Maya ist verschwunden. Such sie! Das hat allerhöchste Priorität." Gabriel legte auf.

Nur Augenblicke später hielt er vor Mayas Apartment an und sprang aus dem Auto. Er stürzte die Stufen hinauf, Yvette war knapp hinter ihm.

Die Tür war verriegelt, doch Gabriel kümmerte das nicht. Mit nur wenig Aufwand stieß er gegen das Schloss und das Holz splitterte. Er drückte die Türe auf und rannte die Treppe hinauf. An Mayas Wohnungstür tat er dasselbe – sollte sie da sein, würde sie sowieso nicht auf ein höfliches Türklopfen reagieren. Sie war zu sauer auf ihn. Momentan war ihm das egal. Er musste sie einfach nur zu Samsons Haus zurückbringen, wo sie sicher war. Dann konnte er ihr alles erklären.

Wie konnte sie nur glauben, dass er sich von der Hexe einen blasen ließ? Sicherlich hatte die Situation etwas sonderbar ausgesehen, doch hätte sie gewartet, dann hätte sie gesehen, dass nichts Sexuelles zwischen ihm und der Hexe vorging. Francine hatte ihn lediglich untersucht, so wie es ein Arzt mit seinem Patienten tun würde. Sie hatte ein paar homöopathische Mittelchen an ihm ausprobiert, um zu sehen, wie das verdammte Ding reagierte.

Natürlich hatte das nutzlose Stück Fleisch auf nichts reagiert, bis – Gabriel hielt inne und ließ die Erkenntnis einsinken. Sein zusätzliches Körperteil hatte sich gerührt, als Maya den Raum betreten hatte. Und als sie davongelaufen war, war es wieder in sich zusammengefallen und zu seiner Originalgröße geschrumpft. Die Hexe hatte ihn eigenartig angesehen, wenn er jetzt so darüber nachdachte. Doch er war zu panisch über Mayas falsche Interpretation gewesen, dass er sich nicht sonderlich darum gekümmert hatte. Bis jetzt. Jetzt wunderte er sich, ob –

„Sollen wir rein gehen?“, fragte Yvette hinter ihm.

Gabriel schob seine Gedanken über seine Deformität beiseite und ging in die Wohnung. Er schnupperte, versuchte festzustellen, ob Maya da gewesen war. Sein Blick schweifte durch die Räume. Es sah noch genauso aus, wie sie es vor zwei Nächten zurückgelassen hatten. Nichts hatte sich verändert. Und es gab keine frische Spur von Maya. Sie war nicht da.

„Wo könnte sie noch hingegangen sein?“, fragte Gabriel, während er sich durchs Haar streifte.

Yvette öffnete ihren Mund, doch dann klingelte ihr Telefon. Sie ging ran. „Thomas? Hast du meine Nachricht bekommen?“

Gabriel konnte Thomas’ Antwort hören. *„Ja, laut des GPS in Samsons Auto befindet sie sich in meiner Nähe. Warte … Sie bewegt sich. Sie fährt Richtung Nordwesten.“*

„Wohin?“, grunzte Gabriel.

Yvette hob ihre Hand und hörte Thomas zu. „Wo –“

„Ich hab ihn gehört. Ich vermute sie fährt nach Parnassus.“

„Parnassus?“, fragte Yvette.

„Das Krankenhaus.“

„Wir treffen uns dort“, orderte Yvette und unterbrach die Verbindung.

„Ruf Amaury an. Ich werde Ricky anrufen.“ Gabriel sauste aus der Tür und wieder ins Auto. Als er sich hineinsetzte, nahm Ricky den Anruf entgegen.

„Maya hat das Haus verlassen.“

„Mist! Was ist passiert?“, erreichte Rickys besorgte Stimme sein Ohr.

„Sie ist auf dem Weg ins Krankenhaus, vermutlich will sie ihre Freundinnen treffen. Wir müssen sie finden und zurückbringen, bevor ihr Angreifer sie aufspürt. Triff uns dort.“

„In Ordnung.“ Ricky legte auf.

„Amaury ist unterwegs, er versucht’s auch nochmals bei Zane“, berichtete Yvette, als sie sich in den Beifahrersitz fallen ließ.

Gabriel drückte das Gaspedal durch und flitzte die Straße hinunter. Die Limousine, die Carl normalerweise fuhr, war nicht so schnell wie Samsons Audi, doch es hatte GPS und würde ihm helfen, zu Maya zu gelangen. Hoffentlich bevor der Rogue es schaffte.

~ ~ ~

Mayas Herz raste, als sie den Audi vor dem Krankenhaus im Parkverbot abstellte. Es war ihr egal, ob Samsons Auto abgeschleppt würde – sie durfte keine Sekunde verlieren. Wenn ihr Angreifer Paulette getötet hatte, um sie ruhigzustellen, dann war Barbara die Nächste auf seiner Liste. Wenn sie nicht schon … Sie schluckte schwer.

Wie er über Paulette und Barbara Bescheid wissen konnte, wusste sie nicht. Außer sie hatte ihm ihre Freunde vorgestellt. Aber hätte er dann nicht einfach auch deren Erinnerungen gelöscht? Irgendetwas ergab hier keinen Sinn.

Wollte der Kriminelle ihr damit eine Nachricht überbringen? War es die Rache dafür, dass sie auf seine Annäherungsversuche nicht eingegangen war? Denn sie war sich nun sicherer denn je zuvor, dass er ein verschmähter Liebhaber sein musste. Keiner sonst könnte solch einen Hass in sich tragen, um mit Blut eine solche Nachricht an Paulettes Schlafzimmerwand zu schmieren.

Es ist deine Schuld, Maya.

Die Worte hallten in ihrem Kopf wider wie eine verkratzte Schallplatte. Hätte sie Paulette retten können? Hätte sie nur die Situation durchdacht, dann hätte sie diese Gefahr für möglich gehalten, als Gabriels Kollege Ricky auftauchte und seine Hilfe anbot. Vielleicht hatte er schon mit Paulette geredet – und sie hatte ihm bereits ihre Informationen weitergegeben. Vielleicht hatte er sogar den Stalker zu ihr geführt. Woher sollte sie es auch wissen?

Es war nun egal. Letztendlich lag es an ihr, ihre Freunde zu beschützen. Sie hätte mit ihm kommen sollen, um Paulette zu warnen. Hätte sie drängen sollen, zu einem sicheren Ort zu gehen. Doch in dieser Nacht war sie läufig geworden und ihr Verstand war verschleiert gewesen. Sie hatte nur an sich gedacht. Und wegen ihres Egoismus war ihre Freundin jetzt tot. Es *war* ihre Schuld.

Maya schluckte den Kloß in ihrer Kehle hinunter und lief die Treppen zu ihrer Station hinauf. Sie wusste, dass Barbara die ganze Woche Bereitschaft hatte und vermutlich im Ruheraum der Station war. Als sie die Doppeltür erreichte, die den öffentlichen Teil des Krankenhauses von dem mit beschränktem Zutritt trennte, bemerkte sie bestürzt, dass sie ihre elektronische Zugangskarte, die ihr Zutritt verschaffen würde, nicht bei sich hatte.

Sie fluchte und blickte um sich, doch keiner war in Sicht. Die Uhr im Korridor zeigte ein paar Minuten nach ein Uhr an – das Stammpersonal war schon längst nach Hause gegangen. Nur die Nachtschicht war in der Station. Barbaras Station war keine Notfallstation, also war nur wenig Personal vertreten, normalerweise nur zwei Krankenschwestern und ein Arzt auf Bereitschaft, Barbara. Keiner von ihnen war in Sicht.

Maya drückte gegen die Doppeltür, doch sie rührte sich nicht. Durch das Glas sah sie den Knopf, der die Tür von der anderen Seite öffnete, doch es gab keinen Weg daranzukommen. Sie müsste jemanden dazu bringen, den Knopf zu drücken, doch es war keiner unterwegs, an dem sie ihre Gedankenkontrolle ausprobieren konnte. Nicht, dass es überhaupt funktioniert hätte – trotz Thomas' Unterricht. Alles, was sie beeinflussen hatte können war ein Stuhl, Gläser und ein Schälchen.

Sie unterband ihre Gedanken. Das war's! Sie musste einfach etwas gegen den Knopf schieben und ihn damit drücken. Maya spähte erneut durch die Scheibe und sah ein Metallclipboard in einem der Halter an der Wand. Er war gut genug. Sie konzentrierte sich auf den metallenen Gegenstand und befahl ihm, sich aus seiner Halterung zu bewegen. Mit angehaltenem Atem beobachtete sie das Clipboard, als es sich bewegte und in der Luft schwebte, als würde es von einer unsichtbaren Hand hochgehoben.

Maya wagte es nicht zu atmen, um ihre Konzentration nicht zu unterbrechen. Einige Sekunden später schaffte sie es, das Clipboard in Richtung des Knopfes zu bewegen. Mit ihrem letzten Stück Willenskraft warf sie es gegen den Knopf, bevor es mit einem lauten Klang auf den Boden fiel.

Als sie das Schaubild am Boden betrachtete, wurde ihr plötzlich eins klar: Sie hätte auch einfach den Knopf mit ihrer Gabe drücken können. Offensichtlich musste sie noch viel über ihre Fähigkeit lernen.

Die Doppeltüren öffneten sich und sie schlüpfte hindurch.

Erleichtert lief sie den Flur entlang zu dem kleinen Raum, in dem der Bereitschaftsarzt im Nachtdienst schlief. Barbara würde dort sein, wenn sie nicht gerade zu einem Patienten gerufen wurde.

Maya drückte den Türgriff nach unten und öffnete die Tür langsam, um ihre Freundin nicht zu erschrecken. Der Raum war spartanisch eingerichtet: ein Schreibtisch, ein Stuhl, ein schmaler Spind, ein Waschbecken und ein Einzelbett. Sie atmete erleichtert auf, als sie Barbara friedlich schlafend fand. Maya schloss die Tür hinter sich und Barbara schreckte auf.

Im nächsten Moment schoss sie hoch und schwang ihre Beine aus dem Bett, ihre Augen immer noch geschlossen. Als sie ihre Augen öffnete und

Maya nur ein paar Schritte von ihr entfernt stand, rief Barbara aus: „Scheiße, Maya!“

„Tut mir leid –“ Weiter kam Maya nicht.

„Alle suchen nach dir. Verdammt noch mal, wo warst du? Der Oberarzt ist total angepisst und die anderen Ärzte sowieso – sie mussten dich vertreten.“

Maya legte ihre Hand auf Barbaras Arm. „Ich kann es momentan nicht erklären. Ich brauche deine Hilfe.“

Barbara blickte sie bestürzt an. „Brauchst du Geld? Was ist los?“

Eine Alarmleuchte, die an der Wand hing, blitzte auf und nur kurz darauf ertönte eine Stimme aus dem Lautsprecher.

„Alarmstufe Blau, Alarmstufe Blau, Zimmer 748, an alle, Alarmstufe Blau, Alarmstufe Blau.“

Scheiße! Alarmstufe Blau bedeutete Herzstillstand.

Barbara griff nach Mayas Hand und drückte sie. „Das ist für mich. Ich muss los. Warte hier. Ich bin gleich zurück. Wir reden, wenn ich zurückkomme.“

„Nein, ich begleite dich.“

„Warte einfach. Es wird nicht lange dauern.“

„Nein, es ist nicht sicher. Ich komme mit.“

Barbara blickte sie neugierig an. „Nicht sicher?“

„Bitte, lass mich mitkommen.“

Ihre Freundin griff nach einem weißen Kittel. „Dann zieh den wenigstens an, damit du nicht ganz fehl am Platz aussiehst. Und jetzt erklär mal lieber schnell, was los ist.“

Maya schlüpfte in den Arztkittel und war direkt hinter Barbara, als diese die Tür öffnete. Eine Sekunde später schloss sie sie wieder.

„Mist, der Oberarzt. Direkt vor der Tür. Wenn er dich sieht, wird er dich aufhalten.“

Maya fluchte. „Verdammt!“ Musste sie immer solches Pech haben?

„Ich bin gleich zurück.“

„Nein, warte!“ Aber bevor Maya sie aufhalten konnte, raste Barbara schon aus dem Zimmer. Ihre Schritte hallten im Korridor. Mayas Haut prickelte unangenehm. Sie wollte nicht, dass Barbara alleine herumlief. Sie öffnete die Tür einen kleinen Spalt und spähte nach draußen. Der Oberarzt stand noch immer dort. Es gab keine Möglichkeit, an ihm vorbeizukommen, ohne dass er sie sehen würde.

Frustriert schloss Maya die Tür.

Sie konnte nur hoffen, dass Barbara von dem Stalker wusste. Dann wäre dieser Alptraum bald vorbei. Sobald Maya seinen Namen kannte und wusste, wie er aussah, konnten sie ihn finden. Sie könnte es Thomas sagen, und er würde dafür sorgen, dass ihr Angreifer von der Bildfläche verschwand. Sie wollte nicht mit Gabriel sprechen. Nicht jetzt.

Sobald der Rogue gefangen war, wäre sie wieder sicher, genau wie Barbara. Dann würde sie ihrer Freundin die Wahrheit sagen und sie würden Paulette gemeinsam beerdigen. Sie würde irgendwie ihr Leben zurückbekommen, zumindest so gut sie das konnte, mit der Schuld, die auf ihren Schultern lastete. Die Schuld zu wissen, dass sie für Paulettes grausamen Tod verantwortlich war.

22

Gabriel bog im Krankenhaus um eine Ecke und prallte fast mit Ricky zusammen. „Gott sei Dank! Du warst aber schnell da“, sagte Gabriel. Neben ihm kam auch Yvette zum Stehen.

„Du hattest Glück. Ich war grad in der Gegend.“

„Hast du Thomas gesehen?“

„Nein. Ist er auch hierher unterwegs?“, fragte Ricky.

Yvette nickte. „Er hätte als Erster hier sein sollen. Er kommt direkt von Twin Peaks.“

„Am besten teilen wir uns auf“, schlug Gabriel vor. „Benutzt Gedankenkontrolle, wenn ihr euch irgendwo Zugang verschaffen müsst. Wir müssen sie finden.“

Ricky nickte enthusiastisch. „Ja, müssen wir. Ich übernehme das siebte Stockwerk.“

„Yvette, nimm das Fünfte; da arbeitet eine ihrer Freundinnen – vielleicht wollte sie sie besuchen. Ich bleibe auf diesem Stockwerk. Wenn ihr sie auf diesen Stationen nicht findet, geht drei Stockwerke höher“, wies Gabriel sie mit ruhiger Stimme an, doch fühlte sich keineswegs so. Was ihm half, war seine Erfahrung – er wusste, wie man jemanden in einer Krisensituation aufspürte. Es war das, was er so viele Jahre getan hatte und gut getan hatte – jetzt hing Mayas Leben davon ab. Es gab nur ein Problem: Die Krankenhausflure rochen nach Desinfektionsmitteln. Es stieg in seine Nase und hinderte ihn daran, Mayas Geruch herauszufiltern. Sein einziger Trost war, dass wenn der Rogue auch hier sein sollte, er dasselbe Problem hätte. Es schuf Chancengleichheit.

Während Yvette und Ricky in Richtung ihrer Stockwerke eilten, spähte Gabriel in den Korridor. Er suchte nach dem Wegweiser zu Mayas Büro. Wenn sie hier sein sollte, würde sie wahrscheinlich dorthin gehen – entweder, um sich zu verstecken, oder um persönliche Gegenstände abzuholen. Vielleicht einen Ersatzschlüssel zu ihrer Wohnung, Geld oder Kreditkarten. Sie hatte nichts mitgenommen, als sie aus dem Haus gestürmt war, nicht einmal ihre Handtasche.

Keine Frau verließ jemals das Haus ohne Handtasche. Ihr Verhalten machte ihm klar, dass Maya in einem äußerst aufgewühlten Zustand war und höchst wahrscheinlich nicht rational handelte. Er musste sie finden, bevor sie sich in noch größere Gefahr brachte, als sie bereits war. Abgesehen davon hatte sie sich seit zu langer Zeit nicht ernährt. Sie musste ausgehungert sein, was sie schwach machte und sie nicht mehr klar denken ließ.

Gabriel erreichte Mayas Bürozugang und drückte den Türgriff nach unten. Die Türe ließ sich nicht öffnen. Kein Problem – mit einem beherzten Tritt splitterte das Holz. Er schlüpfte unbemerkt hindurch. Er stand nun vor vier Bürotüren, jede mit einem Namensschild versehen. Er öffnete die Tür mit Mayas Namen ohne anzuklopfen. Wenn sie im Büro war, hätte sie ihn ohnehin bereits gehört. Und wenn sie nicht drinnen war, gäbe es keinen Grund zu klopfen.

Der Raum war leer. Er atmete tief ein und schnüffelte. Ihr Geruch hing in der Luft, doch er war nicht frisch. Sie war seit Tagen nicht in ihrem Büro gewesen. Seine Zuversicht schwand dahin.

Mit einem Seufzen wählte er Thomas' Nummer. Dieser antwortete sofort.

„Wo bist du?", fragte Gabriel.

„Siebte Etage."

„Geh weiter hoch – Ricky sucht dieses Stockwerk schon ab. Ich gehe gerade noch durch den sechsten Stock und dann weiter hoch. Yvette ist im fünften."

„Gut", antwortete Thomas. Einen Sekundenbruchteil später hörte Gabriel einen entfernten Schrei durch die Leitung.

Erschrocken fragte er: „War das Maya?"

„Keine Ahnung." Die Verbindung unterbrach.

„Mist!" Gabriel rannte in Richtung Treppenhaus, nahm drei Stufen auf einmal. Mit Vampir-Geschwindigkeit stürzte er in die nächste Etage, bevor er sein Tempo verlangsamte und versuchte, sich zu orientieren. Er schnüffelte wieder. Der Geruch von Blut wehte in seine Nase. Er rannte in dessen Richtung.

Als er um eine Ecke lief, erblickte er eine Gruppe von Menschen, die sich um eine am Boden liegende Person scharten. Gabriel richtete seinen Blick auf die Szene. Eine Blutlache breitete sich unter dem weißen Arztkittel der Person aus.

Eine Hand auf seinem Arm ließ ihn sich nach rechts umdrehen. „Thomas."

Thomas zog ihn in einen Seitengang. „Es ist nicht Maya – nur irgendein Doktor – sieht nach kaltblütigem Mord aus."

„Hast du gesehen, wer es ist?"

„Eine Frau Dr. Barbara Silverstein."

Gabriels Herz blieb stehen, als ihn ein kalter Schauer durchfuhr. „Das ist Mayas Freundin. Thomas, er ist hier. Der Rogue ist hier im Krankenhaus.“

~ ~ ~

Mayas Haut prickelte. Es dauerte viel zu lange für eine Alarmstufe Blau. Sie wurde nervös und fühlte sich wie eine Zielscheibe, während sie im Ruheraum auf Barbara wartete. Sie musste nach ihr sehen.

Sie horchte nach Geräuschen aus dem Korridor, bevor sie die Tür öffnete, dann schlich sie nach draußen. Der erleuchtete Flur war leer. Vorsichtig schloss Maya die Tür hinter sich. Irgendetwas veranlasste sie, keine Geräusche zu verursachen. Sie war froh, weich besohlte Schuhe zu tragen, die keinen Ton auf dem hellgrauen Linoleumboden produzierten.

Irgendwo in der Ferne öffnete sich eine Tür. Maya ging den Korridor entlang und schlüpfte in eine kleine Nische, in der sich ein Waschbecken befand. Sie drückte sich gegen die Wand, als sie Schritte auf sich zukommen hörte. Sie erkundete ihr kleines Versteck, doch es gab nichts, das sie als Waffe benutzen konnte. Sie hoffte, wer immer in ihre Richtung kam, war kein Feind, sodass sie ihre Vampir-Fähigkeiten nicht anwenden musste.

Außer ihre Fänge an Gabriel zu benutzen, hatte sie noch keine ihrer neuen Kräfte angewandt. Sie wusste, dass sie Klauen hatte – versehentlich hatte sie Gabriel damit verletzt, als sie sich in jener Nacht das erste Mal von ihm ernährt hatte – und sie hoffte, dass ihre Klauen dann erscheinen würden, wenn sie sie brauchte.

Die Schritte waren schon fast bei ihr, als ein leises *Ping* an ihre Ohren drang. Die Person blieb stehen. „Scheiße“, grummelte eine Frau.

Maya erkannte den Ton als Rufsignal des Schwesternzimmers – einer der Patienten hatte den Alarm gedrückt. Die Krankenschwester drehte sich um und ging in die entgegengesetzte Richtung. Maya entspannte sich, als sie hörte, wie sie ein Zimmer betrat und die Tür hinter sich schloss. Sie zählte bis drei und verließ dann ihr Versteck.

Eilig ging sie ins leere Stationsbüro und blickte sich um, um sicherzugehen, dass sie niemand beobachtete. Sie ging hinter den Tresen und bückte sich neben dem Schreibtisch. Sie öffnete die unterste Schublade und griff hinein. Sie wusste, dass die meisten Krankenschwestern Ersatz-Zugangskarten dort aufbewahrten, für den Fall, dass ein Arzt mal seine vergessen hatte und eine brauchte, bevor der Wachdienst eine neue ausstellte.

Zum Glück war dies auf dieser Station ebenfalls üblich. Nachdem sie den dritten Schub geöffnet hatte, fand sie eine Ersatzkarte und schob diese in ihre Hosentasche. Sie musste sich ungehindert im Krankenhaus bewegen können, und das konnte sie jetzt auch.

Sie erhob sich aus ihrer hockenden Position und ihre Nackenhaare stellten sich auf. Ein Schauer lief ihre Wirbelsäule entlang. Sie schnupperte, ohne ein Geräusch von sich zu geben. Kein Mensch war in ihrer Nähe. Der feine Geruch, den sie aufnahm, könnte zu einem Vampir passen, doch sie war sich nicht sicher – es war zu viel Desinfektionsmittel in der Luft.

Maya schnellte um den Schreibtisch herum und aus dem Stationsbüro heraus. Ihre Hände waren kalt und ihr Herz raste – Anzeichen, die ihr sagten, dass sie weg musste. Ihr Instinkt für Flucht oder Kampf war aktiviert. Die Flucht gewann. Sie war nicht so dumm, gegen einen Vampir kämpfen zu wollen, der stärker als sie wäre, älter und erfahrener. Ihr Vorteil war, dass sie das Krankenhaus gut kannte – jede Ecke, jeden Abstellraum und jede Abkürzung. Wer immer ihr auf den Fersen war, kannte das Gebäude nicht so gut, wie sie es tat – das hoffte sie zumindest. Es war ihre einzige Chance.

Sie musste zu Barbara und sie beschützen. Sie hätte ihr nie erlauben dürfen, zu der Alarmstufe Blau zu gehen. Doch gemäß dem Eid, den sie beide als Ärzte geschworen hatten, wusste sie, dass sie ihre Freundin nicht hätte aufhalten können. Maya hätte genauso gehandelt. Trotzdem hätte sie darauf bestehen müssen, sie zu begleiten, hätte einfach an ihrem Oberarzt vorbeilaufen müssen. Verdammt, sie hätte ihre Fänge blitzen lassen sollen, wenn er ihr Schwierigkeiten gemacht hätte.

Maya lief den Korridor entlang zur Personaltreppe. Es war sicherer, als den Aufzug zu benutzen. Im Aufzug wäre sie gefangen, doch über die Treppe konnte sie sicher in die siebte Etage gelangen, wo sie Barbara finden würde. Sie blieb vor der Stationstüre stehen, als sie leise Schritte wahrnahm – jemand versuchte, nicht gehört zu werden. Sie konnte den Duft der Person nicht filtern. Der Geruch von Ammoniak und Desinfektionsmittel war zu stark. Diese Etage musste vor kurzem geputzt worden sein. Verzweifelt blickte Maya zu den Türen entlang des Korridors. Sie durfte keine Zeit verlieren. Sie öffnete die Tür, die ihr am nächsten war, und schlüpfte in die Dunkelheit. Geräuschlos schloss sie sie hinter sich und lauschte.

Ihre Augen gewöhnten sich an die Dunkelheit und sie erkannte, dass sie keinerlei Probleme hatte, ihre Umgebung klar zu sehen. Der Putzraum war kaum größer als ein Schrank, gefüllt mit Putzutensilien, Besen und Eimern.

Ein Geräusch vom Korridor ließ sie ihren Atem anhalten. Die Person war nahe an ihrem Versteck stehen geblieben. Hatte er sie gefunden? Hatte er sie an ihrem Geruch erkannt? Vielleicht hatte er schärfere Sinne, die nicht so stark von dem Krankenhausgeruch beeinflusst wurden wie ihr eigener Geruchssinn.

Frustriert griff Maya nach dem Besen und zerbrach den Holzgriff. Er splitterte. Es war eine effektive Waffe: ein Holzpflock. Sie drückte sich gegen die Wand neben der Tür und wartete mit angehaltenem Atem und pochendem Herzen.

Ihr Gehör war so empfindlich, dass sie sogar wahrnehmen konnte, als jemand den Türgriff berührte. Adrenalin schoss durch ihren Körper – oder kochte ihr Vampirblut? Licht erfüllte den kleinen Raum, als die Tür aufschwang. Maya stürzte sich auf den Angreifer, bereit, den provisorischen Pflock in sein Herz zu stoßen.

Im Gegenzug ergriff eine Hand ihr Handgelenk und quetschte es, brachte sie dazu, den Holzpflock fallen zu lassen.

Oh Gott, nein!

23

„Ich habe die Nachricht erhalten", sagte jemand mit einer gedehnten Stimme hinter ihm. Gabriel drehte sich zu seinem Stellvertreter Zane um. Er sah aus wie zweimal aufgewärmter Tod.

„Wird auch Zeit", tadelte Gabriel. „Ich brauche jeden verfügbaren Mann. Mayas Freundin ist ermordet worden und Maya ist noch irgendwo im Krankenhaus. Wir müssen sie finden. Ihr Angreifer ist auch hier."

Gabriels Handy vibrierte. Er ging ran. „Ja?"

„Ich bin im Krankenhaus. Auf welcher Etage seid ihr?", fragte Amaury.

„Siebte." Er legte auf, ohne auf Amaurys Reaktion zu warten.

„Okay, hier ist der Plan. Thomas, ich möchte, dass du versuchst, so nahe wie möglich an die tote Ärztin ran zu kommen. Versuch Hinweise zu finden, die uns zu ihrem Mörder bringen."

Thomas nickte.

„Wende an, was nötig ist. Und sprich dich mit Ricky ab. Er sagte, er war auch auf dieser Etage. Ich sehe ihn hier nirgends." Dann drehte er sich zu Zane. „Zane, übernimm Stockwerke eins bis vier. Und fünf –"

„Ich kann das machen." Amaurys Stimme kam von der Treppe. Er kam in Sicht. Der robuste Zwei-Meter Mann füllte die Tür, die ins Treppenhaus führte, komplett aus.

Gabriel nickte ihm zu, dankbar, dass er gekommen war, um ihnen zu helfen. „Gut, Zane, übernimm den zwölften und dreizehnten Stock."

„Wird in Kürze erledigt sein", antwortete Zane und ging dann in Richtung Treppe. Er begrüßte Amaury mit einem Klaps auf den Arm, als er an ihm vorbeiging.

„Na los dann, Amaury."

Thomas hob zum Abschied seine Hand und ging zum anderen Ende des Korridors, wo die Stimmen der bestürzten Krankenhausangestellten immer lauter wurden. Gabriel und Amaury schlugen die entgegengesetzte Richtung ein.

„Wie kommst du damit klar?", fragte Amaury.

„Es bringt mich um, nicht zu wissen, wo sie ist. Ob sie in Sicherheit ist." Gabriel blickte Amaury ernst an. „Und bei diesem Krankenhausgeruch kann ich nicht einmal ihren Duft wahrnehmen."

„Wir werden sie finden."

„Ich übernehme neun, zehn und elf. Auf Etage acht war bisher noch niemand."

„Ich werde mich darum kümmern, sobald ich mit vier und fünf fertig bin", versprach Amaury und lächelte ihn schief an, bevor Gabriel an ihm vorbei die Treppe hinaufrannte.

Im zehnten Stockwerk verließ er das Treppenhaus und schritt den Flur entlang. Seine Nase nahm jeden Duft auf, doch der Krankenhausgeruch war zu dominant. Es gab keine Spur von Maya. Mit jeder Minute schwand seine Hoffnung.

Gabriel streifte sich durchs Haar. Er durfte sie nicht verlieren. Verdiente er denn nicht ein bisschen privates Glück? War das zu viel verlangt?

Etwas vibrierte in seiner Leistengegend. Gabriel blieb stehen und zog sein Handy aus der Tasche. Er las die SMS.

Habe Maya. Raum 534C. Angreifer in der Nähe.

Er war erleichtert, als er die Nummer erkannte: Yvette. Er leitete die Nachricht an seine Kollegen weiter, während er wieder in Richtung Treppe rannte. Wenn sie erst einmal alle zusammen waren, hätte der Angreifer keine Chance mehr.

~ ~ ~

Maya ruhte sich gegen die Putzraumwand lehnend aus. Yvette hatte die Tür geschlossen, doch vorsichtshalber hatten sie das Licht nicht eingeschaltet.

„Er ist irgendwo da draußen. Ich habe ihn wahrgenommen. Ich schwöre es", versicherte ihr Maya und blickte Yvette eindringlich durch die Dunkelheit an. Sie hatte keine Schwierigkeiten, deren Umrisse in dem dämmrigen Licht auszumachen, das durch den Türspalt am Boden hereinschien.

„Ich konnte keine fremden Vampire wahrnehmen. Aber mit dem vielen Desinfektionsmittel hier bin ich mir nicht sicher …", antwortete Yvette. Trotzdem öffnete sie die Tür nicht und willigte in Mayas Forderung ein, die anderen Vampire per SMS zu warnen. „Gabriel und die anderen werden gleich hier sein. Dann bist du in Sicherheit."

Maya griff nach ihrer Hand und drückte sie. „Danke. Das meine ich wirklich. Es tut mir leid, dass ich dich beinahe getötet habe."

Yvette zuckte mit den Schultern. „In deiner Situation hätte ich das Gleiche getan.“ Sie nickte in Richtung des zerbrochenen Besens. „Gut mitgedacht.“

„Ich nehme an, ein Holzpflock durch das Herz eines Vampirs bringt ihn um?“ Maya hoffte, sie lag mit dieser Annahme nicht komplett daneben.

„Das und noch ein paar andere Dinge. Keine Sorge, sobald das hier vorbei ist, wird Gabriel dir einen Crash-Kurs mit allem geben, was du wissen musst. Ich kann mir keinen besseren Lehrer vorstellen. Er ist schon seit langer Zeit Vampir.“

Maya wandte ihren Blick ab. „Mir wäre es lieber, wenn mich jemand anderer unterrichtet. Vielleicht Thomas.“ Ja, Thomas wäre eine sicherere Wahl: keine Gefahr für ihr Herz.

„Ich dachte, du und Gabriel …“, Yvette verstummte.

„Da hast du falsch gedacht. Er ist nicht an mir interessiert.“

Yvette kicherte sanft, als hätte sie andere Informationen. „Schätzchen, willst du ihm das sagen, oder soll ich das übernehmen? Dieser Mann ist nämlich der Meinung, dass er in dich verliebt ist. Und wenn ich dich so ansehe, würde ich sagen, dass er nicht der Einzige mit solchen Gefühlen ist.“

Maya blickte Yvette an.

„Schau mich jetzt nicht so an, als wäre es eine riesige Überraschung für dich. Er hat mir fast den Kopf abgerissen, als er erfahren hatte, dass ich gesehen habe, wie du abgehauen bist und nicht versucht habe, dich aufzuhalten.“

Trotz des hitzigen Themas hielten sie beide ihre Stimmen gedämpft, um zu vermeiden, dass der Stalker sie finden konnte, sollte er noch immer im Krankenhaus sein.

„Du irrst dich. Er liebt mich nicht. Er hat eine andere.“ Maya unterdrückte die Tränen, die drohten, ihr zu entkommen. Es war nicht fair von Yvette, sie so zu quälen – aber vielleicht hatte Gabriel auch Yvette getäuscht.

„Gabriel? Reden wir vom gleichen Mann? Mister Lonesome höchstpersönlich? In all den Jahren, die ich ihn jetzt kenne, habe ich ihn nie mit einer Frau gesehen. Er ging nie aus. Und soweit ich von den Jungs gehört habe, geht er nicht einmal mit zu ihren Sex-Gelagen –“

„Zu ihren was?“

„Ein paar der Jungs sind ein bisschen – sagen wir mal wild. Sie müssen sich von Zeit zu Zeit ein bisschen austoben. Sie denken, ich wüsste das nicht, aber glaub mir – ich weiß Bescheid. Die ungebundenen Vampire können ganz schön wild werden, wenn sie durch die Stadt ziehen und nach einer schnellen Nummer Ausschau halten. Ich will damit nur sagen, dass sich Gabriel daran nie beteiligt."

Maya schluckte ihre Überraschung hinunter. Yvettes Offenheit kam unerwartet, aber warum sollten Vampir-Männer sich auch von anderen Männern unterscheiden? Doch darum ging es nicht. Auch wenn Gabriel sich nicht daran beteiligte, es änderte nichts daran, dass sie ihn in flagranti mit einer anderen Frau erwischt hatte.

„Ich nehme an, er geht lediglich diskreter damit um. Es ändert die Tatsachen aber auch nicht", beharrte Maya.

„Und die wären?", erkundigte sich Yvette.

„Da war eine Frau im Haus, als ich gegangen bin." Das war alles, was sie sagen würde. Yvette konnte sich den Rest zusammenreimen. Dafür war sie sicher klug genug. Sie konnte zwei und zwei zusammenzählen, und die Rechnung würde aufgehen.

„Die Hexe? Du sprichst von der Hexe?" Dann hatte Yvette die Unverfrorenheit zu kichern. „Du glaubst ernsthaft, dass er was mit der Hexe am Laufen hat?"

„Sie war in seinem Schlafzimmer", fauchte Maya, bedacht darauf, ihre Stimme nicht zu erheben, um den Angreifer nicht anzulocken.

„Ich bin sicher, dafür gibt es einen guten Grund."

Maya verschränkte die Arme vor der Brust. Sie hatte den Grund dafür bereits gehört: *Es ist nicht, wonach es aussieht.* Als würde das erklären, warum er seine Hose heruntergelassen und die Frau ihren Kopf zu seiner Leistengegend gebeugt hatte. Er war genauso ein Aufreißer wie die Vampire, von denen Yvette eben gesprochen hatte. Der einzige Unterschied war, dass Gabriel bevorzugte, seine Ausschweifungen im Privaten auszuleben. Und Maya wollte davon nichts mehr wissen.

„Ich –"

Yvette legte einen Finger auf ihre Lippen. „Sch."

Maya spitzte ihre Ohren. Sie hörte auf zu atmen und lauschte nach Geräuschen vom Korridor. In der Ferne hörte sie Schritte. Jemand näherte sich ihnen. Ihr Blick traf Yvettes, die nickte. Maya versuchte, auszumachen, aus welcher Richtung die Schritte kamen, als sie bemerkte, dass es sich um mehr als nur eine Person handelte.

Maya ignorierte die Kälte, die sich auf ihrer Haut ausbreitete und den Strick um ihren Hals enger zog. Sie konnte ihn wahrnehmen – er war in der Nähe. Sie festigte den Griff um den Pflock, den sie zuvor wieder aufgehoben hatte. Sie wollte sich tiefer in dem kleinen Abstellraum verstecken, doch im nächsten Augenblick wurde die Türe aufgerissen. Licht erfüllte den Raum und für eine Millisekunde fühlte sie sich wie erblindet.

„Gott sei Dank, du bist es", rief Yvette aus und ging einen Schritt in den Korridor. Maya erhaschte einen Blick auf einen roten Haarschopf, bevor Yvette die Person mit ihrem Körper verdeckte. Dann näherte sich ein weiteres Paar schwerer Schritte.

„Wo ist sie?" Gabriels aufgebrachte Stimme hallte im Flur.

Einen Moment später schob er Yvette und den anderen Vampir zur Seite, den Maya nun als Ricky erkannte. Gabriel zog sie in eine Umarmung.

Maya blieb keine Zeit zu protestieren, bevor er sie küsste. Dies war nicht der sanfte Kuss, den er ihr früher gewidmet hatte: Er war stürmisch, fordernd und verzweifelt. Sie war zu verblüfft, um irgendetwas anderes zu tun, als auf ihn zu reagieren. Ihr Körper schmolz in seinen Armen dahin und erlaubte ihm, mit seiner suchenden Zunge in ihren Mund einzudringen.

Vage nahm sie wahr, wie noch mehr Vampire eintrafen, doch alles war verschwommen. Gabriel forderte ihre volle Aufmerksamkeit. Es kostete sie eine ganze Minute, ihre Kontrolle wiederzuerlangen und sich daran zu erinnern, was er ihr zuvor angetan hatte. Nur weil sie nun in Sicherheit war, bedeutete dies nicht, dass sie ihm vergeben würde, dass er sie betrogen hatte.

Sie stemmte sich gegen seine Brust und holte aus, um ihm eine zu klatschen. Doch ihr Vorhaben wurde unterbunden – er schnappte ihre Hand, bevor sie sein Gesicht erreichte.

Seine Augen blitzten rot, doch als er sprach, war seine Stimme sanft. „Du denkst vielleicht, ich verdiene das, aber damit hast du unrecht. Wir müssen uns unterhalten." Er ließ ihre Hand los.

Im selben Moment knurrte Mayas Magen. Verdammt, sie war am Verhungern und Gabriels Geschmack auf ihren Lippen erinnerte sie zu sehr daran, wie sein Blut schmeckte. Sie schob ihren Hunger beiseite. Jemand war noch wichtiger als sie selbst. „Ich muss Barbara finden."

Die Stille, die darauf folgte, war unheimlich. Maya blickte auf die versammelten Vampire: Thomas, Zane, Ricky, Yvette und noch einer, den sie noch nicht kennengelernt hatte. Er war so groß und so breit wie ein Footballspieler. Sein Haar war rabenschwarz und reichte ihm bis zu den Schultern. Ihre Betrachtung wurde unterbrochen, als Gabriel seine Hand auf ihren Arm legte. Sie strafte ihn mit einem genervten Blick, was er allerdings ignorierte.

„Barbara ist tot. Es tut mir so leid", sagte Gabriel.

Hätte er sie nicht sofort in die Arme geschlossen, wäre Maya zusammengebrochen. Tot?

„Oh Gott, nein!“ Ihre Stimme versagte.

„Ich bringe sie nach Hause“, informierte Gabriel seine Kollegen, während er Maya an sich presste. „Zane, Amaury. Verschafft euch Zugriff auf die Videoüberwachung und prüft, ob der Mörder auf den Aufzeichnungen zu sehen ist!“

Sie nickten.

Maya war mit ihren Gedanken weit weg, als Gabriel seine Anweisungen gab. Alles, woran sie denken konnte, waren ihre beiden Freundinnen: tot. Nur wegen ihr.

„Yvette, Ricky. Bleibt hier und seht, was ihr auf der siebten Etage finden könnt! Thomas, bring Eddie hierher! Ich möchte, dass ihr ausschließlich in Paaren arbeitet. Keiner geht alleine irgendwohin. Verstanden?“

„Eddie ist schon auf dem Weg“, bestätigte Thomas. „Willst du nicht, dass einer von uns euch nach Hause begleitet?“

Gabriel knurrte. „Trotz gegenteiliger Beweise bin ich vollkommen fähig Maya alleine zu beschützen. Geht jetzt, alle! Ihr wisst, was zu tun ist. Lasst uns diesen Bastard schnappen.“

24

Gabriel stellte Samsons Audi in der Garage ab. Als er auf den Beifahrersitz blickte, tat ihm sein Herz weh. Seit sie das Krankenhaus verlassen hatten, hatte Maya kein Wort gesagt. Als sie die Türe öffnete und aus dem Auto stieg, waren ihre Bewegungen roboterhaft, als würde sie schlafwandeln.

Gabriel folgte ihr die Stufen hinauf. Im Flur nahm er ihre Hand und führte sie ins Wohnzimmer. Carl erschien sofort. „Kann ich euch etwas bringen?" Seine Stimme war ruhig, als spürte er, dass sich Maya nicht wohlfühlte.

Gabriel schüttelte den Kopf. „Danke Carl. Sorge einfach dafür, dass wir nicht gestört werden."

Carl nickte und schloss die Tür hinter sich, um ihn mit Maya alleine zu lassen. Diese hatte sich von ihm abgewandt und starrte ins Feuer.

„Es ist alles meine Schuld."

Gabriel überbrückte die Entfernung zwischen ihnen und blieb hinter ihr stehen. „Nein. Es ist die Schuld deines Angreifers. Denk nie, dass es deine Schuld ist."

„Wie sollte ich das nicht denken? Wegen mir sind meine beiden Freundinnen jetzt tot." Ein Schluchzen löste sich aus ihrer Kehle.

„Deine *beiden* Freundinnen?" Ein seltsames Gefühl des Unbehagens durchflutete Gabriel.

Maya drehte sich um, ihre Augen nass von den Tränen. „Paulette ist tot. Ich habe sie gefunden – er hat's getan. Er hat sie umgebracht."

Er zog sie in seine Arme und hielt sie fest. „Es tut mir leid, Baby. Ich wünschte, ich könnte es rückgängig machen."

Sie drückte gegen ihn, befreite sich aus seiner Umarmung. „Er hat es mit ihrem Blut geschrieben. *Es ist deine Schuld, Maya.*"

Gabriel erschauderte bei dem Gedanken, dass Maya den toten Körper und das Blut ihrer Freundin hatte sehen müssen.

„Ich hätte Barbara warnen sollen", fuhr sie fort, sich Vorwürfe zu machen. „Ich habe gewusst, dass Paulette tot war, als ich mit Barbara gesprochen habe."

Er nahm ihr Kinn und zwang sie, ihn anzublicken. „Du hast mit Barbara gesprochen? Was hat sie gesagt?"

„Ich hatte keine Gelegenheit, sie nach ihm zu fragen. Sie wurde zu einer Alarmstufe Blau gerufen. Ich hätte sie nie gehen lassen dürfen. Ich hätte darauf bestehen müssen."

„Es ist nicht deine Schuld. Er hat sie umgebracht, weil sie wusste, wer er ist. Es ist meine Schuld. Wir hätten deine Freunde sofort hierher bringen müssen. Ich hätte wissen müssen, dass sie nicht sicher vor ihm waren." Gabriel verfluchte sich für seine schlechte Planung. Zwei Leben hätten gerettet werden können, wenn er alles besser durchdacht hätte. Doch wenn es Maya betraf, konnte er keinen klaren Gedanken fassen. Er war zu abgelenkt, wenn es um sie ging.

„Paulette ist noch immer in ihrem Haus. Er hat sie an dem Haken ihrer Schlafzimmertür aufgehängt, als wäre sie ein geschlachtetes Rind. Ich hatte nicht einmal den Mut, sie von dem Haken runter zu nehmen, um ihr etwas Würde zurückzugeben. Ich bin einfach weggelaufen."

Gabriel streifte sanft über ihr Haar und zog sie wieder in seine Arme. Sie vergrub ihren Kopf an seiner Brust, ihre Tränen weichten sein Hemd auf. „Ich werde jemanden zu Paulettes Haus schicken."

Ohne Maya loszulassen, zog er sein Handy aus der Tasche und wählte Yvettes Nummer. Sie ging sofort ran.

„Yvette, du musst etwas für mich erledigen. Ich möchte, dass Ricky und du zu Paulettes Haus fahrt. Sie ist die andere Freundin von Maya. Auch sie ist ermordet worden."

„Oh, verdammt!", war Yvettes Reaktion.

„Ja, ich weiß. Durchsucht das Haus nach Hinweisen! Ricky hat die Adresse – er sollte sie ursprünglich finden und herausfinden, was sie über Mayas Stalker wusste. Dafür ist es jetzt wohl zu spät."

„Ich bin an der Sache dran."

Gabriel beendete das Gespräch. Dann wandte er sich wieder Maya zu und schaute sie lange an. „Maya, ich weiß: was mit deinen Freundinnen passiert ist, ist schlimm für dich und ich wünschte, ich könnte dir etwas Trauerzeit geben, aber wir haben nicht so viel Zeit. Um dich außer Gefahr zu halten, muss ich mir sicher sein können, dass du mir zu einhundert Prozent vertraust und ich weiß, dass du das gerade nicht tust."

Sie stieß sich von ihm weg. „Ich kann das nicht, Gabriel. Ich kann nicht an mich denken, wenn ich weiß, dass meine Freundinnen wegen mir sterben mussten."

„Du musst aufhören, das zu sagen. Er will, dass du das glaubst. Er versucht, dich zu entmutigen, doch das lasse ich nicht zu. Hörst du mich?"

Er ergriff sie an den Schultern und rüttelte sanft an ihr. „Wir werden deine Freundinnen rächen. Er wird dafür büßen. Ich verspreche es dir."

„Ich will jetzt nicht darüber sprechen. Nicht mit dir."

„Dann sprich nicht. Aber bitte hör mir zu! Was du in meinem Schlafzimmer gesehen hast, war nicht das, wofür du es gehalten hast."

Maya versuchte, sich aus seinem Griff zu lösen, doch er war stärker. Sie musste ihm zuhören, ob sie wollte oder nicht. Er brauchte ihr Vertrauen, um sie von der Gefahr fernzuhalten, die ihr immer noch drohte. Und er war darauf aus, ihr Vertrauen zu gewinnen, selbst wenn es bedeutete, dass er sich vor ihr entblößen musste.

„Die Frau, die du gesehen hast, hat mir keinen geblasen. Es war nichts Sexuelles. Sie ist eine Heilerin." Er hielt inne, um ihr etwas Zeit zu geben, seine Worte zu verarbeiten.

Ihr trotziger Blick änderte sich schließlich zu widerwilliger Neugier. „Was für eine Art Heilerin?"

„Sie ist eine Hexe. Und ich habe ein Problem, dass noch niemand lösen konnte. Aber sie denkt, sie kann mir helfen."

Mayas Blick fiel auf seine Jeans. „Was für ein Problem?"

Gabriel räusperte sich. Es war unmöglich, dies auf eine einfache Weise zu sagen. Wie sollte er es formulieren? „Es ist etwas Körperliches." Er wusste, dass das nichts aussagte, also versuchte er es erneut. „Es geht um meinen …" Er verstummte. Das war wirklich nicht leicht. Wie konnte er je denken, dass er ihr einfach so sagen konnte, was ihm fehlte, wenn er sich währenddessen die Hosen vollmachte, aus Angst, sie würde ihn deswegen verlassen?

„Gabriel. Wenn es um etwas Körperliches geht, dann kannst du mir das sagen. Ich bin Urologin; ich arbeite tagtäglich mit männlichen Fortpflanzungsorganen."

Gabriel zuckte innerlich zusammen, brachte aber noch immer seinen Mund nicht auf.

Maya legte ihre Hand auf die Vorderseite seiner Jeans und zog am Knopf. „Nun, wenn du es mir nicht sagen willst, dann muss ich dich wohl untersuchen."

Das rüttelte ihn auf. Er umschloss ihre Hände mit seinen und hinderte sie daran, seine Hose zu öffnen. „Ich will nicht, dass du es siehst."

Sie zog ihre Hände aus seinen und ging einen Schritt zurück. „Okay, Gabriel. Das ist der Deal: Wenn du mir nicht sagen kannst, was mit dir los ist, muss ich wohl auf meine erste Annahme zurückgreifen, dass du mich betrogen hast. In dem Fall bleibe ich stinksauer auf dich. Und sobald das hier zu Ende ist, verschwinde ich für immer aus deinem Leben. Willst du das?“

„Nein!“ Das Wort schoss so schnell und aufgebracht aus ihm heraus, dass es ihn selbst überraschte. Er würde ihr nicht erlauben, ihn zu verlassen. Er brauchte sie. Sie war seine Gefährtin. Und überhaupt, hatte sie denn schon vergessen, dass alles, was sie trank, sein Blut war? Ohne ihn würde sie verhungern.

„Gut.“ Mit zittrigen Händen öffnete er den Knopf seiner Jeans. „Es hat mich gequält. Verursachte, dass die Frauen schon mein ganzes Leben lang vor mir davonliefen. Ich hatte es schon, bevor ich zum Vampir wurde. Kein Versuch es loszuwerden, hat gewirkt.“

Gabriel suchte ihren Blick, bevor er fortfuhr: „Maya, was immer geschieht, oder was du über mich denkst, wenn du es gesehen hast, ich liebe dich. Ich hatte gehofft, die Hexe könnte mir helfen, damit du es überhaupt nie sehen musst.“

Dass du mich nicht auch verlässt, wie all die anderen.

Langsam zog er den Reißverschluss nach unten und schob seine Hose runter. Wie immer, wenn Maya anwesend war, war sein Schwanz hart und wuchs in seinen Shorts heran. Die Wucherung oberhalb fühlte sich ebenfalls geschwollen an. Mit geschlossenen Augen zog er seine Boxershorts herunter und offenbarte sich ihr in all seiner Verletzlichkeit.

~ ~ ~

Maya atmete einen Zug Luft ein. Für einen Moment fühlte sie sich, als würde die Zeit stillstehen. Gabriel stand vor ihr, sein nacktes Glied offenbarend. Sofort wusste sie, wie viel Überwindung es ihn gekostet hatte, das zu tun. Zweifellos graute es ihm jetzt. Sie blickte wieder zu seinem Gesicht und entdeckte, dass seine Augen noch immer geschlossen waren.

„Ich werde dich berühren“, warnte sie ihn mit sanfter Stimme vor. „Ich tue dir nicht weh.“

Sie senkte sich auf ihre Knie. Als sie anblickte, was sich vor ihren Augen zeigte, wusste sie, dass er nicht gelogen hatte. Die Hexe hatte versucht, ihm bei seinem Problem zu helfen. Jetzt wurde ihr auch klar, warum er nicht mit ihr schlafen wollte. Obwohl er es sicher gekonnt hätte … sehr eindrucksvoll sogar.

Ihr Blick landete auf seinem Schwanz. Stolz erigiert bog er sich leicht nach oben. Zwanzig Zentimeter beeindruckende Masse, perfekt und makellos. Seine Spitze war fast lila; ein weiterer Beweis, dass er mit Blut vollgepumpt war. Maya streckte ihre Hand aus und streichelte über die Unterseite, liebkoste die samtige Haut.

Ein Zischen entfloh Gabriels Lippen.

„Ich werde dir nicht wehtun“, flüsterte sie.

„Das ist nicht das, worüber ich mir im Moment Sorgen mache. Hast du nicht genug gesehen? Kann ich mich wieder anziehen?“

Maya ließ ein Lächeln ihre Lippen umschmeicheln. „Sch. Ich untersuche dich jetzt. Und wenn du mich weiterhin dabei störst, muss ich dich wohl zum Schweigen bringen. Jetzt überleg mal, wie ich das umsetzen könnte.“ Sie drückte seinen Schaft bestimmt, ballte eine Faust um seine harte Länge. Sie war sich sicher, dass er wusste, was sie beabsichtigte.

Jetzt, wo sie wusste, wie sie ihn kontrollieren konnte, ließ sie ihren Blick zu der Wucherung oberhalb seines Gliedes schweifen. „Nicht bewegen.“ Sie ließ seinen Schwanz los.

Die Masse an Fleisch sah rot und bedrohlich aus, fügte sich an sein Becken, am Rande seiner vollen, schwarzen Schamhaare an. Auf den ersten Blick sah es aus wie ein übergroßes Muttermal – ein 12-cm-langes. Maya schätzte den Durchmesser auf etwa 4 cm. Diese 4 cm saßen ein paar Zentimeter über seinem Glied.

Kein Wunder, dass er Angst vor Zurückweisung hatte. Sie hatte Patienten, die sich über weitaus harmlosere Dinge Sorgen machten. Sie hatte einen Mann behandelt, der eine erdnussgroße Warze an seinem Glied gehabt hatte – und der Gedanke daran, dass ihn eine Frau nackt sehen würde, hatte ihn so sehr verängstigt, dass er davon Erektionsstörungen bekommen hatte. Es hatte Monate gedauert, einschließlich psychologischer Hilfe, um ihm wieder Selbstvertrauen zu geben. Sie konnte nur erahnen, wie sehr diese Deformität Gabriel einschränkte. Ihr Herz schmerzte für ihn.

„Ich werde es anfassen.“

„Maya, bitte. Du musst das nicht tun. Ich –“

Doch Mayas Finger berührten bereits die fleischige Masse. Dann wich sie zurück. Hatte es sich gerade von alleine bewegt? „Ich sagte, nicht bewegen.“

„Ich habe nichts gemacht.“

Sie starrte erneut das vorstehende Teil an und streifte mit ihrem Finger darüber. Die Haut war faltig, doch fühlte sich gleichzeitig eben und weich an. Tatsächlich war die Beschaffenheit ähnlich wie die seines Gliedes. Nur war sein Glied noch immer voll erigiert und dadurch nicht faltig.

„Verändert es manchmal seine Form?“, fragte sie und blickte hoch.

Gabriels Augen waren offen und er beobachtete sie während ihrer Untersuchung. „Nein. Nur …“

Sie wartete, doch er mied ihren Blick. „Was?“

„Während der letzten Woche ist es gewachsen. Es wird größer. Selbst jetzt sieht es größer aus als noch vor zwei Nächten.“ Ihre Blicke trafen sich.

„Bist du sicher?“

Er nickte.

„Weißt du, was das Wachstum verursacht? Hast du was Anderes gemacht? Irgendetwas?“

Er schüttelte den Kopf. „Nein, im meinem Leben hat sich nichts verändert. Ich wache auf, trinke, arbeite und schlafe. Das ist alles.“

„Bist du dir da ganz sicher?“

„Ja, alles ist beim Alten. Abgesehen davon, dass du hier bist und dich von mir ernährst.“

Maya schluckte. Jetzt, wo er sie daran erinnerte, spürte sie den Hunger umso stärker. „Denkst du, die Veränderung könnte damit zusammenhängen, dass ich mich von dir ernähre?“

Sie nahm wahr, wie er mit den Schultern zuckte, wandte ihren Blick jedoch nicht von seiner Leistengegend ab. Etwas mit dem Wachstum war merkwürdig. Doch sie konnte nicht sagen, was es war.

„Ich bin nicht sicher. Aber ich glaube, das erste Mal, dass mir aufgefallen ist, dass es gewachsen ist, war nach dem ersten Mal, als du von mir getrunken hast. Erinnerst du dich? Im Arbeitszimmer.“

Natürlich erinnerte sie sich daran. Wie könnte sie vergessen, wie er sie geküsst und an sich gedrückt hatte? „Hattest du da auch eine Erektion?“

Sie blickte auf und sah, wie ein schüchternes Lächeln um seine Lippen spielte. „Maya, ich habe einen Ständer, wann immer du in meiner Nähe bist.“

Sie versuchte sich über diese Aussage nicht zu sehr zu freuen, konnte es aber nicht vermeiden. Welche Frau wollte nicht solch eine Wirkung auf den Mann haben, den sie begehrte? „Vielleicht hat es etwas damit zu tun, dass du erregt bist.“

„Nein. Wenn ich mit anderen Frauen zusammen bin, passiert das nie.“ Er blickte sie an, als hätte er plötzlich etwas Falsches gesagt. „Lange, bevor ich dich getroffen habe. Ich hatte seit langem niemanden mehr. Und ich würde keine andere außer dich ansehen“, fügte er schnell hinzu.

Sie legte ihre Hand auf seine Brust und stoppte ihn. „Gabriel, wir haben alle eine Vergangenheit. Du warst mit keiner Frau zusammen, seit du und ich … seit wir …“ Jetzt war sie diejenige, die kein Wort mehr herausbrachte.

„Liebe gemacht haben?“, half er ihr und legte seine Hand auf ihre.

Maya blickte ihm in die Augen. „Ja, das weiß ich jetzt. Dass nichts mit der Hexe lief. Es tut mir leid, dass ich dir nicht geglaubt habe.“ Sie stand auf. „Jetzt kannst du dich wieder anziehen. Außer …“, sie hielt inne, „außer du möchtest nicht.“

Sie wollte das Leben wiederbestätigen, um die Dinge zu vergessen, die sie in dieser Nacht gesehen hatte. Das Leben war so kurz. Und manchmal war das Einzige, wonach man greifen konnte das, was vor einem lag. Nehmen, was da war, solange es da war. Was würde in ein paar Stunden passieren? In ein paar Tagen? Ihr wurde klar, dass nichts aufgeschoben werden durfte, da es vielleicht nie mehr eine Chance dafür geben würde.

Gabriel sah sie an und berührte ihre Wange mit seiner Hand. „So sehr ich es auch für uns beide möchte, mich jetzt ganz auszuziehen, wäre es nicht richtig. Es ist nett, dass du nicht schreiend davongelaufen bist, aber keine Frau will von mir gefickt werden, solange das da ein Teil von mir ist.“

Maya spannte ihre Hand um seinen Hals und zog ihn näher zu sich, bis ihre Lippen nur noch Millimeter voneinander entfernt waren. „Jetzt hör mir mal zu, Gabriel. Ich entscheide, wer mich fickt, und ich werde deinen Sinn für Scham, der übrigens fehl am Platz ist, mir nicht im Weg stehen lassen.“

„Du verstehst das nicht. Es kann nicht entfernt werden. Ich hatte schon eine Operation. Es wächst nach.“

Sie streifte ihre Lippen über seine und spürte, wie seine Erektion gegen ihren Bauch stieß. „Willst du mich?“

„Natürlich will ich dich.“

„Dann werden wir es ausknobeln. Wenn du warten willst, gut. Aber pass auf, irgendwann wirst du dich auf deinem Rücken wiederfinden und dann werde ich mir nehmen, was ich will. Ich vermute, als Vampirin bin ich stark genug, dir die Kleider vom Leib zu reißen und dich zu reiten, bis du kommst. Und offen gesagt, wäre es mir auch egal, wenn dir Hörner wachsen würden, solange du einen Ständer hast, auf dem ich mich aufspießen kann.“

Ihre letzten Worte waren lediglich ein Flüstern gegen seine Lippen. Sie spürte, wie sein Atem aus ihm fuhr, bevor er sie küsste. Einen Moment später fand sie sich ohne Boden unter den Füßen wieder, hochgehoben in Gabriels starken Armen, an seinen noch immer halb nackten Körper gedrückt. Sie konnte nur hoffen, dass keiner das Wohnzimmer betreten würde, sonst könnte derjenige Gabriels nackten Hintern betrachten.

Maya ließ ihre Hände zu besagter Kehrseite wandern. Als sie ihre Finger in sein straffes Fleisch drückte, stöhnte er in ihren Mund und intensivierte den Kuss. Sie hatte ihn noch nie so leidenschaftlich gesehen. Nicht einmal, als er sie befriedigt hatte, als sie läufig war. Es war, als wäre ein Hemmnis in ihm zerbrochen, was ihm nun ermöglichte zu tun, was er wollte.

Sie zog ihren Mund weg von seinem, um zu atmen. „Ich will dich jetzt. Ich will nicht warten."

Seine Augen waren dunkel, starrten sie ungläubig an. „Maya, bitte spiel nicht mit mir."

Sie befreite sich, doch nur, um sich ihre Hose runter zu streifen. „Ich spiele nicht mit dir." Sobald sie aus ihrer Jeans herausgestiegen war – und sie war schnell wegen ihrer Vampir-Geschwindigkeit – zog sie ihn an sich. „Fick mich jetzt." Sie wusste, würde sie noch länger warten, würde sie verbrennen. Sie wollte ihn in sich spüren, und sonst kümmerte sie sich im Moment um nichts.

„Baby", flüsterte Gabriel gegen ihre Lippen. Im nächsten Moment drückte er sie an die Wand. „Das nächste Mal tun wir es wie zivilisierte Menschen. Aber jetzt –" Seine Hand wanderte zu ihrem Höschen und mit einem gekonnten Griff zog er es hinunter. „– jetzt will ich dich schnell und hart."

~ ~ ~

Gabriel gab ihr keine Zeit, die Worte einsinken zu lassen, sondern nagelte sie mit seinem Körper fest und spreizte ihre Beine. Für eine Sekunde hielt er sich ganz still und blickte in Mayas ausdrucksstarke Augen, wo er Verlangen aufglühen sah. Sogar nach dem, was sie gesehen hatte, wollte sie ihn noch. Sie hatte ihn nicht zurückgewiesen, war nicht weggelaufen und vor allem vertraute sie ihm.

Wie das möglich war, wusste er nicht. Er verstand ihr Bedürfnis, den Schmerz zu vergessen, den sie verspürte, doch das konnte nicht alles sein. Es konnte nicht der Grund sein, warum sie ihm erlaubte, sie zu nehmen. Nein, wenn er in ihre Augen blickte, sah er mehr als nur Verlangen und Lust. Er sah Zuneigung.

„Ich liebe dich", gestand er, legte sein Herz offen, genauso wie er ihr seinen Körper offenbart hatte. Dann übernahm die Bestie in ihm und stieß mit einer Wildheit in sie, die er selbst nicht an sich kannte. In diesem Moment war er dankbar dafür, dass sie ein Vampir war. Die Leidenschaft, die er an den Tag legte, hätte einen Menschen in Stücke zerrissen. Doch Maya empfing seine Stöße mit Kraft und Entschlossenheit.

Ihr enger Kanal war feucht und der Geruch davon verwandelte sein Verlangen in einen Schnellgang. Diese Frau war alles, was er je gewollt hatte. Und was er je haben wollen würde, solange er lebte. Als sich ihre Beine um seine Hüften schlangen, warf er seinen Kopf zurück und stöhnte. Das war die Frau, die er als seine Gefährtin fordern wollte, koste es, was es wolle.

Er spürte, wie Mayas Klauen sich in seinen Rücken bohrten und ihm wurde klar, dass ihre Vampir-Seite aufflammte. Sein Körper versteifte sich. Als er ihr ins Gesicht blickte, sah er ihre Fänge unter ihren Lippen hervorblitzen. Ein Zeichen, dass sie die Kontrolle verlor. Er begrüßte diese Erkenntnis mit einem Grummeln. „Mein."

Auf das besitzergreifende Wort hin stießen ihre Blicke aufeinander. Er sah, wie sich seine Gefühle in der Tiefe ihrer Augen spiegelten. Sie atmete schwer, ihre Brust hob und senkte sich in schnellem Wechsel. Ihre geteilten Lippen zeigten ihre Fänge nun deutlich. Es erinnerte ihn an das Vergnügen, das sie ihm bereitete, wenn sie sich von ihm ernährte.

„Ich will dich, Gabriel."

„Dann nimm mich. Trink von mir", wies er sie an.

„Jetzt?" Ihre Augen weiteten sich.

„Jetzt." Er zog sich zurück und stieß tief in sie, um seiner Aussage Nachdruck zu verleihen. Ihre Muskeln verkrampften sich um ihn, quetschten ihn aus wie eine starke Faust. Gabriel versuchte, das Fleisch zu ignorieren, das mit jedem Stoß gegen ihren Hügel prallte, doch mit jeder Bewegung wurde es schwieriger. Es fühlte sich an, als würde das verdammte Ding länger. Doch bevor er hinunterblicken konnte, um es zu begutachten, schlug Maya ihre Fänge in seinen Hals.

Bei dem ersten Zug aus seiner Vene war alles vergessen. Sein Herz schlug heftig, um das Blut zu der Vene zu pumpen, von der sie trank. Er konnte ihren Hunger nun körperlich wahrnehmen. Ihr Herz schlug abgehackt gegen seines, und sein eigener Herzschlag passte sich ihrem Schlag für Schlag an.

Gabriel verlangsamte seine Stöße, als völlige Glückseligkeit sich in seiner Brust breitmachte. In seinen Jahrzehnten als Vampir hatte er noch nie dieses Gefühl gehabt, das er nun verspürte, als die Frau, die er liebte, ihn in sich aufnahm: nicht nur sein Blut, sondern auch seinen harten Schaft.

Er träumte davon, sie in ein weiches Bett zu legen, mit Kerzen, die den Raum erhellten und sanfter Musik im Hintergrund. Sie anbetend, sie liebend. Das hier war anders. Die Intensität ihres Liebesspiels bestürzte ihn zutiefst. Er hätte nie gedacht, dass sie so wild war.

Doch hier war sie, erlaubte ihm, sie im Wohnzimmer seines Chefs zu ficken, wo jederzeit jemand hereinplatzen konnte. Doch er konnte nicht aufhören. Alles, was er wollte, war, dass sie in seinen Armen kam, dass sie die Liebe spürte, die er in seinem Herzen trug, dass sie verstand, dass er alles für sie tun würde.

Sein geschwollener Schwanz kannte kein Ende – unerbittlich tauchte er in sie ein, um ihre Enge zu spüren, die Feuchte ihrer bebenden Muschi. Er hatte sein Zuhause gefunden. Er spürte, wie sich Druck in seinen Hoden bildete.

„Baby, ich kann nicht länger warten." Doch er wollte, dass sie mit ihm kam. Er wollte nicht egoistisch sein.

Maya ließ von seinem Hals ab und leckte über die Wunde. Dann sah sie ihn an, ihre Lippen glitzerten von seinem Blut. „Dann komm."

Gabriel biss seinen Kiefer zusammen, versuchte es zurückzuhalten.

Ein kleines Lächeln umspielte ihre Lippen „Bitte komm."

Er konnte spüren, wie ihre Muskeln sich um seinen Schwanz verkrampften und er wusste, dass sie es absichtlich tat. Seine Erlösung war unausweichlich. Er spürte den Angriff der Empfindungen, während sein Samen durch sein Glied in sie schoss. *„Fuck!"*

Er zog sich zurück und tauchte noch einmal tief in sie ein, ließ seinen Orgasmus ausklingen. Als er gegen sie zusammensackte, folgte Reue auf seine Glückseligkeit. Sie war nicht gekommen. Er hatte versagt.

„Tut mir leid", flüsterte er.

Mit ihren Händen in seinem Haar zog sie seinen Kopf von ihren Schultern weg, wo er ihn abgelegt hatte. Sie lächelte ihn an. „Wofür?"

„Du bist nicht gekommen."

„Mein Körper funktioniert nicht so."

Gabriel wich zurück. „War ich zu hart mit dir? Ich habe es nicht richtig gemacht. Baby, es tut mir leid." Er hatte seine niederen Instinkte überhandnehmen lassen.

Sie legte einen Finger auf seine Lippen. „Nein. Das ist es nicht. Es war toll, jede Sekunde. Aber ich komme nicht aufgrund des Eindringens. Kein Mann hat es je geschafft, mich so kommen zu lassen."

„Du bist gekommen, als ich dich geleckt habe."

„Weil ich nur kommen kann, wenn meine Klitoris stimuliert wird."

Er wünschte, er wüsste mehr über den weiblichen Körper als die beschränkten Erfahrungen, die er hatte. Er musste lernen – schnell. „Wir machen es noch mal. Ich verspreche dir, nächstes Mal kommst du, wenn ich in dir bin.“

Er hatte soeben eine Herausforderung angenommen. Und bei Gott, er würde diese meistern, selbst wenn es ihn seine letzte Kraft kosten würde. Sie mussten gleichzeitig kommen, damit sie die höchste Ekstase teilen konnten sowie die Nähe, die sie nur spüren konnten, wenn sie zusammen schwebten und dann einander fingen, wenn sie wieder von ihrem Hoch herunterkamen.

25

Gabriel legte Maya, jetzt komplett nackt, vor sich auf die Couch. Er hatte sie so hart rangenommen wie ein Tier, doch noch immer lächelte sie ihn an. Sein Körper bebte noch immer von der unglaublichen Erfahrung, in ihr zu sein, seinen Schwanz in sie zu tauchen. Doch er bereute es, bereute, ihr nicht das gleiche Vergnügen bereitet zu haben, das sie ihm ermöglicht hatte.

Er nahm sich vor, dass er die Kontrolle nicht mehr verlieren würde, bis sie befriedigt war. Ein Mann, der seine Frau nicht befriedigen konnte, hatte alles zu verlieren. Wenn er ihr nicht geben konnte, was sie brauchte, würde sie es irgendwo anders finden – und er würde es nicht zulassen, dass dies geschah.

Er konnte noch immer nicht glauben, dass sie beim Anblick des Fleisches über seinem Glied nicht vor ihm zurückgeschreckt war. Warum war sie so anders als andere Frauen?

Sobald das hier alles vorbei war, würde er ihr eingestehen, was er von ihr wollte: einen Blutbund, einen unwiderruflichen Bund, der stärker als jede Heirat in der menschlichen Welt war. Obwohl er weiterhin menschliches Blut trinken musste, da zumindest ein Vampir in einem Blutbund von außerhalb Nahrung erhalten musste, würde er jedoch einen Teil seines Blutdurstes während dem Sex mit ihr stillen. Zuerst, um den Bund einzugehen, später, um ihn zu erneuern und aufrechtzuerhalten.

Und Maya würde sich weiterhin ausschließlich von ihm ernähren. Der Bund würde ihnen ermöglichen, die Gedanken von einander wahrzunehmen. Sie würden sich gegenseitig spüren können, selbst wenn sie voneinander getrennt waren. Alles, was ihm gehörte, würde dann auch ihr gehören. Und er würde sie nie betrügen. Schon jetzt interessierte ihn keine andere Frau und der Blutbund würde ihre Liebe nur noch stärker machen.

Sie hatte ihm nicht gesagt, dass sie ihn liebte, aber er war sich fast sicher, dass sie das tat – nur eine verliebte Frau wäre in der Lage, über seine Deformität hinwegzusehen und ihm erlauben, sie zu berühren. Und wie sie das hässliche Stück Fleisch liebkost hatte … es war mit solch einer Zärtlichkeit, dass er sich sicher war, dass sie sich nicht ekelte. Sie sorgte sich um ihn, so viel wusste er. Und selbst wenn sie ihn noch nicht liebte, würde er alles in seiner Macht Stehende unternehmen, um sie dazu zu bringen, sich in ihn zu verlieben.

„Bring es mir bei", flüsterte er.

Ein neugieriger Blick breitete sich auf Mayas Gesicht aus. „Bring dir was bei?"

„Dich zu befriedigen. Ich möchte wissen, wie dein Körper funktioniert."

Sie kicherte. „Gabriel, ich glaube, du weißt sehr gut, wie mein Körper funktioniert. Hast du schon vergessen, was du gestern getan hast?"

Er hatte es nicht vergessen – keine Sekunde davon. Aber das war was Anderes. „Das werde ich nie vergessen, glaub mir." Er ließ seine Finger ihren Oberschenkel hoch wandern. Sie öffnete ihre Beine für ihn. „Aber ich möchte, dass du genauso empfindest, wenn ich in dir bin."

Sie war feucht, als er einen Finger in sie gleiten ließ. Daraufhin schlossen sich ihre Lider. „Hmm", summte sie.

Gabriels Handy klingelte. „Verdammt!" Er ließ seinen Finger aus ihrem schmalen Eingang gleiten, streckte seinen Arm nach dem Handy aus und blickte auf die Nummer. Es war eine Nummer, von der er in den vergangenen Tagen schon öfter Anrufe erhalten hatte.

„Tut mir leid, Baby. Da muss ich rangehen." Er bemerkte Mayas enttäuschten Gesichtsausdruck.

Er antwortete: „Francine."

„Hey Vamp ... ähm Gabriel", korrigierte sie sich schnell. „Wir müssen uns treffen."

„Jetzt?" Er ließ seinen Blick über Mayas nackten Körper schweifen.

„Jetzt. Ich habe es rausgefunden. Wenn Sie also wissen möchten, wo Ihnen der Schuh drückt, kommen Sie lieber sofort, bevor ich noch meine Meinung ändere."

Begeisterung durchflutete ihn. Sie wusste, was mit ihm nicht stimmte? „Wo sind Sie?"

„Im Labor." Sie gab ihm eine Adresse in Laurel Heights. Es war nur ein paar Minuten von Samsons Haus entfernt.

„Ich bin gleich da."

Als er den Anruf beendete, blickte er Maya an. Sie schaute weg und äußerte damit ihre Frustration. Wenn er genauer darüber nachdachte, konnte er jetzt tatsächlich sehr viele Dinge über sie wahrnehmen. Nicht so stark, wie es bei einem Blutbund der Fall wäre, doch noch immer eine sehr starke Verbindung. Er fragte sich, ob es daran lag, dass sie sich erst vor kurzem von ihm ernährt hatte und sein Blut die Verbindung herstellte. Oder lag es daran, dass sie Sex gehabt hatten?

„Die Hexe weiß, was mir fehlt und will mich sehen."

Ein leises Seufzen kam von Maya. „Vielleicht fehlt dir gar nichts. Gabriel, mich stört es wirklich nicht."

„Aber mich stört es. Ich will kein Monster mehr sein."

~ ~ ~

„Für mich bist du kein Monster." Sie wollte, dass er blieb, Deformität hin oder her. Sie wusste, dass nicht jede Frau so aufgeschlossen war, besonders nicht die Sterblichen. Doch wenn er diese Deformität entfernen könnte, was würde ihn dann noch davon abhalten, sich eine sterbliche Frau zu suchen? Maya schloss ihre Augen, hasste sich für ihre eigennützigen Gedanken. Wie konnte sie nur in Erwägung ziehen, ihn davon abzuhalten, Heilung zu finden? Hatte sie alles Gute in sich verloren? War sie bereit, alles zu tun, um ihn an sich zu binden und ihn davon abzuhalten, eine andere Partnerin zu finden?

„Was ist los?"

Sie öffnete ihre Augen und blickte in sein verwirrtes Gesicht. Sicher, er hatte ihr gesagt, dass er sie liebte, aber das war in der Hitze des Gefechts. Es zählte nicht. Männer sagten viele Dinge, wenn ihr Schwanz das Kommando übernahm. Vampire unterschieden sich da sicher nicht von Menschen.

„Hör zu, Gabriel. Ich möchte, dass du weißt, dass es in Ordnung ist. Du musst es für mich nicht wegmachen lassen. Mich stört es nicht, ehrlich. Mir wäre es sogar lieber, wenn du deswegen nichts unternehmen würdest."

Ein erstaunter Blick wanderte über sein Gesicht. „Maya", drängte er sie. „Warum gönnst du mir das nicht? Ich dachte, wir haben da etwas Gutes miteinander."

Sie schluckte schwer, doch konnte sie die Worte nicht zurückhalten, die ihr über die Lippen kamen. „Sobald du normal bist, kannst du jede Frau haben, die du haben willst. Du kannst eine menschliche haben und nicht eine unfruchtbare Vampirin wie mich. Dann könntest du Kinder haben."

Gabriel fluchte: „Verdammt, wer hat dir denn das eingeredet?"

Maya wandte ihren Blick ab. Sie hatte ihn verärgert. „Yvette."

„Ich wünschte, Yvette würde ihre große Klappe halten und nicht über Dinge sprechen, von denen sie keine Ahnung hat." Er streifte sich durch sein langes Haar und seufzte. „Gott, Maya. Yvette weiß nicht, was ich will. Will ich ein Kind? Natürlich, aber … ich meine, du …" Er schüttelte den

Kopf. „Das ist eine Unterhaltung, die viel länger als ein paar Minuten dauert. Ich muss dir so viel erklären. Aber ich muss jetzt gehen. Ich verspreche dir, sobald ich zurück bin, sprechen wir darüber. Über dich und mich. Über uns. Gibst du mir so viel Zeit, um vorher die Hexe treffen zu können, bevor wir reden?“

„Okay“, sagte sie schnell. „Geh.“ Sie wollte glauben, dass er sie liebte und sie wollte. Doch er hatte gesagt, er wollte ein Kind. Ein Kind, das sie ihm nie schenken konnte.

Er drückte ihr einen Kuss auf die Lippen, bevor er sich umdrehte. „Ich schicke Yvette her, um dich zu beschützen, solange ich weg bin. Carl ist auch hier. Er kümmert sich um dich, bis Yvette hier ist. Du kannst ihr vertrauen. Abgesehen von den Dingen, die sie erzählt.“

Dann zog er sich schneller an, als sie es je bei einem Mann gesehen hatte und genauso schnell verschwand er auch.

~ ~ ~

Thomas’ Finger flogen über die Tastatur, während er Befehle in den Computer eintippte. Sich in ein System zu hacken, war für ihn schon zur Gewohnheit geworden. Er und Eddie waren zuvor durch die Suche nach Maya unterbrochen worden, doch jetzt war er wieder am Computer und konnte sich endlich in das System des Telefonanbieters hacken. Die Verzögerung hatte sie ziemlich aufgehalten.

„Kannst du mir das beibringen?“, fragte ihn Eddie, der eindeutig zu dicht hinter ihm stand. Während der letzten Wochen hatte Eddies Angewohnheit, an ihm zu kleben, begonnen, an seinen Nerven zu zehren.

Thomas war sich sicher, dass Eddie sich darüber nicht einmal im Klaren war, es schien, als würde er lediglich zu ihm aufblicken. Nachdem Eddie vor ein paar Monaten verwandelt worden war, war Thomas sein Mentor geworden. Der Einfachheit halber hatte er ihm erlaubt, bei ihm einzuziehen.

„Ich gebe dir später einen Crashkurs. Gabriel will die Daten so schnell wie möglich.“

Eine Liste erschien auf dem Bildschirm. „Das sind Mayas Gesprächsnachweise. Gabriel denkt, dass ihr Angreifer sie angerufen hat. Oder sie ihn.“

Eddie streckte seinen Arm über Thomas Schulter und deutete auf den Bildschirm. Sein Duft stieg Thomas in die Nase. „Aber das sind nur Telefonnummern. Wie finden wir heraus, wer diese Leute sind?“

„Ich vergleiche die Nummern mit Telefonbüchern und mit Listen der Mobilfunkanbieter.“ Thomas tippte einen Befehl ein und drückte auf *Enter*. Der Bildschirm leuchtete auf und teilte sich in zwei Hälften. Auf der rechten Seite liefen Namen den Bildschirm entlang, zu schnell, um sie lesen zu können. „Sobald das Programm eine Übereinstimmung findet, fügt es den Namen in die Liste ein.“

„Wow, das ist cool. Aber wie finden wir heraus, welcher der Angreifer ist? Sieht aus, als hatte sie verdammt viele Anrufe.“

Thomas drehte sich zu Eddie um. „Nicht wir. Maya. Sobald die Suche abgeschlossen ist, in etwa einer halben Stunde, werden wir ihr die Liste schicken. Sie soll dann jeden Namen markieren, der ihr unbekannt ist. Da er ihre Erinnerungen gelöscht hat, wird sie auch seinen Namen nicht erkennen. Er wird unter den Leuten sein, die sie nicht wiedererkennt. Dann kommen wir wieder ins Spiel. Wir werden diese Leute dann überprüfen.“

Eddie lächelte und klopfte auf Thomas’ Schulter. „Ausgezeichneter Plan.“

Thomas lächelte müde zurück. Seine anderen Freunde taten das auch: ihn auf den Rücken klopfen, einen freundschaftlichen Schubser auf die Schulter geben. Doch wenn Eddie das tat, fühlte er etwas, dass er sich nicht erlauben durfte. Denn Eddie war hetero und nichts könnte das ändern.

26

Yvette betrachtete die grausame Szene in Paulettes Schlafzimmer. Die blutige Nachricht an der Wand verursachte ihr eine Gänsehaut und der Geruch von getrocknetem Blut stieg ihr in die Nase. Sie blickte zu Ricky, der den Nachttisch durchsuchte.

„Dieser Kerl ist ein Psychopath", verkündete sie.

Ricky blickte nicht auf, als er antwortete. „Wer weiß schon, was er ist?"

„Definitiv verknallt in sie. Genau wie alle anderen auch", grummelte sie. Sie spürte noch immer den Schmerz, wenn sie sich daran erinnerte, wie Gabriel Maya im Krankenhaus geküsst hatte. Sie hatte keinen Zweifel mehr, dass er sie liebte. Nun, sie würde darüber hinwegkommen – wenigstens wäre Gabriel endlich glücklich. Eines Tages würde auch sie den Richtigen finden.

„Besonders Gabriel. Was läuft zwischen den beiden?"

Der abfällige Ton in Rickys Stimme ließ Yvette aufblicken, doch bevor sie antworten konnte, klingelte ihr Telefon. Sie schaute auf die Nummer. „Wenn man vom Teufel spricht."

„Du musst sofort zu Samsons Haus kommen."

„Aber ich bin mit Ricky noch in Paulettes Haus." Und er war derjenige gewesen, der sie vor gerade mal einer Stunde dorthin geschickt hatte.

„Das hier hat Vorrang. Ricky kann alleine weiter machen. Ich brauche dich hier, um Maya zu beschützen. Ich muss für eine Stunde weg. Und ich möchte nicht, dass Carl sie beschützen muss. Er ist dafür nicht ausgebildet."

Wenigstens bedeutete die Anweisung, dass Gabriel ihr noch immer vertraute und ihr Gespräch die Sache geklärt hatte. „Sicher. Ich fahre gleich los."

Sie wollte schon auflegen, als Gabriel anfügte: „Und Yvette, tu mir einen Gefallen und füttere Maya nicht mit Informationsschnipseln was Vampir-Männer mögen und was nicht – ich bin nicht wie jeder andere Vampir und ich möchte nicht, dass Maya einen falschen Eindruck bekommt."

„Ich habe ihr nichts erzählt, das –"

„Du hast ihr erzählt, dass Vampire sich nur mit sterblichen Frauen binden wollen, damit sie Kinder bekommen können."

„Oh, *das*“, gab sie widerwillig zu. Sie hatte es bereits vergessen. Und überhaupt, das war vorher – als sie noch eifersüchtig auf Maya war. Jetzt war das anders.

„Ja, *das*. Bitte?“

Yvette war überrascht, einen sanften Unterton in seiner Stimme wahrzunehmen. Etwas an ihm war anders. Er schien weniger kantig als sonst. „Ich verspreche dir, dass ich in Zukunft meine Klappe halten werde.“

„Danke.“ Ein Klicken sagte ihr, dass er die Verbindung unterbrochen hatte.

Yvette drehte sich um und krachte beinahe mit Ricky zusammen.

„Was ist los?“, fragte er.

„Gabriel hat mich nach Hause beordert, um Maya zu beschützen. Also bist du hier alleine.“

„Ich dachte, er würde sie beschützen.“

„Er muss noch mal weg.“

„Ist Carl nicht auch da?“

„Du weißt genauso gut wie ich, dass er keine Ausbildung als Sicherheitsfachkraft hat. Ihr Angreifer würde spielend mit ihm fertig.“

„Ich wette, er könnte selbst dich außer Gefecht setzen“, merkte Ricky an. „Warum bleibst du nicht hier und ich fahre zum Haus?“

Yvette ging in den Flur, ohne auch nur zu ihm zurückzublicken. „Weil Gabriel mich angerufen hat, nicht dich. Bis später.“

Er folgte ihr. „Komm schon. Sei nicht so kleinlich.“

Ihre Nackenhaare stellten sich auf, als Misstrauen in ihr aufkeimte. Ricky hatte bisher nie Probleme damit gehabt, Befehle zu befolgen. Gabriel hatte sie vor ein paar Tagen gewarnt, dass Ricky zur Zeit etwas gereizt war, aber das hier war geradezu nervig. „Ich sagte Nein. Welchen Teil von Nein verstehst du nicht?“

Der Angriff traf sie ohne Vorwarnung. Seine Klauen gruben sich in ihren Rücken und schleuderten sie gegen die Wand. Als sie dagegen prallte, knackte eine ihrer Rippen und sie spürte den Schmerz, der sie sogleich erfüllte. Sie landete auf ihren Füßen, ihr Körper hinterließ eine Delle in der Trockenbauwand.

Rickys Aggression erwidernd versteifte sich ihr Körper, während ihre Fänge sich gleichzeitig ausfuhren und ihre Finger sich in Klauen verwandelten. Bevor sie sich verteidigen konnte, fuhr er mit seinen Klauen über ihren Bauch. Ihr T-Shirt riss und der metallische Geruch ihres eigenen Blutes überfiel sie.

„Verdammter Bastard!“, fluchte sie und trat ihn mit ihrem rechten Bein, womit sie ihm den Atem raubte. Er taumelte gegen die Tür hinter sich. „Worum geht es hier, verdammt noch mal?“, schrie sie, während sie auf ihn zustürzte.

Aber sie hatte nicht damit gerechnet, dass er bewaffnet war.

Als Ricky eine Kette mit einer Kugel an beiden Enden aus seiner Jackentasche zog, war sie unvorbereitet. Klever und mit Präzision schwang er sie, einen Augenblick später ließ er sie los. Die Kette wickelte sich in Windeseile um ihre Knie und sie verlor das Gleichgewicht.

Erneut krachte Yvette gegen die Wand, ihre Hand schon an der Kette, um sich zu befreien. Sie fauchte vor Schmerzen, als sie das Metall berührte: Silber.

Wie zum Teufel hatte er die Kette werfen können, ohne sich selbst zu verletzen? Sie blickte ihn flüchtig an und sah ihn grinsend winken. Erst jetzt erkannte sie, dass er an der rechten Hand einen fleischfarbenen Handschuh trug. Er musste ihn übergestreift haben, als er ihr aus dem Schlafzimmer gefolgt war.

Als er sich über sie beugte, schlug sie mit ihren Klauen nach ihm, doch er sprang mit übernatürlicher Leichtigkeit aus ihrer Reichweite. Er landete auf ihrer Brust, seine Knie drückten ihre Schultern nach unten, hinderten sie, sich zu bewegen. Er war schwerer als sie und stärker. Yvette ließ ihre Fänge aufblitzen.

Doch er lachte nur. „Du hättest mich zu Samsons Haus gehen lassen sollen, wie ich es dir gesagt habe. Aber nein, du bist ja eine kontrollsüchtige Schlampe, die immer das letzte Wort haben muss. Ich zeige euch Frauen, wer der Boss ist.“

Die Worte sanken tief in sie. Frau*en*, hatte er gesagt. Sofort wusste sie, worum es hier ging. „Maya.“

„Ja, Maya. Ich werde sie mir jetzt holen. Sie gehörte schon immer mir. Und weder du noch Gabriel kann mich länger von ihr fernhalten.“

Yvette erschauderte. Ricky war der Rogue. Die ganze Zeit hatte er sich mitten unter ihnen befunden und keiner hatte ihn verdächtigt.

„Wie hast du es gemacht? Wie bist du uns so lange entkommen?“

Er kicherte vor sich hin, dann starrte er sie eiskalt an. „Zane hatte seine Zweifel, als er mein Alibi überprüfte. Aber nicht mal er ist stark genug, um meiner Gabe zu entkommen.“

Yvette fluchte.

„Ja, schließlich hat sich herausgestellt, dass meine Gabe doch ganz nützlich sein kann. Ihr habt mich immer benutzt, um die Dinge auszugleichen, wenn es ein Problem gab. Ich habe es zugelassen. Aber nun habe ich beschlossen, meine besondere Fähigkeit für meine eigenen Zwecke zu nutzen. Zane glaubt wirklich, dass ich nichts mit dem Überfall zu tun habe. Keiner verdächtigt mich, denn sobald ich ihre Zweifel wahrnehme, klinke ich mich in ihre Gedanken ein und kontrolliere sie. Und *Hokus Pokus*, sie sind weg!“ Er machte eine theatralische Handbewegung.

Er hatte mit ihnen allen gespielt. Und jetzt, da er wusste, dass Maya mit Carl als einzigem Schutz alleine war, würde er sie holen. „Gabriel wird dich schnappen“, drohte sie.

„Bis Gabriel zurückkommt, bin ich längst weg. Zusammen mit Maya. Niemand wird uns je wieder sehen.“

„Verräter!“

„Nenn mich, wie du willst. Es kümmert mich nicht.“ Er steckte eine Hand in seine Jackentasche.

Yvette versteinerte. Er würde sie pfählen. Sie war sich sicher. Ihre Augen weiteten sich. Als er ihren Blick traf, stieß er ein kaltes, emotionsloses Lachen aus.

„Ein Pfahl ist zu gut für dich. Du verdienst es nicht, wie ein Mann zu sterben. Frauen wie du, die mit den Gefühlen von Männern spielen, die uns an der Nase herumführen, uns denken lassen, sie liebten uns und werfen uns dann weg, wie eine heiße Kartoffel, wenn sie genug hatten. Nicht mehr.“

Er schlug sie ins Gesicht, peitschte ihren Kopf zur Seite. Schmerz zog durch ihren Kiefer und ihren Nacken, doch sie wusste, dass seine Worte nicht ihr galten – sie waren für Maya bestimmt. Er war wütend auf sie.

„Nein, du Schlampe wirst in der Sonne verbrennen.“

Er zog eine weitere Kette aus seiner Tasche und wickelte sie um ihr linkes Handgelenk. Das Metall berührte ihre Haut und brachte sie sofort zum Brutzeln, als hätte er Säure auf sie getropft. Der Bastard fesselte sie mit Silber – einem Metall, von dem sie sich nicht befreien konnte.

Schnell nahm er sein Knie von ihrer Schulter und führte ihre Arme zueinander. Er band ihre Hände zusammen, dann sprang er auf, packte sie an den Armen und schleifte sie am Boden entlang ins Wohnzimmer.

„Dafür wirst du bezahlen“, versprach sie ihm.

„Das bezweifle ich sehr. Insbesondere, wenn man bedenkt, dass du in ein paar Stunden zu Staub zerfällst.“

Ricky hob sie hoch und stellte sie auf die Beine. Als sie sich auf gleicher Höhe befanden, spuckte sie ihn an. Alles, was es ihr einbrachte, war ein erneuter Schlag ins Gesicht. Sie spürte den Schmerz kaum.

Ohne viel Aufwand befestigte er ihre Hände an einem Haken über dem Kamin. Sie hing nun einige Zentimeter in der Luft. Dann band er ihre Beine an dem Gitter vor dem Kamin fest und machte sie somit bewegungsunfähig.

Mit einigen großen Schritten ging er zum Fenster und öffnete die Vorhänge. Sobald die Sonne aufging, würde sie sie direkt anstrahlen. Innerhalb von Minuten würde sie verbrennen. Es würde ein schmerzvoller Tod sein, nicht die schnelle Erlösung, die ihr ein Pflock gönnen würde.

In der Hoffnung, ihn aufhalten zu können sagte sie: „Was ist mit Holly geschehen? Bist du hinter Maya her, weil Holly dich verlassen hat?“

Er knurrte. „Niemand hat mich je verlassen. *Ich* habe diese Schlampe verlassen, als ich Maya getroffen habe. Ich habe Maya alles gegeben, habe ihr die Welt versprochen, alles was sie sich nur vorstellen konnte. Und was hat sie getan? Sie wollte nichts davon haben, hat mich abgespeist, als sei ich ein armer Bettler. Bald wird sie *mich* anbetteln.“

Der Gedanke daran, was Maya bevorstand, flößte Yvette Angst ein. Wenn Ricky sie entführte, wäre Gabriel am Boden zerstört. „Dafür wirst du bezahlen.“

Er warf ihr noch einen kurzen Blick zu und zuckte dann mit den Schultern. „Wenn du dich besser fühlst, das zu sagen, nur zu. Aber die Realität ist, dass du mich nicht erwischen wirst. Genieß den Sonnenaufgang. Laut Wetterbericht gibt es morgen früh keinen Nebel.“

Sein böses Lachen hallte durch das Haus, während er nach draußen ging und die Tür mit solcher Wucht hinter sich zuknallte, dass das Türschloss brach und die Tür wieder nach innen aufschwang und halb offen blieb.

27

Ein summendes Geräusch ertönte und Gabriel drückte gegen die Tür. Im Foyer des modernen Geschäftsgebäudes drehte er sich nach links und folgte der Anweisung der Hexe. Während er den sterilen Korridor mit seinen weißen Wänden und dem hellgrünen Linoleumboden entlang ging, schlug sein Herz heftig. Er wollte Maya für sich beanspruchen, doch wollte er es ohne seine Deformität. Obwohl Maya ihm erlaubte, sie zu ficken, war er nicht überzeugt, dass sie wirklich über sein Anhängsel hinwegsehen konnte. Einen Freak zu ficken war eine Sache. Heiraten – einen Blutbund mit solch einem Freak einzugehen – war etwas ganz Anderes.

Er drückte die Tür auf, auf der *Labor 87* stand, und trat in den hell erleuchteten Raum.

„Ich bin hier hinten", begrüßte Francine ihn sofort. Er folgte ihrer Stimme und ging an den Arbeitstischen vorbei, entlang der Waschbecken, Zentrifugen und der großen Kühl- und Gefrierschränke, die den Gang zu dem kleinen Büro säumten. Drinnen fand er die Hexe an einem massiven Schreibtisch sitzend.

Sie blickte auf, als er eintrat und deutete auf den Stuhl ihr gegenüber. „Bitte setzen Sie sich."

Obwohl er eher zappelig war, ließ er sich auf den Stuhl fallen und lehnte sich zurück, um gelassen zu erscheinen. „Sie haben eine Antwort für mich?"

„Tss. Kein Guten Abend, wie geht es Ihnen?"

Er runzelte die Stirn. „Spielen wir noch immer Spielchen?"

„Jetzt freuen Sie sich gefälligst mal; ich habe gute Nachrichten für Sie."

Gabriel beugte sich nach vorne. „Spannen Sie mich nicht auf die Folter. Ich weiß, Sie sehen mich gerne leiden, aber bitte tun Sie mir dieses Mal den Gefallen."

„Sie sollten sich wirklich mal etwas Humor anschaffen, Gabriel. Das Leben ist nicht komplett düster und ohne Spaß."

Er hob eine Augenbraue, zeigte damit an, dass er keine Geduld besaß.

„Schon gut. Dann mal zu den Neuigkeiten. Sie sind kein Vollblut-Vampir. Ihr Bluttest hat bewiesen, dass –"

„Was meinen Sie mit *kein Vollblut-Vampir*? Natürlich bin ich ein Vampir."

„An der Oberfläche, ja. Aber Sie tragen auch andere Gene in sich."

„Und was hat das mit meiner Deformität zu tun?"

Sie grinste. „Sehr viel."

„Und wie können Sie das dann als gute Nachricht auslegen?"

„Sie sind ein Satyr, Gabriel. Und das Ding, das Sie da haben, ist keine Deformität, es ist ein zweiter Penis."

Gabriel sprang von seinem Stuhl auf. „*Was?*"

„Es ist so, wie ich es sage."

„Sie meinen, ich bin so eine Art Bestie – halb Mann, halb Stier?" Er versuchte, sich an die Neuigkeit zu gewöhnen.

„Nein, Sie sprechen von einem Minotaurus. Ein Satyr unterscheidet sich davon. Ein Satyr ist ein mystisches Geschöpf. Ein ganzer Mann, eine sehr sexuelle Kreatur, dessen Bedürfnis nach körperlichen Freuden so ausgeprägt ist, dass er von der Natur mit einem zweiten Geschlechtsteil ausgestattet wurde, um diese Freuden zu gewährleisten", erklärte die Hexe. Ein leichtes Kichern lag in ihrer Stimme.

Gabriel schüttelte den Kopf. „Wenn es stimmt, was Sie sagen, wie erklären Sie sich dann dieses verformte Ding? Es sieht kein bisschen aus wie ein Penis. Und damit soll das Vergnügen verdoppelt werden? So ein Scheiß!" Er drehte sich weg und hörte, wie ihr Stuhl geräuschvoll gegen den Boden kratzte, als sie sich erhob.

„Gabriel, hören Sie mir zu. Es gibt einen Grund, warum es nicht wie ein Penis aussieht." Sie hielt inne. „Noch nicht."

Ihre letzten Worte brachten ihn dazu sich umzudrehen. „Noch nicht?"

Sie nickte. „Der zweite Penis eines Satyrs entwickelt sich nicht sofort."

Gabriel lachte freudlos. War es nicht schockierend genug, dass er eine Art Bestie war?

„Francine, haben Sie eine Ahnung, wie alt ich bin? Ich verrate es Ihnen. Bei meiner Verwandlung war ich 33 und ich bin seit über 150 Jahren ein Vampir. Wissen Sie, wie alt das meinen sogenannten zweiten Penis macht? Er ist wohl ein Spätentwickler. Wollen Sie mir jetzt sagen, dass ich noch mal 150 Jahre warten muss, bis er zu dem wird, was er sein soll?"

Er war also noch immer ein Freak. Nun, immerhin hatte er nun einen Namen dafür: Satyr. Jetzt war er halb Vampir, halb Satyr mit einer Deformität. Und das nannte die Hexe gute Nachrichten?

„Nein, ich glaube nämlich, dass Ihre Transformation schon begonnen hat. Gemäß der Legende erwachen die Gene, die die Umwandlung und das Wachstum des zweiten Geschlechtsteils auslösen, sobald ein Satyr seine

Lebensgefährtin gefunden hat. Hatten Sie mir nicht erzählt, dass Sie bereits eine Veränderung, ein Wachstum, feststellen konnten?“

Er starrte sie an. „Aber es sieht nicht aus wie ein Penis.“

„Weil die endgültige Transformation erst nach dem ersten Geschlechtsverkehr mit ihrer Lebensgefährtin eintritt. Irgendwann in den vierundzwanzig Stunden danach wird es sich in einen voll funktionsfähigen Penis verwandeln – erigiert und alles.“

Gabriel trat einen Schritt zurück. Er hatte vor einer guten Stunde Sex mit Maya gehabt. Konnte es sein, dass sich bereits etwas verändert hatte?

„Was?“, fragte die Hexe.

„Maya und ich, wir –“ Gabriel stoppte sich selbst. Er konnte es ihr nicht sagen. Es war zu persönlich, um es zu offenbaren. Aber es schien, als müsste er sowieso nichts weiter sagen.

„Ah, ich verstehe. Nun, dann ist es nur noch eine Frage der Zeit.“

„Entschuldigen Sie mich einen Moment“, bat Gabriel und drehte sich um. Er knöpfte seine Jeans auf und öffnete den Reißverschluss. Dann zog er seine Boxershorts nach vorne und starrte auf seine Leistengegend. Er traute seinen Augen nicht. „Fuck!“

Francine drängte sich hinter ihn. „Kann ich es sehen?“

Er hob seinen Arm zur Seite um zu verhindern, dass sie um ihn herum ging. „Nein!“ Seine Augen blickten wieder auf die Stelle, wo seine Deformität fast die letzten beiden Jahrhunderte gelebt hatte.

Sie war verschwunden. An derselben Stelle war nur ein wundervoll geformter Schwanz, etwas kürzer und schlanker, als der andere, doch nicht weniger perfekt. Er schob die Haut zurück und enthüllte den violetten Kopf. Das winzige Loch darin zeigte an, dass es ein voll funktionstüchtiges Organ war.

Gabriel ließ den Bund seiner Boxershorts wieder gegen seinen Bauch schnellen und schloss den Reißverschluss, bevor er sich zur Hexe drehte und zum ersten Mal grinste, seit er das Büro betreten hatte. „Wie Sie sagten.“

Sie legte ihre Stirn in Falten. „Sie hätten mich ruhig mal sehen lassen können. Ich habe noch nie einen echten Satyr gesehen.“

„So sehr ich auch Ihre Hilfe schätze, die Antwort lautet nein.“ Die einzige Person, die ihn so sehen durfte, war von nun an Maya. Und natürlich hoffte er, dass sie mochte, was sie zu sehen bekommen würde.

„Es gibt noch etwas, das Sie wissen sollten.“

„Was noch?“

„Normalerweise nimmt ein Satyr einen anderen Satyr als Lebensgefährten, obwohl sie sich auch mit anderen Geschöpfen paaren können. Aber ich glaube, dass Maya auch ein Satyr ist. Das würde eine ganze Menge erklären."

Gabriel erinnerte sich an Mayas Krankenakte. „Sie hat zwei zusätzliche Chromosomenpaare."

„Genau, wie Sie auch. Und dass sie läufig war, könnte eine Reaktion auf Sie gewesen sein. Eine Satyr-Frau wird ein paar Mal im Jahr läufig, doch tritt dieser Zustand häufiger auf, wenn sie von einem Satyr-Mann umgeben wird. Und dann ist da noch die Tatsache, dass sie Ihr Blut trinkt."

Er war überwältigt von den Neuigkeiten, die ihm Francine mitteilte. „Was ist damit?"

„Nun, normalerweise trinken Satyrn kein Blut. Aber da Sie auch halb Vampire sind, ist es wohl normal. Was ich annehme ist, dass Mayas latente Satyr-Gene durch Ihr Blut erweckt wurden, während Sie ihre Umwandlung vollendet haben. Und ihre Gene haben die Ihren als solche erkannt, die sie am Leben erhalten können."

„Bedeutet das, dass sie von mir abhängig ist, und ist das auch der Grund, warum sie kein menschliches Blut trinken kann?"

Francine schüttelte den Kopf. „Sie könnte jederzeit menschliches Blut trinken und davon leben. Aber ihre Satyr-Gene beeinflussen ihren Geschmackssinn. Deshalb verweigert sie es. Ihre Satyr-Gene mögen Ihr Blut, da es ihrem eigenen ähnlich ist. Stört es Sie?"

„Was mich stört ist, dass der einzige Grund, warum Maya mich will, nur ist, dass wir beide Satyrn sind und sie sich von mir ernährt." Er wollte sie noch immer mehr als jede andere Frau auf der Welt, aber hatte *sie* denn eine Wahl?

„Selbst ein Satyr hat einen freien Willen. Ja, sie sind sexueller als andere Kreaturen und sie werden mehr von ihren körperlichen Bedürfnissen bestimmt, doch ihre Herzen sagen ihnen trotzdem, wer gut für sie ist. Keine Sorge. Wenn sie Sie liebt, liegt das nicht daran, dass sie ein Satyr ist, sondern daran, was sie tief in ihrem Herzen fühlt. Und das Gleiche gilt auch für Sie."

Gabriel atmete die Luft aus, von der er sich nicht bewusst war, dass er sie angehalten hatte. Jetzt musste er Maya nur noch alles erzählen und hoffen, dass sie ihn genauso liebte wie er sie.

Er nahm Francines Hände in seine und drückte sie sanft. „Vielen, vielen Dank."

Als er einen Schritt zurück machte und gehen wollte, hielt sie ihn auf: „Vergessen Sie nicht etwas?“

Er starrte sie an. Wovon sprach sie? Sie konnte doch nicht ernsthaft erwarten, dass er sie jetzt umarmen sollte. Als er auf sie zuging und seine Arme öffnete, schüttelte sie den Kopf. „Ihre Gabe. Wir haben vereinbart, dass ich sie benutzen darf.“

Gabriel fiel ein Stein vom Herzen, und er lachte nervös auf. Er hatte ihre Abmachung total vergessen. „Sicher. Natürlich.“ Er hielt inne und blickte um sich. „Wo können wir die Person finden, an der ich meine Gabe benutzen soll?“ Er schielte auf seine Uhr. „Es bleiben kaum mehr drei Stunden bis Sonnenaufgang.“

„*Ich* bin diese Person.“

„Sie?“

„Ich habe etwas sehr Wichtiges verlegt. Sie müssen sich in meine Erinnerungen versetzen und es für mich finden.“

Gabriel entspannte sich aufgrund der Information, dass er seine Kräfte nicht an einer armen, unwissenden Person ausüben musste. „Kein Problem. Wonach suchen Sie? Und wann haben Sie es in etwa verlegt?“ Das war alles, was er wissen musste, um ihre Erinnerungen schnell zu durchsuchen.

„Es handelt sich um einen Talisman, um Böses abzuhalten. Ich muss ihn wieder bekommen.“

„Solange Sie ihn nicht gegen mich verwenden …“, murmelte Gabriel vor sich hin.

„Das habe ich gehört – aber nein, Sie sind nicht das Böse, das ich spüre.“

~ ~ ~

Ein Klopfen an der Tür riss Maya aus ihren Gedanken. Sie hatte sich angezogen, nachdem sie sich geduscht hatte, und überlegte noch immer, wie sie Gabriel dazu bringen konnte, sie zu akzeptieren, wie sie war, auch wenn es bedeutete, dass er nicht haben konnte, was gemäß Yvette alle männlichen Vampire wollten.

„Herein.“

Die Tür öffnete sich und Carl erschien mit einem Stapel Papieren in der Hand. Sie hatte ihn bereits gespürt. Abgesehen von seiner formellen Kleidung hatte er doch etwas Gemütliches an sich.

„Thomas hat das für Sie geschickt – die Gesprächsnachweise.“ Carl überreichte ihr die Papiere.

„Danke, Carl. Es ist sehr nett von Ihnen, dass Sie sie mir bringen.“

„Sollten Sie noch etwas brauchen, rufen Sie bitte nach mir.“

Maya lächelte, als er den Raum verließ. Sie blätterte durch die Papiere. Es waren mindestens dreißig Seiten oder sogar vierzig. Hatte sie in den letzten sechs Wochen wirklich so viel telefoniert? In den letzten paar Tagen hatte sie kein einziges Mal telefoniert. Das erinnerte sie an etwas – sie hatte nicht einmal ihre Eltern angerufen.

Aber jetzt konnte sie es auch nicht tun. Es war kurz nach vier Uhr morgens und überhaupt wusste sie noch immer nicht, was sie ihnen erzählen sollte.

Mit einem Seufzer beugte sie sich über ihre Gesprächsnachweise. Jede Reihe hatte eine Telefonnummer, ein Datum und einen Namen. Sie begann, die Namen durchzugehen und erkannte darunter viele ihrer Patienten wieder, außerdem Kollegen und die Nummer der Klinik. Die Nummer ihrer Eltern erschien oft, genau wie die Handynummern von Paulette und Barbara. Dann noch einige ihrer Bekannten, die Nummer der Pizzeria und die vom Inder um die Ecke, wo sie oft Abendessen bestellte. Auch ihre Bank war auf der Liste und die Nummer ihres Zahnarztes.

Sie ging Seite für Seite durch. Als sie schon den halben Stapel durchgesehen hatte und sie noch immer keinen ihr unbekannten Namen entdeckt hatte, hörte sie, wie sich die Eingangstür öffnete. Maya blickte zur Uhr über dem Kaminsims. Endlich. Gabriel wäre bestimmt sauer, wenn er herausfinden würde, wie lange es gedauert hatte, bis Yvette gekommen war. Nun, Maya würde sie nicht verpetzen.

Während sie die Liste weiter durchsah, hörte sie Carls Stimme. „Ich habe dich nicht hier erwartet, Ricky.“

Ricky? Sie war sich sicher, dass Gabriel Yvette ins Haus bestellt hatte. Maya spitzte die Ohren, um die Unterhaltung mitzubekommen. Ihr empfindliches Gehör fing jedes einzelne Wort ein.

„Du weißt ja, wie Frauen so sind. Yvette kommt nicht so gut mit Maya zurecht, also hat sie mich gebeten, das für sie zu übernehmen“, war Rickys Antwort.

Maya setzte sich auf, Unbehagen erfüllte sie. Sie verstand sich gut mit Yvette, besonders, seit diese sie im Krankenhaus beschützt hatte. Warum sollte sie plötzlich etwas Gegenteiliges behaupten?

Sie schüttelte ungläubig ihren Kopf und blickte wieder auf den Stapel Papiere. Sie hatte die andere Vampirin eindeutig falsch eingeschätzt, gerade als sie dachte, sie hätte eine Freundin gefunden, der sie vertrauen konnte.

Ihre Augen folgten den Reihen von Namen. Wie auf Autopilot las sie sie: Bill Shaw – ein Patient; Martha Myers – eine Patientin; Richard O'Leary –

Ricky –

Mit einem erstickten Aufschrei fielen ihr die Papiere aus der Hand und flatterten auf den Boden.

28

Ricky grinste Carl gleichgültig an, während ihm die Lüge so leicht wie frisches Blut über die Lippen kam. Der Butler nickte langsam. „Ich verstehe. Ich werde Gabriel telefonisch über die Planänderung informieren."

„Ich würde ihn nicht stören. Ich bin sicher, er hat momentan genug um die Ohren." Ricky versuchte, entspannt zu klingen, um Carl nicht misstrauisch zu machen. Er konnte Gabriel jetzt nicht hier gebrauchen, wo er so nahe an seinem Ziel war.

„Er hat strikte Anordnungen gegeben." Carl griff in seine Tasche und zog sein Handy heraus. „Es wird nur eine Minute dauern."

Ricky ließ sein entspanntes Lächeln nicht verschwinden, nicht einmal als seine Hand in die Innentasche seiner Jacke glitt – zu dem Holzpflock, den er immer für Notfälle bei sich trug. Dies war ein Notfall. „Oh, bevor ich es vergesse", unterbrach er Carl, bevor dieser Gabriels Nummer wählen konnte.

Der Butler blickte ihn erwartungsvoll an. „Ja?"

Mit einer gezielten Bewegung zog Ricky den Pflock heraus und schlug ihn in Carls Herz. „Habe ich erwähnt, dass ich es hasse, wenn man mir nicht gehorcht?"

Vor seinen Augen verwandelte sich Carls Körper in Staub. Sein Handy und ein paar Münzen fielen mit einem Klirren auf den Holzfußboden. Als die feine ascheähnliche Substanz sich auf dem Boden sammelte, steckte Ricky den Pflock zurück in seine Jackentasche und wich einen Schritt zurück und klopfte den Staub von seiner Kleidung.

Carl loszuwerden gestaltete sich einfacher, als er erwartet hatte. Gabriel hatte recht gehabt, jemanden zu rufen, der Maya beschützen konnte – dieser Jemand war jetzt hier. Er würde sich von nun an um Maya kümmern, so, wie es schon immer vorgesehen war.

Ricky atmete tief durch. Ein berauschender Duft stieg ihm in die Nase. Er blickte die Treppe hoch. Sie war oben im ersten Stock, vermutlich im Gästezimmer. Wie lange hatte er auf diesen Moment gewartet? Endlich würde er seine Belohnung bekommen.

~ ~ ~

Der Videoüberwachungsraum war ein fensterloser Raum im Keller des Krankenhauses. Amaury schaute auf den Sicherheitsbeamten, der gegen die Wand gelehnt am Boden saß und ins Leere starrte. Zane hatte Gedankenkontrolle angewandt, um ihn in diesen katatonischen Zustand zu versetzen, in dem er weder sehen noch hören konnte.

Zane und er waren schon durch einige Videobänder gegangen, um zu sehen, wer die Ärztin angegriffen und getötet hatte. Bis jetzt hatten sie noch nichts gefunden. Es schien, als wüsste der Angreifer, wie er die Kameras umgehen konnte. Amaury seufzte. „Das ist frustrierend."

„Frustrierend, aber doch aufschlussreich", antwortete Zane.

„Wie meinst du das?"

„Was Gabriel betrifft, war das eine ziemlich deutliche Bestätigung seiner Gefühle."

Amaury grinste seinen langjährigen Freund schief von der Seite an. „Sieht so aus, als hätte es ihn ziemlich erwischt."

„Sie hat aber auch eine gehörige Portion Feuer in sich."

„So sieht es aus. Obwohl ich mir sicher bin, dass Nina noch wilder ist als Maya." Seine eigene Gefährtin war wie die Hölle auf Erden und genauso mochte er sie am liebsten.

„Wie hältst du es nur mit ihr aus? Wenn ich es nicht besser wüsste, würde ich sagen, du bist ein Heiliger."

„Sie ist genau das, was ich brauche."

„Noch immer berauscht von den Flitterwochen?"

„Ich plane, diese niemals enden zu lassen. Lass uns jetzt dafür sorgen, dass Gabriel auch in den Genuss kommt." Amaury deutete auf den Bildschirm und ließ das Band schneller laufen.

Auf dem Monitor war der Haupteingang der Klinik zu sehen. „Da kommt Ricky." Zane nickte. Einige Minuten verstrichen, doch niemand benutzte den Eingang. Dann ging eine Frau mit einem kleinen Kind durch die Eingangstüre. Sie blieb am Informationsschalter stehen. Es vergingen erneut einige Minuten.

„Da. Samsons R8 biegt gerade in die Einfahrt ein", bemerkte Zane. Im nächsten Moment rannte Maya ins Krankenhaus und einen Korridor entlang, der außerhalb der Reichweite der Kamera war.

Amaury spulte durch die Aufnahme, bis Gabriel und Yvette endlich die Klinik betraten. Kurz danach kam Zane selbst an. Ansonsten passierte nichts. Amaury hielt das Videoband an.

„Ich habe weder dich noch Thomas reinkommen sehen“, bemerkte Zane.

„Ich bin durch den Seiteneingang gekommen, neben dem ich geparkt habe. Thomas hat das vermutlich auch getan. Er kennt sich hier gut aus und ist wahrscheinlich durch den Hintereingang gekommen – es ist eine Abkürzung von seinem Haus aus.“

„Also sind alle hier. Erst Ricky, dann Maya, dann –“

Amaury legte seine Hand auf Zanes Arm. „Warte. Mist! Ricky war der Erste? Warum war er vor Maya da?“

Sein Freund starrte ihn an. „Lass uns das Band zurückspulen.“

Sie fanden den genauen Zeitpunkt, wann Ricky die Klinik betreten hatte und stoppten den Film. Am unteren Bildrand stand die Uhrzeit: 00:49 Uhr.

„Das bedeutet lieber nicht das, was ich gerade annehme“, fluchte Zane. „Ich hatte meine Zweifel an Ricky, doch dachte, es läge an meinem üblichen Misstrauen, da ich Ricky und seine überfröhliche Einstellung nicht besonders gut leiden kann. Seine Gabe! Er muss sie an uns angewandt haben. Ich glaube, er hat uns alle getäuscht.“

„Es gibt nur einen Weg, das rauszufinden.“ Amaury schnappte sich das Telefon, das auf dem Schreibtisch lag, und tippte ein paar Nummern ein.

~ ~ ~

Gabriel zog seinen Fokus von der Hexe ab und öffnete seine Augen. „Ich habe Ihre Erinnerung, wo sie den Talisman versteckt haben, wiederhergestellt. Können Sie sich jetzt erinnern?“

Sie nickte. „Vielen Dank. Habe ich Ihr Wort, dass Sie sich nicht dorthin begeben werden, um den Talisman selbst zu erlangen?“

„Ich habe kein Interesse an einem Talisman, egal, wie mächtig er ist. Alles, was ich möchte, ist –“ Das Klingeln seines Handys unterbrach ihn. „Entschuldigen Sie mich.“

Er blickte auf die Nummer mit Vorwahl aus San Francisco, erkannte sie aber nicht. „Ja?“

„Hier ist Amaury.“

Endlich rief er ihn zurück. Sofort spannte sich sein gesamter Körper an. „Gibt es Neuigkeiten?“

„Ich fürchte ja. Sag mal, wann hast du Ricky angerufen, um ihn ins Krankenhaus zu bestellen?“

„Als ich feststellte, dass Maya nicht in ihrer Wohnung war.“

„Nein, ich meine zu welcher Uhrzeit? Überprüf deine Anrufliste.“ Etwas in Amaurys Stimme ließ ihn genau dies tun, ohne weiter nachzufragen.

„Warte kurz.“ Er entfernte das Telefon von seinem Ohr und drückte die Menü-Taste. Dann rief er seine Anrufliste ab. Neben Rickys Namen stand die Uhrzeit. „Ich habe ihn um 1:03 Uhr angerufen, warum?“

„Was hat er gesagt, als du ihn angerufen hast? Wo war er gerade?“

„Hat er nicht gesagt. Er hat nur gesagt, er würde kommen. Warum fragst du?“

Er hörte, wie Amaury ruckartig ausatmete. „Ricky war schon im Krankenhaus, als du ihn angerufen hast. Er war schon vor Maya da.“

Gabriels Herzschlag wurde schlagartig schneller. „Verdammt! Ricky hat auch kein Alibi für die Nacht, in der Maya überfallen wurde.“

„Ich weiß. Zane hat es mir gerade erzählt – und er hat auch gesagt, dass er Zweifel an Rickys Glaubwürdigkeit hatte, die aber irgendwie verschwanden.“

„Rickys Gabe!“

Amaury grunzte. „Er hat uns verarscht! Du lässt Maya besser nicht aus den Augen.“

Gabriels Körper erfüllte sich mit Angst um seine Frau. „Amaury, ich bin gerade nicht bei Maya. Sie ist mit Carl im Haus. Ich habe Yvette angerufen, sie sollte sie beschützen. Wir müssen sie vor Ricky warnen. Ich rufe Maya und Carl an. Versuch du Yvette zu erreichen. Und dann schicke noch alle verfügbaren Bodyguards zum Haus. Gib eine Suchmeldung nach Ricky raus. Fangt bei Paulettes Haus in Midtown Terrace an – wenn wir Glück haben, ist er noch immer dort.“

Er rannte aus dem Labor, ohne auch nur zur Hexe zurückzublicken, und wählte die Nummer von Samsons Festnetzanschluss. Eine Ansage ertönte. *„Der gewünschte Anschluss ist außer Betrieb …“*

29

Maya nahm das schnurlose Telefon, das neben dem Bett lag, drückte den Anruf-Knopf und wartete auf das Freizeichen. Sie hielt das Telefon an ihr Ohr, um sich zu versichern, doch ihre Vermutung stimmte: Die Leitung war tot. Ricky hatte die Telefonleitung des Hauses durchtrennt.

Sie warf den nutzlosen Hörer aufs Bett und drehte sich um. In Rekordzeit scannten ihre Augen den Raum – die Vampir-Geschwindigkeit kam ihr jetzt gerade recht. Ihr Blick blieb auf ihrer Handtasche liegen. Zwei große Schritte und Maya war da und zog mit der nächsten Bewegung ihr Handy aus der Seitentasche. Sie drückte ein paar Sekunden auf den *on* Knopf. Als sie Schritte von der Treppe kommen hörte, schlug ihr Herz bis in den Hals.

Er kam, um sie zu holen.

Maya betete leise, dass ihrem Akku in den letzten Tagen, in denen sie ihr Telefon nicht benutzt hatte, die Energie nicht ausgegangen war. Sie war erleichtert, als das Display zu leuchten begann. Gut. Noch ein paar Sekunden und das Handy wäre betriebsbereit. Dann starrte sie auf das kleine Gerät. Das konnte jetzt nicht wahr sein, nicht, wenn sie das Telefon so dringend brauchte. *Kein Signal* stand da!

Das Geräusch der sich öffnenden Tür ließ sie ihren Kopf heben und dann sah sie ihn. Ricky stand da, die Tür schwang hinter ihm zu.

„Ich habe dein Handy abgemeldet", sagte er mit stärkerem irischen Akzent als sonst. „Warum sollten wir auch Geld verschwenden, wenn du dort, wo wir hingehen nicht mehr telefonieren wirst."

Maya war wie gelähmt. Ihr Verstand arbeitete wie verrückt, um ihre Chancen, an ihm vorbeizukommen, zu analysieren. Doch er versperrte die Tür. Ihre Chancen standen schlecht. Ihre Haut kribbelte unangenehm, und ihr wurde klar, dass es das gleiche Gefühl war, das sie auch schon im Krankenhaus hatte und als sie Ricky das erste Mal unten in der Küche getroffen hatte. Zu dem Zeitpunkt hatte sie dieses Gefühl ihrer Krankheit zugeschrieben, dem aufkommenden Fieber. Wenn sie gesund gewesen wäre, dann hätte sie das Gefühl von Angst mit Ricky in Verbindung bringen können.

Jetzt war es zu spät.

„Ich möchte, dass du gehst“, sagte sie so ruhig, wie sie nur konnte. „Yvette wird bald hier sein.“ Trotz ihrer Vorahnung musste sie versuchen, ihn von dem abzuhalten, was er plante.

„Ich fürchte, Yvette ist momentan etwas angebunden.“ Er lachte über seinen schlechten Witz.

„Ist sie tot?“

„Sie wird es bald sein. Aber was kümmern uns andere Leute? Lass uns über uns sprechen.“

Gabriel würde bald zurückkommen. Obwohl sie nicht mit Ricky sprechen wollte, wusste sie, dass sie ihn hinhalten musste, ihn reden lassen, aber nicht über sie. „Was hast du Yvette angetan?“

Er ignorierte ihre Frage. „Du hast mich zuerst gemocht. Das weiß ich. Wusstest du, dass ich mich für dich von meiner Freundin getrennt habe? Und was habe ich zum Dank bekommen?“

„Ich bin mir sicher, dass ich dich nicht darum gebeten habe. Ich habe mir noch nie etwas aus Männern gemacht, die vergeben sind.“ Und ganz sicher wäre sie nicht hinter ihm her gewesen – nur ihn anzusehen ließ ihre Haut widerlich prickeln.

„Wir haben uns in der Nacht getroffen, als du mit deinem Auto eine Panne hattest. Ich habe dir bei der Reparatur geholfen. Du warst dankbar, sehr dankbar“, deutete er an.

Sie glaubte ihm nicht. Nein, sie hätte ihm nie erlaubt, sie anzufassen. „Nein.“

„Oh doch. Soll ich dir noch mehr darüber erzählen, wie es zwischen uns war?“

Abscheu keimte in ihrer Magengegend auf und siedelte sich auf ihrem Solarplexus an. „Es gibt kein *uns*. Es gab nie eins. Und es wir nie eins geben.“

Obwohl sie sich noch immer an nichts erinnern konnte, wusste sie instinktiv, dass sie nie mit Ricky geschlafen hatte. So viel sagte ihr Körper, der auf seine Anwesenheit mit Ekel reagierte.

„Schau, da irrst du dich.“ Er kam ein paar Schritte näher.

„Gabriel wird dich umbringen, wenn du mir auch nur ein Haar krümmst“, warnte sie und wich einen Schritt zurück.

„Wir werden längst weg sein, bis Gabriel mir auf die Schliche kommt.“ Er zog ein kleines Gerät aus der Tasche und hielt es hoch, sodass sie es sehen konnte. Sie schaute das Ding an und erkannte es als ein iPhone mit einer Landkarte. In der Mitte leuchtete ein roter Punkt. „Ich weiß genau, wo er gerade ist, also sorge dich nicht um Gabriel.“

Sie fluchte. „Mistkerl!"

„Na, na. Nennt man so seinen Liebhaber?"

Das kranke Grinsen, das seinen Mund umspielte, verursachte ihr Übelkeit. Er würde niemals ihr Liebhaber sein. Bevor sie ihm erlaubte, sie anzufassen, brachte sie sich lieber um.

„Du kannst nicht ernsthaft glauben, dass ich dich jemals als meinen Liebhaber akzeptiere."

„Wie ich das sehe, hast du keine Wahl, da du bald gefesselt sein wirst. Und dann werde ich mir nehmen, was ich will, so oft ich will und wie ich will. Es ist deine eigene Schuld. Es hätte anders zwischen uns laufen können. Aber nein, du musstest mich scharf machen, dafür sorgen, dass ich dich wollte und mich dann einfach stehen lassen, als wäre ich ein Niemand. Großzügig wie ich bin, gab ich dir sogar eine zweite Chance. Wir haben noch einmal von vorne angefangen. Und du, miese Schlampe, hast noch mal genau das Gleiche abgezogen. Es gibt Tage, an denen ich meine Gabe wirklich liebe." Dann knurrte er.

„Und es gibt Tage, an denen ich ihre Grenzen erkenne. Jetzt, wo deine Zweifel an mir dummerweise bestätigt sind, kann ich sie nicht mehr verschleiern und auch deine Erinnerungen kann ich nicht löschen. Es war leichter, als du noch menschlich warst, wenigstens konnte ich da noch reinen Tisch machen. Aber du hast mir keine Wahl gelassen."

Das Wüten in seinem Gesicht ließ ihn hässlich wirken. Sie konnte buchstäblich die Abscheulichkeit in ihm sehen, das Böse, das in ihm wohnte. Ihre Haut kribbelte aufgrund der schlechten Schwingungen, die sein Körper ausstrahlte. Sie spürte es noch deutlicher, jetzt wo er nur noch ein paar Schritte von ihr entfernt stand. Die kleinen Härchen auf ihren Armen stellten sich auf, als würden sie sich für einen Angriff bereit machen. Und sie wusste, dass er sie angreifen würde. Alles, was sie tun konnte, war, ihn abzulenken bis Hilfe kam.

Die Stille im Erdgeschoss ließ sie vermuten, dass Carl ihr nicht helfen konnte. Maya befürchtete das Schlimmste für den liebenswerten Butler, der sie immer mit dem größten Respekt behandelt hatte. „Was hast du mit Carl gemacht?"

Sein mieses Grinsen bestätigte ihre schlimmsten Vermutungen. „Asche zu Asche, Staub zu Staub."

Maya schluckte schwer. Sie war allein mit ihm. Yvette, die einzige Person, die wusste, dass sie allein war, war irgendwo gefesselt. Carl war tot und Gabriel war bei der Hexe. Ricky würde sofort wissen, wann Gabriel sich dem Haus näherte, also könnte er ihr wohl auch nicht helfen.

Sie war auf sich selbst gestellt. Alleine mit einem Verrückten – nein, machen wir daraus einen verrückten Vampir. Einen gewöhnlichen Verrückten könnte sie mit ihren neuen Vampir-Kräften besiegen. Aber wenn sie Ricky mit seiner kräftigen Statur so betrachtete, hätte sie ihr letztes Gehalt verwettet, dass er sie leicht überwältigen konnte.

Maya ließ ihre Augen im Raum umherwandern, versuchte, etwas zu finden, das sie zu ihrem Vorteil verwenden konnte.

„Was hast du versucht zu erreichen, als du mich in einen Vampir verwandelt hast?“ Sie musste dafür sorgen, dass er weiter redete, bis sie einen Weg gefunden hatte, ihm zu entfliehen.

„Deine unsterbliche Liebe und Hingabe natürlich“, spottete er. „Aber ich werde mich auch mit deinem Körper und deinen permanent gespreizten Beinen zufriedengeben.“

„Du bist wirklich krank. Glaubst du ernsthaft, ich mache die Beine für dich breit?“

„Du hast es für Gabriel getan“, schoss er mit hasserfüllter Stimme zurück. „Was hat er, was ich nicht habe? Sein Aussehen kann es ja wohl nicht sein. Und ein Charmeur ist er auch nicht. Ich bin genauso wohlhabend wie er. Und ich sehe bei Weitem besser aus als er. Ist es, weil er dich sein Blut trinken lässt?“

Maya zog einen schockierten Atemzug ein. Sie hatte keine Ahnung, dass er davon wusste.

„Tu nicht so überrascht. Glaubst du wirklich, dass ich nicht weiß, was hier vor sich geht? Ich kann ihn an dir riechen. Du stinkst förmlich nach ihm. Aber keine Sorge, ein paar Tage bei mir und sein Gestank wird verflogen sein. Dafür werde ich sorgen, selbst wenn es bedeutet, dass ich dir dein gesamtes Blut aussaugen muss, um es dann mit meinem zu ersetzen.“

„Das wagst du nicht!“

Er sprang und stand jetzt nur Zentimeter vor ihr. Sein Atem geisterte über ihr Gesicht und Zorn keimte in ihr auf.

„Ach ja?“

„Er wird dich umbringen.“ Sie wusste, dass Gabriel das tun würde – ob sie selbst dann noch lebte, wusste sie nicht. Aber sie war sich sicher, dass Gabriel nicht nachlassen würde, bis Ricky tot war.

„Er wird uns niemals finden. Bis er erst mal herausfindet, dass du weg bist, werden wir längst das Land verlassen haben. Und dann werden wir unser neues, gemeinsames Leben beginnen. Genau, wie wir es getan hätten, wenn diese Idioten uns nicht unterbrochen hätten, als ich dich verwandelt habe. Du wärst in meinen Armen aufgewacht und hättest mich als deinen Retter gesehen. Aber das werde ich korrigieren. Du wirst mir gehören. Und nichts in dieser Welt wird mich daran hindern, dich zu meinem zu machen. Vergiss das nie."

Die Drohung hing im Raum, vergiftete die Atmosphäre um sie herum. Sie wusste nur zu gut, wie ernst es ihm war. Selbst eine Vergewaltigung war für ihn denkbar. Sie konnte den Wahnsinn in seinen Augen sehen. Nein, er würde vor nichts zurückschrecken.

Deshalb musste *sie ihn* stoppen.

Entschlossenheit erfüllte sie und ihre Gedanken sortierten sich, schoben alles beiseite außer dem Ziel, ihm zu entkommen. Genau wie sie an ein aufkeimendes Problem während ihrer Forschungsarbeit herangegangen wäre, durchdachte sie ihre Optionen und prüfte diese auf ihre Erfolgschancen. In ihren Gedanken ging sie Szenario für Szenario durch, ihr Herz schlug schnell, um ihr Gehirn mit ausreichend Sauerstoff zu versorgen.

Der Schweiß sammelte sich über ihren Augenbrauen, doch sie ignorierte ihn. Wenn er dachte, sie hätte Angst, würde ihr das nur zu Gute kommen. Sie befand sich jenseits von Angst – sie war im Überlebens-Modus, Instinkt und Logik waren ihre besten Freunde. Das Wissen, dass Ricky ihre beiden besten Freundinnen getötet hatte, verstärkte ihre Entschlossenheit noch zusätzlich.

„Du hast meine Freunde umgebracht."

„Nutzlose Menschen. Sie wussten zu viel. Du hast mit ihnen über mich getratscht. Ihr Blut klebt an deinen Händen."

Maya schob das Schuldgefühl beiseite. Ricky war der Täter, und sie würde nicht in seine Falle tappen. Er war der Böse, und sie würde dafür sorgen, dass er für seine Taten geradestehen musste. „Du wirst dafür bezahlen."

Er lachte nur auf ihre Drohung hin. Dann wurde er wieder ernst und packte sie an den Armen. „Ich würde gerne sehen, wie du das anstellen willst, aber später. Wir müssen los. Jetzt!"

Sie hörte den leisen Piepton, der von dem iPhone aus Rickys Tasche kam und wusste, dass Gabriel unterwegs war. Und Ricky wusste es auch. Sie konnte ihn nicht länger hinhalten. Maya drückte gegen ihn und versuchte, sich aus seinem Griff zu befreien, doch er verstärkte daraufhin den Druck auf ihre Handgelenke. Er würde sie brechen, wenn sie sich weiter gegen ihn wehrte.

„Ich bin stärker als du", meinte er hämisch.

Das wusste sie bereits. Doch sie war klüger. Ihr Blick schweifte zum Kamin, wo ein Schürhaken hing. Sie konzentrierte sich auf den langen Metallstiel mit seinen zwei scharfen Spitzen. Dann bündelte sie all ihre Schmerzen und den Hass auf Ricky und richtete sie an den Schürhaken, mit der Absicht, ihn zu bewegen. Doch er rührte sich nicht. Ihre Stirn legte sich automatisch in Falten, als sie sich erneut konzentrierte. Es musste ihr gelingen. Mit Thomas in der Bar hatte es doch auch funktioniert. Sie wusste, dass sie es konnte, wenn sie sich doch nur stark genug konzentrieren könnte.

Ricky zerrte an ihrem Arm. „Beweg dich!"

Maya gehorchte nicht und blieb bewegungslos.

Ein Anfall von Zorn überspülte sein Gesicht, bevor sich ein boshaftes Grinsen darauf niederließ. „Gut, wie gefällt dir dann das hier?"

Bevor sie wusste, was er vorhatte, presste er schon seine Lippen auf ihren Mund. Übelkeit überkam sie, und Wut keimte in ihr auf. Sie verkrampfte ihren Kiefer und presste ihre Lippen zusammen, während sie versuchte, ihn von sich zu stoßen. Doch selbst ihre Vampir-Kräfte halfen ihr nicht.

Verzweiflung und Hass vermischten sich in ihrem Kopf, während die Abscheu, die sie für ihn empfand, Übelkeit in ihr hervorrief. Als er sie an sich zog und seine Hüften an ihre presste, war es, als hätte er einen Schalter in ihrem Gehirn umgelegt. Plötzlich erinnerte sie sich an ihn.

Vier Wochen lang hatte er sie verfolgt. Erst hatte er sie mit Geschenken und teuren Abendessen überschüttet, dann mit Drohungen. Sie hatte es sofort gesehen, die Tatsache, dass er besessen war. Und es hatte ihr Angst eingejagt. Sie erinnerte sich an die eine Nacht, als er in die Klinik gekommen war und sie fast vergewaltigt hätte. Wenn der bewusstlose Patient, der am Monitor angeschlossen war nicht plötzlich einen Herzstillstand gehabt hätte, was die Alarmstufe Blau ausgelöst hatte, hätte er es getan.

Stattdessen hatte er in dem Moment ihre Erinnerungen gelöscht. Doch jetzt waren sie zurück und sie würde ihn jetzt nicht gewinnen lassen. Er würde sie nie wieder anfassen.

Sie konzentrierte sich stärker, erinnerte sich an den Schürhaken am Kamin. Ihre gesamte Energie bündelte sich auf diesen einen Gegenstand. Ihr Körper spannte sich aufgrund der Anstrengung an.

Mit einem überraschten Grunzen ließ Ricky sie plötzlich los und schreckte von ihr zurück. Sein Gesicht war schmerzverzerrt und ungläubig, als er sich drehte und auf seine Flanke blickte. Maya folgte seinem Blick und sah den Schürhaken, der in seiner Seite steckte. Blut tropfte auf den Boden.

„Du Schlampe!“

Sie wusste, dass es ihn nicht umbringen würde. Doch immerhin gab es ihr ein wenig Zeit.

Maya stürzte aus dem Gästezimmer und die Treppen hinunter. Sie riss die Haustür auf und rannte in die Nacht. Ihre Augen schossen nach links und rechts, sie wusste nicht recht, welche Richtung sie einschlagen sollte. Sie ließ ihren Instinkt bestimmen und rannte nach Westen, zu dem Teil der Stadt, in dem sie sich am besten auskannte.

An der nächsten Ampel entdeckte sie einen Tieflader, der Kartonagen geladen hatte. Sie kletterte auf die Ladefläche und versteckte sich hinter der Ladung, während sie sich vergewisserte, dass der Fahrer sie nicht bemerkte. Als die Ampel auf grün schaltete, setzte sich der Lastwagen in Bewegung.

30

Gabriel sprang aus dem Auto, seine langen Beine überbrückten die Distanz zu Samsons Haustür. Licht flutete auf die Treppe. Die Tür stand weit offen. Kein gutes Zeichen.

Die Panik, die ihn schon zuvor gepackt hatte, verstärkte sich beim Anblick des leeren Eingangsbereichs und der Stille im Haus nur noch mehr. Sofort erblickte er den feinen Staub und das Handy, das am Boden lag, zusammen mit ein paar Münzen und einem Ring – Carls Ring. Oh Gott, nein! Ricky war bereits hier gewesen.

Die Trauer um seinen Freund und Samsons treuen Diener verursachten ihm weiche Knie. Doch er konnte jetzt nicht – durfte nicht – schwach werden. Nicht wenn Maya … „Maya! Maya!", rief er, obwohl er keine Antwort erwartete. Er wusste, was er vorfinden würde.

Drei Stufen auf einmal nehmend, rannte er die Treppe hinauf und stürzte ins Gästezimmer. Der Geruch von Blut stieg ihm sofort in die Nase. Er erblickte den Schürhaken, der auf dem Läufer lag, seine Spitze blutverschmiert.

Gabriel inhalierte, und für einen Moment war er erleichtert. Es war nicht Mayas Blut. Sie hatte ihn bekämpft. Stolz erfüllte ihn, was sofort von Angst ersetzt wurde. Ihm wurde klar, dass das Blut von Ricky stammte. War er tot, oder hatte sie ihn nur ein wenig verletzt, bevor er sie überwältigen und entführen hatte können? Es gab keinen Vampirstaub am Boden, also musste er annehmen, dass beide noch am Leben waren.

Er starrte auf den blutverschmierten Schürhaken und schloss für einen Augenblick seine Augen, um seine Kraft zu sammeln. Er konnte sie nicht verlieren, nicht jetzt, wo er gerade erst einen Weg gefunden hatte, wie sie zusammen sein konnten.

Noch bevor er sich umdrehen konnte, um den Raum zu verlassen und nach ihr zu suchen, spürte er ein Stechen im Kopf. Einen Sekundenbruchteil später sah er die Szene vor sich, die sich nur Minuten zuvor in diesem Zimmer abgespielt hatte. Er war in Mayas Erinnerungen eingedrungen. Wie er das geschafft hatte, wusste er nicht. So etwas war ihm noch nie zuvor passiert. Er hatte noch nie in die Erinnerungen eines Anderen eintauchen können, wenn er dieser Person nicht körperlich nahe war. Vielleicht war seine Verbindung zu Maya so stark, dass er nicht in ihrer Nähe sein musste, um in ihre Erinnerungen einzudringen.

Gabriel konzentrierte sich und sah mit an, wie Ricky sie brutal küsste. Er sah, wie sie ihre neuen Fähigkeiten nutzte, um ihn außer Gefecht zu setzen und ihm zu entfliehen. Als sie aus der Tür rannte, sah er alles mit ihren Augen einschließlich der Straßen, die sie entlang lief und dem LKW, auf den sie sprang.

Seine Beine trugen ihn ins Erdgeschoss und nach draußen. Er ließ die Haustür hinter sich ins Schloss fallen und eilte zum Audi. Während er sich mit einem Auge auf den Verkehr konzentrierte, hielt er mit dem anderen die Verbindung zu Mayas Erinnerungen aufrecht. Er erkannte die Straßen und Häuser wieder, an denen sie vorbeigelaufen war, bis sie auf den Lastwagen aufsprang, der dann weiter und weiter nach Westen fuhr.

Sie war Ricky entkommen, doch Gabriel zweifelte keine Sekunde daran, dass Ricky ihr bereits auf den Fersen war. Er musste sie zuerst finden und dafür sorgen, dass sie in Sicherheit war.

~ ~ ~

Maya sprang von dem LKW herunter, als dieser an einer roten Ampel stoppte. Sie waren am östlichen Ende des Golden Gate Parks angekommen. Ihr war klar, dass bald die Sonne aufgehen würde und sie ein Versteck finden musste, bevor es zu spät war. Während sie dazu neigte, zum Krankenhaus zu laufen, welches nur ein paar Blöcke entfernt war, wusste sie, dass Ricky sie dort vermuten und letztendlich finden würde. Nein, sie musste sich irgendwo verstecken, wo er sie nicht vermuten würde und sich so lange dort versteckt halten, bis sie Hilfe rufen konnte.

Sie lief über die Wiese, vorbei am Kinderspielplatz mit seinem Karussell. Der Tennisplatz war rechts von ihr. Dort gab es ein Vereinsheim, in dem sie sich verstecken konnte, doch es wäre voll mit Freizeitsportlern, sobald die Sonne aufging. Dort wäre sie also nicht lange sicher.

Maya lief tiefer in den Wald. Dort gab es einen Ort, den sie kannte. Sie hatte einmal gehört, dass ein Sanitäter dort einen Obdachlosen aufgesammelt hatte. Sie hatte damals gefragt, wo dieser gefunden worden war, und erinnerte sich genau an die Wegbeschreibung. Sie war schon einmal dort gewesen. Aus Neugierde hatte sie einen ihrer Sonntagsspaziergänge dort hingemacht. Teilweise, weil sie wissen wollte, ob der Sanitäter die Wahrheit gesagt hatte, teilweise, weil sie an jenem Sonntag nichts Besseres vorhatte.

Sie fand den Weg und rannte mit zügigem Tempo entlang. Bei jedem Geräusch zuckte sie zusammen, bereit, noch schneller zu laufen, sollte Ricky erscheinen. Er würde niemals aufgeben, bis er sie gefunden hatte; sie hatte es in seinen Augen gesehen. Das Böse sickerte förmlich aus ihm heraus. Und jetzt, da sie wusste, wozu er fähig war, wunderte sie sich, dass sie es nicht schon viel früher erkannt hatte, in dem Moment, als Gabriel sie einander vorgestellt hatte.

Wie hatte Ricky es so lange fertiggebracht, seine wahren Absichten vor seinen Freunden und Kollegen zu verheimlichen? Hatte es mit Rickys Gabe zu tun, die Gabriel erwähnt hatte? Dass er die Zweifel anderer verschleiern konnte? Er hatte zugegeben, dass er es bei ihr angewandt hatte. Sie erinnerte sich, dass ihre Haut unangenehm gekribbelt hatte, als sie ihn in der Küche getroffen hatte. Doch sie hatte dieses Gefühl ihrem Fieber zugeschrieben. Jetzt wusste sie, dass er seine Gabe an ihr angewandt hatte.

Selbst Gabriel hatte ihm vertraut, genug, um ihm aufzutragen, mit Barbara und Paulette zu sprechen. Und sie hatte ihm ihre Freundinnen bereitwillig ausgeliefert. Alles, was er tun musste, war, sie umzubringen. Mayas Magen drehte sich um. Nein, sie konnte sich nicht erlauben, jetzt so etwas zu denken. Ricky war böse, und er hätte ihre Freundinnen in jedem Fall ausfindig gemacht. Selbst ohne ihre Hilfe. Und er hätte dafür gesorgt, dass keiner erfahren würde, was er getan hatte.

Aufgrund eines Geräusches hinter ihr blieb Maya ruckartig stehen. Sie hielt den Atem an und rührte sich nicht, hatte Angst sich zu bewegen und dadurch ihre Position zu verraten. Da, ein weiterer Ast knackte. Jemand ging in ihre Richtung. Ihr Herz pochte und ihre Handflächen und ihr Nacken wurden schwitzig. Sie spürte, wie der Angstschweiß in kleinen Bächen ihren Rücken hinablief. Hatte er sie bereits gefunden?

Der große Baum, hinter dem sie sich versteckt hielt, blockierte ihre Sicht. Aber sie wusste, dass er hier war. Sie hatte das Rascheln der Blätter gehört und das Stapfen seiner Stiefel. Sie durchsuchte den Boden nach etwas, das sie als Waffe benutzen konnte, und fand einen kurzen Holzstock. Ohne ein Geräusch zu verursachen, bückte sie sich und hob den Stock auf. Sie hoffte, dass er sich als guter Pflock erweisen würde.

Maya atmete einen längst überfälligen Atemzug ein – und versteinerte, als ein bekannter Geruch in ihre Nase stieg.

Sie ging um den Baum herum und sprang auf den Mann zu, der nun vor ihr stand. „Gabriel!“

Seine Arme schlangen sich um sie, und er zog sie eng an sich, vergrub seine Hände in ihrem Haar. „Oh, Maya … Ich dachte, ich hätte dich verloren."

Bevor sie ihm antworten konnte, küsste er sie leidenschaftlichen und verbannte die Erinnerungen an Rickys Annäherungsversuche. Als sie nach Luft rang, ließ Gabriel von ihr ab und streichelte über ihr Gesicht.

„Ricky. Er ist hinter mir her. Er ist es. Er ist der Rogue." Die Worte sprudelten aus ihr heraus.

„Das wissen wir. Amaury und Zane sind ihm gerade auf die Schliche gekommen. Sie haben mich gewarnt, doch es war bereits zu spät."

„Ich habe ihn verletzt. Aber ich glaube nicht, dass er aufgeben wird."

Gabriel nickte. „Ich sage den anderen Bescheid, wo wir sind. In ein paar Minuten bist du in Sicherheit."

Er zog sein Handy aus der Tasche und begann zu wählen.

Maya starrte ihn an und erinnerte sich sofort an Rickys iPhone. „Scheiße!" Sie riss ihm das kleine Gerät aus der Hand, noch bevor er reagieren konnte, und schlug es gegen den Baum. Es zerbrach in unzählige Teilchen.

„Was zum Teufel –"

~ ~ ~

Gabriel starrte sie an, als sie ihre einzige Möglichkeit, mit seinen Kollegen in Verbindung zu treten, zerstörte. Was in aller Welt war in sie gefahren?

„Du führst ihn damit zu uns." Es war keinerlei Anklage in ihrer Stimme, lediglich Entsetzen.

„Wie?"

„Er hat so eine Art Wanze installiert. Ich habe es auf seinem iPhone gesehen. Wir müssen schnell von hier weg."

Gabriel machte sich Vorwürfe. Statt sie zu beschützen, hatte er sie in noch größere Gefahr gebracht. Aufgrund seiner einzigartigen Verbindung zu ihr und weil er in ihre Erinnerungen blicken konnte, hatte er sie gefunden. Ricky hatte diese Fähigkeiten nicht und war ihm vermutlich die ganze Zeit gefolgt. Und er hatte ihn wie ein Trottel direkt zu ihr geführt. Ricky konnte nicht weit entfernt sein.

„Das tut mir leid."

„Da entlang. Ich weiß, wo wir uns verstecken können."

Ohne zu zögern, folgte er ihr, als sie tiefer in den Wald lief. Er hoffte nur, dass Ricky weit genug hinter ihnen war, dass sie eine Chance hatten, ihm zu entkommen.

Sie rannten kreuz und quer durch den Wald, bevor sie den Rand einer kleinen Wiese erreichten. Statt diese zu überqueren, lief Maya im Schutz der Bäume am Rand entlang. Gabriel war nur ein paar Schritte hinter ihr. Doch er sprach nicht, trotz der vielen Fragen, die er hatte. Sollte Ricky in der Nähe sein, könnte ihn jedes Geräusch in ihre Richtung führen. Obwohl er sich sicher war, dass er ihn besiegen konnte, wenn es darauf ankam, war es zu knapp vor Sonnenaufgang, um sich jetzt auf einen Kampf einzulassen. Er hasste es zwar, sich verstecken zu müssen, doch um Mayas Sicherheit zu gewährleisten, blieb ihm keine Wahl.

Als sie sich umdrehte und ihm in die Augen sah, wusste er, dass sie nicht sauer auf ihn war, höchstens verängstigt. Und er wünschte, er könnte diese Angst aus ihrem Gesicht verbannen, doch dafür war jetzt keine Zeit. Er nickte ihr zuversichtlich zu und folgte ihr um die Biegung des kaum sichtbaren Pfades, den sie nun einschlug. Es schien, als würde sie sich auskennen.

Als sie bei einem Hügel ankam, blieb sie stehen. Gabriel hielt neben ihr an und erblickte das, was auch sie ansah. Eingebaut in den Erdwall, der wie ein riesiger Maulwurfshügel aussah, war ein Metalltor. Es war mit einem Vorhängeschloss verriegelt.

„Kannst du das öffnen?“, fragte sie ihn.

„Was ist das?“

„Ein alter Luftschutzbunker.“

„In San Francisco?“

„Wurde während der Kubakrise erbaut. Kannst du das Schloss aufbrechen?“

Er nickte und zog sein Messer aus seinem Stiefel. Zum Glück ging er nie ohne diesen kleinen Begleiter aus dem Haus. Er hielt das Schloss mit einer Hand, dann stieß er mit dem Messer hinein und drehte es.

„Schnell, ich kann spüren, wie meine Haut prickelt. Er ist in der Nähe“, flüsterte sie.

Gabriel fragte nicht, was sie wahrnahm. Wenn sie spürte, dass er nicht weit entfernt war, zweifelte er nicht daran. Er strengte sich mehr an und benutzte mehr Kraft, das Messer im Schloss zu drehen. Einen Moment später hörte er ein Klicken und das Schloss sprang auf. Er entfernte es und drückte den Griff nach unten. Das Tor öffnete sich nach innen.

Dunkelheit begrüßte sie. „Bist du sicher?“

Maya stand bereits hinter ihm und schob ihn nach drinnen. „Die Sonne geht auf. Schnell!“

Er zog Maya mit sich und schloss das Tor hinter sich. Alles, was er jetzt hören konnte, war ihr schweres Atmen.

31

Yvette hörte das zögernde Kläffen eines Hundes vor der Haustür. Sie konnte seine Verwirrung wahrnehmen, als er schnüffelte und sich wunderte, ob es sicher war, hereinzukommen. Wie sie plötzlich eine Verbindung mit Tieren aufbauen konnte, wusste sie nicht. Doch als sie vor ein paar Tagen durch die Straßen von San Francisco spaziert war, hatte sie das gleiche seltsame Gefühl und bemerkte, dass ihr plötzlich Hunde nachliefen. Einer der Hunde war sogar so dreist gewesen, ihr bis vor Samsons Haustür zu folgen. Vielleicht hatte sie eine Gabe, von der sie bisher nicht wusste, dass sie sie besaß.

„Komm her, Hündchen", lockte sie den Hund von ihrer Position am Kamin. Noch immer war sie an ihren Handgelenken aufgehängt; das Silber brannte sich schmerzhaft in ihre Haut. Wenn sie je dieser Situation entkam, würde sie Ricky an seinem Schwanz aufhängen und ihn leiden lassen, bis er von der aufgehenden Sonne frittiert würde.

Ein Blick aus dem Fenster bestätigte, dass der Sonnenaufgang höchstens fünfzehn Minuten entfernt war. Es wurde knapp.

Die Pfoten des Hundes kratzten gegen den Holzboden, als dieser das Haus betrat.

„Guter Hund", lobte sie.

Als er um die Ecke bog, sah sie ihn: einen Labrador mit hellem Fell und großen, braunen Augen. Sein Kopf neigte sich zur Seite, als würde er versuchen herauszufinden, was mit ihr nicht stimmte.

„Ja, komm zu mir."

Das gutmütige Tier näherte sich und wedelte mit dem Schwanz. Sie erblickte sein Halsband. Gut. Er hatte einen Besitzer, und hoffentlich war dieser nicht allzu weit weg.

„Wo ist denn dein Herrchen?", fragte sie ihn mit derselben summenden Stimme, wie zuvor. Sie hoffte inständig, dass sie nie jemand so sehen würde. Sie würden sich sicherlich über sie lustig machen.

„Hey, wie wär's, wenn du Lassie für mich spielst?" Wenn ein Fernseh-Hund seinen Besitzer herholen konnte, dann konnte dieser Labrador es doch bestimmt auch. Er sah intelligent aus, seine Ohren stellten sich auf, als würde er ihr zuhören.

„Gutes Hündchen, geh und hohl deinen Besitzer. Geh zu deinem Herrchen."

Der Hund wedelte wieder mit seinem Schwanz. Verstand er sie? Yvette spürte, wie Schweißperlen sich auf ihrer Stirn sammelten. „Komm schon, hilf mir. Ich gebe dir auch später einen riesigen, fleischigen Knochen." Ja, dem Hund ein Stück von Ricky vorzuwerfen war genau nach ihrem Geschmack.

Der Hund ging ein paar Schritte auf sie zu und stieß gegen ihre Beine.

„Mach schon, Hündchen. Tu es."

„Was soll er für dich tun? Dir die Ketten ablecken?"

Als die Stimme von der Tür kam, wirbelte Yvette ihren Kopf herum. „Hör auf, dumme Sprüche zu reißen und binde mich los, Zane!" Sie war noch nie so froh gewesen, ihren fiesen Kollegen zu sehen.

Zane betrat das Wohnzimmer, sein Gang war entspannt, fast gelangweilt. „Hätte nie gedacht, dich mal so zu sehen. Sieht so aus, als wäre der Tag endlich gekommen, an dem du mich doch noch um etwas anbetteln musst."

Yvette fletschte ihre Zähne. „Du verdammtes Stück Scheiße! Mach mich los! Sofort!"

Er lachte und sie war wie gelähmt. Sie hatte ihn noch nie zuvor lachen hören. Tatsächlich hatte sie bis zu diesem Moment angenommen, dass er nicht fähig war, zu lachen. Doch das Poltern, das aus seiner Kehle kam, war eindeutig ein Lachen.

„Ich schätze, das war alles an Betteln, das ich je von dir erwarten kann, was?", riet er, während er auf sie zuging. Er zog Lederhandschuhe aus seiner Jackentasche und zog sie über. Das erinnerte sie an die Handschuhe, die Ricky übergestreift hatte. Sie verkrampfte sich automatisch, als er die Hand nach ihr ausstreckte.

„Und jetzt *das*", kommentierte er ihren angehaltenen Atem, der ihre Angst zur Schau stellte, „*das* hat mir gerade den Tag verschönert." Ein Grinsen breitete sich auf seinem Gesicht aus. „Wer hätte gedacht, dass du jemals Angst vor mir hättest?"

Ja, einen Moment lang hatte sie sich vor ihm gefürchtet, doch in dem Moment, in dem er die Silberkette entfernt und sie befreit hatte, verschwand ihre Angst. „Du bist so ein kranker Irrer."

„Ist das nicht großartig?"

Yvette entschloss sich, dazu keinen Kommentar abzugeben. Wie auch immer Zane seine Kicks bekam, kümmerte sie wirklich nicht. Alles, was sie interessierte, war, dass er ihr das Leben gerettet hatte. Und dafür schuldete sie ihm etwas. Aus einem Impuls heraus zog sie seinen Kopf heran und küsste ihn auf die Wange.

„Danke, Kumpel."

Sie lachte, als er zurückwich und seine Zähne blitzen ließ. Zane mochte keine Gefühlsausbrüche, schon gar nicht, wenn sie an ihn gerichtet wurden – und Yvette wusste das. Sie grinste schelmisch.

„Miststück! Lass uns von hier verschwinden. Einer der verdunkelten Vans steht draußen."

„Zuerst sollten wir Gabriel warnen. Ricky ist unser Übeltäter."

„Das wissen wir bereits. Ich bring dich während der Fahrt auf den neusten Stand. Wir fahren zu Thomas' Haus."

Bis sie in Thomas' Garage parkten, die unter dem am Hang liegenden Haus lag, hatte Zane sie mit den wichtigsten Informationen versorgt. Yvette hörte, wie sich das Garagentor hinter ihnen schloss. Nach ein paar Sekunden öffnete sie die Tür und sprang aus dem Auto. Zane stellte währenddessen den Motor ab und folgte ihr.

Yvette rieb an ihren wunden Handgelenken. Während der Fahrt in dem verdunkelten Van hatte sie sich an dem vorhandenen Blutvorrat bedient, doch es würde noch ein paar Stunden dauern, bis ihre Wunden verheilt waren. Das Silber hatte sich in ihre Hautschichten gefressen, sodass nun ihr blankes Fleisch zum Vorschein kam. Aber damit würde sie klarkommen. Es war jedoch schwieriger, den Schmerz tief in ihr wegzuschieben. Einer ihresgleichen hatte versucht, sie umzubringen. Ein Verrat wie dieser hinterließ tiefe Wunden.

Sie blickte hinter sich, während sie die Treppen hinauf ins Erdgeschoss von Thomas' Haus stieg. Zanes Gesicht schmückte ein düsterer Ausdruck, seine Lippen waren zu einer schmalen Linie gepresst. Als er ihren Blick erwiderte, grummelte er. Ihn als Dank für die Rettung auf die Wange zu küssen, hatte ihn offensichtlich verunsichert. Sie kicherte.

Macho.

„Wenn du auch nur ein Wort darüber verlierst, was geschehen ist, hänge ich dich höchstpersönlich auf."

Sie schüttelte den Kopf und drehte den Türknauf, als sie oben ankam. Sie öffnete die Tür und ging einen Schritt ins Foyer, doch wich sie abrupt zurück.

„Scheiße!"

Yvette schlug die Tür sofort wieder zu und stieß mit Zane zusammen, der direkt hinter ihr stand.

„Was ist los?"

„Tageslicht“, verkündete sie. „Die Rollläden sind nicht geschlossen.“

Im nächsten Moment öffnete sich die Tür und Thomas’ Umriss zeichnete sich gegen das Licht hinter ihm ab. „Alles in Ordnung. Kommt rein.“

„Willst du mich verarschen?“ Yvette versuchte, weiter in den Schatten zu weichen.

Thomas streckte seine Hand aus. „Es ist kein natürliches Licht. Komm schon, ich zeig’s dir.“

Zögernd folgte sie ihm in die offene Wohnküche. Der großzügig angelegte Raum war mit Licht durchflutet. Instinktiv versteckte sie sich hinter Thomas – das Zimmer war auf zwei Seiten mit deckenhohen Fenstern ausgestattet. Und durch diese Fenster konnte sie nach draußen schauen.

„Was zum …?“

Thomas winkte sie näher zum Fenster. Er wirkte unbekümmert. Draußen war es offensichtlich taghell und das Licht, das von draußen hereinkam, sollte ihn innerhalb von Sekunden getoastet haben. Doch er stand noch immer da, direkt vor dem großen Fenster und bewunderte den Ausblick auf die Stadt, die ihm zu Füßen lag.

„Es ist nicht echt“, versicherte er ihr, während er sich wieder zu ihr wandte.

Zane kam näher. Sein Mund stand offen. „Es ist aber kein Foto“, meinte Zane. „Da bewegen sich Autos. Liveübertragung?“

Thomas nickte. „Das Haus ist rund herum mit Kameras ausgestattet, die filmen, was draußen passiert. Die Bilder werden dann auf die Rollläden projiziert, die ich speziell anfertigen ließ. Aber ich kann auch Filme darauf ansehen. Was ihr jetzt seht, ist genau das, was ihr sehen würdet, wenn es normale Fenster wären. Es ist eine genaue Darstellung davon, was wirklich gerade draußen passiert.“

„Genial.“ Zane nickte anerkennend.

„Und das Licht?“, fragte Yvette.

„Eine neue Sorte von Lampen, die Tageslicht imitieren. Offensichtlich recht gut entwickelt, wenn man so nach eurer Reaktion geht.“ Thomas lächelte sie an, und sie atmeten schließlich auf.

„In der Tat.“ Erst jetzt bemerkte Yvette, dass sie nicht alleine waren. In einer Ecke stand Eddie, der telefonierte. Und in einer Ecke, wo Thomas einige Computer aufgebaut hatte, saß Amaury mit dem Telefon ans Ohr gepresst.

„Ricky hat versucht, mich umzubringen.“

Thomas nickte mit ernster Miene. Es schien, als würde er erst jetzt ihre verletzten Handgelenke bemerken. „So etwas haben wir uns schon gedacht. Willst du Blut?“

„Nein, danke. Ich habe bereits einige Flaschen im Auto getrunken. Was ich will, ist Rickys Kopf auf einem Silbertablett.“

Amaury drehte sich zu ihnen. „Schön, dich zu sehen, Yvette.“ Der Unterton in seiner Stimme versicherte ihr, dass er es auch so meinte. Sie hatten sich nicht immer blendend verstanden, doch jetzt wusste sie wenigstens, wem sie vertrauen konnte.

„Was gibt’s Neues?“, fragte Zane.

„Gabriel und Maya sind verschwunden. Wir können die Signale ihrer Handys nicht empfangen.“ Amaury blickte zu Thomas und deutete auf sein Telefon. „Das war gerade unser menschliches Team, das du zu Samsons Haus geschickt hast. Dort war niemand zu finden.“

Einen Moment lang senkte er seine Lider. Als er sie wieder hob, war Schmerz in seinen leuchtend blauen Augen zu sehen. „Wir haben Grund zur Annahme, dass Carl tot ist.“

„Oh verdammt!“, murmelte Thomas.

„Was ist mit Ricky?“, fragte Yvette.

„Unsere menschlichen Bodyguards suchen nach ihm“, teilte Amaury ihr mit.

„Er ist gefährlich.“

„Das wissen wir jetzt.“

„Verdammt, darauf hätten wir auch früher kommen können.“ Eddies Stimme erklang aus der Ecke, während er sein Handy einschob. „Das war Holly – Rickys Ex.“

„Hat sie ihn gesehen?“, fragte Amaury.

„Nein, aber sie hat mir erzählt, dass sie ihm mal nachgeschnüffelt hat. Sie war eifersüchtig und wollte wissen, mit wem Ricky zusammen war. Jetzt ratet mal, wo er hingegangen ist. Zu einer Wohnung in Noe Valley.“

„Mayas Apartment“, vermutete Yvette. „Was hat sie noch gesagt?“

„Sie hat mir auch noch ein paar seiner Stammplätze genannt.“

„Schick die Jungs von der Tagesschicht hin. Vielleicht können die ihn aufstöbern“, wies Amaury an.

„Jetzt kann er sich nicht großartig vom Fleck bewegen. Das ist unsere Chance, ihn zu finden. Sobald es dunkel wird und er sich wieder frei bewegen kann, kann er uns leicht entkommen.“

Eddie nickte. „Ich bin schon dran.“

Yvette starrte aus dem Fenster hinunter auf die Stadt. Irgendwo da unten versteckte sich Ricky, genau wie Gabriel und Maya – sie konnte nur hoffen, dass Gabriel Maya gefunden hatte, bevor Ricky seine schmutzigen Finger an sie legen konnte. So sehr sie Gabriel auch für sich wollte, sie würde sich nie verzeihen, dass sie Ricky nicht aufgehalten hatte, sollte er Maya etwas angetan haben. Gabriel verdiente es, die Frau zu behalten, die er liebte. Und sie würde alles in Bewegung setzen, dass es auch so blieb.

„Ricky muss sich irgendwo verstecken." Sie biss ihre Zähne zusammen und blickte in die Gesichter der vier Vampire. „Und wenn wir ihn finden, gehört er mir."

Niemand widersprach ihr.

32

Gabriel strich mit der Hand an der Wand entlang und fand einen Schalter. Er drückte ihn. Sofort flackerte ein Neonlicht summend auf, bevor es zur Ruhe kam und den gesamten Raum erhellte. Er verriegelte die Tür von innen, dann drehte er sich um und nahm seine Umgebung auf.

Der etwa fünfzig Quadratmeter große Raum war ziemlich kahl. Es waren lediglich einige Feldbetten zu finden, die an der Seite standen, sowie ein Vorratsschrank. Im hinteren Teil befanden sich eine Toilette und ein kleines Waschbecken. Ein Tisch und ein Stuhl vervollständigten die Einrichtung. Obwohl es sehr spartanisch war, war der Raum überraschend sauber. Und vor allem hatte er kein Fenster, durch das Sonnenlicht strahlen konnte. Vorerst waren sie sicher.

Neben ihm schien Maya zu dem gleichen Schluss gekommen zu sein. Sie nickte.

„Woher wusstest du von diesem Ort?“, fragte er, während er sich ihr zuwandte und nach ihrer Hand griff.

„Ein Sanitäter hat mir vor einiger Zeit davon erzählt – sie haben hier mal einen kranken Obdachlosen gefunden, der eingebrochen ist.“ Sie blickte auf den schweren Riegel, der sich an der Innenseite der Tür befand. „Ricky kann hier nicht eindringen, oder?“

Gabriel zog sie an sich, suchte den Körperkontakt zu ihr, um die Angst zu lindern, die er um sie hatte. „Nein. Wir sind sicher. Zumindest bis Sonnenuntergang.“ Er tippte ihr Kinn nach oben, um ihr in die Augen sehen zu können. „Ich hatte Angst. Ich dachte, er hätte dich erwischt.“

„Wie hast du mich überhaupt gefunden?“

„Ich bin nicht sicher. Aber aus irgendeinem Grund konnte ich deine Erinnerungen spüren, während du vor Ricky geflohen bist. Ich bin den Straßen gefolgt, die du gesehen hast, während du auf dem Lieferwagen warst.“

Sie schüttelte ungläubig den Kopf. „Wie ist das möglich? Ich dachte, du kannst nur in die Erinnerungen von jemandem eintauchen, wenn du einem nahe bist.“

Er zuckte mit den Schultern. „So war es bis jetzt auch. Aber vielleicht ist meine Verbindung zu dir so stark, dass ich dir nicht körperlich nahe sein muss.“

„Du meinst, du hast alles gesehen?“

Er hatte geradezu die Abscheu gespürt, die Maya empfand, als Ricky sie geküsst hatte. Es war keine Erinnerung, die er hatte sehen wollen, doch dies verstärkte seine Entschlossenheit, was er mit ihm machen würde, sobald er ihn schnappte. „Ich werde es nie wieder zulassen, dass ein Mann dich belästigt, das verspreche ich dir. Wir werden Ricky schnappen und ihn umbringen.“

„Nicht, wenn ich ihn zuerst umbringe“, gab sie zur Antwort.

Es war so viel Abscheu in ihrer Stimme, dass er für einen Moment zurückschreckte und in ihre Augen blickte. In dem Moment wurde ihm etwas klar. „Du erinnerst dich.“

Maya nickte. „Es ist alles wieder gekommen, als er mich berührt hat. Gabriel, er wird nie aufgeben. Er ist besessen. Und er wird vor nichts zurückschrecken. Wenn du wüsstest, was er getan hat.“

Wut kochte in Gabriel hoch. „Sag mir, was er dir angetan hat“, drückte er zwischen seinen gefletschten Zähnen hervor. Wenn dieser Bastard ihr auch nur ein Haar gekrümmt hatte, würde er ihn ausweiden und vierteln. Er würde ihn foltern, bis er darum bettelte, getötet zu werden.

Maya kniff ihre Augen zusammen und öffnete sie dann wieder. „Er war kurz davor, mich zu vergewaltigen, bevor er unterbrochen wurde. Da hat er zum ersten Mal meine Erinnerungen gelöscht.“

Gabriel rang nach Luft. Abscheu erfüllte ihn. So behutsam, wie er konnte, streichelte er ihren Rücken entlang. „Oh, Baby. Es tut mir so leid. Ich wünschte, deine Erinnerungen wären nicht wieder zurückgekommen.“

„Offen gesagt bin ich froh darüber, dass ich mich erinnern kann. Jetzt weiß ich eine Sache wenigstens sicher.“ Sie löste sich aus seinem Griff und fixierte seinen Blick. „Abgesehen davon, was er behauptet, habe ich ihm nie erlaubt, mich anzufassen. Ich war nie intim mit ihm.“

Er war froh darüber, dass Ricky nie Anspruch auf sie erhoben hatte. „Baby, ich freue mich so für dich. Aber ich werde ihn trotzdem umbringen.“

„Ich weiß nicht, wie er das alles vor euch verheimlichen konnte. Hatte keiner eine Ahnung?“

Darüber wunderte Gabriel sich auch, doch nun wusste er sicher, was Ricky getan haben musste. „Er hat seine Gabe benutzt, seine Gabe, Zweifel zu vertuschen. Als ich die Liste der männlichen Vampire durchgegangen bin, die zur Tatzeit kein Alibi hatten, beharrte Zane darauf, dass auch Ricky kein wasserdichtes Alibi hatte. Ich hatte bereits einen Verdacht, doch meine Zweifel verschwanden ebenso schnell wieder. Ricky muss in der Nähe gewesen sein. Er muss Zane und mich beobachtet und sich mit seiner Gabe eingemischt haben."

Maya nickte. „Ich vermute, das Gleiche hat er auch bei mir gemacht. Ich hatte ein ungutes Gefühl, als du mich ihm in der Küche vorgestellt hast. Doch es verschwand schnell. Außerdem war ich von dem Fieber so abgelenkt, dass ich sowieso nicht klar denken konnte."

„Er hat mit uns allen gespielt. Aber das Spiel hat nun ein Ende. Ich kann dir versichern, dass Amaury bereits die Truppen mobilisiert hat. Sie werden nach ihm suchen."

„Tagsüber?" Maya blickte ihn zweifelnd an.

„Ja. Wir haben viele menschliche Bodyguards, die uns loyal sind. Sie suchen sicherlich bereits nach ihm. Er muss sich jetzt ja auch versteckt halten und kann somit nicht flüchten."

„Hoffentlich." Sie schlang ihre Arme um ihn und schmiegte sich an seine Brust.

Gabriel umfasste ihr Kinn und senkte seinen Kopf. Maya traf ihn auf halber Strecke. In dem Moment, als ihre Lippen sich berührten, durchflutete ihn Wärme. Zum ersten Mal während der letzten Stunde entspannte er sich. Er nahm ihre Lippen gefangen und ließ seine Zunge in ihren Mund gleiten, strich sanft gegen ihre. Als ihr Körper sich mit dem vertrauensvollsten Gefühl, das er je gespürt hatte, an seinen presste, fühlte er, wie er hart wurde – und dieses Mal konnte er deutlich seine beiden Schwänze spüren. Diese Erkenntnis erinnerte ihn daran, was er ihr mitteilen musste.

Er beendete den Kuss und blickte in ihr überraschtes Gesicht. „Ich muss dir etwas sagen."

Eine schmale Linie bildete sich auf ihrer Stirn, fast, als hätte sie Angst davor, was er ihr mitteilen wollte. „Ja?"

„Es geht darum, was die Hexe herausgefunden hat." Er zögerte. Würde sie diese Neuigkeiten gut aufnehmen? Er hoffte, sie tat es, denn er konnte nichts daran ändern. Sein Körper war, was er war: der eines Satyrs und als solcher war er nun mal mit zwei Gliedern ausgestattet. Er konnte nur hoffen, dass wenn sie wirklich auch ein Satyr war, ihre Instinkte sie dazu leiteten, ihn zu akzeptieren.

Maya zog sich zurück und drehte sich leicht weg, vermied es, ihn anzusehen.

Neugier wuchs in ihm an.

„Ich habe dir gesagt, es macht mir nichts aus, wenn es nicht entfernt werden kann. Es stört mich nicht."

Gabriel legte seine Hand auf ihren Arm und drehte sie zurück, sodass sie ihn ansehen musste. Es war Zeit für das Gespräch, das er bereits verschoben hatte, weil er nicht wusste, wie er ihr alles in zwei Sätzen erklären sollte. Jetzt hatten sie alle Zeit der Welt.

„Ich weiß, dass du mir das gesagt hast. Und du behauptest auch, dass du eigentlich willst, dass es bleibt, weil du Befürchtungen hast. Können wir das abklären?"

~ ~ ~

Maya spürte seine warme Hand und sah auf, um seinen Blick zu erwidern. „Sobald du normal bist, willst du eine andere, nicht mich."

„Hast du nicht gehört, was ich vorhin zu dir gesagt habe? Dass ich dich liebe."

Die Worte fühlten sich gut an. Doch noch immer konnte sie sie nicht glauben. „Ja, das hast du gesagt. Aber du sagtest auch, dass du ein Kind möchtest. Sobald dir klar wird, dass du jede haben kannst, wenn nur mal diese Deformität verschwunden ist, warum solltest du dir dann nicht eine Frau suchen, die dir ein Kind schenken kann?"

Bevor sie wusste was geschah, zog Gabriel sie in seine Arme. „Das ist mir egal", sagte er barsch. „Alles, was ich mein Leben lang wollte, ist eine Frau, die mich liebt und so akzeptiert, wie ich bin. Vater zu werden wäre ein Bonus. Aber das ist mir nicht wichtig, nicht wichtig genug. Glaubst du wirklich, ich würde das hier aufgeben, nur um Kinder haben zu können?"

„Du meinst das ernst?" Ihr Herz schlug wie wild.

„Ich meine es ernst. Aber –"

Da war also das *aber*. Sie hatte sich wohl zu früh gefreut. Ihre Schultern sanken niedergeschlagen nach unten.

„Du musst mich akzeptieren, wie ich bin. Und sobald ich dir gesagt habe, was die Hexe herausgefunden hat, liegt es an dir, eine Entscheidung zu treffen. Ich liebe dich. Ich möchte, dass du das weißt. Aber ich kann dich nicht bitten, mein zu werden, solange du nicht weißt, was ich bin. Das wäre nicht fair."

Jetzt war sie verwirrt. Sie hörte ein Zögern in seiner Stimme, das sie vorher nicht wahrgenommen hatte. Es war fast, als wüsste er nicht, wie er die Sache anpacken sollte.

„Was du bist? Was meinst du damit?"

„Ich bin kein Vollblut-Vampir."

Diese Neuigkeit sagte ihr nichts. Wie sollte er kein Vollblut-Vampir sein? Soweit sie das beurteilen konnte, war er definitiv ein Vampir, ein sehr starker. Sie hatte seine Fänge gesehen, seine Kraft gespürt. Sie hatte gesehen, wie er sich ernährte. „Wie kannst du kein Vampir sein?“

„Das bin ich. Aber auch nicht. Zumindest nicht vollständig. Ich war kein Mensch, als ich verwandelt wurde. Das war mir bis jetzt nur nicht klar. Meine Verwandlung lief sehr ähnlich ab wie deine. Und jetzt verstehe ich auch warum. Genau wie du bin auch ich fast ein zweites Mal gestorben, als würde mein Körper sich weigern, zu einem Vampir zu werden. Aber ich habe mich durchgekämpft, genau wie du.“

Sie erinnerte sich nur zu gut, wie schmerzhaft es gewesen war. „Ich habe dank dir überlebt.“

Er drückte seine Stirn an ihre. „Aber ich möchte nicht, dass du jemals denkst, dass du mir dafür etwas schuldig bist. Ich tat es aus sehr eigennützigem Antrieb: Ich wollte, dass du lebst, weil ich wollte, dass du mein wirst. Genau dort, in dem Moment, als ich dich das erste Mal in Samsons Haus im Bett liegen sah, wusste ich, dass ich dich liebe.“

„Wie konntest du das wissen? Du wusstest nichts von mir.“

Doch trotzdem klangen seine Worte so entschlossen.

„Mein Körper erkannte dich. Wir sind uns ähnlich, Maya. Viel ähnlicher als ich je gedacht hätte. Ich bin zu einem Teil Satyr. Und du bist das auch.“

Die Nachricht traf sie wie ein Ziegelstein. Satyr? „Ein Monster mit Hufen?“

Gabriel schüttelte den Kopf. „Du meinst einen Minotaurus. Satyrn sind anders. Es sind mystische Geschöpfe, halb Mensch, halb Tier. Doch der tierische Teil manifestiert sich lediglich durch Stärke und den Durst nach fleischlichen Gelüsten. Und die Männer unter ihnen unterscheiden sich außerdem durch eine anatomische Besonderheit. Ansonsten sehen unsere Körper genauso aus wie die der Menschen. Das ganze Zeug mit den Hufen und Geweihen kam erst später mit der Mythologie. Ich kannte meinen Vater nicht, es gab also auch niemanden, der mir erklären konnte, was ich bin.“

„Und du sagst, ich bin auch ein Satyr? Wie kann das möglich sein?“ Es ergab keinen Sinn. Sie hatte sich immer wie ein Mensch gefühlt.

„Weißt du, dass du adoptiert wurdest?“

Sie war überrascht, dass er darüber Bescheid wusste. „Sicher. Meine Eltern haben nie ein Geheimnis daraus gemacht. Und überhaupt, sie sind blond und hellhäutig. Und ich bin nichts dergleichen.“

„Deine biologischen Eltern, oder zumindest ein Elternteil, muss ein Satyr gewesen sein.“

„Wie kann die Hexe sich da so sicher sein? Sie hat keinerlei Tests an mir durchgeführt.“

„Das musste sie nicht, wegen dem, was mir passiert ist. Mein Körper hat einen Wandel vollzogen.“ Er schluckte schwer.

Maya konnte seinen Adamsapfel hoch und runter gleiten sehen. „Welche Art Wandel?“

„Nachdem wir Sex hatten.“

„Verdammt, Gabriel, könntest du endlich zum Punkt kommen?“ Sie stemmte ihre Fäuste in die Hüften, doch statt sie loszulassen drückte er sie noch näher an sich.

„Dieser Wandel.“ Er schob seine Hüften in ihre. „Die Deformität ... da hat sich was getan. Es hat sich verändert. Und das tut es nur, wenn ein Satyr mit seiner ihm bestimmten Gefährtin zum ersten Mal Sex hat. Maya, es hat sich in einen zweiten Schwanz verwandelt, weil wir beide Sex hatten.“

Sie rang nach Luft, um ihr Gehirn mit Sauerstoff zu versorgen. Er hatte zwei Schwänze? Sie drückte sich von ihm weg und bemerkte sofort sein enttäuschtes Stirnrunzeln. Aber damit konnte sie sich im Moment nicht auch noch befassen. Ihre Hand wanderte zu der Stelle, an der sich seine Jeans wölbte. Als sich ihre Hand mit seiner Härte vereinte, zuckte er erst, bevor er sich in sie lehnte.

Dann spürte sie es. Es war nicht nur der Umriss eines erigierten Gliedes, das gegen ihre Hand pulsierte. Sie konnte deutlich ein zweites spüren, ebenso hart, doch etwas kleiner. Seine Hose spannte sich um die immer größer werdenden Wölbungen.

„Ich will es sehen.“ Sie leckte sich die Lippen und wandte sich dem Reißverschluss zu.

Seine Hand stoppte sie. „Maya.“

Seine Stimme klang erstickt und als sie ihn anblickte, sah sie das kaum kontrollierbare Verlangen in seinen Augen. Er sah aus, als wollte er sie verschlingen, und in Anbetracht dessen, was sie unter ihrer Hand spürte, konnte sie sich ziemlich gut vorstellen, wie er es anstellen wollte.

Ihr Herz schlug schneller, während ihr Körper auf ihn reagierte. Es gab nichts, was sie jetzt lieber täte, als ihre Hände in seine Hose zu stecken, um seine beiden Schwänze zu berühren, sie einen nach dem anderen in den Mund zu nehmen und an ihnen zu saugen, bis er sie anflehte, aufzuhören.

„Das ist keine Biologiestunde.“

Dachte er, dass sie vorhatte, ihn zu untersuchen? „Wenn du nicht sofort diese Hose ausziehst und mit mir Liebe machst, dann schwöre ich, dass ich sobald die Sonne untergeht, hier heraus spaziere und du mich nie wieder sehen wirst.“

Sein drolliger Blick war unbezahlbar. „Du willst mit mir Liebe machen und du denkst, ich würde ablehnen? Maya, ich bin ein Vampir und ein Satyr, aber in erster Linie bin ich ein Mann.“

33

Gabriels Gedanken überschlugen sich. Maya akzeptierte ihn als das, was er war. Ein kleines, zufriedenes Lächeln kräuselte sich um ihre roten Lippen und das Funkeln in ihren Augen war das Gleiche, das er schon zuvor gesehen hatte, damals im Wohnzimmer, während sie es wie verrückt miteinander getrieben hatten. „Du willst mich?"

„Ja. Und da wir bis Sonnenuntergang sowieso nicht hier raus können, ist Sex das Beste, was ich mir jetzt vorstellen kann. Wie steht's bei dir?", fragte sie und warf ihm dabei einen neckenden Blick zu.

Ihm ging es genauso. Gabriel zog sie in eine Umarmung, sein Mund schwebte über ihrem. Sie hob ihren Kopf und bot ihm ihre Lippen an. „Küss mich."

Er lächelte. „Ich liebe es, dich zu küssen." Dann drückte er ihr einen sanften Kuss auf den Mund. Ein leises Stöhnen war Mayas Antwort. Ihr Atem stieß gegen seinen und er öffnete seine Lippen, um sie eindringen zu lassen. Seine Sinne waren betört von ihrem Duft und ihrem Geschmack.

Gabriel ließ seine Hände über ihren Rücken wandern. Eine rutschte hinab zu ihrem Hintern und presste sie eng an seine Hüften. Er spürte, wie seine beiden Erektionen in das weiche Fleisch ihres Bauches drückten, während ihre vollen Brüste gegen seinen kräftigen Oberkörper stießen. Alles fühlte sich so richtig an. Sie war die perfekte Frau. Das Yin zu seinem Yang.

Er tauchte seine Zunge in ihren Mund, duellierte sich mit ihr, streifte entlang, knabberte, saugte. Ihr sanftes Stöhnen war Musik in seinen Ohren. Ihre Hände auf seinem Körper forderten ihn auf, weiterzumachen. Maya hatte bereits sein Hemd aus seiner Hose gezogen und streichelte nun mit ihren Händen über seine nackte Brust.

„Jetzt zeig mir, was du zu bieten hast", flüsterte sie gegen seine Lippen und atmete ebenso schwer wie er.

„Ungeduldig?" Er küsste ihren Mundwinkel.

„Neugierig."

„Ängstlich?" Seine Lippen wanderten zu ihrem Hals, wo er ihre pochende Vene spüren konnte.

„Gespannt", presste sie zwischen zwei Seufzern heraus.

„Ich hatte gehofft, dir dieses Mal ein weiches Bett anbieten zu können.“ Das erste Mal hatte er sie gegen die Wand im Wohnzimmer genommen, und jetzt? Er hätte es gerne für sie als etwas Besonderes gestaltet.

„Das macht mir nichts.“

„Es wird nicht sonderlich bequem sein.“

Sie zog seinen Kopf zu sich und blickte ihn an. „Ich will es nicht bequem haben. Ich will dich.“

Er verlor sich in ihren dunklen Augen. „Und ich will dich. Aber dieses Mal wirst du zusammen mit mir kommen. Und wenn es das Letzte ist, was ich tue.“

„Mannesstolz?“

Es hatte nichts mit Stolz zu tun. „Überlebensinstinkt.“

Sie hob eine Augenbraue, verstand nicht, was er damit meinte.

Daher erklärte er es ihr. „Ich werde nicht zulassen, dass du mich verlässt, weil ich dich nicht befriedigen kann.“

Ihre Lippen verwandelten sich in ein Lächeln, und sie stieß ihre Hüften provozierend gegen seine Leistengegend. „Du könntest genau das haben, was ich brauche.“

„Warte hier.“ Er befreite sich aus der Umarmung und wandte sich dem Vorratsschrank zu.

„Was tust du da?“

Gabriel öffnete die Schranktüren und inspizierte den Inhalt. „Es uns so komfortabel wie möglich machen. Ich kann dir kein richtiges Bett bieten. Aber immerhin haben wir ein paar hiervon.“ Er zog ein paar dicke Decken heraus, die luftdicht verpackt waren, um sie vor Schmutz und Feuchtigkeit zu schützen. Er riss das Plastik auf und zog die Decken aus ihrer Schutzhülle.

Mit ein paar Schritten war er in der Ecke, in der einige Feldbetten übereinander gestapelt waren. Er zog eines zur Seite und breitete die Decken darauf aus, um für etwas Polsterung zu sorgen.

„Du bist ein sehr praktisch veranlagter Mann“, kommentierte Maya.

Gabriel drehte sich zu ihr und lächelte. „Mit der Zeit wirst du herausfinden, dass ich viele nützliche Qualitäten besitze.“

Sie summte: „Mmm hmm. Zwei, um genau zu sein.“ Ihr Blick senkte sich auf seinen Schritt.

Sofort schoss Hitze durch seinen Körper. Sie war direkt und das schätzte er an ihr. Sie sprach nicht lange um den heißen Brei herum, wenn sie etwas wollte. Und was Maya offensichtlich gerade wollte, war ihn –

oder besser gesagt seine beiden äußerst erigierten und willigen Schwänze. Und er würde ihr diese Freuden nicht verweigern, genauso wenig wie sich selbst. Obwohl er in diesem Moment etwas besorgt über seine eigenen Wünsche war – seine sehr dunklen und verbotenen Wünsche. Sicherlich würde eine Frau wie sie nie zustimmen zu –

„Hast du deine Meinung geändert?“, fragte sie und ging auf ihn zu. Ihr verführerischer Duft betörte ihn sofort.

„Keine Chance.“ Gabriel streckte seine Hand nach ihr aus und zog sie an sich. „Maya, ich werde dich ausziehen.“

Aus irgendeinem Grund war er nervös. Dies war ein großer Schritt. Wenn sie nicht mochte, was er vorhatte, konnte sie ihn noch immer verlassen. Und er würde das nicht zulassen. Nein, er würde seine dunklen, schmutzigen Sehnsüchte für sich behalten, damit er sie nicht vergraulte. Obwohl er genau wusste, was er wollte. Bei dem Gedanken, Maya von hinten mit beiden Schwänzen zu nehmen, einer in ihrer süßen Muschi, der andere in ihrer dunklen, verbotenen Passage erweckte plötzlich ein Verlangen in ihm, das seine Erektionen unkontrollierbar pochen ließ.

„Wenn ich dich gleichzeitig ausziehen kann“, antwortete sie dann und unterbrach seine unsittlichen Gedanken.

Seine Hände wanderten zu ihrem T-Shirt und zogen es langsam aus ihrer Jeans. Als er leicht daran zerrte, hob sie bereitwillig die Arme über den Kopf und erlaubte ihm, sie davon zu befreien. Sie trug keinen BH.

~ ~ ~

Maya spürte einen kalten Lufthauch gegen ihre nackten Brüste wehen und bemerkte, dass ihre Brustwarzen sich aufstellten. Doch sie wusste, dass ihre Aufregung nicht an der kalten Luft lag, sondern daran, wie Gabriel sie ansah: mit kaum gezügeltem Verlangen. Er war hungrig nach ihr, ebenso hungrig wie sie nach ihm war. Die Dinge, die er ihr über sie und sich selbst erzählt hatte, ergaben plötzlich einen Sinn.

Ihre unerklärlichen Fieberkrämpfe, ihr unstillbares Verlangen nach Sex und ihre Unfähigkeit, Befriedigung zu empfinden. Würde sich das nun ändern? Würde Gabriel sie befriedigen?

Maya öffnete einen Hemdknopf nach dem anderen, legte seine muskulöse Brust frei. Als sie ihm sein Hemd ausgezogen hatte, widmete sie sich seiner Jeans. Unter dem robusten Stoff war die Beule zu einer massiven Vorwölbung herangewachsen.

Zwei Schwänze. Sie wusste instinktiv, was das bedeutete. Was passieren würde. Er würde sie mit beiden nehmen. Die Sehnsüchte, die sie nie in Worte fassen und aussprechen konnte, waren zum Greifen nahe. Sie wusste, wonach sich ihr Körper so lange verzehrt hatte, doch gleichzeitig versuchte ihr Gehirn, es wegzuschieben: zwei Schwänze gleichzeitig in sich zu spüren. Hier war Gabriel, halb Vampir, halb Satyr, der ihr geben konnte, wovon sie nie zu träumen wagte: sexuelle Befriedigung. Die dunklen Lüste, die sie sich nie erlaubte zu äußern.

Als sie den Knopf seiner Hose löste und den Reißverschluss hinunterzog, atmete Gabriel scharf aus. Mit beiden Händen schob sie seine Hose über seine Hüften und ließ sie zu Boden gleiten, wo er schnell aus seinen Stiefeln und dann aus den Hosenbeinen stieg.

Mayas Blick wandte sich seinen Boxershorts zu, die nach vorne ausgebeult war. Sie ließ ihre Hand zwischen Haut und Hosenbund gleiten und schob den Stoff nach unten, und es offenbarte sich ihr, wonach sie sich schon so lange sehnte. Sie bemerkte kaum, wie er aus den Boxershorts stieg und sich seiner Socken entledigte, so fasziniert war sie von dem Anblick vor ihr.

Selbst als er ihr aus ihren Schuhen und ihrer Hose half, konnte sie ihren Blick nicht abwenden.

„Gabriel, du bist wunderschön“, flüsterte sie, während sie ihre Hände nach seinen Erektionen ausstreckte. Jede Hand nahm einen erigierten Schaft, fühlte die glatte Haut und die Härte darunter. Ihre violetten Köpfe waren vollgepumpt mit Blut, bereit zu explodieren. Auf sie gerichtet forderten sie ihre ganze Aufmerksamkeit.

„Fuck!“, keuchte er atemlos. „Baby, du raubst mir meine Kontrolle.“

Ein sinnliches Lächeln schmeichelte sich um ihre Lippen und sie blickte hoch zu seinem Gesicht. „Geht es nicht genau darum?“

„Nein, für mich geht es darum, dich zu befriedigen.“

Bevor sie reagieren konnte, hob er sie hoch und trug sie zu dem provisorischen Bett. Behutsam legte er sie darauf. Sie streckte ihren nackten Körper aus, begrüßte das weiche Gefühl, das ihr die beiden Decken unter ihr boten.

Mit einem Bein auf dem Boden und dem anderen zwischen ihren gespreizten Beinen senkte Gabriel sich über sie. Er begann, sie am Hals zu küssen. Seine Lippen liebkosten die empfindliche Haut direkt unter ihrem Ohrläppchen, gingen weiter nach unten, schwebten über ihren Puls, wo ihr Hals in ihre Schulter überging. Er saugte an der Stelle.

Dann wanderten seine Lippen südwärts, erreichten ihre Brüste mit den steifen Brustwarzen, die sie krönten. Er ummantelte einen ihrer Hügel und saugte die Spitze in seinen Mund. Sein Stöhnen bestätigte ihr, wie sehr er es genoss. Ihr Körper erhitzte sich unter seiner Liebkosung. Ihr Innerstes schmolz dahin und floss zu ihrem Geschlecht.

Maya bewegte sich, öffnete ihre Beine weiter für ihn, sodass seine harten Schäfte sich gegen sie reiben konnten.

„Wirst du schon ungeduldig?", flüsterte er, während er behutsam über ihre Brust leckte.

„Ich will dich in mir."

„Ich bin hier aber noch nicht fertig", beschwerte er sich und fuhr fort, ihre Brüste auf die wohl sinnlichste Weise zu foltern, wie eine Frau nur von einem Mann gefoltert werden konnte. Seine Hand knetete einen Gipfel, während sein Mund am anderen saugte, fast gierig, als könne er nicht genug davon bekommen.

„Davon kannst du später mehr haben", versuchte sie ihn zu überreden, „jetzt gib mir, was ich will."

Er blickte hoch zu ihr und seine Augen funkelten zustimmend. „Aber nur, weil du so nett darum bittest", scherzte er.

Gabriel verlagerte sein Gewicht und plötzlich stieß sein unterer Schwanz an den Eingang ihres feuchten Kanals, während der obere ihr lockiges Dreieck schmeichelte. Mit seinem Finger berührte er ihre Falten. „So feucht, Baby." Dann tauchte er in ihre Nässe ein und verteilte diese auf ihrer Klitoris, entlockte ihr damit ein atemloses Stöhnen.

Doch noch bevor sie sich gegen seinen Finger pressen konnte, zog er seine Hand zurück. Stattdessen schob er seinen oberen Schwanz zu ihrer Klitoris und rieb über die nun benetzte Stelle.

„Jetzt bin ich bereit." Seine Stimme war ein raues Murmeln, das tief aus seiner Brust kam.

In dem Moment, in dem er nach vorne stieß, drang sein Schwanz tief in sie ein, während sein zweiter Schaft über ihre Klitoris strich und sie mit perfektem Druck streichelte. Er erfüllte sie, dehnte sie, sodass sie sich an seine Größe gewöhnen konnte. Er war größer, als das eine Mal im Wohnzimmer, aber vielleicht lag das nur an der Position, in der sie sich befand: gefangen unter seinem großen Körper, seine Schenkel gegen sie reibend, seine beiden Glieder in perfektem Einklang miteinander.

Sie hatte nie zuvor etwas ähnlich Perfektes empfunden. Erstaunt stellte sie fest, wie ihr Körper sich seiner perfekten Synchronie anpasste. Ihre atemlosen Seufzer vermischten sich mit seinen, ihre Körper wanden sich aneinander, tanzten auf einer Wolke der Schwerelosigkeit. Es fühlte sich für sie an, als würde sie fallen, doch war sie sicher in seinen Armen, sicher unter seinem starken Körper, als seine Stöße intensiver und sein Tempo schneller wurde.

Mit jedem Stoß und jedem Gleiten wurde ihr Kern heißer, als ihr Herz dem Unausweichlichen entgegenraste. Gabriel hielt den Augenkontakt, als wolle er ihr versichern, dass er jederzeit lesen konnte, was sie von ihm wollte, was sie brauchte. Seine Haut glitzerte von Schweiß und sein Kopf kam hoch, um ihr Gesicht zu liebkosen. „Maya, Baby." Es schien, als wolle er etwas sagen, doch kein weiteres Wort kam über seine Lippen.

Maya spürte, wie ihre Klitoris jedes Mal, wenn sein Schwanz über sie glitt, anschwellte. Sie erkannte den Beginn ihres Höhepunktes. Die Flut schwappte nach oben, ihr Atem wurde oberflächlich. In dem Moment bevor die Wogen des Orgasmus sie überschwemmten, fing sie Gabriels Lächeln auf. Aus eigener Kraft löste sich ein Schrei aus ihrer Kehle. Nie zuvor hatte sie beim Sex geschrien. Und noch nie war sie mit dem Schwanz eines Mannes in ihrem Innenen gekommen. „Oh, Gott!"

Während der letzten Welle ihres Orgasmus spürte sie, wie er sich bewegte und einen Moment später pochte sein Schaft heftig in ihr, als sein Samen in sie schoss. Gleichzeitig spürte sie eine Nässe auf ihrem Bauch und registrierte, dass auch sein zweites Glied gleichzeitig explodierte.

„Oh, Gott, Baby!", rief er aus und sie erkannte den ungläubigen Unterton in seiner Stimme. Selbst als er auf ihr zusammenbrach, stützte er sich ab, sodass sie nicht sein gesamtes Gewicht auf sich tragen musste.

Er lehnte seine Stirn auf ihre und atmete schwer. „Ich hatte keine Ahnung, Maya. Ich bin noch nie zuvor so gekommen. Nie so intensiv."

Sie lächelte und drückte ihm einen Kuss auf die Lippen. „Ich auch nicht."

Gabriel küsste sie innig, seine Zunge streifte mit langen, besitzergreifenden Zügen über ihre. Als er ihre Lippen freiließ, bewegte sich sein Mund hinab zu ihrem Hals und saugte an derselben Stelle wie zuvor. Doch dieses Mal kratzten seine Zähne sanft gegen ihre Haut. Aus einer Vision heraus kam ihr ein Gedanke, wie er seine Fänge in sie eintauchte und er ihr Blut trank.

Sie schnappte nach Luft und er wich zurück. „Habe ich dir wehgetan?"

Sie blickte in seine lusterfüllten Augen und schluckte schwer. Und noch bevor sie sich stoppen konnte, äußerte sie ihr tiefstes Verlangen. „Beiß mich."

~ ~ ~

Gabriel stöhnte. Sie wollte, dass er sie biss? Sie ließ die größte Versuchung vor ihm baumeln, während er kein Recht dazu hatte, so viel von ihr zu nehmen. Nicht mit dem, was gerade in ihm vorging, nicht mit dem Verlangen, das begann, in ihm aufzukochen, das Verlangen, unaussprechliche Dinge mit ihr zu machen. Dinge, die keine anständige Frau einem Mann erlauben würde, Dinge, die selbst die meisten Huren nicht machen würden.

„Oh, Maya. Du hast keine Ahnung, was du mir damit anbietest." Widersprüchliche Emotionen bekämpften sich in seinem Kopf: Verlangen auf der einen Seite, Vorsicht auf der anderen. Er konnte sie nicht an sich binden, wenn sie vor ihm davonlaufen würde, sobald sie erfuhr, was er von ihr wollte: sie auf bestialischste Art zu ficken. Das konnte sie unmöglich wollen.

„Was ist los?"

„Wenn ich dich beiße, während wir Sex haben und du gleichzeitig mein Blut trinkst, kreieren wir einen Blutbund – Maya, ein Blutbund ist für immer, für alle Ewigkeit. Es gibt kein Zurück."

Ihre Antwort kam schneller, als er erwartet hatte. „Du willst also nichts für die Ewigkeit?"

Er bemerkte die Enttäuschung in ihren Augen und es tat weh. Er konnte nicht zulassen, dass sie das glaubte, nicht einmal für eine Sekunde. „Ich will dich für alle Ewigkeit. Aber es gibt noch etwas, das du erst wissen solltest."

Er legte eine Pause ein und schloss seine Augen, bevor er weitersprach. Sich ihr gegenüber zu enthüllen war das Schwierigste, das er jemals getan hatte. Doch sie verdiente es, dass er ihr seine dunklen Fantasien offenbarte.

„Ich will dich auf die bestialischste Art, die du dir nur vorstellen kannst, und ich glaube nicht, dass ich diese Lust lange unterdrücken kann. Jetzt, da ich weiß, was ich bin und mein Körper mir zeigt, was er braucht, kann ich es nicht länger zurückhalten." Er öffnete seine Augen. „Maya, ich will dich gleichzeitig mit meinen beiden Schwänzen nehmen, mit dem einen in deiner Muschi, und dem anderen in deinem –"

Er brach ab und blickte weg, wollte die Abscheu, die ihre Augen bald erfüllen würde nicht sehen. „In deinem Po. Siehst du das nicht? Es ist verdorben. Solche Dinge sollte ich nicht wollen, aber ich tue es. Wenn du dich mit mir bindest, wirst du dem nicht entkommen, du müsstest es ertragen."

Sein Herz schlug wie verrückt in seiner Brust. Was, wenn sie ihn nun verließ?

„Ertragen?" Mit einer Hand an seinem Kinn zwang sie ihn, sie anzusehen. „Gabriel, ich will alles, was du mir geben kannst. Wir sind beide Satyrn. Warum glaubst du, dass ich nicht genau die gleichen Wünsche habe? Warum denkst du, dass ich nicht genauso genommen werden möchte?“

Seine Augen weiteten sich überrascht. „Du willst das?“ Er versuchte ihre Augen zu deuten, konnte aber keine Abscheu darin entdecken.

„Warum sonst sollte ein Satyr zwei Glieder haben, wenn nicht, um seine Gefährtin damit zu befriedigen?“

Zuerst nannte sie ihn perfekt, und jetzt wollte sie auch noch seine dunkelsten Fantasien mit ihm ausleben. In diesem Moment verstand Gabriel, dass dies Vorsehung war, oder zumindest etwas, das dem sehr nahe kam. Sie war die Personifizierung von allem, was er sich je erträumt hatte: ein Zuhause, eine liebende Frau, ein erfülltes Sexualleben. Und obwohl sein Leben noch perfekter sein könnte, wenn sie Kinder haben könnten, war ihm das nicht wichtig genug, um Maya aufzugeben.

„Ich verspreche dir mein Herz und mein Leben.“ Seine Stimme versagte beinahe, als er fortfuhr. „Ich möchte einen Blutbund mit dir, aber nicht hier. Ich möchte, dass du eine Erinnerung daran hast, an die du immer gerne zurückdenkst.“ Er blickte sich in dem Raum um, um darauf hinzuweisen, dass dieser Ort nicht gerade geeignet dafür war. „Wenn wir uns binden, wird es in einem Raum voll mit roten Kerzen geschehen. Wir werden auf weißen Laken liegen und Liebe machen und alles wird perfekt sein. Ich verspreche es dir.“

Sie lächelte ihn an. „Könnte es sein, dass du ein hoffnungsloser Romantiker bist?“

„Nicht hoffnungslos – hoffnungs*voll*.“ Er strich seine Lippen über ihre. „Versprich mir nur, dass du keinem davon erzählst. Ansonsten untergräbt so etwas meine Position.“

Sie verdrehte die Augen. „Männer!“ Und dann lachte sie.

Der Klang ging ihm durch und durch und erwärmte ihn. Maya sah glücklich aus und er nahm sich vor, dass er alles in seiner Macht Stehende unternehmen würde, dass sie immer so glücklich blieb.

Sie schien zu bemerken, dass er sie anstarrte, und ihr Lachen verstummte. Sie fing seinen Blick auf, und es fühlte sich für ihn an, als würde sie in seine Seele blicken. „Ich liebe dich.“

Er drängte die Tränen zurück, die drohten, ihn nach dieser unerwarteten Offenbarung zu entmannen. „Mein Herz gehört dir.“

Der folgende Kuss änderte sich innerhalb eines Augenblickes von zart und behutsam zu heiß und fordernd. Er war noch immer in ihr und wuchs erneut heran.

Hastig befreite er sich aus ihrer heißen Scheide und beendete den Kuss.

„Stimmt etwas nicht?", fragte sie mit sanfter, fast schläfriger Stimme. Er deutete es als die Stimme einer zufriedenen Frau. Und er war froh zu wissen, dass sie mit ihm in sich gekommen war, dass er sie befriedigt hatte.

„Alles in Ordnung, Baby. Ich will im Satyr-Stil Liebe mit dir machen, aber ich will dir nicht wehtun."

Er erhob sich von der Liege und ging zum Vorratsschrank. Zuvor hatte er darin ein paar Sanitätsartikel gesehen. Und wenn er sich nicht irrte, gab es auch ein Töpfchen mit Vaseline. Es würde seinen Zweck erfüllen. Als er sich mit der Creme in der Hand wieder zu ihr drehte, hatte sich Maya auf den Bauch gedreht. Gabriel atmete ein. Sie würde sein Ruin sein. Wie sollte er mit ihr an seiner Seite die nächsten hundert Jahre überhaupt aus dem Bett kommen?

Sein Blick wanderte über die Kurven ihres Rückens hinweg, dann über die weichen Rundungen ihres Hinterns, bevor er ihren wohlgeformten Schenkeln folgte. Sie hatte sie leicht gegrätscht, erlaubte ihm einen Blick auf ihre dunklen Locken, die vor Feuchtigkeit glitzerten. Von ihren Schamlippen sickerte der Samen, den er in sie gepflanzt hatte und er verspürte das Verlangen, seinen Schwanz erneut in ihren verführerischen Kanal einzuführen, um ihn darin zu halten. Es war ein alberner Gedanken, da er wusste, dass sein Samen keine Früchte tragen würde. Obwohl – hatte die Hexe nicht erwähnt, dass Satyr-Frauen fruchtbar waren? Es gab so viele Dinge, die sie ihm erzählt hatte, dass er sich nicht sicher war, ob er sich nicht verhört hatte.

Ohne Eile ging er zum Feldbett und setzte sich auf die Kante. Er konnte nicht genug davon bekommen, ihre Schönheit zu bewundern und ihr Komplimente zu machen. Er war gesegnet mit dem größten Geschenk seines Lebens: eine Frau, die ihn trotz allem wollte, trotz der Narbe in seinem Gesicht, trotz seiner beiden Glieder und den dunklen Fantasien, die sie mit sich brachten.

„Du bist wunderschön", flüsterte er und streichelte mit der Hand über ihren nackten Rücken. „Ich wünschte, ich wäre ein Maler, dann würde ich dich genauso malen."

Sie drehte ihren Kopf zu ihm und lächelte. „Mir würde es viel besser gefallen, wenn du mit mir schlafen würdest, statt mich zu malen." Dann verharrten ihre Augen auf seinen Händen. „Berühr mich."

Gabriel inhalierte und tauchte dann seinen Finger in die Vaseline. „Ich verspreche, ich werde so vorsichtig sein, wie ich kann."

Maya schloss ihre Augen und seufzte. Als er seine Hand an ihrer Falte entlangstreifte, bewegte sich ihr Hintern zu ihm, öffnete sich für ihn. Unterstützt von dem Gleitmittel glitt sein Finger reibungslos entlang, bis er den straffen Muskelring erreichte, der den Eingang in ihr dunkles Portal bildete. Er hörte, wie sie scharf einatmete, als sein Finger dort verweilte. Langsam umkreiste er ihren Eingang und verteilte die Creme.

Der Gedanke daran, das Tor zu dieser dunklen Grotte zu durchbrechen, ließ seinen Körper noch mehr Blut in seine Schwänze pumpen. Er blickte an sich hinab, wo seine Zwillingsschäfte erigiert dastanden, gierig darauf, in sie zu stoßen. Vor ihm lagen bisher unbekannte Freuden, und er spürte Nervosität auf seiner Haut entlangkriechen. Er wollte sie nicht verletzen.

„Ich habe das noch nie zuvor getan."

„Ich auch nicht", gestand sie.

Mit kaum erkennbarem Druck untersuchte er ihre dunkle Höhle und bemerkte, wie sie sich entspannte. Seine Fingerspitze glitt durch den straffen Muskel, bis dieser seinen Finger in sich aufnahm.

Ein leises Stöhnen kam von Maya, und er konnte es nur erwidern. Nie in seinem Leben hatte er etwas dergleichen gefühlt. Mayas Muschi hatte ihn aufgenommen wie ein enger Handschuh, doch das Wissen, dass ihr dunkles Portal ihn bald auspressen würde, raubte ihm den Atem. Er würde es nicht überstehen. Sein Schwanz würde diese Freude nicht länger als zehn Sekunden ertragen. Vielleicht war es gut so – er würde sie dieser Qual nicht allzu lange aussetzen. Er glaubte noch immer nicht, dass sie es genauso wollte wie er. Viel wahrscheinlicher war, dass sie ihn seine dunklen Fantasien ausleben ließ, weil sie ihn nicht verlieren wollte.

Er tauchte seinen Finger tiefer in sie, gab ihr Zeit, sich an sein Eindringen zu gewöhnen.

„Mehr", flüsterte sie. Ihre Stimme war heiser und erfüllt von Leidenschaft. Ihre Forderung löschte seine Sorgen aus, dass er ihr wehtat. Er schob seinen Finger noch tiefer. Dann, langsam, zog er ihn wieder zurück, nahm ein bisschen mehr von der Creme und drang wieder in sie ein.

Jetzt keuchte Maya heftig, und mit ihren Hüften gebeugt zwang sie ihn, schneller in sie einzudringen. „Ja!"

Ihr Enthusiasmus war keineswegs an ihm verschwendet. Mochte sie das wirklich? Sein Herz schwoll an, als sie in einen Rhythmus verfiel, in dem sie abwechselnd ihren Hintern vor und zurück schob, sodass sein Finger zwangsläufig immer wieder in sie stieß. Als er bemerkte, dass sie mehr wollte, übernahm er die Führung und fickte ihren Arsch mit seinem Finger genauso, wie sie es forderte: mit langen, tiefen Stößen, die schneller wurden, als ihre Atemzüge kürzer und oberflächlicher wurden.

Als sie mehr forderte, tauchte er einen weiteren Finger in sie, dehnte sie weiter. Er konnte sich von der erotischen Ansicht nicht lösen. Als seine Finger in ihrer dunklen Höhle verschwanden, fiel sein Herz in einen Fieberanfall. Seine Schwänze tropften vor Vorfreude und sein gesamter Körper prickelte.

Er konnte nicht länger warten. Er verlagerte sein Gewicht und kniete hinter ihr zwischen ihren gespreizten Beinen. „Geh auf Hände und Knie", schmeichelte er ihr, zog seinen Finger aus ihr und drückte ihren Hintern an seine Leiste.

Gabriel verteilte etwas von dem Gleitmittel auf seinem oberen Schwanz, bevor er ihn an ihrem Eingang platzierte. Sein unteres Glied war bereits am Eingang ihrer Muschi, bereit, in sie einzudringen. Ihr Honig umspielte die Spitze seines harten Schafts, versprach ihm Freuden, die über seine wildesten Fantasien hinausgingen.

Mit einer Hand hielt er sie an ihrer Hüfter fest, mit der anderen führte er seinen oberen Schwanz, als er nach vorne schob. Fast ohne Mühe verschwand seine Spitze in ihr, schob sich durch ihren engen Ring.

„Oh Gott", hauchte sie.

„Zu viel?" Er war bereit, sich zurückzuziehen, falls er ihr Schmerzen bereitete.

Sie schüttelte leicht den Kopf, während sie sich zu ihm hin bewegte und ihn somit tiefer in sich aufnahm. Sein unterer Schwanz stieß ohne Widerstand in ihre Muschi, während der obere sich nach vorne schob. In ihr konnte er spüren, wie seine beiden Schwänze gegen die dünne Membran rieben, die ihre beiden Kanäle trennte.

„Oh, fuck!" Bei diesen intensiven Empfindungen in seinem Körper konnte er nicht vermeiden zu fluchen. Bevor er wusste was er tat, stieß er in sie, bis es nicht mehr weiter ging. Die Art, wie ihr Körper ihn aufnahm, ihn auspresste, ließ ihn beinahe die Kontrolle verlieren.

„Ohfuckohfuckohfuck…" Nichts hatte sich je so perfekt angefühlt. Keine andere Freude war jemals so intensiv gewesen. Wenn er jetzt starb, starb er als ein glücklicher Mann.

Als Maya sich unter ihm rührte, offensichtlich, um ihn dazu zu bringen, sich zu bewegen, hielt er sie an den Hüften fest. „Baby, gib mir eine Sekunde, oder ich komme."

Sie kicherte.

„Nur zu, mach dich über mich lustig“, meinte er. „Warte nur, bis du dran bist.“

„Ich *bin* doch dran.“

Die Ablenkung, die ihr kleiner Scherz mit sich brachte, half ihm, die Fassung wieder zu erlangen. „Dann mal los.“ Gabriel zog sich zurück, entzog ihr seine Schwänze bis auf die Spitzen, bevor er erneut in sie stieß. Als er seinen Rhythmus fand und sie hart ritt, war er erstaunt, wie perfekt ihre Körper zusammenpassten. Sie war wahrlich wie für ihn geschaffen, ihre Muschi nahm ihn perfekt in sich auf und ihr straffer Hintern presste ihn so, dass er kurz vor dem Abgrund schwebte.

Der Klang von Leidenschaft, der über ihre Lippen kam, erwärmte sein Herz und erfüllte ihn mit Stolz. Er war der Grund dafür. *Er* verursachte ihr diese Freuden. Es war alles, an das er denken konnte. Noch nie hatte er eine Frau so hart geritten, so schnell, so wild. Doch er hatte keine Angst mehr, sie zu verletzen. Maya war beides, Vampir und Satyr, mit einem Körper nahezu so stark wie sein eigener. Ein Körper, der dazu geschaffen war, ihn zu beherbergen und ihm endlose Freuden zu bereiten.

Zum ersten Mal dankte er den Umständen, die sie zusammengebracht hatten. Obwohl das, was Ricky ihr angetan hatte, grausam war, wusste Gabriel, dass es Schicksal war. Und er würde alles in seiner Macht Stehende unternehmen, um sie glücklich zu machen, sodass sie ihr Leben nie bereuen müsste. Er würde ihr alles geben, was sie jemals wollte.

„Ich liebe dich“, flüsterte er und drang tiefer in sie ein. „Meine Frau, meine Gefährtin, meine Liebste.“

In seinen Augen war sie bereits sein. Das Bindungsritual wäre nur noch reine Formsache – wenn auch eine sehr angenehme und erregende Formsache.

„Gabriel“, schrie sie, bevor ihr Körper sich plötzlich verkrampfte und ihre Muskeln sich um ihn verengten. Er spürte ihren Orgasmus, als wäre er bereits mit ihr blutgebunden, spürte die Wellen, die durch jede Zelle ihres Körpers schwappten, bis sie bei ihm angelangt waren und ihn mit sich rissen. Seine Schwänze zuckten im Einklang, pumpten heiße Samenergüsse in sie, als er wie ein explodierender Vulkan kam. Sein Höhepunkt nahm seinen gesamten Körper ein, sandte Stoßwellen durch ihn, so wie es keine Bombe zustande bringen würde. Seine Sicht wurde unklar und sein Kopf war leer, als sein Körper sich wie schwerelos anfühlte.

Als er auf ihr zusammenbrach, hatte er kaum genug Kraft in sich, sich auf die Seite zu rollen, damit er sie nicht unter seinem Gewicht zusammendrückte. Einige Momente konnte er nicht sprechen, konnte nur Atem holen.

Er legte seine Hand auf ihre Brust und spürte ihren Herzschlag, der so raste wie seiner. Maya legte ihre Hand auf seine und verhakte ihre Finger mit seinen. Sie drehte den Kopf und er blickte in die Augen einer sehr zufriedenen Frau. Es war ein Blick, den er immer in ihren Augen sehen wollte, für den Rest ihres Lebens.

Ein leichtes Streifen seiner Lippen gegen ihre war alles, was er steuern konnte. Ihm fehlten die Worte um zu beschreiben, was er empfand, doch als er ihren Blick erwiderte, wusste er, dass sie ihn auch ohne Worte verstand. Sie waren eins.

34

Maya erwachte und sah, wie Gabriel sie anblickte, seinen Kopf auf seine Hände gestützt.

„Warum hast du mich nicht aufgeweckt?"

„Du musstest dich ausruhen."

„Was ich brauche, ist ein Kuss", neckte sie ihn und zog seinen Kopf zu sich. Er gab willig nach, und sie bedeckte seinen Mund mit ihrem. Sie streifte ihre Zunge über die Ränder seiner Lippen, und er teilte diese mit einem Seufzer. Seine Zunge traf ihre und sie tanzten miteinander.

„Hmm, wenn du mich jeden Tag so küsst, bin ich ein sehr glücklicher Mann."

Sie lächelte und streifte ihre Finger über seine Narbe. „Und wenn du so mit mir Liebe machst, wie du es getan hast, bin ich eine sehr glückliche Frau."

„Also gefällt dir Sex auf die Satyr Art?"

„Angelst du nach Komplimenten?"

Er lachte so sorglos, wie sie es noch nie an ihm gesehen hatte. „Was, wenn es so ist?"

„Ich schätze, dann muss ich dir wohl die Wahrheit sagen." Maya spürte, wie er sich anspannte, als erwarte er schlechte Nachrichten. „Jetzt verstehe ich, warum in meinem Sexualleben immer etwas fehlte. Ich war nie wirklich befriedigt. Irgendetwas fehlte einfach. Als Satyr brauche ich das, was du mir gibst. Kein Mann außer dir hat es jemals geschafft, dass ich mich vollkommen fühle."

Sie liebte das Lächeln, das sich über seinem Gesicht ausbreitete, als er ihre Worte aufnahm.

Seine Lippen waren fest und warm, als er sie gegen ihren Mund drückte. Doch bevor sie sich an ihn lehnen konnte, zog er sich zurück. „Wo wir schon davon sprechen, was ich dir geben kann ... Du musst dich ernähren."

Maya setzte sich auf. Sie war hungrig, doch sie konnte sich nicht von ihm ernähren, nicht jetzt. „Nein, Gabriel. Wir haben kein menschliches Blut hier. Und wenn ich mich von dir ernähre, wirst du schwächer."

„Kein Problem", meinte er beharrlich und zog sie zu sich.

„Doch ist es. Wenn wir von hier verschwinden, musst du stark sein. Wir wissen nicht, was uns erwartet. Wenn ich dich jetzt schwäche, bringe ich uns beide in Gefahr.

Er nickte und setzte sich neben ihr auf. Sie war sicher, dass es ihm missfiel, doch sie bemerkte, dass er ihre Argumentation auch verstand.

Sie berührte seine Wange. „Ich liebe es, von dir zu trinken. Du kannst dir gar nicht vorstellen, wie sehr. Es ist, als würde ich mit dir verschmelzen."

Die Wärme in seinem Blick verriet ihr, dass er genauso fühlte. „Aber wir machen es bald, denn ich vermisse es bereits."

Bei seinen Worten schlug ihr Herz einen Purzelbaum.

Gabriels Augen schweiften von ihr ab auf die Uhr über dem Tisch. Sie folgte seinem Blick. „Bald geht die Sonne unter. Wir müssen uns fertig machen."

~ ~ ~

Der Nebel verdeckte die waldige Umgebung, als sie ihr sicheres Versteck im Bunker verließen. Maya zitterte, als die kühle Nachtluft ihre warme Haut erreichte. Ihr war nicht bewusst gewesen, wie sehr sich ihr Körper in Gabriels Armen erwärmt hatte, doch der Unterschied war nun spürbar.

Sie sprachen kein Wort, um niemanden gehört zu werden, sollte Ricky in der Nähe sein. Hand in Hand entfernten sie sich von dem Bombenschutzbunker, achteten auf jeden Zweig, der auf dem Boden lag und knacken und damit ihre Position preisgeben könnte. Wäre sie nicht so nervös und besorgt gewesen, hätte Maya von ihrer nächtlichen Sehschärfe geschwärmt. Sie konnte alles so deutlich sehen, als wäre es Tag – abgesehen davon, dass nicht einmal ihre Nachtsicht den dichten Nebel durchdringen konnte. Sie hoffte, dass das bedeutete, dass auch kein anderer Vampir sie durch den dicken Schleier aufspüren konnte. Zum ersten Mal war sie dankbar für den Nebel, der San Francisco jeden Sommer heimsuchte. Wenigstens bot er Schutz, wenn schon die Finsternis es nicht tat.

Sie atmete gleichmäßig, redete sich ein, dass die Stelle, an der sie Gabriels Handy zerstört hatte, weit genug weg war, sodass Ricky ihre Spur längst verloren haben musste. Und überhaupt hatte er tagsüber selbst einen Unterschlupf suchen müssen und hatte die Gegend bestimmt eilig verlassen.

Maya lauschte dem Klang der Nacht, doch alles, was sie hören konnte, war ihr eigener Herzschlag und Gabriels Atmung. Sie blickte ihn von der Seite an und bemerkte die harten Linien um seinen Mund. Seine Augen suchten pausenlos die Gegend ab. Sie erinnerte sich daran, dass er ihr einmal erzählt hatte, dass er als Bodyguard bei Samson begonnen hatte. Und für seine Kenntnisse war sie nun dankbar. Nicht, dass sie dachte, dass Gabriel nicht alles tun würde, um sie zu beschützen, doch das Wissen, dass er die passende Ausbildung genossen hatte, erleichterte sie.

Ein Händedruck und das Nicken seines Kopfes sagten ihr, dass er die Richtung ändern wollte. Sie folgte ihm ohne Zögern: Tatsächlich würde sie ihm überall hin folgen, selbst nach New York. Wenn er dorthin zurückkehren musste, würde sie mit ihm gehen.

Maya versuchte, ihre Augen auf den Pfad vor sich zu richten, doch ihre Gedanken wanderten umher. Zu viele Dinge waren ihr in den letzten Stunden zugestoßen. Gabriels Offenbarung, dass sie beide Satyrn waren, hatte sie verblüfft, doch sie stellte es nicht in Frage. In der letzten Woche hatte sie gelernt, dass, egal wie unfassbar eine Behauptung auch klang, wenn sie von Gabriel kam, sie darauf vertrauen konnte, dass es die Wahrheit war. Und es ergab nun alles einen Sinn. Die Leere, die sie immer beim Sex empfunden hatte, war von ihr genommen worden. Und sie war von völliger Befriedigung abgelöst worden, als Gabriel sie auf die Satyr Art genommen hatte. Sie hatte sich nie zuvor in ihrem Leben vollkommener gefühlt. Sollte sie je Zweifel gehegt haben, ob sie wirklich ein Satyr war, hatte dieser Akt diese komplett aus ihrem Verstand gelöscht.

Der Wald schien während ihrem Marsch immer dichter zu werden. Sie wusste, dass sie nach Osten, in Richtung Botanische Gärten und dem Tennisplatz gingen, doch ihr Entfernungssinn ließ zu wünschen übrig. Sie bemerkte, dass Gabriel versuchte, die oft benutzten Schleichwege zu meiden und sich stattdessen durch die bewaldeten Stellen schlug, wo die Bäume Schutz boten.

In der Ferne sah Maya eine weiße Struktur, und als sie sich näherten, erkannte sie sie als den viktorianischen Wintergarten, der unzählige exotische Pflanzen beherbergte. Ein kleiner Geschenkeladen und ein Kassenhäuschen standen einige Meter von dem Hauptgebäude entfernt. Alles war still.

Gabriel deutete auf das Kassenhäuschen, um anzudeuten, dass es ihr Ziel war. Sie nickte. Sie überquerten die Wiese und sie spürte, wie sie sich anspannte. Trotz des dicken Nebels würden sie sich zur Schau stellen und ihre dunklen Schatten wären sichtbar. Maya konnte nicht anders, als über ihre Schulter zu blicken. Sie bemerkte, dass Gabriel das Gleiche tat. Ihre Hände waren klamm und ihr Herz schlug schneller als zuvor.

An der kleinen Kassenhütte angekommen drückte Gabriel sein Gesicht an die Scheibe und spähte hinein. „Da ist ein Telefon“, sagte er mit gedämpfter Stimme. „Kannst du die Türe von innen öffnen?“

Sie verstand. Sie hätten das Glas einschlagen können, doch das Geräusch hätte einen Spaziergänger mit Hund, oder noch schlimmer Ricky angelockt, falls er in der Nähe war. Maya schloss die Augen und konzentrierte sich. Sie stellte sich vor, wie das Türschloss sich regte und hörte sogleich ein Klicken. Sie wurde immer besser.

Einen Moment später zog Gabriel am Griff und die Tür ging auf. Er drängte sich in den engen Raum und zog sie hinter sich hinein. Dann schloss er leise die Tür.

Als er den Hörer nahm und wählte, schien jeder Tastendruck laut in dem Häuschen zu hallen. Sie hoffte, dass es nur ihre Einbildung war, die die Geräusche so verstärkte. Sie hörte ein Klingeln, dann eine leise Stimme am anderen Ende.

„Ja?“

„Amaury, ich bin’s, Gabriel.“ Gabriels Stimme war kaum hörbar.

„Gott sei Dank!“

„Wir sind im Wintergarten im Golden Gate Park. Maya ist bei mir. Kommt her und holt uns. Aber seid vorsichtig, Ricky ist uns in den Park gefolgt.“

„Fünf Minuten.“

Die Verbindung brach ab und Gabriel drehte sich zu Maya, zog sie zu sich in seine Arme, bevor er seine Lippen zu ihrem Ohr senkte. „Kannst du uns in den Wintergarten reinkriegen? Dort hätten wir mehr Platz, um uns zu verstecken.“

Sie nickte.

Der Wintergarten war ein riesiges Gebäude, das vollständig aus Glas und Stahl gebaut war. Die Stahlstruktur war weiß lackiert und gebogen und so lange wie ein Basketballfeld. Die Kuppel thronte über der Mitte des Gebäudes und erinnerte sie an die Kuppel der City Hall, die ähnlich geformt war.

Sich Zugang zum Inneren zu verschaffen war genauso einfach wie die Tür des Kassenhäuschens zu öffnen. Maya war dankbar für ihre Gabe, und obwohl Gedankenkontrolle ein nützliches Mittel gewesen wäre, das sie gerne gehabt hätte, war ihre Fähigkeit zumindest sehr praktisch und hilfreich.

Sie inhalierte den Duft der Pflanzen in dem tropisch warmen Gewächshaus. Der Geruch überwältigte ihre Sinne, die Pollen rochen so intensiv, dass sie Gabriel neben sich kaum wahrnehmen konnte. Es war, als schlossen die Blumen alle anderen Gerüche aus.

Die Fensterscheiben hatten tagsüber das Sonnenlicht aufgenommen und das Haus hatte sich aufgeheizt. Selbst nachts hielt sich die Wärme noch. Maya sah sich um und entdeckte die Gänge, die zwischen den Pflanzen angelegt waren. Kleine Täfelchen standen neben jeder Pflanze, sie zeigten Name und Ursprung an.

Gabriels Arme schlangen sich von hinten um sie und für eine Sekunde erschrak sie. Doch er zog sie an seine Brust und küsste ihren Nacken. „Ich kann es kaum erwarten, dich zu meiner Frau zu machen“, murmelte er gegen ihre Haut. Er knabberte an ihrem Ohrläppchen und Maya schmolz dahin.

Sie stöhnte auf die Freude hin, die er ihr mit dieser einfachen Berührung bereitete. „Lass mich nicht zu lange warten. Ich mochte lange Verlobungen noch nie.“

„Zwei oder drei Tage. Höchstens“, stimmte er zu. „Sobald das hier vorbei ist und wir mit Ricky fertig sind.“

„Du solltest ihr keine Versprechungen machen, die du nicht halten kannst.“

Die Stimme schnitt durch sie wie ein Messer. Gabriel ließ sie los und schob sie hinter sich in den Schutz seiner imposanten Statur. Sie hatte ihn noch nie so schnell reagieren sehen. Ricky erschien aus dem Schatten einer großen Farnpflanze. Sie hatte nicht gehört, wie er das Glashaus betreten hatte, noch hatte sie ihn gerochen. Selbst jetzt, wo sie sich auf ihn fokussierte, war alles, was sie riechen konnte, der Duft der exotischen Blumen.

Gabriels Haltung änderte sich augenblicklich und sie konnte sehen, wie er sich für einen Kampf bereitmachte. In seiner Hand hielt er plötzlich einen Pflock. Sie hatte nicht gesehen, wie er diesen aus seiner Jacke gezogen hatte, doch musste er ihn darin versteckt gehalten haben.

„Ich halte meine Versprechen immer.“ Gabriel antwortete mit angespannter Stimme. „Das eine, das ich letzte Nacht gegeben habe, war, dich zu töten.“

Bevor sie Gabriel aufhalten konnte, stürzte er sich auf Ricky. Sein großer Körper prallte auf den etwas kleineren Vampir und raubte ihm damit das Gleichgewicht. Doch bevor Gabriel seinen Pflock in ihn schlagen konnte, hatte Ricky sich zur Seite gerollt und war aufgesprungen. Ihr war nicht bewusst gewesen, dass er so wendig war.

Gabriel drehte sich innerhalb eines Augenblicks und knurrte mit tiefer, dunkler Stimme. In seiner Wut waren seine Fänge erschienen und Maya konnte deutlich erkennen, wie sie im Dunklen funkelten. Seine Narbe schien zu pochen.

Mit einem Satz stürzte Gabriel sich erneut auf den Angreifer, seine kräftigen Arme landeten in seiner Seite. Doch es war nicht genug. Rickys Bein stieß eine Sekunde später aus und rammte in Gabriels linken Schenkel, riss ihn aus dem Gleichgewicht. Für einen Moment taumelte Gabriel zur Seite, doch der Ast neben ihm bot ihm genug Halt, um sich wieder aufzurichten.

Doch der Stoß hatte ihn Zeit gekostet. Rickys nächster Tritt landete in Gabriels Magen, stieß ihn in das Blumenbeet hinter ihm. In der Sekunde, in der er den Boden berührte, rollte Gabriel sich zur Seite und sprang auf. Für einen riesigen Mann war er sehr beweglich.

„Verdammt!“, fluchte Gabriel, als er bemerkte, dass er seinen Pflock verloren hatte. Als Ricky auf Gabriel los eilte, rang Maya nach Luft.

Rickys Kopf schwang in ihre Richtung und innerhalb einer Millisekunde änderte er seine Richtung und sprang auf ein Geländer, das die Blumenbeete umgab.

Das war, als sie das Seil entdeckte. Es hing von einem der Balken hoch über dem Beet. Ricky hatte es ebenfalls gesehen und griff nun danach. Als er sich daran festhielt, stieß er sich am Stamm einer kleinen Palme hinter sich ab und brachte sich damit in ihre Richtung. Maya versuchte ihm zu entkommen, doch sie war nicht schnell genug. Ricky streckte seinen Arm aus und zog sie an sich. Mit einem Stoß entzog er ihr den Boden unter den Füßen.

Sie fiel mit dem Gesicht voran in die Erde. In dem Wissen, dass er direkt hinter ihr war, rollte sie sich zur Seite, entkam ihm um Haaresbreite. Aus dem Augenwinkel heraus sah sie, wie Gabriel auf sie zu rannte. Maya richtete sich auf, versuchte auf die Beine zu kommen, doch rutschte im Schlamm aus.

Eine Hand griff nach ihr und der Schauer, der durch ihren Körper lief, bestätigte ihr, dass Ricky sie erwischt hatte. Er verdrehte ihren Arm und zog sie zu sich.

Kurz darauf sah sie, wie Gabriel mit schockierter Miene stehen blieb. Sie verstand nicht, warum er nicht näher kam. Erst als sie ihre Lunge mit einem tiefen Atemzug füllte und ihre Brust gegen etwas stieß, erkannte sie warum: Ricky hielt einen Holzpflock gegen ihr Herz.

„Ein Schritt weiter und ich mache sie zu Staub."

Maya schluckte. Gabriels Augen waren schmerzerfüllt. Sie sah, wie sein Verstand arbeitete, wie er jedes nur irgend mögliche Szenario durchging, um sie aus dieser Lage zu befreien, doch sie erkannte, dass Ricky am Zug war. Und Gabriel würde nie ihr Leben riskieren.

„Du bist so durchschaubar, Gabriel. Ich schätze, das kommt davon, dass du mit deinem Schwanz denkst", spottete Ricky.

„Lass sie gehen!"

„Sie sollte mir gehören. Ich habe sie zuerst gesehen. Wenn du dich nicht eingemischt hättest, wäre sie nun mein."

Maya spürte, wie Zorn sich in ihr ausbreitete. „Niemals!"

Ricky zog sie näher an sich und verdrehte ihren Arm noch weiter hinter ihrem Rücken. Sie ignorierte die Schmerzen und konzentrierte sich stattdessen auf die Abscheu, die sie ihm gegenüber empfand.

„Rede dir so etwas doch nicht ein. Du wirst noch zu meinem Eigentum. Sobald wir hier weg sind und wir ganz alleine sind, wirst du keine Wahl haben."

„Ich werde dich zur Strecke bringen", warnte ihn Gabriel.

Ricky lachte, als er rückwärts ging und sie mitschleifte. Wie ein Schutzschild war sie an ihn gedrückt, und es gab keine Möglichkeit für Gabriel, ihn anzugreifen, ohne zu riskieren, dass er Maya verletzte. Instinktiv wusste sie, dass es an ihr lag, sich zu befreien. Aber Ricky war stark. Von ihrem Gefecht in Samsons Haus wusste sie genau wie stark. Da hatte sie wenigstens noch die Gelegenheit gehabt, ihre Gabe gegen ihn zu verwenden. Sie konnte es erneut versuchen.

Mayas Augen schossen in der dunklen Halle umher, als sie versuchte, etwas zu finden, womit sie sich befreien konnte. Doch sie fand nichts. Außer einigen Wasserkübeln war nichts in ihrer Nähe, das sie als Waffe benutzen konnte.

Sie erreichten den hinteren Teil der Halle, und sie spürte, wie Ricky die Türe öffnete, um in den nächsten Teil des Gebäudes zu gelangen. Sie warf Gabriel einen letzten Blick zu, hielt Augenkontakt mit ihm, sagte ihm damit, dass sie ihn liebte, bevor die Tür ins Schloss fiel und sie allein mit Ricky war.

Er entfernte den Pflock nicht von ihrer Brust. Offensichtlich hatte er von ihrem vorausgegangenen Kampf gelernt.

„Was willst du hierdurch erreichen? Du weißt, dass er dich umbringen wird, sobald er dich schnappt."

„Ja, aber bis das geschieht, werde ich dich gehabt haben und dann bist du beschädigte Ware. Ich werde deinen Körper so oft und so qualvoll genommen haben, dass selbst *er* dich nicht zurückhaben will.“

Auf die Gehässigkeit in seiner Stimme gefror Mayas Blut in ihren Adern. Sie versuchte, das verzweifelte Gefühl abzuschütteln, das sich in ihr breitmachte. Nein, selbst wenn Ricky tun würde, was er plante zu tun, würde Gabriel sie noch immer lieben.

Ihre Ohren stellten sich auf. In der Ferne zerbrach Glas. War es Gabriel?

Ricky hatte es auch gehört. „Es ist an der Zeit zu verschwinden.“

Er schob sie vor sich, der Pflock nun in ihrem Rücken. Das bedeutete wohl, dass er sie auch von diesem Winkel aus töten konnte – er müsste den Pflock nicht in ihre Brust schlagen, weil es auch so ging.

Maya erkundete ihre Umgebung und fand eine Schaufel, die am Boden herumlag. Jemand hatte wohl vergessen, nach verrichteter Arbeit die Werkzeuge wieder aufzuräumen. Sie konzentrierte sich auf das Gerät, als sie daran vorbeigingen, und stellte sich vor, wie die Schaufel vom Boden abhob und in der Luft schwebte.

Ein Schlag gegen einen Metallgegenstand unterbrach ihre Konzentration. Sie spürte, wie Ricky sich drehte und dann fest an ihrem Arm zog. „Schlampe!“

Sie drehte ihren Kopf und sah, dass die Schaufel an einen Pfeiler gestoßen war, den sie nicht beachtet hatte.

„Wenn du das noch einmal versuchst, pfähle ich dich sofort hier.“

Sie zweifelte an seiner Drohung. Er wollte sie schon viel zu lange, dass sie nicht glaubte, dass er sie umbringen würde, solange er sich nicht an ihr vergangen hatte. Sie vermutete, dass er zumindest versuchen würde, sie zu vergewaltigen. Der kranke Bastard würde sich diese abscheulichen Freuden sicherlich nicht entgehen lassen.

Ricky schob sie durch die nächste Tür. Aus dem Augenwinkel nahm sie eine Bewegung zu ihrer Linken wahr und blieb abrupt stehen. Ricky rempelte sie an und der Holzpflock stieß gegen ihren Rücken. Instinktiv wich sie nach vorne. Der Kontakt mit dem Holzgegenstand hatte ihr Herz auf Hochtouren gebracht.

Sie nutzte den Moment, um sich aus Rickys Armen zu zerren. Eines ihrer Handgelenke kam frei und sie drehte sich in einem Halbkreis.

Ein weiterer dunkler Schatten erschien am Rande ihres Sichtfeldes, die Umrisse zu klein, als dass es Gabriel sein konnte. Vielleicht war es nur eine Halluzination.

Ihre Füße verloren plötzlich den Bodenkontakt, und sie fiel zur Seite. Ein Schatten sprang im selben Moment über sie. Jemand hatte an ihren Beinen gezogen und ihr das Gleichgewicht geraubt. Und es war nicht Ricky.

Als sie sich erneut mit dem Gesicht zum Boden zeigend wiederfand, drehte sie sich schnell. Ein Grunzen hinter ihr machte sie auf einen Kampf aufmerksam. Sie konzentrierte sich auf die beiden Umrisse. Yvettes schlanker Körper war deutlich zu unterscheiden von Rickys muskulösem Bau. Doch ihren körperlichen Nachteil machte Yvette mit ihrer Schnelligkeit wett. Sie wich jedem seiner Schläge aus, wand sich wie eine Schlange, mit Bewegungen so schnell, dass Maya kaum mit ihren Augen folgen konnte.

„Gabriel!", schrie sie, um ihm ihre Position zu verraten.

Hastige Schritte bewegten sich in ihre Richtung. Zuerst erkannte sie Zane. Sie war noch nie in ihrem Leben so erleichtert gewesen, den kahlköpfigen Vampir auf sich zulaufen zu sehen. Hinter ihm erschien ein weiterer Umriss: Amaury, und schließlich kam auch Gabriel von einem Weg auf ihrer Linken auf sie zugerannt.

Als Zane und Amaury sich an dem Kampf gegen Ricky beteiligten, sprang Maya auf und warf sich in Gabriels Arme.

„Oh, Gott, Baby. Es tut mir so leid, dass ich dich nicht beschützen konnte." Er schlang seine Arme um sie.

„Jetzt bist du ja hier."

Über ihre Schulter blickend sah sie, wie Zane und Amaury Ricky zähmten. Vor ihm stand Yvette mit weit gegrätschten Beinen. In einer Hand hielt sie einen Pflock.

„Ich sollte dir antun, was du versucht hast, mir anzutun." Yvette spuckte in sein Gesicht und Ricky versuchte, ihre Spucke von sich abzuschütteln – ohne Erfolg. Ungehindert lief sie sein Kinn hinab.

Dann wandte Yvette sich an Gabriel und Maya. „Er hat mich am Kamin im Haus der toten Krankenschwester angebunden und ließ mich auf den Sonnenaufgang warten."

Bei der Vorstellung von Rickys Grausamkeit lief es Maya kalt den Rücken hinab.

„Habe ich deine Erlaubnis?" Yvette hob die Hand, in der sie den Pflock hielt, sodass Gabriel ihn sehen konnte.

„Mach es schnell", antwortete er und drehte sich weg, nahm Maya mit sich, sodass sie nicht sehen musste, was passierte.

„Jetzt bist du in Sicherheit", flüsterte er und küsste sie.

35

Der Friedhof lag im Dunkeln. Fackeln erleuchteten das Gelände um das Grab, das ausgehoben war. Der Sarg, der keinen Leichnam in sich trug, war darüber aufgebahrt, bedeckt mit weißen Lilien.

Maya blickte auf die versammelten Leute. In der Nacht zuvor waren Samson und Delilah zurückgekehrt, und sie war ihnen zum ersten Mal begegnet. Delilah, die süße Frau des mächtigsten Vampirs in San Francisco, war ihr sofort sympathisch. Samson und sie hatten ihre Gastfreundschaft ausgedehnt und sie und Gabriel gebeten zu bleiben, bis sie entschieden hatten, wo sie wohnen wollten. Sie hätte sich eine herzlichere Aufnahme kaum vorstellen können.

Oliver, Samsons Assistent bei Tageslicht, ein Sterblicher, stand neben ihnen und hatte seine Augen auf den Boden gerichtet. Mit Carl hatte er einen guten Freund verloren.

Maya schaute zu Amaury und der hübschen blonden Frau an seiner Seite. Sie ergaben ein beeindruckendes Pärchen und es schien, dass Amaury in ihrer Gegenwart entspannter und sanftmütiger war als alleine. Obwohl Nina eine große Frau war, wirkte sie klein neben ihrem Gefährten und sie erschien zerbrechlich, sie war allerdings nichts dergleichen. Nach dem, was die anderen Vampire ihr erzählt hatten, war es nicht immer leicht, mit ihr fertig zu werden – und das genoss Amaury in vollen Zügen.

Maya verstand nun auch die Verbindung zwischen Nina und Eddie. Sie war überrascht darüber, dass Eddie ihr Bruder war. Die Ähnlichkeit war offensichtlich, doch sie hatte nicht erwartet, dass eines der Geschwister ein Vampir war und der andere ein Mensch. Doch als Thomas ihr von Eddies Verwandlung erzählt hatte, verstand sie.

Selbst Dr. Drake und die Hexe Francine waren unter den Trauergästen. Erst hatte es Proteste gegeben, als die Nachricht sie erreichte, dass Francine auch an der Trauerfeier teilnehmen wollte. Doch nachdem Gabriel erklärt hatte, wie entscheidend sie für Mayas Überleben gewesen war, hatten die Vampire beschlossen, sie teilnehmen zu lassen. Doch es war etwas Neues für sie alle.

Zane und Yvette standen bei einer Gruppe Vampiren, die Maya nicht kannte. Kollegen von Scanguards vermutete sie. Als ihr Blick sich mit Yvettes traf, war sie überrascht, dass diese sie und Gabriel, der Mayas

Hand hielt, anlächelte. Maya lächelte zurück und spürte ihr Herz anschwellen. Diese Leute waren jetzt ihre Familie. Sie hatten sie akzeptiert und für sie gekämpft, sodass sie leben konnte. Und Carl hatte sein Leben geopfert, um sie zu beschützen.

Maya richtete ihre Aufmerksamkeit wieder auf Samson, dessen Ansprache zu Ende ging.

„Mein Freund, wo immer du jetzt bist, ich werde unsere gemeinsamen Jahre nie vergessen."

Zwei Vampire ließen den Sarg in die Grube hinab. Niemand bewegte sich, bis er ganz verschwunden war, dann nahm Samson eine Schaufel und warf etwas Erde darauf. Doch er stoppte nicht nach der symbolischen Schaufel voll, sondern fuhr fort.

Maya blickte zur Seite und Gabriel erklärte mit gedämpfter Stimme: „Er hat Carl erschaffen. Es ist seine Aufgabe, ihn in Frieden ruhen zu lassen. Er hat das Grab ausgehoben. Und er wird es auch wieder füllen."

Eine einzelne Träne kullerte an Mayas Wange hinab, als sie die Bedeutung von Samsons Handlung verstand.

Als das letzte Erdkörnchen das Grab gefüllt hatte, legte Samson die Schaufel beiseite und sagte: „Gute Nacht, mein Freund."

Dann entfernte er sich von der Gruppe. Delilah blieb stehen, machte keine Anstalten, ihm zu folgen. Als sie sich Maya näherte, sagte sie einfach: „Er muss jetzt alleine sein. Er wird uns zu Hause treffen."

„Du scheinst ihn ohne Worte zu verstehen", antwortete Maya.

Delilah lächelte und harkte sich bei Maya ein. „Gabriel, macht es dir etwas aus, wenn ich Maya für ein paar Minuten entführe?" Sie wartete nicht auf seine Antwort und zog sie mit sich.

„Lass uns ein wenig durch den Friedhof spazieren", sagte Delilah.

„Gerne." Maya nahm den Takt ihrer neuen Freundin auf.

Für einen Augenblick war Delilah still. Doch dann kam sie mit der Sprache heraus. „Ich weiß, es ist nicht dein Spezialgebiet. Aber ich hatte gehofft, dass du der Medizin in einem anderen Fachgebiet treu bleiben würdest."

Maya hob überrascht ihre Augenbrauen. „Was schwebt dir vor?"

„Geburtshilfe", gestand Delilah. „Ich kann ja nicht mehr zu einem menschlichen Arzt gehen. Sobald sie irgendwelche Tests am Fötus durchführen, werden sie herausfinden, dass es nicht vollständig menschlich ist. Und es wird nicht unser einziges Kind bleiben. Wir planen eine Großfamilie. Und Nina ist ja auch noch da."

„Ist sie auch schwanger?", fragte Maya.

„Amaury hofft es.“ Sie rollte mit den Augen und lachte. „Der Kampf ist noch nicht entschieden.“

„Nina und Amaury kämpfen?“

„Ständig.“

„Tut mir leid, das zu hören. Sie wirken sehr harmonisch zusammen.“

Delilah lachte erneut. „Sie wollen es gar nicht anders. Amaury braucht das, eine Frau, die ihn nicht mit allem davonkommen lässt. Und überhaupt, der Versöhnungssex muss spektakulär sein.“

Jetzt musste Maya kichern. „Dann denkst du, dass sie irgendwann nachgibt und Kinder mit ihm bekommen wird?“

„Ich weiß nicht. Das wissen nur sie selbst. In jedem Fall wird es gut zwischen ihnen laufen, egal, wie sie sich entscheiden.“

„Ich höre, wie hier über Kinder gesprochen wird“, sagte jemand von hinter ihnen.

Sie drehten sich beide zu Francine um, die ihnen gefolgt war. „Es tut mir leid, dass ich euch unterbreche, aber ich habe gehofft, dich ohne Gabriel anzutreffen.“

„Dann lasse ich euch beide lieber alleine“, bot Delilah an.

Francine hob ihre Hand. „Nein, bitte bleib. Ich möchte lediglich, dass Gabriel es noch nicht erfährt; sonst macht er sich Hoffnungen, die später vielleicht wieder zerstört werden.“

Neugier wuchs in Maya heran. „Worum geht es?“

„Ich habe dein Blut untersucht und es wurde bestätigt. Du bist ein Satyr, nicht dass wir das nicht schon vermuteten. Doch es hat mich zu etwas anderem geführt. Satyr-Frauen sind fruchtbar. Sie werden läufig, genau wie es bei dir war.“

Maya hielt den Atem an. War es wirklich möglich?

„Ich bin mir nicht ganz sicher, doch ich denke, da du nach deiner Verwandlung weiterhin läufig wurdest, könntest du weiterhin fruchtbar sein.“

„Denkst du, das kann sein?“ Maya versuchte, sich daran festzuklammern, als sie die Hexe fragte.

Delilah stieß sie leicht in die Seite. „Es gibt nur einen Weg, das zu bestätigen.“ Ein weiches Lächeln kräuselte sich um ihre Lippen und sie zwinkerte.

Francines Mund verwandelte sich in ein Grinsen. „Das sehe ich genauso.“

Maya griff nach der Hand der Frau und drückte sie. Ihr Herz war zu voll, um irgendetwas zu sagen, doch Francines Augen deuteten an, dass sie verstand. Und Maya wusste genau, was sie nun tun wollte.

~ ~ ~

Gabriel blickte in die Menge, die noch immer um das Grab herumstand. Kleine Grüppchen hatten sich gebildet, die alle über Carl und die Dinge, die in den letzten Tagen passiert waren, sprachen. Maya war nirgends zu sehen.

Er hielt Zane an, der an ihm vorbeigehen wollte. „Hast du Maya gesehen?“

„Sie hat vorhin mit Thomas gesprochen.“

Gabriel nickte und hielt Ausschau nach Thomas. Er sah ihn bei Eddie stehen. Gabriel steuerte auf ihn zu. „Weißt du, wo Maya hingegangen ist? Ich hab sie eine Weile nicht mehr gesehen.“

Konnte Thomas den besorgten Unterton in seiner Stimme hören? Gott, er war erbärmlich. Nur ein paar Minuten ohne sie und er war bereits erfüllt mit Sorge und Sehnsucht. Nur wenn sie in seiner Nähe war, war er ruhig.

Thomas blickte ihn wissend an. „Wenn das nicht der Blick eines verliebten Mannes ist.“

„Nun, weißt du, wo sie ist?“, wiederholte er seine Frage.

„Sie ist in meinem Haus.“

Überraschung erfüllte ihn. „Was tut sie denn da?“

„Ich habe es ihr für die nächsten drei Tage überlassen. Eddie und ich müssen für eine Trainingsübung nach Seattle. Also wird das Haus leer stehen. Samsons Haus ist momentan zu überfüllt. Ich schätze, ihr wollt ein bisschen Privatsphäre, aber wenn du nicht –“

„Nein. Natürlich“, antwortete Gabriel hastig. „Wir wollen Privatsphäre.“ Er hatte schon darüber nachgedacht, wo sie die Zeremonie für ihren Blutbund durchführen könnten. Ähnlich wie eine Hochzeitsnacht war auch der Blutbund eine private Angelegenheit. Nur mit den beiden Partnern anwesend.

Thomas reichte ihm einen Schlüssel. „Viel Spaß.“

Gabriel lächelte. Er würde Maya sagen, dass er sich noch in dieser Nacht binden wollte. Es gab keinen Grund, noch länger zu warten.

~ ~ ~

Gabriel schloss die Tür hinter sich. Thomas’ Haus war still und für einen Moment wunderte er sich, ob Maya überhaupt hier war. Doch dann atmete er ein und erkannte ihren Duft. Er folgte dem Geruch zum Privatteil des Hauses. Als er die Tür zum großen Schlafzimmer aufdrückte, begrüßte ihn ein traumhafter Anblick.

Der Raum wurde von dutzenden Kerzen erleuchtet. Das Bett war bezogen mit frischen weißen Laken und darauf lag Maya, gehüllt in ein blutrotes luftiges Negligé mit einem Ausschnitt, der bis zu ihrem Nabel reichte. Gabriel saugte das Bild in sich auf und wusste, dass er bereits hart unter seiner schwarzen Hose war.

Maya war ihm zuvorgekommen. Er wusste sofort, was die Szene vor ihm bedeutete: Sie war bereit, sich an ihn zu binden.

„Ich habe auf dich gewartet."

Er ließ die Tür hinter sich ins Schloss fallen, bevor er die Distanz zum Bett verringerte.

„Ich war besorgt, als du von der Beerdigung verschwunden bist."

„Ich wollte dich überraschen", antwortete sie und blickte ihn durchdringend an.

Langsam öffnete er den ersten Knopf seines Hemdes. „Das hast du."

Maya setzte sich auf und kam näher. „Lass mich dir dabei behilflich sein."

Gabriel versuchte, seine Ungeduld hinunterzuschlucken. Er wollte nichts überstürzen und sie nicht so wild ficken, wie er es in Samsons Wohnzimmer getan hatte. Doch als Mayas Hände begannen, die Knöpfe seines Hemds zu öffnen und ihn dabei an seiner Haut kratzten, schnaubte er verzweifelt.

„Ah, verdammt!" Er riss sich mit einem Mal das Hemd vom Leib und warf es auf den Boden.

„Jemand ist ungeduldig." Maya leckte ihre Lippen.

„Ist das ein Problem?"

Ihre Augen folgten seinen Händen, die an seiner Hose zerrten, die er ebenso hastig von seinem Körper riss wie zuvor das Hemd. In der gleichen Bewegung zog er sich auch seine Boxershorts vom Leib. Das Größerwerden ihrer Pupillen sagte ihm, dass sie auf seine Zwillingserektionen blickte. Der Duft von Mayas Erregung stieg ihm in die Nase.

„Nein, kein Problem", antwortete sie langsam, als ihr Atem in ihrer Kehle stecken blieb.

Er mochte, wie sie ihn anschaute, als er komplett nackt vor ihr stand. Er konnte sich nicht erinnern, sich jemals so schnell seiner Kleidung entledigt zu haben.

Gabriel füllte seine Lunge mit ihrem Duft. „Dachte ich mir schon." Bewusst senkte er seinen Blick auf das Dreieck dunkler Locken, das er durch den transparenten Stoff sehen konnte.

Als er einen Schritt auf sie zu machte, traf sie ihn auf halber Strecke. „Es ist an der Zeit", war alles, was er sagte, als er ihr tief in die Augen blickte.

„Ja", antwortete sie, bevor sie ihre Lippen für einen Kuss anbot. Er nahm sie, senkte seinen Mund auf ihren und tauchte seine Zunge zwischen ihre geteilten Lippen, um sie zu kosten.

Er legte sich mit ihr aufs Bett, vergrub ihren Körper unter seinem. Seine Hände schoben den Stoff beiseite, der nur knapp ihre Brüste bedeckt hatte, um ihre Haut zu liebkosen. Er liebte den Kontrast der roten Farbe gegen ihre dunkle Haut und ihr dunkles Haar. Mit dem weißen Laken unter sich sah sie aus wie ein wunderschönes Gemälde.

„Ich mag, was du anhast", flüsterte er gegen ihre Lippen. Seine Hand glitt entlang ihres Oberkörpers zu ihren Hüften, wo er den Stoff ergriff und nach oben schob. „Ich werde dich nicht ausziehen." Tatsächlich wollte er sich mit ihr binden, während sie das Negligé trug.

Maya spreizte ihre Beine und erlaubte ihm, sich an ihrem Kern niederzulassen. Das heiße kleine Lächeln, das sie ihm schenkte, signalisierte ihre Zustimmung. „Ich will dich jetzt, Gabriel."

Er positionierte seinen unteren Schaft an ihrer Grotte und stieß vorwärts. Sein oberer Schwanz glitt im selben Moment über ihre Klitoris, als er in sie eintauchte.

Ein Stöhnen kam über ihre Lippen. „Ich liebe es, wie du das machst."

Gabriel hielt ihrem Blick stand. „Das ist gut, denn ich liebe es, das zu tun." Um seine Aussage zu verstärken, zog er sich zurück und wiederholte die Bewegung. Und er tat es noch einmal. Dann fiel er in einen lockeren Rhythmus. Ihr Körper bewegte sich synchron zu seinem, oder vielleicht war es auch genau anders herum. Vielleicht bewegte *er* sich synchron zu *ihr*. Aber war das wichtig? Alles was zählte war, dass sie zusammen waren.

Er fand ihre Lippen und nahm sie, beanspruchte ihren Mund mit seiner Zunge, genauso wie sein Schwanz ihre Muschi beanspruchte. Er würde nie genug von ihr bekommen, aber er wusste, dass er das konstante Verlangen nach ihr genießen würde. Ein Verlangen, dem er nicht länger widerstehen konnte.

Als er ihre Lippen freigab, fühlte er seine Fänge jucken. „Verbinde dich mit mir."

Ein Funkeln in ihren Augen signalisierte ihm, dass sie auf seine Forderung gewartet hatte. Als ihre Fänge unter ihren Lippen hervorstießen, konnte er seine Aufregung kaum eindämmen.

„Du bist wunderschön“, murmelte er, bevor er seine Fänge in ihren Hals schlug. Dann spürte er, wie ihre Fänge die Haut an seiner Schulter durchstachen.

Ihr Blut war alles, wovon er geträumt hatte und noch viel mehr. Dickflüssig und reichhaltig bedeckte es seine Zunge. Es nährte sein Herz und seinen Geist. Maya war sein, und er gehörte ihr.

Bevor er sich in dem euphorischen Gefühl verlor, das ihr Blut und ihr feuchter Kanal ihm boten, öffnete er seinen Geist und verband sich mit ihr.

Mein für die Ewigkeit.

Mein für immer, antwortete ihr Geist und erwärmte damit sein Herz.

EPILOG

Maya platzierte den Kalender auf ihrem neuen Schreibtisch und blickte sich im Zimmer um. Ihre eigene kleine Praxis. Klar, ihre Öffnungszeiten waren unkonventionell. Aber das waren auch ihre Patienten. Sie war nun offiziell die erste Ärztin für Vampire in San Francisco.

Gabriel hatte ein wunderschönes Haus nahe dem von Samson gekauft und im Untergeschoss war nun ihre Praxis untergebracht. Er hatte sie ermutigt, ihre Karriere als Ärztin fortzusetzen, auch wenn es bedeutete, dass sie von vorne anfangen und alles über die körperliche Verfassung von Vampiren lernen musste. Nicht, dass sie das störte. Gabriel war stets bereit, an sich herumexperimentieren zu lassen. Sie bemerkte, wie sie bei dem Gedanken lächelte.

„Du siehst glücklich aus", sagte jemand von der Tür.

Maya blickte auf.

„Ich habe geklopft", sagte Yvette und trat ein. „Aber du hast mich nicht gehört."

„Tagträumereien."

Yvette sandte anerkennende Blicke durch den Raum. „Ich wünsche dir viel Erfolg mit deiner Praxis."

„Danke. Ich bin überrascht, dich hier zu sehen. Ich dachte, du wolltest zurück nach New York."

Sie konnte Yvettes Zögern spüren. „Darum wollte ich mit dir sprechen. Mit Rickys Tod und Gabriels Übernahme des Büros hier in San Francisco haben sich einige Änderungen ergeben."

Maya hob eine Augenbraue. Gabriel hatte nicht viel über die Zukunft der Firma erwähnt und darüber, was Samson und er nach Rickys Tod planten, abgesehen davon, dass Gabriel Rickys Stelle übernehmen würde und die Stelle in New York aufgab.

„Gabriel hat mich gefragt, ob ich in San Francisco bleiben möchte. Ich vermute, er denkt, dass er mir etwas schuldig ist, da ich dich vor Ricky gerettet habe, obwohl doch das ganze Team daran beteiligt war."

Maya ging zwei Schritte auf Yvette zu und legte ihre Hand auf den Arm der Frau. „Du warst als Erste da. Du hast ihn zur Strecke gebracht. Ich bin dir dafür sehr dankbar. Ich hätte nie gedacht, dass du dein Leben für meins aufs Spiel setzen würdest; ich dachte nicht, dass du mich so gerne magst."

Yvette lächelte. „Ich mochte Ricky noch weniger."

„Danke."

„Zurück zu Gabriels Angebot – ich wollte es nicht annehmen, wenn du damit nicht einverstanden bist."

„Warum sollte ich das nicht sein?"

„Es kann dir nicht entgangen sein, dass ich Gabriel selbst wollte."

„Das kann ich dir nicht vorwerfen. Er ist ein umwerfender Mann. Aber du hast akzeptiert, dass er mir gehört. Ich habe kein Problem mit dir. Wenn Gabriel mit dir hier in San Francisco arbeiten möchte, solltest du ihn nicht länger auf eine Antwort warten lassen."

Yvette legte ihre Hand auf Mayas und drückte sie leicht. „Ich bin froh, dass du es so siehst. Das macht es leichter für mich, dich um etwas zu bitten."

Was konnte da noch sein? Sie und Yvette waren keine wirklichen Freunde, auch wenn sie hoffte, dass dies sich über die Jahre ändern würde. „Ja?"

„Drake sagte mir, du seist eine gute Wissenschaftlerin."

„Das war ich", gab Maya zu, als Bedauern sie erfüllte.

„Das könntest du wieder werden. Es gibt da etwas –" Yvette brach ab.

„Was ist es?" Zweifel machten sich in Maya breit.

„Ich möchte ein Kind. Aber wie du weißt, sind weibliche Vampire unfruchtbar."

Maya hörte die Verzweiflung in Yvettes Stimme. Wenn Yvette von Mayas Hoffnung wüsste, selbst noch empfänglich zu sein, würde es sie nur noch mehr am Boden zerstören. Sie konnte es ihr nicht sagen, doch sie verstand ihre Verzweiflung, ihre Sehnsucht.

„Yvette."

Yvette blickte auf.

„Ich tue alles, was in meiner Macht steht – ich werde es zu meiner Aufgabe machen. Ich kann nicht versprechen, dass ich eine Lösung finde, aber ich werde mein Bestes geben."

„Baby, kommst du nach oben, dass wir –", sagte Gabriel von der Tür. „Oh, hallo Yvette."

Maya blickte zu ihrem Mann. Er wurde mit jedem Tag gutaussehender. „Gabriel, Yvette ist hergekommen, um dir ihre Entscheidung mitzuteilen."

„Ausgezeichnet; lass uns reden."

Yvette ging auf ihn zu, doch dann blickte sie zurück. „Vielen Dank."

Gabriel war schon fast wieder verschwunden, als Maya nach ihm rief. „Baby, was wolltest du?“

Er drehte sich um und sah sie hungrig an, ließ sie damit vor Freude erschaudern. Er konnte das mit lediglich einem Blick in ihr auslösen. Ihre Stimme war rau, als sie sagte: „Ich denke, ich habe schon verstanden. Ich werde auf dich warten.“

Lesereihenfolge der Scanguards Vampire & Hüter der Nacht

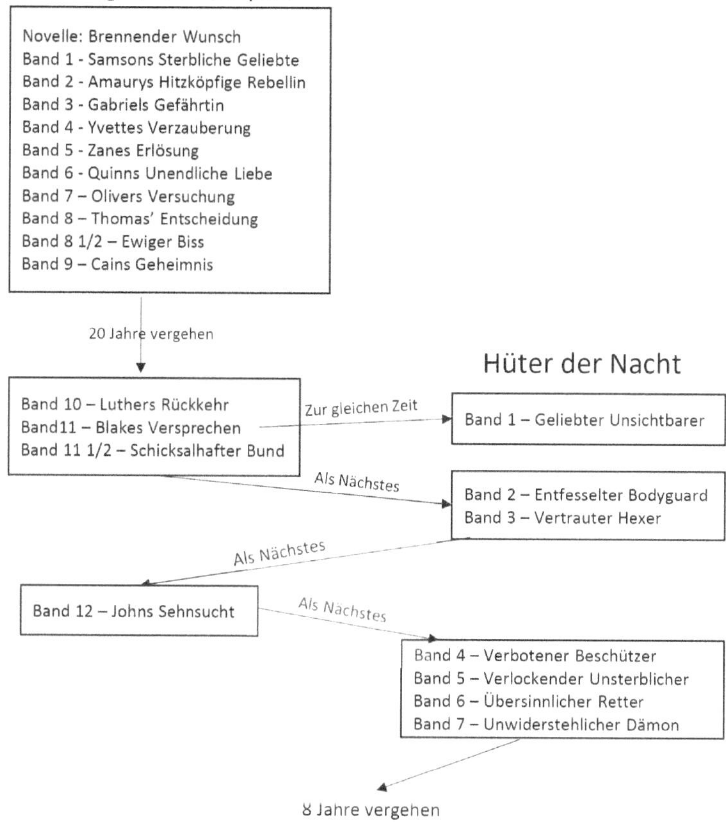

8 Jahre vergehen

Scanguards Hybriden

Die Bände in der Scanguards Hybriden Serie werden zusätzlich auch in der Scanguards Vampir Serie nummeriert. (SV Band 13 = SH Band 1)

Band 1 (SV 13) – Ryders Rhapsodie
Band 2 (SV 14) – Damians Eroberung
Band 3 (SV 15) – Graysons Herausforderung
Band 4 (SV 16) – Isabelles Verbotene Liebe

ÜBER DIE AUTORIN

Tina Folsom ist gebürtige Deutsche und lebt schon seit über 25 Jahren im englischsprachigen Ausland, seit 2001 in Kalifornien, wo sie mit einem Amerikaner verheiratet ist.

Im Herbst 2008 schrieb sie ihren ersten Liebesroman.

Vampire haben es ihr schon immer angetan. Mittlerweile hat sie 50 Bücher in Englisch sowie Dutzende in anderen Sprachen (Französisch, Spanisch und Deutsch) herausgegeben.

Webseite: https://tinawritesromance.com/deutscheleser/
Instagram: http://www.instagram.com/authortinafolsom
Facebook: http://www.facebook.com/TinaFolsomFans
YouTube: https://www.youtube.com/c/TinaFolsomAuthor
Sie können ihr auch eine Email schicken: tina@tinawritesromance.com

Zeitfracht Medien GmbH
Ferdinand-Jühlke-Straße 7
99095 Erfurt, Deutschland
produktsicherheit@kolibri360.de